# Zu diesem Buch

Johannes Mario Simmel, geboren am 7. April 1924 in Wien, studierte Chemie, arbeitete als Dolmetscher der amerikanischen Militärregierung, war lange Jahre als Journalist und Zeitungsredakteur tätig und widmet sich seit 1963 ganz seiner schriftstellerischen Arbeit. Schon mit 17 Jahren schrieb er den Novellenband «Begegnung im Nebel» (rororo Nr. 1248), der 1947 erschien. Es folgten die Romane «Mich wundert, daß ich so fröhlich bin» (1949; rororo Nr. 472), «Das geheime Brot» (1951; rororo Nr. 852), «Ich gestehe alles» (1953), «Gott schützt die Liebenden» (1957; verfilmt mit Gila von Weitershausen, Andrea Jonasson und Harald Leipnitz), «Es muß nicht immer Kaviar sein» (1960; verfilmt mit O. W. Fischer), «Bis zur bitteren Neige» (1962), «Liebe ist nur ein Wort» (1963; verfilmt mit Judy Winter und Herbert Fleischmann), «Lieb Vaterland magst ruhig sein» (1965), «Alle Menschen werden Brüder» (1967; verfilmt mit Doris Kunstmann, Harald Leipnitz und Rainer Artenfels), «Und Jimmy ging zum Regenbogen» (1970; mit Ruth Leuwerik und Alain Noury verfilmt), «Der Stoff aus dem die Träume sind» (1971; verfilmt mit Hannelore Elsner, Paul Neuhaus und Herbert Fleischmann) und «Die Antwort kennt nur der Wind» (1973; Verfilmung in Vorbereitung). Außer diesen Romanen verfaßte Simmel viele Filmdrehbücher und drei Romane für Kinder.

Die Begegnung mit dem Werk Bertolt Brechts bewog ihn, für das Theater zu schreiben. «Der Schulfreund» (1960; rororo Nr. 642), sein erstes Stück, wurde beim Dramatikerwettbewerb des Mannheimer Nationaltheaters preisgekrönt. Es ging über zahlreiche deutsche Bühnen in West und Ost und über sehr viele Bühnen zwischen Helsinki und Johannesburg und zwischen Pilsen und Sydney. Heinz Rühmann spielte die Hauptrolle in der Verfilmung, Rudolf Vogel die Hauptrolle in dem Fernsehstück.

Übersetzungen seiner Bücher erschienen in zwanzig Ländern, darunter in den USA, in England, Frankreich, Italien, Holland, Spanien, Portugal, Schweden, Finnland, Dänemark, Jugoslawien, Belgien, Kanada, Südamerika, Israel, der Türkei und der Tschechoslowakei.

In dem vorliegenden Roman erzählt Simmel die Geschichte eines skrupellosen Schiebers, der entdeckt, daß man von den dunklen Vergangenheiten anderer Menschen leben kann. Er wird gehaßt, man will ihn vernichten, doch immer wieder beherrscht er die anderen mit ihrem eigenen Vorleben. Als er aber auch seinen Chauffeur, der ihn mit seiner Frau Nina betrügt, auf diese Weise erpressen will, stößt er auf entschlossene Gegenwehr und wird ein Opfer seiner Machenschaften. So originell diese Fabel erfunden ist, so originell ist sie auch geschrieben. Das Buch erregt nicht nur durch seine hintergründigen Zeitbezüge, sondern auch durch Spannung der äußeren Vorgänge. Es wurde mit Nadja Tiller und Pierre Brasseur in den Hauptrollen verfilmt.

Gesamtauflage der Werke von Johannes Mario Simmel in den rororo-Taschenbüchern: Über 1,5 Millionen Exemplare.

Johannes Mario Simmel

# AFFÄRE NINA B.

Roman

Rowohlt

Umschlagentwurf Werner Rebhuhn
unter Verwendung zweier Fotos aus dem Film «Affäre Nina B.»
der Columbia-Bavaria GmbH, München

|  |  |
|---|---|
| 1.– 38. Tausend | Mai 1960 |
| 39.– 48. Tausend | Juni 1961 |
| 49.– 60. Tausend | Januar 1962 |
| 61.– 68. Tausend | Juli 1965 |
| 69.– 75. Tausend | Mai 1966 |
| 76.– 85. Tausend | Dezember 1966 |
| 86.– 95. Tausend | September 1967 |
| 96.–105. Tausend | März 1968 |
| 106.–115. Tausend | September 1968 |
| 116.–135. Tausend | Januar 1969 |
| 136.–145. Tausend | September 1969 |
| 146.–165. Tausend | Dezember 1969 |
| 166.–195. Tausend | Juli 1970 |
| 196.–225. Tausend | April 1971 |
| 226.–255. Tausend | Oktober 1971 |
| 256.–295. Tausend | März 1972 |
| 296.–355. Tausend | Oktober 1972 |
| 356.–405. Tausend | August 1973 |
| 406.–455. Tausend | Juni 1974 |

Veröffentlicht im Rowohlt Taschenbuch Verlag GmbH,
Reinbek bei Hamburg, Mai 1960, mit Genehmigung des
Paul Zsolnay Verlages GmbH, Hamburg/Wien
Gesetzt aus der Linotype-Cornelia
Gesamtherstellung Clausen & Bosse, Leck/Schleswig
Printed in Germany
ISBN 3 499 10359 1

J. M. SIMMEL, AFFÄRE NINA B.

In
Memoriam
Mila Blehova

Wer mit dem Teufel essen will,
muß einen langen Löffel haben.

DEUTSCHE VOLKSWEISHEIT

*verwegen =*
*saucy*

Er hatte viele Feinde. Ich war sein größter. Es gab viele Menschen, die ihn haßten. Niemand haßte ihn mehr als ich. Viele Menschen wünschten ihm den Tod. Ich war entschlossen, ihn herbeizuführen, den Tod des Mannes, den ich über alle Maßen haßte.

An diesem Tage war es soweit. Ich hatte lange gewartet. Nun hatte das Warten ein Ende. Ich hatte lange gezögert. Nun war es mit dem Zögern vorbei. Nun ging es um mein Leben — und um seines.

Es war schon sehr warm in Baden-Baden an diesem 7. April. Der sanfte, bewaldete Talkessel, auf dessen Grund die Stadt errichtet stand, fing die Kraft der jungen Sonne ein und hielt sie in seiner dunklen, fruchtbaren Erde fest. Viele Blumen blühten in Baden-Baden, gelbe, blaue und weiße. Ich sah Primeln und Himmelschlüssel, Krokusse und Veilchen an den Ufern der schläfrig murmelnden Oos, als ich den schweren Wagen durch die Lichtentaler Allee lenkte. Es war sein Wagen, einer von den dreien, die er besaß, und er paßte zu ihm: ein protziger, riesenhafter Cadillac mit weißen Reifen, rot und schwarz lackiert.

Alle Menschen auf den Straßen hatten freundliche Gesichter. Die Frauen lächelten mysteriös. Sie trugen bunte, leichte Kleider. Viele trugen verwegene Hüte. Ich sah eine Menge von verwegenen Hüten an diesem Morgen, als ich zum Polizeipräsidium fuhr, um eine Anzeige zu erstatten. Dies schien ein Frühling der Hüte zu werden, dachte ich.

Die Männer trugen graue, hellbraune, hellblaue oder dunkelblaue Anzüge, viele hatten bereits ihre Mäntel zu Hause gelassen. Die Männer sahen die Frauen an und ließen sich Zeit dabei. Sie hatten keine Eile. Niemand hatte an diesem Frühlingstag Eile in Baden-Baden, niemand außer mir. Mich hetzte mein Haß, mich hetzte ein unsichtbares, unhörbares Uhrwerk, das ich selbst in Gang gesetzt hatte und vor dessen Stunde Null es kein Entrinnen gab — für ihn und mich.

Im Rückspiegel des Wagens erblickte ich in einer Kurve mein Gesicht. Es war weiß. Ich sah krank aus. Unter den Augen lagen schwarze Schatten. In den Lippen war kein Blut. Und auf der Stirn stand Schweiß in feinen Tropfen. Ich nahm meine Schirmmütze ab und wischte den Schweiß fort. Die Schirmmütze war grau wie mein zweireihiger Gabardineanzug. Das Hemd war gleichfalls grau, aus Popeline. Die Krawatte war stumpfblau. Die Halbschuhe waren schwarz. Ich war sein Chauffeur, und so war ich gekleidet: als der Chauffeur des Mannes, der sich Julius Brummer nannte.

Julius Maria Brummer, so hieß er eigentlich. Die wenigsten Menschen wußten das. Mir hatte er es einmal erzählt, in irgendeiner Winternacht, auf irgendeiner Autobahn: «Ich war eine große Enttäuschung für meine Mutter. Sie wünschte sich so sehr eine Tochter. Die sollte Maria heißen. Mutter war ganz unglücklich nach meiner Geburt. Da hängte sie mir wenigstens den Mädchennamen an...»

Ich erreichte nun das Hotel Atlantic.

Auf der Terrasse frühstückten ein paar Gäste. Sie saßen im Schatten mächtiger, rot-weiß gestreifter Sonnensegel. Die Mauern des Hotels waren frisch mit Kaisergelb bestrichen.

Die Hecken unter der Terrasse glitzerten naß und dunkelgrün. Dem Hotel gegenüber blendeten die großen Fenster des Spielkasinos. Rosa schimmerte die Riesenmuschel des Kurorchesters durch die blühenden Bäume. Es gab viele Farben. Die Luft flimmerte. Der Tag schickte sich an, sehr heiß zu werden. Ich trat auf das Gaspedal. Die Zeit hetzte mich. Ich mußte eine Anzeige erstatten, und ich mußte mich beeilen damit...

Der Polizist beim Eingang des Landespolizei-Kommissariats in der Sophienstraße hob lächelnd eine Hand zum Gruß an die Kappe, als ich an ihn herantrat. Danach blickte er auf die beiden Buchstaben an meinem linken Jackenrevers. Die meisten Menschen blickten dorthin, wenn sie mich sahen. In meinem linken Jackenrevers staken, aus Gold geformt und an einer goldenen Nadel befestigt, die Buchstaben J und B. Es waren die Anfangsbuchstaben seines Namens. Sein Name schien Julius Brummer zu gefallen. Oder wenigstens die Anfangsbuchstaben gefielen ihm. Er ließ sie überall anbringen — auf seinen Grundstücken, auf seinen Mietskasernen, auf seiner Villa; auf seinen drei Wagen, auf seiner Segeljacht und auf den Kleidern aller Angestellten.

«Sie wünschen?» fragte der Polizist.

«Ich möchte eine Anzeige erstatten.»

«Linker Eingang. Zweiter Stock. Zimmer 31.»

«Danke», sagte ich. Das Gebäude war in der Mitte des vorigen Jahrhunderts entstanden, das Stiegenhaus weiß gekalkt und von preußischer Nüchternheit.

Im zweiten Stock stand an der Tür des Zimmers 31:

ENTGEGENNAHME VON ANZEIGEN

Vor dieser Tür blieb ich stehen und dachte an Julius Brummers junge Frau Nina und daran, daß ich sie liebte und weshalb. Dann dachte ich an Julius Brummer und daran, daß ich ihn haßte und wie sehr und warum.

Ich dachte nur kurz an Nina, aber ich dachte lange an ihren Mann. Ich dachte, daß ich ihn mehr haßte, als ich Nina liebte, mehr, viel mehr. Ich konnte niemanden so sehr lieben, wie ich Julius Brummer haßte. In eine andere Form der Energie verwandelt, hätte die Intensität meiner Gefühle für Julius Brummer ausgereicht, um eine Kathedrale zu errichten, einen Staudamm zu bauen, des Nachts einen Stadtteil elektrisch zu erhellen.

Auf dem menschenleeren Gang vor dem Zimmer 31 stehend, fuhr ich mit dem Zeigefinger über die beiden Buchstaben aus Gold an meiner Brust. Sie fühlten sich glatt an und kühl. Ihre Berührung gab mir jene Kraft, die mir gefehlt hatte, um an das Holz der Tür zum Zimmer 31 zu klopfen.

Nun klopfte ich.

Der Haß war eine feine Sache.

«Herein!» rief eine Männerstimme.

Die Möbel des Zimmers 31 waren modern und zweckmäßig. Es gab ein paar bequeme Stühle mit gepolsterten Sitzen und gepolsterten Lehnen in Grün und Braun, hellfarbene Aktenschränke, einen breiten Schreibtisch aus Lärchenholz. Der Schreibtisch stand vor einem offenen Fenster. Durch dieses fiel Sonnenlicht in den Raum und über die breiten Schultern eines Mannes, der hinter dem Schreibtisch saß. Er schrieb mit zwei Fingern auf einer kleinen Maschine, als ich eintrat. Jetzt ließ er die Hände sinken und sah auf.

«Bitte?»

Meine Schirmkappe abnehmend, erwiderte ich mit einer Verneigung: «Man schickt mich zu Ihnen. Ich möchte eine Anzeige erstatten.»

Daraufhin machte der etwa dreißigjährige, sympathische Mensch hinter dem Schreibtisch eine einladende Handbewegung in Richtung zu einem Sessel in seiner Nähe. Ich setzte mich und kreuzte die Beine. Eine Hand ließ ich auf der Schreibtischplatte ruhen. Ich achtete darauf, einen ungezwungenen Eindruck zu erwecken. Ich glaube, es gelang mir. Der Beamte besaß dichtes, schwarzes Haar, das ihm kurzgeschnitten vom Kopf abstand wie eine Bürste, hellblaue Augen und einen großen, sinnlichen Mund mit verblüffend roten Lippen. Er trug graue Flanellhosen und ein beigefarbenes Sportjackett. Die grüne Krawatte paßte nicht zum Muster der Jakke, aber das Hemd war in Ordnung, und die schnürsenkellosen braunen Slipper waren es gleichfalls.

In der üblichen Weise glitt des Beamten Blick von meinem Gesicht ein Stück tiefer. Das J und das B aus achtzehnkarätigem Gold betrachtend, sagte er: «Ich bin der Kriminalkommissar vom Dienst. Ich heiße Kehlmann.»

«Meine Name», erklärte ich ihm ruhig, «ist Holden. Robert Holden, so heiße ich.»

«Sie leben in Baden-Baden, Herr Holden?»

«Nein, in Düsseldorf. Ich bin nur vorübergehend in Baden-Baden. Ich bin Chauffeur, ich habe meinen Chef zur Kur hierhergebracht. Mein Chef ist Julius Brummer.»

«Oh», sagte Kehlmann still. Dieser beherrschten Reaktion nach zu schließen, war der Kriminalkommissar ein ungemein höflicher Mensch. Natürlich kannte er Julius Brummer. Die meisten Menschen in Deutschland kannten Julius Brummer, im letzten halben Jahr hatte er den Zeitungen oft genug die Schlagzeilen geliefert. Nachgerade besaß er die Berühmtheit eines Filmstars. Wieder und wieder war sein breitflächiges, teigiges Gesicht mit den wäßrigen Knopfaugen und dem blaßblonden Schnurrbart im Bild erschienen: in den Spalten der Zeitungen, in den Illustrierten, in Wochenschauen, auf Fernsehschirmen. In Wort und Bild war über ihn berichtet worden: als seine Verhaftung die Düsseldorfer Geschäftswelt und die Düsseldorfer Gesellschaft erschütterte, als es nach seiner sensationellen Haftentlassung zu einer Anfrage der Sozialdemokratischen Fraktion im Bundestag kam... ja, eine bekannte Erscheinung war Julius Maria Brummer!

Ich sagte zu dem Kriminalkommissar Kehlmann: «Falls es Sie wundert, daß mein Chef sich in Baden-Baden aufhält: die Untersuchungshaft wurde bereits vor Monaten unterbrochen.»

«Oh», sagte er wieder. Dann fragte er sachlich: «Ist es eine Anzeige gegen Herrn Brummer, die Sie erstatten wollen?»

Es schien ihm das Nächstliegende zu sein. Es wurden dauernd Anzeigen gegen Julius Brummer erstattet. Kehlmann sah aus, als ob er eine solche Anzeige gerne entgegengenommen hätte.

«Nein», antwortete ich, «es ist keine Anzeige gegen Herrn Brummer.»

«Sondern, Herr Holden?»

Die Antwort auf diese Frage hatte ich mir genau überlegt. Ich hatte sie auswendig gelernt, diese Antwort, so lange und so genau, daß die Worte, die ich nun sprach, mir sonderbar fremd und sinnlos, ohne Bedeutung und Inhalt, vorkamen. Ich sagte, Kehlmann dabei in die blauen Augen blickend: «Es ist eine Anzeige wegen Diebstahls, Verleumdung, Hausfriedensbruchs und Bankbetrugs.»

Darauf fragte Kehlmann still: «Richtet sich diese Anzeige gegen einen einzelnen Menschen?»

«Ja», sagte ich ebenso still, «gegen einen einzelnen Mann.»

«Ganz hübsch — für einen einzelnen Mann», sagte er.

«Es ist noch nicht alles», fuhr ich ernst fort. «Dieser Mann wird in der nächsten Zeit auch noch einen Mord begehen.»

Nun sah er mich lange stumm an. Ich hatte gewußt, daß er mich an diesem Punkt meiner Anzeige lange stumm ansehen würde — er, oder wer immer meine Anzeige entgegennahm. Ich ertrug des Kriminalbeamten Kehlmann Blick mit ausdruckslosem Gesicht und zählte dabei, mit eins beginnend. Ich kam bis sieben. Ich hatte gedacht, daß ich bis zehn kommen würde.

«Ist es eine Anzeige gegen einen unbekannten Täter, Herr Holden?»

«Nein.»

«Sie kennen den Mann?»

«Ja.»

«Sie wissen, wie er heißt?»

«Ja.»

«Wie heißt der Mann, Herr Holden?»

Ich dachte daran, daß ich Julius Brummer so sehr haßte, wie ich niemals im Leben fähig sein würde, einen Menschen zu lieben. Ich dachte daran, daß ich entschlossen war, seinen Tod herbeizuführen. Ich antwortete laut: «Der Mann heißt Robert Holden.»

Darauf betrachtete der Kriminalkommissar Kehlmann die Buchstaben auf meinem Jackenrevers. Ich ließ ihm Zeit. Ich hatte gewußt, daß er an diesem Punkt meiner Aussage Zeit benötigen würde. Ich zählte wieder. Ich kam bis vier. Ich hatte eigentlich damit gerechnet, bis sieben oder acht zu kommen. Ich dachte, daß ich vorsichtig sein mußte. Dieser Mensch reagierte zu rasch. Ich war eben bei vier angekommen, als er sagte:

«Sie heißen Robert Holden, und Sie wollen eine Anzeige gegen Robert Holden erstatten.»

«Ja, Herr Kommissar.»

Unten auf der Straße fuhr ein schwerer Lastwagen vorbei. Ich hörte die Gänge ratzen, als der Fahrer nun zurückschaltete. «Gibt es einen zweiten Robert Holden?» fragte Kehlmann.

Auch über die Antwort auf diese Frage hatte ich lange nachgedacht. Ich sagte: «Nein. Es gibt keinen zweiten Robert Holden.»

«Das heißt, daß Sie eine Anzeige gegen sich selbst erstatten wollen?»

«Ja, Herr Kommissar», sagte ich höflich, «das heißt es.»

# ERSTES BUCH

## I

Was ich dem Kriminalkommissar Kehlmann an diesem Tage erzählte, nahm über drei Stunden in Anspruch. Er hörte mir aufmerksam zu. Dann forderte er mich auf, zurück in mein Hotel zu fahren und das Weitere abzuwarten. Es war mir untersagt, Baden-Baden zu verlassen, ohne ihn zuvor verständigt zu haben. Die Ermittlungen würden eingeleitet, sagte Kehlmann, ich würde von ihm hören...

Man sollte meinen, daß er die Pflicht gehabt hätte, mich sogleich in Haft zu setzen. Doch so einfach war die Geschichte, die ich ihm erzählte, nicht. Es war sogar eine ungemein komplizierte Geschichte — sie wird den Inhalt vieler folgender Seiten meines Berichtes bilden. Er *wagte* nicht, mich sogleich in Haft zu setzen, der Kriminalkommissar Kehlmann, er wagte es einfach nicht. Er schickte mich nach Hause...

Hier sitze ich nun, angstgeschüttelt, in meinem Hotelzimmer, die Hände eiskalt, der Schädel schmerzt zum Zerspringen, und überlege, überlege, immer dasselbe. Im Kreis drehen sich die Gedanken: hat Kriminalkommissar Kehlmann mir meine Geschichte geglaubt? Habe ich sie überzeugend erzählt?

Wenn er sie nicht glaubt, bin ich verloren, dann war alles umsonst, alle Umsicht, alle Klugheit, alle Vorbereitungen. Dann ist alles aus.

Aber hätte er meine Anzeige entgegengenommen, hätte er mich nach Hause gehen lassen, wenn er mir nicht glaubte? Nein, wohl nicht. Er glaubt mir also.

Glaubt er mir?

Vielleicht hat er mich gerade darum gehen lassen, weil er mir nicht glaubt. Um mich in Sicherheit zu wiegen, um mich beobachten zu können durch Tage, Wochen, vielleicht Monate. Meine Nerven sind elend schlecht geworden, ich habe zuviel erlebt. Viel mehr kann ich, darf ich nicht erleben.

Ich muß mich beruhigen, ganz ruhig muß ich werden. Keine Unbesonnenheit. Meine Gedanken klar fassen, klar ordnen. Dazu soll die Niederschrift mir helfen: zu Sammlung und Ordnung. Nur so kann ich hoffen, das letzte, schwerste Stück meines Weges zu bewältigen.

Vor mir auf dem Tisch liegen fünfhundert Blatt weißes Schreibmaschinenpapier, ich habe sie gekauft, nachdem ich das Polizeipräsidium verließ, nachdem ich den Entschluß faßte, ein Tagebuch zu führen vom heutigen Tage an. Etwa ein Dutzend dieser Blätter habe ich in den letzten Stunden beschrieben. Ich habe auf ihnen erwähnt, daß ich Julius Maria Brummer hasse. Ich habe nicht erwähnt, warum. Ich habe meine Fahrt ins Polizeipräsidium und den ersten Teil meiner Aussage vor dem Kriminalkommissar Kehlmann geschildert. Ich habe festgehalten, daß ich eine Anzeige gegen mich selbst erstattete.

Nun stocke ich.

Denn was ich dem Kriminalkommissar Kehlmann im weiteren erzählte, war so phantastisch wie das meiste, was mir im letzten halben Jahr widerfahren ist. Was ich erzählte, war objektiv wahr und subjektiv unwahr. Wenn dieses Tagebuch, das ich heute zu führen beginne, aber irgendeinen Sinn haben soll, dann muß sein Inhalt objektiv *und* subjektiv wahr sein. Und um das zu erreichen, ist es unmöglich, in der Schilderung meiner Aussage vor dem Kriminalkommissar Kehlmann fortzufahren. Vielmehr muß ich weiter zurückgreifen, muß ich von Anfang an berichten, wie jene grausige Konstruktion des scheinbaren Wahnsinns entstand, in welcher ich mich heute bewege. Ich muß zurückgehen bis zu jenem regnerischen Abend im August des vorigen Jahres, an welchem ich Julius Brummer zum ersten Male gegenübertrat. Mit dieser Begegnung beginnend, will ich im folgenden chronologisch bis zum heutigen Tag berichten, was geschah. So daß ich mich jedenfalls bis zu jenem Punkte, an welchem ich die Gegenwart eingeholt haben werde, auch eigentlich nicht mit der Abfassung eines Tagebuches beschäftigt sehe, sondern vielmehr mit einem Bericht über Vergangenes, einem Buch der Erinnerung. Das Dutzend Seiten, das ich bisher füllte, werde ich darum, so denke ich, am besten *vor* meine Erinnerungen stellen — als eine Art Prolog.

Je inniger ich mich mit dem Gedanken an diese so ungewohnte neue Tätigkeit befreunde, um so mehr Erleichterung verschafft er mir. Das Schreiben wird mich ablenken. Es wird mir klarer sehen und kühler handeln helfen in diesen letzten Wochen vor dem Ende eines Schuftes.

Als ich zur Schule ging, erregten eine Zeitlang meine Aufsätze wegen ihrer gewählten Form den Beifall der Lehrer. Meine Eltern gaben sich damals der beschwingten Hoffnung hin, ich würde ein Schriftsteller werden, denn wir waren sehr arm, und meine Eltern hatten einem illustrierten Blatt Einzelheiten über das Jahreseinkommen des Herrn Ludwig Ganghofer entnommen.

*böig*

Ich habe meine armen Eltern enttäuscht — nicht nur im Hinblick auf eine literarische Karriere. Und ich muß lächeln, wenn ich überlege, daß auch diese späte schriftstellerische Tätigkeit, die ich heute, an meinem 41. Geburtstag, zu treiben beginne, kaum jemals finanziell einträglich sein wird.

Zwei Möglichkeiten gibt es für die Zukunft dieser Seiten. Zum einen kann, was ich begann, gelingen. Dann wird die Welt um einen Schurken ärmer sein, und ich werde wieder frei atmen und in Sicherheit leben können. Dann will ich meine Aufzeichnungen für mich bewahren und von Zeit zu Zeit in ihnen lesen, um ihnen die Gewißheit zu entnehmen, daß es in dieser Welt der entmutigten Richter und bestochenen Zeugen noch immer eine Art von unantastbarer Gerechtigkeit gibt, die mich zu ihrem Werkzeug gemacht hat.

Zum anderen kann, was ich begann, mißlingen. In diesem Fall mag der Kriminalkommissar Kehlmann mein Manuskript als mein Geständnis werten.

2

Ich begegnete Julius Maria Brummer zum ersten Male am Abend des 21. August 1956. An diesem Tage regnete es in Düsseldorf. Der alte Autobus, in welchem ich aus der Stadtmitte zur Cecilienallee hinausfuhr, war überfüllt. Arbeiter und kleine Angestellte kehrten aus ihren Betrieben heim. Es roch nach nassen Kleidern, billiger Schuhcreme, schlechtem Fett und jenem traurig-stickigen Dunst, der die Armen umgibt. Trübe fiel das Licht der elektrischen Deckenbeleuchtung auf erschöpfte Gesichter. Manche Männer lasen. Einem Pockennarbigen hing der schwarze Stummel einer erloschenen Zigarre im Mundwinkel. Frauen blickten mit glanzlosen Augen ins Leere. Das junge Mädchen neben mir versuchte, seine Lippen neu zu schminken. Der Autobus rüttelte und schwankte. Das Mädchen überzeichnete den Mund und wischte das rote Fett geduldig wieder fort. Der zweite Versuch gelang. Das Mädchen hob die geöffnete Puderdose und probte vor dem kleinen Spiegel verschiedene Arten des Lächelns.

Schlecht gelaunt drängte ein Schaffner sich durch die Fahrgäste. Über die Scheiben rannen Tropfen, und viele Lichter funkelten auf den Straßen. Immer mehr Menschen stiegen aus. Sie kämpften im böigen Ostwind mit ihren Schirmen und wurden von der Finsternis verschluckt.

«Hofgarten!» schrie der mürrische Schaffner.

Ich stieg aus. Der kalte Regen schlug mir ins Gesicht. Ich ging die Cecilienallee hinab und stellte den Kragen meines alten Regenmantels auf. Dann blieb ich unter einem Baum stehen, um meine Hosenbeine hochzukrempeln. Ich wollte vermeiden, daß die Hose schmutzig wurde. Mein blauer Anzug war mein einziger Anzug. Ansonsten besaß ich noch zwei alte Flanellhosen, eine graue und eine braune, eine Lederjacke und ein Sportjackett. Die graue Flanellhose wies dünne Stellen im Stoff auf. Das Futter des Jacketts war zerschlissen. Aber der blaue, zweireihige Anzug sah noch recht ordentlich aus — bei elektrischem Licht.

Ich besaß noch zwei Paar Schuhe, ein braunes und ein schwarzes. Der linke Schuh des schwarzen Paares hatte eine dünne Sohle. Trotzdem hatte ich heute abend dieses Paar gewählt. Braune Schuhe machten keinen guten Eindruck zu dem blauen Anzug. Und ich wollte heute abend unbedingt einen guten Eindruck machen. Ich hatte noch eine Mark und einunddreißig Pfennige. Die Miete für mein Zimmer war ich seit Monaten schuldig. Die Wirtin sprach nicht mehr mit mir.

In den Bäumen orgelte der Ostwind. Auf dem Wasser heulte das Nebelhorn eines Dampfers. Die Chaussee beschrieb nun einen Bogen. Plötzlich sah ich viele Menschen. Sie standen vor einem geöffneten Parktor, das von den Scheinwerfern mehrerer Autos angestrahlt wurde. Im Näherkommen bemerkte ich auch im Park hinter dem Tor drei Wagen. Polizisten eilten hin und her.

«CECILIENALLEE 486» stand auf der kleinen Emailtafel am Gitter. Ich schob mich durch die Menschen. Es waren mindestens dreißig. Männer und Frauen. Manche hielten aufgespannte Schirme, anderen rann der Regen über die Gesichter. Sie sahen den Polizisten zu, die über das nasse Gras des Parks eilten, zu ihren Wagen, zu der mächtigen Villa, die sich hinter den alten Bäumen erhob. In silbernen Schlieren fiel der schwere Regen durch die Lichtbahnen der Scheinwerfer. Das Ganze sah aus wie eine Filmdekoration, unwirklich, nur für den Augenblick erstellt.

Zwei alte Frauen standen neben dem Tor.

«Mit Gas», sagte die erste.

«Quatsch», sagte die zweite, «mit Salzsäure und Lysol.»

«Mit Gas», beharrte die erste. «Ich hab doch gehört, was der Kerl von der Ambulanz gesagt hat! Sie ist schon tot.»

«Wenn sie schon tot ist, warum haben sie sie dann so schnell weggekarrt? Mit Sirene und allem?»

«Hab du mal soviel Geld», sagte die erste.

«War doch Salzsäure», sagte die zweite und hustete verschleimt.

«Was ist hier los?» fragte ich.

Die alten Frauen sahen mich an. Diffuses Licht der Scheinwerfer erleuchtete die lüsternen Gesichter.

«In Gottes Hand», sagte die zweite und nieste donnernd. «Wir stehen alle in Gottes Hand.»

Ich trat durch das geöffnete Tor. Ein Funkstreifenwagen stand quer über den breiten Kiesweg, der zur Villa führte. Sein Motor pochte unruhig. Ich kam an einem jungen Polizisten vorbei, der gerade in ein Handmikrophon sprach: «Hallo, Zentrale... Hier ist Düssel drei...»

Unter krachenden Nebengeräuschen klang eine Lautsprecherstimme auf: «Sprechen, Düssel drei...»

«Die Ambulanz ist jetzt unterwegs ins Marienhospital», sagte der junge Polizist, dem der Regen in den Kragen lief. «Den Mann holt Düssel vier aus dem Büro...»

Ich ging weiter. Niemand beachtete mich. Ein Beet mit Schwertlilien. Ein Beet mit Rosen. Aus einer Rhododendronhecke trat ein krummbeiniger, unförmiger Hund. Er bewegte sich schwankend. Sein gelbes Fell war naß und fleckig, der Stummelschwanz schlug eilig hin und her.

Der traurige alte Boxer stieß gegen einen Baum, danach lief er mir zwischen die Beine. Als sein schwerer Kopf mein Knie traf, begann er zu winseln. Ich beugte mich zu ihm herab und streichelte ihn. Seine Schlappohren waren nicht beschnitten. Ich bemerkte jetzt, warum er gegen mich gestoßen war. Blutunterlaufen und milchig blickten mich halb erblindete Augen an. Der Hund fiel plötzlich um, erhob sich wieder und schlich in das Gebüsch zurück.

Ein Mann kam auf mich zugestürzt, er war völlig außer Atem: «Sind Sie der Photograph der ‹Nachtdepesche›?»

«Nein.»

«Herrgott, das ist ja zum Verrücktwerden! Wo bleibt der Kerl!» Er stürzte in die Finsternis hinein.

Nun erreichte ich die Villa. In allen Fenstern brannte Licht, die Eingangstür stand offen. Es gab Terrassen und Balkone. Die Mauern waren weiß, die Holzläden grün. Hinter einigen der erleuchteten Fenster bewegten sich Schatten. Über dem Eingang sah ich zwei goldene Buchstaben von Handtellergröße: J und B.

Ich stieg drei Stufen empor und betrat die Halle. Hier gab es viele Türen, einen Kamin und einen breiten Treppenaufgang aus schwarzem Holz, der in den ersten Stock führte. An den weißen Wänden hingen dunkle Bilder. Auf dem Sims über dem Kamin stand altes Zinngeschirr. Der halbblinde Hund kam in die Halle gewankt, schlich zum Kamin, in dem ein großes Feuer loderte, und legte sich davor, als wolle er sterben.

*beklommen*

Es waren viele Menschen in der Halle: ein Arzt in Weiß, drei Polizisten mit Lederjacken, vier Männer in Zivil. Die vier Männer in Zivil trugen vier Hüte. Sie standen in einer Ecke und verglichen Notizen. Alle Türen der Halle, die in das Innere des Hauses führten, waren geöffnet, und alle Männer rauchten.

Vor dem Kamin saß ein fünfter Zivilist. Er hielt einen Telephonapparat auf den Knien und sprach gehetzt: «... was heißt, keinen Platz mehr auf der ersten Seite? Schmeißt den Zweispalter über Algerien 'raus! Was ich hier habe, ist auf alle Fälle besser! Das ganze Haus stinkt noch nach Gas!»

In der Tat stieg mir, seit ich die Halle betreten hatte, ein fader, süßlicher Geruch in die Nase. Ich bemerkte, daß die Fenster weit geöffnet waren. Der Regen spritzte auf die schweren Teppiche...

«Kaffee?» fragte eine verzagte Stimme.

Ich drehte mich um. Hinter mir stand eine kleine Frau mit weißem Haar. Sie hielt ein Tablett mit mehreren dampfenden Tassen. Über dem schwarzen Kleid trug sie eine weiße Schürze. Ihre gütigen Augen waren gerötet. «Wollen Sie Kaffee, Herr?» Sie sprach mit einem harten, tschechischen Akzent.

«Nein», sagte ich, «danke.»

Sie ging weiter zu den Kriminalbeamten und Reportern. «Kaffee», sagte sie gramvoll, «wollen die Herren vielleicht Kaffee...?» Sie war völlig eingesponnen in das tragische Gewebe ihres Kummers.

Eine Hand legte sich auf meine Schulter. Ich fuhr herum. Ein Polizist musterte mich mißtrauisch: «Wer sind Sie?»

«Ich heiße Holden», sagte ich sehr höflich. Ich wollte keinen Ärger. Nur keinen Ärger mit der Polizei...

«Gehören Sie hierher?» Er war überarbeitet, das linke Augenlid zuckte nervös. Seine Lederjacke war naß.

«Nein», sagte ich.

«Wie kommen Sie dann in die Halle?»

«Durch die Tür.»

«Lassen Sie die Frechheiten.»

«Ich wollte nicht frech sein», erwiderte ich demütig. Alles, nur keinen Ärger mit der Polizei. «Ich kam wirklich durch die Tür. Ich soll mich hier vorstellen.»

«Vorstellen als was?»

«Als Chauffeur.» Ich versuchte zu lächeln. Aber der Versuch mißlang. Ich hatte kein Glück, dachte ich beklommen. Als mir das Sekretariat dieses Julius Brummer geschrieben hatte, ich möge ihn aufsuchen, um mich vorzustellen, da hatte ich geglaubt, daß mir das Leben wieder eine Chance gab. Noch vor fünf Minuten, als ich durch den Regen lief, war ich guter Dinge gewesen.

*sickern*

Jetzt fühlte ich kalt und schleimig Angst über mich kriechen, Angst, die mich ein Leben lang verfolgte...

«Haben Sie einen Ausweis?» fragte der Polizist. Er blickte auf meine hochgeschlagenen Hosenbeine. Er sah die alten Socken, die schlechten Schuhe, von denen das Regenwasser in den Teppich sickerte.

Ich gab ihm meinen Paß.

«Deutscher Staatsbürger?»

«Sonst hätte ich keinen deutschen Paß.»

«Nicht diesen Ton, Herr Holden. Nicht diesen Ton.»

«Ich habe nichts getan. Warum behandeln Sie mich wie einen Verbrecher?»

«Sie wohnen in Düsseldorf?» fragte er statt einer Antwort.

«Grupellostraße 180.»

«Hier steht Wohnort München.»

«Ich habe früher in München gelebt.»

«Wann, früher?»

Meine Hände begannen zu zittern. Ich hielt das nicht mehr lange aus. «Vor einem Jahr. Ich bin übersiedelt.» Meine Stimme. Er mußte etwas merken.

«Verheiratet?» Er merkte nichts.

«Nein.»

«Kennen Sie Herrn Brummer?»

«Nein.»

«Frau Brummer?»

«Auch nicht. Was ist eigentlich los?»

«Frau Brummer», sagte er und drehte den Daumen der linken Hand erdwärts, dem kostbaren Teppich entgegen.

«Tot?»

«Noch nicht ganz.»

«Selbstmord?»

«Riecht danach.» Er gab mir den Paß zurück und lächelte müde. «Da hinüber, Herr Holden. Zweite Tür. Lassen Sie sich von der Köchin Kaffee geben. Wird noch eine Weile dauern, bis Herr Brummer wiederkommt.»

3

Sie hieß Mila Blehova, und sie stammte aus Prag.

Sie hatte eine breite Entennase und ein prächtiges, falsches Gebiß und das gütigste Gesicht, das ich in meinem Leben gesehen habe. Wenn man sie erblickte, wußte man: diese Frau hatte noch niemals eine Lüge ausgesprochen, diese Frau war unfähig, eine Gemeinheit zu begehen. Klein und gebückt, das weiße Haar straff nach hinten gekämmt, stand sie beim offenen Fenster der großen Küche und arbeitete, während sie sprach. Sie bereitete eine Mahlzeit vor: Rindsrouladen. Dunkelrot und saftig, lagen vier Fleischstücke vor ihr. Sie bestrich sie mit Salz und Pfeffer.

«So ein Unglück, so ein großes Unglück, Herr...» Ein paar Tränen rollten über die faltigen Wangen. Sie wischte sie mit dem Ellbogen des rechten Armes fort. «Müssen entschuldigen, daß ich mich so gehen lasse, aber sie ist wie mein Kind, wie mein eigenes Kind ist sie, die Nina.»

Ich saß neben ihr und trank Kaffee und rauchte, und obwohl die Fenster weit offenstanden, roch es noch immer stark nach Gas in der Küche. Im dunklen Garten hinter dem Haus rauschte der Regen.

«Sie kannten Frau Brummer schon lange?»

«Mehr als dreißig Jahre, Herr.» Nun strich sie Senf über die Fleischstücke, die abgearbeiteten, saubergeschrubbten Hände bewegten sich geschickt. Über der Schürze, auf der linken Schulter, staken zwei Buchstaben aus Gold in ihrem Kleid: ein J und ein B. «Kinderfrau bin ich gewesen von der Nina. Laufen hab ich ihr beigebracht, Essen mit Messer und Gabel, Haarekämmen und Vaterunsersagen. Nie bin ich weggewesen von ihr auch nur einen einzigen Tag, auf alle Reisen haben mich die Herrschaften selig mitgenommen, immer war ich zusammen mit meinem Ninale. Gott, wie sie die Masern gekriegt hat und den Keuchhusten... und dann, wie die Eltern selig gestorben sind, kurz nacheinander, alles haben wir erlebt zusammen, mein armes, kleines Ninale und ich...»

Sie schnitt jetzt dünne Scheiben von einem großen Stück Speck ab und legte sie ordentlich nebeneinander auf den Senf und das Fleisch, und irgendwo im Hause hörte man noch immer undeutlich die Stimmen der Reporter und der Kriminalbeamten.

Mila Blehova sagte: «...So schön ist sie, Herr, wie ein leibhaftiger Engel. Und so gut ist sie. Wenn sie stirbt, möchte ich auch nicht mehr leben.» Nun begann sie Zwiebeln zu schneiden, kleine, dünne Ringe. «Sie ist wie ein Stück von mir, nach allem, was wir zwei erlebt haben zusammen. Das Elend in Wien, und den Krieg und die Bomben, und dann das große Glück.»

«Was für ein großes Glück?»

«No, mit'm gnädigen Herrn. Wie er sich hat verliebt in mein Ninale. Die Hochzeit. Das viele Geld. Der Nerzmantel und der Brillantschmuck, das feine Haus...» Tränen rollten über Mila Blehovas alte Wangen, und sie produzierte ein Geräusch, als hätte sie zu schnell zuviel Sodawasser getrunken. «Krieg' ich wieder mein Aufstoßen», sagte sie ergeben. Ihr Gesicht sah plötzlich schmerzverzerrt aus. «Immer, wenn ich mich aufrege. Es ist die Schilddrüse. Hab ich Überfunktion.» Sie legte die Zwiebelringe über die Speckstreifen.

Ein dünnes, qualvolles Jaulen erklang. Der alte Boxer hatte es ausgestoßen. Er lag zusammengerollt neben dem Herd und sah uns aus blutunterlaufenen, halbblinden Augen an.

«Ja, mein Puppele, mein armes, ja, es ist schrecklich, gelt...» Sie nickte dem Hund zu, und er winselte und kam zu ihr und rieb sich an ihrem Bein. Während Mila Blehova das erste Fleischstück vorsichtig zusammenrollte, berichtete sie: «Ohne unser Puppele, unser gutes, wäre sie gewiß tot, meine Nina...»

«Wieso?»

«No, heute ist doch Mittwoch, da haben wir alle Ausgang am Nachmittag, der Diener und die Mädeln und ich. Um zwei Uhr sagt mein Ninale zu mir, geh doch ins Kino, aber ich sag, nein, ich mach lieber einen feinen Spaziergang mit'm Puppele...» Wieder winselte der alte, hilflose Hund. «...Zum Jachtklub hinunter sind wir gegangen, und auf einmal fängt das Puppele zu jaulen an und zieht an der Leine zurück, zurück nach Hause... muß es gefühlt haben, das Tier...» Die erste Roulade war fertig. Behutsam durchstach die kleine Frau sie mit einem Aluminiumstäbchen. «...So hab ich auch Angst gekriegt und bin nach Hause gelaufen mit dem Hundl, und wie ich in die Küche komm, da liegt sie vor'm Herd, und alle Gashähne sind offen, und sie ist schon beinahe hinüber.» Wieder quält sie ihr würgender Schluckauf.

«Wie lange waren Sie fort?»

«Drei Stunden vielleicht.»

«Und drei Stunden haben genügt, um —»

«Hat sie auch Veronal geschluckt, Herr. Ganzes Röhrchen voll. Zwölf Stück.»

«Wie alt ist Frau Brummer?»

«Vierunddreißig.» Sie rollte die zweite Roulade zusammen. Ein Stückchen Speck warf sie dem armen Hund zu. Er schnappte danach. Er schnappte daneben.

«Warum hat sie es getan?» fragte ich.

«Ich weiß es nicht. Niemand weiß es.»

«War die Ehe glücklich?»

«Glücklichste Ehe von der Welt. Auf'n Händen hat der gnädige Herr meine Nina getragen. Geld war da, Sorgen hat's keine gegeben, ich versteh es nicht, ich kann es nicht begreifen...»

Als hätte er alles verstanden, begann der alte Hund wieder zu wimmern. Auf steifen Beinen kniete Mila Blehova neben ihm nieder und strich über seinen geblähten Leib. Sie redete tröstend in ihrer harten, konsonantenreichen Muttersprache auf ihn ein, aber der Hund fuhr fort zu wimmern, und es roch noch immer nach Gas in der Küche.

## 4

Das Telephon läutete.

Es war klein und weiß und hing an der gekachelten Mauer neben der Tür. Schnell hob die alte Frau den Hörer ab. In der letzten halben Stunde hatte sie das Abendessen fertiggekocht. Rotkraut und Kartoffeln standen bereit. «Ja, bittschön?» sagte Mila Blehova.

Sie lauschte und schluckte nervös. Eine Hand legte sie auf den schmerzenden Magen.

«Ist gut, gnä' Herr. Dann werde ich jetzt servieren.»

Mila Blehova hatte längst begriffen, wie es um mich stand. Jetzt nickte sie mir freundlich zu. Sie sagte in das Telephon:

«Da ist noch der Chauffeur. Haben ihn herbestellt, gnä' Herr. Wartet er schon lang.»

Wieder lauschte sie.

«Gut, ich sag's ihm.» Sie hängte den Hörer ein und eilte zur Anrichte, wo sie ein Tablett mit Geschirr und Besteck zu beladen begann. «Können gleich mitkommen.»

«Aber ich will Herrn Brummer nicht beim Essen stören.»

«Das ist nicht so bei uns, am Mittwoch schon überhaupt nicht. Da ist der Diener nicht da, und ich servier... Bier darf ich nicht vergessen...» Sie nahm zwei Flaschen aus dem Eisschrank und stellte sie auf das Tablett. Danach belud sie ein zweites Tablett mit den Speisenschüsseln und trug beide zum Schacht eines Hausaufzuges. Sie drückte auf einen Knopf. Der Aufzug glitt summend nach oben. Die alte Köchin legte ihre Schürze ab, dann verließen wir die Küche. Der traurige Hund folgte uns stolpernd.

Wir stiegen die Treppe in den ersten Stock empor. Das Holz der Stufen knarrte, und ich betrachtete die dunklen Bilder an den Wänden. Ich verstand ein bißchen von Malerei, vor Jahren hatte ich mit Bildern zu tun gehabt. Ein Bauern-Brueghel, sehr wahrscheinlich echt. Bäume von Fragonard, desgleichen original. Eine Kopie der Susanne von Tintoretto. Geil betrachteten die bärtigen Greise das junge Mädchen mit den prallen Schenkeln und den prallen Brüsten, das schamvoll in den Weiher blickte...

Der halbblinde Hund wankte vor uns einen Gang mit mehreren Türen hinab, deren dritte Mila Blehova öffnete. Das Speisezimmer war groß. In seiner Mitte stand ein antiker Tisch. Um ihn herum standen zwölf antike Stühle. Schwere, dunkelrote Vorhänge verdeckten die Fenster. Im Gegensatz zur Halle war es hier sehr warm. Die Seidentapeten zeigten Blätter und Ranken in Silbergrau und Hellgrün. Die Anrichten an den Wänden zeigten komplizierte Schnitzereien. Ich sah zu, wie Mila Blehova eine Stirnseite des gewaltigen Tisches für einen Menschen deckte. Sie stellte einen silbernen Leuchter auf das Damasttischtuch und entzündete sieben Kerzen. Danach löschte sie die Deckenbeleuchtung. Der Raum lag nun in warmem Halbdunkel. Die alte Köchin öffnete ein Wandpaneel. Der Speisenaufzug wurde sichtbar. Mila Blehova sagte, die Schüsseln zum Tisch tragend: «Früher war das Speisezimmer unten. Da haben wir jetzt einen Konferenzraum. Der Aufzug ist auch neu. Wird immer alles kalt, bevor es auf'n Tisch kommt...»

Der alte Boxer bellte heiser und hinkte zu einer zweiten Tür, die sich gleich darauf öffnete. Ein Mann trat ein. Das Licht der sieben Kerzen flackerte über einen zweireihigen schwarzen Anzug, ein weißes Hemd und eine silberne Krawatte. Dieser Mann war vollständig kahl, sehr groß und sehr dick. Bei aller Fettleibigkeit bewegte er sich beinah graziös auf kleinen zierlichen Füßen, die in kleinen, zierlichen Schuhen steckten. Er kam in den Raum geschwebt wie ein riesiger Luftballon, der, zu Boden gefallen, nun immer wieder emporschnellte.

Sein Schädel war rund, die Stirn niedrig. Das Gesicht wies eine gesunde, rosige Farbe auf, die winzigen, wäßrigen Augen lagen in Fettpolster gebettet. Über dem kleinen, fraulichen Mund wuchs ein blaßblonder Schnurrbart.

Der halbblinde Hund heulte gramvoll. Der dicke Riese streichelte ihn. «Ja, Puppele, ja...» Dann richtete er sich auf. «Herr Holden? Guten Abend, mein Name ist Brummer.» Seine Hand war klein und weich. «Entschuldigen Sie, daß ich Sie so lange warten ließ. Sie wissen sicher, was geschehen ist.»

Er sprach schnell und sachlich, und er machte einen beherrschten, kraftvollen Eindruck. Ich schätzte sein Alter auf fünfundvierzig Jahre.

«Herr Brummer», sagte ich, «erlauben Sie, daß ich Ihnen zu... diesem tragischen Ereignis meine Anteilnahme ausspreche. Das ist ein schlechter Moment, um mich vorzustellen. Glauben Sie nicht, es wäre besser, wenn ich morgen wiederkäme?»

Julius Brummer schüttelte den Kopf. Er übersprang fünf Sätze Dialog: «Haben Sie Hunger, Herr Holden?» Ich bemerkte jetzt, daß er ohne Unterlaß leicht die Kiefer bewegte, er hatte einen Kaugummi im Mund. «Haben Sie Hunger?»

Ich nickte. Mir war ganz übel vor Hunger.

«Noch ein Gedeck, Mila.»

«Jawohl, gnä' Herr!»

«Machen Sie nicht so ein Gesicht, Herr Holden! Was hilft es meiner Frau, wenn wir *nicht* essen? Niemandem kann die Sache nähergehen als mir. Ich liebe meine Frau. Wir waren glücklich, was, Mila?»

«Und wie, gnä' Herr...» Die alte Köchin schluckte qualvoll, während sie das zweite Gedeck auflegte. Er trat zu ihr und drückte sie an sich. Ihr weißer Scheitel erreichte knapp jene Höhe seiner Weste, an welcher eine goldene Uhrkette verlief. «Warum hat sie es bloß getan? Warum?»

«Niemand weiß es, Mila.» Seine Stimme klang warm und voll. «Sie haben mich noch nicht zu ihr gelassen. Aber ich werde herausfinden, was geschehen ist, verlaß dich drauf!»

«Wenn sie stirbt, gnä' Herr, wenn unsere Nina stirbt?»

Er schüttelte gebieterisch den Kopf und das bedeutete: *Sie wird nicht sterben.*

Unendliche Kraft ging von dem Kopfschütteln Julius Brummers aus. Mila Blehova sah ergriffen zu ihm auf. Für sie war dieser Mann ein Pol der Kraft und Ruhe. Sie sagte mühsam: «Hab ich Rindsrouladen gemacht, gnä' Herr. Und Rotkraut.»

«Gute Mila. Bist die Beste von allen», sagte Julius Brummer.

Es war der gleiche Julius Brummer, dessen Tod ich heute, da ich diese Zeilen schreibe, heute, ein knappes Dreivierteljahr später, mit aller Umsicht vorbereite, weil ich ihn mehr hasse als irgendein anderer Mensch auf dieser Erde irgendeinen anderen Menschen hassen kann...

5

«Feinstes Bier von der Welt. Also, für mich gibt's ja nur Pilsner!» Er wischte sich mit dem rosigen Handrücken Schaum vom Mund. Wir waren jetzt allein. «Originalabfüllung. Lasse ich mir in Kisten kommen. Sehen Sie mal das Sichel-und-Hammer-Zeichen auf dem Etikett. Direkt aus Prag. Bier machen können auch die Roten.»

Er griff auf seinen Teller, riß die Roulade entzwei und warf eine Hälfte dem alten Boxer zu, der neben ihm stand. Das Fleisch fiel auf den Teppich. Speichelreich begann das Tier zu fressen.

«Sieht nichts mehr, das arme Puppele.» Brummer leckte seine fetten Finger ab. Den alten Hund liebte er, das stand fest. Jetzt sagte er: «Bekommen Sie keinen falschen Eindruck, Holden.»

«Falschen Eindruck?»

«Weil ich von meiner Frau nicht rede. Ich kann nicht. Wenn ich an meine Frau denke, verliere ich den Kopf. Ich brauche jetzt meinen Kopf. Es ist allerhand im Gang gegen mich.»

Ich sah auf meinen Teller. Der Teller trug die goldenen Buchstaben J und B. Auch die Messer und Gabeln waren graviert.

«Nicht neugierig, was?»

«Nicht sehr», sagte ich.

«Fein. Nehmen Sie noch Kartoffeln. Und Kraut. Prima Kraut, was?»

«Ja.»

«Wissen Sie, Holden, ich habe einen Mann totgefahren.»

Ich nahm noch Rotkraut.

«Vor einem Jahr war das.»

Ich nahm noch Kartoffeln.

«Scheußliche Sache. Ein Schwerhöriger. Lief mir direkt in den Wagen. Ich konnte nichts dafür, wirklich nicht. Kam aber von einer Party. Drei, vier Martinis. Vielleicht fünf. Vollkommen nüchtern, selbstverständlich.»

Ich aß Rotkraut und Kartoffeln und ein Stückchen Roulade.

«Großes Theater. Funkstreife. Blutprobe. Blutprobe positiv. Führerschein beim Teufel. Wenn sie mich noch einmal hinter dem Steuer erwischen, gibt es *trouble*. Aber echten. Pech, was?»

«Pech», sagte ich.

«Seither bin ich auf Chauffeure angewiesen. Der letzte, den ich hatte, wurde plötzlich frech. So ein Hübscher, Schwuler. Seine Jungs erpreßten ihn. Also versuchte er, mich zu erpressen. Also schmiß ich ihn 'raus. Ich lasse mich nicht erpressen, Holden.»

«Ich bin nicht schwul.»

«Nein. Sie sehen nicht so aus. Was ist mit *Ihnen* los?»

«Bitte?»

«Was mit Ihnen los ist.»

«Mit mir ist alles in Ordnung, Herr Brummer.»

«Ach, Scheiße.»

Ich legte das Messer und die Gabel auf den Teller.

«Na, reden Sie schon!»

Ich schwieg.

«Auf mein Inserat bekam ich siebzehn Angebote.» Er bohrte mit dem Zeigefinger in den Zähnen, war von dem Resultat enttäuscht und aß weiter. Dazu sprach er: «Ihr Angebot fiel mir auf. Wissen Sie, warum?»

«Warum, Herr Brummer?»

«Es war so devot. So kriecherisch. So gottergeben. Warum sind Sie so gottergeben, Holden?»

Ich schwieg.

«SS?»

«Nein.»

«In der Partei gewesen?» «Nein.»

«Sie wollen nicht reden», konstatierte er und bohrte wieder in den Zähnen. Die Kerzen flackerten. Der Hund jaulte. Ich sagte mir, daß ich bei diesem Julius Brummer keine Chancen hatte. Seine kleinen Augen schlossen sich zu Schlitzen. «Ich habe viele Feinde in Düsseldorf, Holden. Aber ich habe auch viele Freunde. Auch bei der Polizei. Wie?»

«Ich habe nichts gesagt, Herr Brummer.»

«Zum Beispiel beim Erkennungsdienst. Der Chef vom Erkennungsdienst heißt Röhm. Netter Kerl. Tut mir jeden Gefallen. Gibt mir über alles Auskunft. Angenehm so etwas, wie?»

«Gewiß, Herr Brummer.»

«Werde ihn mal anrufen. Wie heißen Sie mit dem Vornamen, Holden?»

«Robert.»

Er ging zu einem Telephon, das auf einer Anrichte stand.

«Robert Holden, sehr schön. Wann geboren?»

«7. Juli 1916.»

Er begann die Nummer zu wählen.

Ich sagte: «Legen Sie auf, Herr Brummer. Ich war im Zuchthaus.»

«Na also. Wie lange?»

Nun log ich. Meine Vergangenheit sollte tot sein, ich hatte für sie gesühnt. Ich hatte München verlassen, um endlich wieder frei leben zu können, damit sie tot sei, die Vergangenheit! München war weit. Ich log: «Zwei Jahre.»

«Wann sind Sie 'rausgekommen?» Er legte den Hörer nieder.

«Vor vier Monaten.»

«Warum waren Sie drin?»

Ich log und sah verzweifelt, daß er mir nicht glaubte: «Betrügerischer Bankrott. Ich hatte ein Stoffgeschäft.»

«Ja, wirklich?»

«Ja, wirklich», log ich.

Jawohl, damals belog ich Julius Maria Brummer . . .

Ich habe nicht zwei, sondern neun Jahre im Zuchthaus gesessen, und nicht wegen betrügerischen Bankrotts, sondern wegen Totschlags. Ich habe meine Frau getötet, meine Frau Margit, die ich über alles liebte.

Ich habe niemals ein Stoffgeschäft in München besessen. Ich war Antiquitätenhändler, Kunstsachverständiger. Einen schönen Laden hatte ich in der Theatinerstraße.

Glücklich verheiratet war ich, als der Krieg begann. Polen, Frankreich, Afrika, Rußland: immer träumte ich von meiner Frau, nur von ihr. Sie war alles, was mich am Leben hielt, denn ich haßte den Krieg, die Uniform und das Tötenmüssen.

Dann kam ich nach Hause, Ende 1946, es war ein langer Krieg gewesen, ein langer Krieg für mich, und ich hatte ihn mehr verloren als andere.

Sie lag im Bett mit dem Kerl, als ich kam, im Bett und nackt. Da tat ich es.

Ich schlug auf sie ein, und von einer Wunde an der Stirn, die der Kerl mir geschlagen hatte, bevor er davonrannte, floß mir das Blut über die Augen, und ich sah alles durch den klebrigen, dikken Vorhang, der war rot. Ich schlug auf sie ein und hörte ihr Schreien, bis mich Nachbarn zurückrissen und selbst niederschlugen. Sie starb in dieser Nacht, Margit, meine Frau, meine Liebe.

Ich war ihr Mörder.

Sie billigten mir mildernde Umstände zu und gaben mir zwölf Jahre. Nach neun Jahren wurde ich begnadigt.

Ich verließ München. Ich kam hierher, um Margit zu vergessen, meine ganze Vergangenheit, alles. Ich hatte alles verloren, meine Frau, mein Antiquitätengeschäft, mein Heim. Nun wollte ich von neuem beginnen. Darum belog ich Julius Maria Brummer.

Er sah mich schweigend an.

Ich stand auf, denn ich fühlte, daß er mich nun fortschicken würde. Wer engagiert schon einen Zuchthäusler als Chauffeur? Ich hatte kein Glück. Ich hätte gleich wissen müssen, daß ich kein Glück haben würde. Ich konnte kein Glück mehr haben. Nicht mit meiner Vergangenheit.

«Warum stehen Sie auf, Holden?»

«Um mich zu verabschieden, Herr Brummer.»

«Setzen Sie sich hin. Vierhundert mit freier Kost und Quartier. Okay?» Ich schüttelte den Kopf.

Er deutete die Bewegung meiner Ratlosigkeit falsch: «Zuwenig?»

Ich nickte. Um mich drehte sich alles.

«Also gut, fünfhundert. Aber ich sage Ihnen gleich, es wird eine Menge Arbeit werden, ich bin dauernd unterwegs. Hamburg. München. Berlin. Paris und Rom. Ich habe Angst vor'm Fliegen.»

«Sie engagieren mich, obwohl ich etwas ausgefressen habe?»

«Ich engagiere Sie deshalb. Leute wie Sie sind anhänglich. Noch Fragen, Holden?»

«Ja. Könnte ich ein Monatsgehalt im voraus bekommen? Ich habe Schulden.»

Er holte aus seiner Gesäßtasche eine Rolle Banknoten hervor, beleckte Daumen und Zeigefinger und zählte zehn Fünfzigmarknoten vor mich auf den Tisch. Mir wurde warm im Genick, meine Lippen wurden trocken. Die violetten Scheine lagen in Form eines Halbkreises da. Er erschien mir wie der Regenbogen am Ende einer Schlechtwetterperiode.

Auf der Anrichte begann das Telephon zu läuten. Er verließ mich, bewegte sich wippend durch den Raum und hob den Hörer ab.

«Ja?»

Danach schwieg er und lauschte einer Stimme, die undeutlich bis zu mir drang. Ich sammelte die Banknoten ein. Der alte Hund kroch auf dem Bauch zu seinem Herrn. Draußen prasselte der Regen gegen die Fensterläden.

«Ich komme», sagte Julius Brummer. Er legte den Hörer in die Gabel und fuhr sich mit der Hand über die Stirn.

Der Hund heulte auf.

«Sie müssen mich sofort ins Krankenhaus fahren. Meine Frau liegt im Sterben», sagte Brummer.

6

«Schneller!»

Er sah in den Regen hinaus und bewegte mahlend die Kiefer. Es roch nach Pfefferminz. Ich trat auf den Gashebel. Die Nadel des Geschwindigkeitsmessers kletterte auf Hundert. Wir rasten den Rhein entlang südwärts, der Innenstadt entgegen.

Drei Autos hatte ich in der Garage erblickt: einen Mercedes, einen BMW, einen schwarz-roten Cadillac. Wir hatten den Cadillac genommen. Der Hund lag zwischen uns und wimmerte. Sein Speichel troff klebrig und dünn auf das Leder des Sitzes.

«Schneller, verflucht noch einmal», sagte Julius Brummer. Hundertzehn. Hundertzwanzig. Hundertfünfundzwanzig. Die Wischer schlugen in wahnsinniger Hast, der Wagen begann auf der nassen Straße zu tanzen.

«Scheißen Sie sich nicht gleich in die Hosen, Holden. So ein Cadillac hält schon was aus. Hat mich einen Haufen Geld gekostet!»

Ich schaffte die Strecke bis zum Marien-Krankenhaus in sieben Minuten. Der Wagen hatte vor der angestrahlten Auffahrt des Hospitals noch nicht ganz gehalten, als Brummer bereits ins Freie sprang. Der Hund folgte jaulend. Schwingtüren blitzten auf. Dann waren die beiden verschwunden.

Ich ließ den Cadillac langsam zur Straße hinabgleiten und parkte ein paar Meter weiter unter einer alten Kastanie. Hier war es dunkel. Der Regen trommelte auf das Dach des Wagens. Ich drehte das Radio an...

«...mit dem Gongschlag war es 22 Uhr. Vom Nordwestdeutschen Rundfunk hören Sie Nachrichten. London. Der Abrüstungsausschuß der Vereinten Nationen trat heute erneut zusammen. Zur gegenseitigen Sicherung vor einem Überraschungsangriff durch ein weltumfassendes System der Luft- und Bodenkontrolle schlug der Vertreter der USA, Stassen, den Sowjets im Namen von Großbritannien, Frankreich und Kanada und im Einverständnis mit den Regierungen von Norwegen und Dänemark einen neuen Plan vor...»

Warum wollte Nina Brummer sich vergiften?

Ich dachte noch: Ob sie schon tot ist?

Dann war ich eingeschlafen...

Die Wagentür fiel zu. Ich fuhr empor. Die Skala des Wagenradios glühte weiß und rot. Sentimentaler Jazz erklang. Ein Saxophon begann zu schluchzen. Die Uhr auf dem Armaturenbrett zeigte die Zeit: acht Minuten vor Mitternacht.

«Entschuldigen Sie, Herr Brummer!»

Der Mann an meiner Seite war nicht Julius Brummer. Er trug einen vor Nässe glänzenden, schwarzen Gummimantel. Regentropfen rannen aus dem blonden Haar über das asketische Gesicht. Stahlgefaßte Brillen machten die Augen unsichtbar.

«Wo ist Herr Brummer?» Er sprach mit einem schweren sächsischen Akzent, seine Stimme klang weinerlich. «Reden Sie doch! Es ist wichtig. Ich suche Herrn Brummer schon den ganzen Abend. Die Köchin sagte am Telephon, er wäre hier im Krankenhaus.»

«Warum fragen Sie dann noch mich?»

«Ich muß Herrn Brummer sprechen... ich muß ihm was sagen...»

«Gehen Sie 'rein. Sagen Sie es ihm.»

Er machte ein Gesicht wie ein unglückliches Kind: «Das kann ich nicht. Dazu habe ich keine Erlaubnis. In einer halben Stunde fährt mein Zug. Ich muß weg aus Düsseldorf...»

«Wer sind Sie?» fragte ich. Der Mann sah verhungert und krank aus. In seinem Gebiß fehlten Zähne. Er spuckte ein bißchen beim Sprechen.

«Herr Brummer kennt mich. Der Name ist Dietrich.»

«Dietrich?»

«Ja. Er hat auf meinen Anruf gewartet. Was ist passiert?»

«Seine Frau. Selbstmord.»

«O Gott», sagte er. «Deswegen?»

«Weswegen?»

«Sie wissen nicht, weswegen?»

«Ich weiß überhaupt nichts», sagte ich.

Er sah mich hilfesuchend an. «Was mache ich nur?»

Ich zuckte die Schultern.

«Immer kommt unsereiner in die Scheiße», sagte er bitter. «Aufträge. Befehle. Vorschriften und Richtlinien. Daran, daß die Frau sich umbringen könnte, hat keiner gedacht. Jetzt haben wir den Salat.» Er blinzelte treuherzig: «Würden Sie Herrn Brummer wohl was ausrichten, Kamerad?» «Ja.»

«Sagen Sie ihm, sein Freund ist da. Sein Freund aus Leipzig. Er bringt das Material. Morgen nachmittag. Um 17 Uhr.»

«Wohin?»

«Ans Hermsdorfer Kreuz. Autobahnausfahrt nach Dresden.»

«In der Zone?»

«Na ja doch, klar.» Er nieste donnernd. «Ich muß weg hier, ehe sie mich erwischen. Ich weiß nicht, ob ich Ihnen trauen soll. Es ist mir aber egal, ich denke jetzt *einmal* an mich. Ein Sauberuf ist das. Nichts funktioniert mehr. Die ganze Organisation gehört in' Arsch.»

Im Radio schluchzte das Saxophon ...

«Hermsdorfer Kreuz, Ausfahrt nach Dresden, 17 Uhr», sagte ich.

«Er soll pünktlich sein.»

«Okay.»

«Sein Freund wird eine schwarze Aktentasche tragen. Und einen schwarzen Gummimantel. Wie ich. Werden Sie sich das merken?»

«Bestimmt.»

«Ist mir auch egal. Ich habe jetzt den Kanal voll.» Er kletterte aus dem Wagen.

«Hübsche Karre», sagte er hilflos, in dem Bemühen, sich einen gesellschaftsfähigen Abgang zu verschaffen. Er strich über die regennassen goldenen Buchstaben J und B auf dem Schlag. «Na ja, unsereiner kommt nie zu etwas. Leb wohl, Kamerad.»

«Gute Nacht», sagte ich. Er ging schnell die Straße hinunter, mager, krank, mit verbeulten Hosenbeinen und vertretenen Schuhen.

Das Saxophon beendete den Slowfox.

«Und nun, meine Damen und Herren, Ray Torro und sein neuer Schlager ‹Zwei Herzen voll Glück auf dem Lago Maggiore›...»

Ich stieg aus und ging durch den Regen zum Eingang des Krankenhauses. Ich wollte Julius Brummer suchen. Allem Anschein nach war seine Frau noch immer nicht gestorben.

## 7

Es war ein katholisches Krankenhaus.

Die Nonnen trugen weiße, weite Kleider und weiße, breite Hauben, es erstaunte mich, zu dieser Stunde noch so viele von ihnen zu sehen. Sie eilten über die Stiegen und über die Gänge, und sie rollten kleine Wagen mit Arzneien. Es waren sehr nette Nonnen, und sie hatten viel zu tun in dieser Nacht. Auch in der Pförtnerloge neben dem Eingang saß eine Ordensschwester. Sie war dick und trug eine Brille. Ich fragte nach Herrn Brummer.

«Er ist bei seiner Frau», erwiderte sie und ließ die Zeitung sinken, in welcher sie gelesen hatte. Neben ihr lag zusammengerollt der alte Hund und blinzelte mich traurig an. Er zitterte und bewegte den Schwanz. «Hunde dürfen das Krankenhaus nicht betreten», erklärte die dicke Nonne.

«Wie geht es Frau Brummer?»

«Nicht gut, fürchte ich. Man muß zu Gott beten, daß er ihr diese schwere Schuld vergibt.»

Ich verstand nicht gleich, was sie meinte, aber dann fiel mir ein, daß Selbstmord in ihren Augen eine schwere Sünde war, und vielleicht nicht nur in den Augen einer Nonne, sondern überhaupt, und daß es schon sehr lange her war, seit ich selbst einmal gebetet hatte. Das letzte Gebet, an das ich mich erinnerte, hatte ich in einem Keller gesprochen, als das Haus von einer Mine getroffen wurde. Aber vielleicht war das kein richtiges Gebet gewesen...

«Ich muß mit Herrn Brummer reden», sagte ich. «Ich bin sein Chauffeur.»

«Gehen Sie in den ersten Stock hinauf. Den Gang links hinunter in die Privatabteilung. Sprechen Sie mit der Nachtaufsicht.»

Im Stiegenhaus gab es viele Nischen, und in den Nischen standen bemalte Heilige von Kindergröße. Sie waren blau und rot und gelb bemalt. Die Heiligenscheine glänzten golden. Es gab wenige männliche Heilige, aber zahlreiche weibliche, und vor allen standen Vasen mit Blumen. Ich hörte meine Schritte laut hallen. Eine Glocke begann dünn in der Nähe zu bimmeln.

Die Nachtschwester der Privatabteilung fand ich in ihrem Stationszimmer. Sie war jung und hübsch, aber streng und ernst. «Herr Brummer ist bei seiner Frau.» Sie stand vor einem Medikamentenschrank und kramte in Ampullenpackungen. Das Licht der blauen Deckenlampe fiel auf sie.

«Wird sie durchkommen?»

«Das weiß Gott allein.» Sie hatte gefunden, was sie suchte: eine Packung von Ampullen mit der Aufschrift VERITOL. Nun ging sie den von Blaulicht erhellten Gang hinab. Ich folgte. Um sie freundlicher zu stimmen, sagte ich: «Was sie getan hat, war eine große Sünde.»

«Eine Todsünde. Möge der Herrgott ihr verzeihen.»

«Amen», sagte ich.

«Das Sauerstoffzelt hat nichts genützt. Auch auf Kreislaufmittel hat sie nicht mehr angesprochen. Der Puls setzt aus. Doktor Schuster wird es jetzt noch mit einer Blutwäsche versuchen.»

«Was ist das?»

«Wir entfernen zwei Drittel ihres Blutes und ersetzen es durch fremdes. Dazu spritzt Doktor Schuster Veritol, direkt ins Herz.»

«Also hat sie doch noch eine Chance.»

«Eine sehr kleine», sagte sie und öffnete eine weiße Tür, welche in ihrer oberen Hälfte ein Glasfenster besaß. Die Tür fiel hinter der hübschen Schwester zu.

Ich trat an das Fenster, dessen Vorhang auf der Innenseite nicht geschlossen war. Ich sah die junge Schwester, einen älteren Arzt und Julius Brummer. Und ich erschrak wie nie zuvor in meinem Leben. Nicht, was ich sah, war furchtbar, sondern daß ich es sehen mußte, ich von allen Menschen ...

Die drei standen um das Bett einer jungen Frau. Sie lag auf dem Rücken, in tiefer Bewußtlosigkeit. Blondes Haar bedeckte das Kissen, das Gesicht war bläulich verfärbt, die Lippen waren weiß, nicht mehr durchblutet. Blaue Lider lagen auf den Augen, der Mund stand offen. Mochte Nina Brummer im Leben schön sein, in diesem Augenblick war sie es nicht. Sie sah aus, als wäre sie bereits seit Stunden tot.

Der Arzt und die Schwester bereiteten eine Transfusion vor. Sie schoben den silbernen Ständer heran, an welchem die Blutkonserve hing, sie befestigten Gummibandagen und Glasröhrchen an Nina Brummers linkem Oberarm. Ihr Mann sah alles mit an. Er wandte mir den Rücken.

Nun schlug der Arzt die Bettdecke zurück. Nackt bis zur Hüfte, lag die Bewußtlose auf dem weißen Laken. Ihr Körper war voll und schön, die Brüste waren groß und fraulich. Der Arzt neigte sich über Nina und lauschte ihren Herztönen, während die Schwester eine Ampulle köpfte. Honiggelb stieg das Veritol in eine lange Glaskanüle.

Der Arzt setzte die Spitze der Kanüle auf die weiße Haut von Nina Brummers Brust und stieß zu.

Ich wandte mich ab, denn mir wurde plötzlich übel. Ich ertrug den Anblick dieser Frau nicht länger. Ich kannte diese Frau, ich kannte sie ...

Ich ging den Gang hinab, zu einer kleinen Hauskapelle.

Hier gab es einen Altar und eine Betbank. Auf dem Altar stand eine große, bunte Madonna mit ihrem Kind im Arm. Zwei Kerzen flackerten unruhig. Es gab auch hier viele Blumen. Vor der Betbank standen Stühle in drei Reihen. Die Stühle waren hart und ungepolstert. Links vom Eingang der Kapelle gab es einen zweiten, kleineren Altar in einem Erker. Hier standen zwei weiche gepolsterte Stühle. Ich erreichte eben noch einen von ihnen. Es drehte sich nun alles. Ich atmete tief, um meiner Übelkeit Herr zu werden, und das Herz klopfte rasend in meiner Brust. Die bunte Madonna mit dem Kind im Arm blickte ernst auf mich herab.

So kurz, dachte ich, ist also das Leben einer Lüge. Ich wollte der Vergangenheit entfliehen. Hier schon, in diesem stillen Hospital, hat sie mich wieder eingeholt.

Ich sah die Madonna an und dachte erbittert: Warum läßt Du mir nicht meinen Frieden? Ich habe gesühnt. Auch gelitten habe ich, ja, gelitten.

Die Madonna blickte steinern auf mich herab...

Warum, dachte ich, warum?

Alles schien gut zu gehen — bis zu dem Augenblick, da ich durch das Fenster jenes Krankenzimmers blickte. Da sah ich sie wieder, sah Margit, meine Frau, noch nicht ganz auferstanden von den Toten.

Es klingt phantastisch, wenn ich es hier niederschreibe, und doch verhielt es sich genauso. Es war *ihr* Körper, der da lag, *ihr* Gesicht, *ihr* blondes Haar, Margits Augenbrauen, Margits kleine Ohren, Margits schmale Hände. *Margit* lag da, und war nicht Margit, sondern eine fremde, reiche Frau, Nina Brummer.

*Und doch...* und doch sah sie so aus, wie Margit ausgesehen hatte, *danach*, nachdem ich es getan hatte, bevor sie mich fortschleppten wie ein wildes Tier.

Meine Zähne schlugen aufeinander vor Erregung. Hinter jener Tür lag Margit, die nicht Margit war, hinter dieser Tür lag meine Vergangenheit.

Warum, warum? fragte ich erbittert die Madonna.

Aber ein Stein kann nicht reden.

Ich muß weg, dachte ich in Panik. Ich kann nicht bei Brummer bleiben. Wer erträgt das, täglich die geliebte Frau zu sehen, die man getötet hat?

Kein Mensch.

Und wenn Nina Brummer stirbt? Dann muß ich sie nicht sehen. Dann ist die Vergangenheit doch tot. Soll das eine Prüfung sein, fragte ich den Stein vergebens.

Ein Geräusch ließ mich aufblicken.

Julius Brummer hatte die Kapelle betreten. Er schwankte zu dem großen Altar an der Stirnseite. Er sah mich nicht. Ich hatte den Eindruck, daß er überhaupt nichts sah. Er bewegte sich stolpernd und unsicher wie sein Hund. Über das rosige Gesicht strömten Tränen. Krachend fiel er auf der Betbank vor der Madonna in die Knie. Es klang, als würde das Holz zersplittern.

Eine erste Reaktion, mich bemerkbar zu machen, wurde von unwiderstehlicher Neugier verdrängt. Gebannt sah ich den massigen Mann an, der vor mir zusammengebrochen war. Das Licht der Kerzen spiegelte in seiner Glatze. Er stöhnte jetzt laut und durchdringend. Danach schlug er mit der Stirn gegen das Brett der Bank. Er wand den Körper hin und her und richtete sich auf. Er zerrte die Krawatte herunter, öffnete den Hemdkragen und starrte die Madonna mit dem Kinde an.

Ungeschickt wie ein kleiner Bauernjunge faltete Julius Brummer die rosigen Hände vor der Brust. Er wähnte sich allein. Schwerfällig begann er laut zu beten:

«Bitte, laß meine Nina nicht sterben. Hilf ihr jetzt. Mach, daß die Bluttransfusion wirkt und auch das Veritol...»

Sein Atem ging keuchend. Er erhob sich und trat taumelnd an den Altar. Die Hände stützte er auf den Brokat. Sein kleiner Mund zuckte...

«Wenn Du sie leben läßt, will ich auch büßen... für alles... ich gehe ins Gefängnis... ich nehme jede Strafe an... ich wehre mich nicht gegen die verfluchten Hunde... ich schwöre es... ich schwöre es bei ihrem Leben... *ich fahre nicht in die Zone*...»

Er packte die Heiligenfigur mit beiden Händen, sein Körper sackte vor, und die Madonna drohte umzustürzen.

«...ich bleibe hier und warte, daß sie mich verhaften», keuchte Julius Brummer, «aber laß sie nicht sterben... bitte, laß sie nicht sterben...»

Mit einem leisen Aufschrei ließ er die Madonna los und griff sich nach dem Herzen. Dann drehte er sich um sich selber und fiel auf das Gesicht. Im Sturz bereits folgte ihm die Steinfigur. Mit einem dumpfen Geräusch traf sie Brummers Rücken, prallte ab und brach entzwei.

Ich stürzte vor und drehte den Reglosen auf den Rücken. Seine Augen standen offen, aber ich sah nur das Weiße. Er roch nach Pfefferminz. Ich eilte auf den Gang und rief nach der hübschen Nachtschwester. Sie tauchte aus ihrem Stationszimmer auf.

«Herr Brummer», sagte ich. «In der Kapelle. Schnell.»

«Was ist mit ihm?»

«Ohnmächtig. Er muß nicht wissen, daß ich ihn gefunden habe.»

Sie sah mich nachdenklich an, dann griff sie nach dem Hörer des Telephons auf ihrem Schreibtisch: «Geben Sie mir Doktor Schuster, bitte... es ist dringend...»

## 8

Sie legten ihn in ein freies Zimmer und gaben ihm Bellergal, als er wieder zu sich kam, und er verlangte ein Glas Kognak und die Rechnung für die zerbrochene Madonna: «Kaufen Sie eine größere und schönere. Ich bezahle alles.»

Sie sagten ihm wirklich nicht, wer ihn gefunden hatte. Er verlangte zu wissen, wie es seiner Frau ginge, und sie erklärten ihm, daß sie noch immer am Leben wäre. Da begann er zu weinen, und sie gaben ihm noch einmal Bellergal und drehten das Licht im Zimmer aus und rieten ihm, ruhig zu atmen und auf dem Rücken zu liegen.

Es wurde eine lange Nacht. Ich half der hübschen jungen Schwester, die Unordnung in der Hauskapelle zu beseitigen, und dann kochte sie starken Kaffee für uns beide. Sie war jetzt sehr nett.

Um halb vier Uhr morgens fühlte Julius Brummer sich dann besser und klingelte und verlangte nach mir. Ich ging zu ihm. Er saß auf dem Bett und kaute immer wie immer: «Tut mir leid, Holden, daß Ihre Arbeit bei mir gleich so anfängt. Sind Sie müde?»

Ich schüttelte den Kopf.

«Was ist los? Was machen Sie für ein Gesicht?» Er musterte mich scharf. «Haben Sie was gehört über mich?»

«Gehört, Herr Brummer?»

«Daß ich schlapp gemacht habe in der Kapelle... Reden die Nonnen? Wird gequatscht?» Nun verteidigte er sein Ansehen, seine Würde. Ich dachte an das verzerrte Gesicht vor dem Altar, an die gelallten Schwüre...

«Niemand redet, Herr Brummer. Man hat mir gesagt, daß Sie sich nicht wohl fühlten. Ich... ich habe Ihnen etwas auszurichten...»

«Was?»

«Während ich im Wagen wartete, kam ein Mann zu mir.»

«Was für ein Mann?»

Ich erzählte ihm von meiner Begegnung.

Er saß da, ohne sich zu rühren. Der Fenstervorhang hinter ihm begann zu leuchten. Das Licht der aufgehenden Sonne färbte ihn rosig. Einmal beleckte Brummer seine Lippen. Dann fuhr er fort zu kauen. Zuletzt sagte er:

«Das wäre heute nachmittag, wie?»

«Ja. Um 17 Uhr. Ausfahrt nach Dresden. Am Hermsdorfer Kreuz.»

«Wissen Sie, wo das ist, Holden?»

«Natürlich», sagte ich. Absichtlich fügte ich hinzu: «In der Zone.»

«In der Zone», wiederholte er.

(... *ich schwöre es* ... *ich schwöre es bei ihrem Leben, ich fahre nicht in die Zone* ...)

Es war schon lange her, daß ich einen Sonnenaufgang miterlebt hatte, und es überraschte mich, wie schnell das Ganze vor sich ging. Nun war der Vorhang bereits blutig rot und leuchtete so stark, daß Brummer als Silhouette erschien — ein fetter, vorgebeugter Affe. Goldene Lichtbahnen flammten an der Zimmerdekke auf. Sie kamen durch die Vorhangspalten.

«Haben Sie das alles sonst noch wem erzählt?»

«Nein, Herr Brummer.»

Ein Kruzifix hing über der Tür. Er sah es an. Dann ging er zum Fenster und zog die Vorhänge zurück. Blendend traf ihn das Sonnenlicht. Er öffnete das Fenster und sah in den Spitalsgarten hinaus, der still und naß im Dämmerlicht des Morgens lag. Kühle Luft drang zu mir, sie roch nach feuchtem Gras. Ein Vogel begann zu singen. Wir lauschten ihm beide. Ich sah, wie Brummer den Schädel schüttelte, beharrlich und langsam.

Die Tür ging auf.

Die hübsche Nachtschwester sagte ernst: «Gott hat ihr verziehen.»

Heiser fragte Brummer: «Ist sie tot?»

«Sie wird leben», antwortete die Nonne und lächelte: «Die Bluttransfusion hatte Erfolg. Der Puls ist wieder regelmäßig. Wir spritzen nur noch Strophantin.»

Drei Sekunden verstrichen.

«Nein», sagte Brummer, zerrissen zwischen Angst und Hoffnung. «*Doch!*»

«Es ist nicht wahr ...» Furcht schüttelte ihn immer noch.

«Es *ist* wahr. Doktor Schuster schickt mich. Er würde mich nicht schicken, wenn es nicht ganz sicher wäre. Ihre Frau wird leben, Herr Brummer. Gott ist voller Großmut.»

Noch drei Sekunden verstrichen, dann begann Julius Brummer zu lachen. Er lachte dröhnend. Wie ein Wesen der Vorzeit, wie ein Titan aus einer Steinhöhle erschien er mir. Mit beiden Fäusten trommelte er sich gegen die Brust, während er lachte.

«Sie lebt!» Er spie den Gummi aus. «Sie lebt, die Süße lebt!» Er schlug mir auf die Schulter. Dann umarmte er die junge Nonne. Er lachte immer weiter.

«Doktor Schuster erwartet Sie», sagte die Nonne betreten.

Brummer ging zur Tür. Als er an mir vorbeikam, sagte er grinsend: «Hauen Sie sich aufs Bett, mein Lieber. Pennen Sie ein paar Stunden. Und lassen Sie zur Sicherheit noch mal das Öl wechseln.»

«Öl wechseln?»

«Ist ein langer Weg durch die Zone», meinte Julius Brummer sachlich. Die Tür fiel hinter ihm und der Nonne ins Schloß.

Das Sonnenlicht erfüllte nun den ganzen Raum. Im Garten sangen viele Vögel. Ich trat ans Fenster. Leichter Ostwind wehte. Der Himmel sah sehr sauber aus.

Ich legte meine Jacke ab und öffnete mein Hemd. Dann legte ich mich auf das fremde Bett und verschränkte die Arme unter dem Kopf.

Sie wird also leben, und ich muß also gehen.

Warum also muß ich gehen?

Margit ist tot. Ich liebe sie nicht mehr. Sie hat mich betrogen. Es macht mir nichts aus, eine Frau zu sehen, die ihr gleicht. Nichts macht es mir aus, es war nur der Schock, vorhin, nur der Schock.

Ich werde bleiben. Lächerlich, einer fremden Frau nicht gewachsen zu sein. Ein paar Tage, dann ist es zur Gewohnheit geworden.

Im Gegenteil: ich *muß* bleiben und damit fertig werden. Denn schlimmer wäre es, zu gehen und zu wissen, fern von ihr, daß es sie gibt.

So, Herr Kriminalkommissar Kehlmann, für den ich diese Seiten fülle, dachte ich an jenem Morgen zur Rechtfertigung des Umstands, daß ich blieb.

Meine Gedanken waren sehr durchsichtig, nicht wahr? Sie sind ein Mann, Sie werden wissen, was von diesen meinen Gedanken zu halten war...

## 9

An diesem Tag wurde es schon nach dem Frühstück heiß. Ich erinnere mich noch genau daran, weil eigentlich die mörderische Hitze schuld an allem war, was zuletzt passierte. Die Luft flimmerte über dem Asphalt. Das Metálldach des Wagens glühte, als ich in die Stadt zum Ölwechsel fuhr. Die Frauen trugen weiße Blusen, Shorts und bunte Kleider. Sie zeigten Arme und Beine und viel Busen. Die meisten Männer gingen im Hemd. An manchen Stellen gab es noch Pfützen vom Regen der Nacht. Die Pfützen dampften.

Während die Mechaniker in der Goethe-Garage den Wagen abschmierten und das Öl im Motor und im Getriebe wechselten, ging ich zur Grupellostraße 180 hinüber und läutete meine Wirtin heraus. Sie war eine männerlose, verbitterte Frau mit strähnigem Haar und hungrigen Augen.

«Ich kündige, Frau Meise. Schreiben Sie mir die Rechnung bis zum nächsten Ersten. Alles, was ich Ihnen schulde. Beeilen Sie sich.»

«Sie haben kein Geld! Sie wollen bloß, daß ich aus'm Zimmer gehe, damit Sie flitzen können.»

Ich holte die zehn Fünfzigmarkscheine aus der Tasche und hielt sie ihr unter die Nase. Sie starrte mich an und lief dann fort. Ich schloß den Koffer. Er fühlte sich feucht an, wie alles in diesem Zimmer sich stets feucht angefühlt hatte.

Es war ein feuchtes, dunkles Zimmer gewesen, mit dem Ausblick auf eine Feuermauer, deren Verputz abblätterte. Das Bettzeug war ständig feucht gewesen, und meine Hemden im Schrank, und alle meine Papiere. Aber es war ein billiges Zimmer gewesen, fünfunddreißig Mark hatte es gekostet, und ich hatte eigentlich nur in ihm geschlafen. Im Bett hatte ich immer ein getragenes Hemd und meine Strümpfe anbehalten, denn ich besaß keinen Pyjama, und die Feuchtigkeit hatte mich gestört.

Die Wirtin kam mit der Rechnung zurück, und ich bezahlte, und sie nahm das Geld wortlos in Empfang und ging stumm davon. Ich legte die Wohnungsschlüssel auf den Tisch, nahm den Koffer und verließ das Zimmer, in dem ich vier Monate meines Lebens geschlafen und viele Alpträume geträumt hatte.

In der Garage waren sie mit dem Wagen fertig. Ich ließ ihn volltanken und warf den häßlichen Koffer in den Fond. Er sah besonders häßlich aus auf dem roten Leder.

«Kann ich mal telephonieren?» fragte ich den Tankwart. Er wies mit dem Kinn zu der gläsernen Kabine neben den Benzinsäulen. Dort stand ein Telephon. Ich rief Julius Brummer in seinem Büro an, er hatte mir die Nummer gegeben. Der Schweiß trat mir auf die Stirn, während ich auf die Verbindung wartete. In der Glaskabine war es heiß wie in einem Dampfbad.

«Holden?»

«Jawohl, Herr Brummer. Ich bin fertig.»

«Gut.» Es klang sachlich wie immer. «Ich habe hier noch zwei Stunden zu tun. Dann holen Sie mich ab. Fahren Sie heim. Der Diener soll mir einen Koffer packen.»

«Jawohl.»

«Kennen Sie die Blumenhandlung Stadler auf der Königsallee?»

«Nein. Aber ich werde sie finden, Herr Brummer.»

Im Schatten der Garagenwand spielten ein paar Kinder. Sie trugen Badetrikots. Ein kleiner Junge bespritzte die anderen mit einem Schlauch. Sie lachten und schrien durcheinander, hüpften auf und nieder und waren vergnügt.

«Fahren Sie hin und holen Sie die Blumen ab, die ich bestellt habe. Die Blumen sind für meine Frau. Bringen Sie sie ins Krankenhaus.»

«Jawohl, Herr Brummer.»

Jawohl, Herr Brummer. Nein, Herr Brummer. Sofort, Herr Brummer. Wie schnell man den Ton annahm, wie schnell man sich wieder an ihn gewöhnte. Jawohl, Herr Leutnant. Nein, Herr Leutnant. Sofort, Herr Leutnant. Das hatte mir damals nichts ausgemacht, und es machte mir heute nichts aus. In Brummers Haus gab es ein Zimmer für mich, dessen Bett gewiß nicht feucht war. Ich hatte Geld in der Tasche, ich hatte Arbeit, ich hatte einen Chef, der keine Fragen stellte.

Nein, Herr Brummer. Ja, Herr Brummer. Sofort, Herr Brummer. Na und? Im Krieg war außerdem geschossen worden.

«Was ist mit der Rechnung?» fragte ich den Tankwart.

«Schicken wir Herrn Brummer immer monatlich.»

«Fein», sagte ich und setzte mich hinter das Steuer. Der Ventilator begann zu summen, als ich den Motor anließ. Luft strömte durch den Wagen. Leise glitt er auf die Straße hinaus. Wenn wir von unserer Fahrt in die Zone zurückkamen, hatte Brummer mir erklärt, würde ich auch eine schicke Uniform erhalten, nach Maß, von einem schicken Schneider.

Uniform war Uniform.

Jawohl, Herr Leutnant. Jawohl, Herr Brummer. Ich hatte Arbeit. Ich hatte Ruhe. Keine Fragen. Keine schiefen Blicke. Das war eine Menge für einen Mann, der aus dem Zuchthaus kam.

Ich hielt und stieg aus und holte den alten Koffer aus dem Fond und stellte ihn nach hinten, in den großen Gepäckraum. Es war ein so schöner Wagen, und ein so häßlicher Koffer. Der Kalfaktor Hirnschall hatte ihn mir geschenkt, als ich entlassen wurde ...

10

Einunddreißig dunkelrote Rosen.

Sie hatten sie bereits doppelt in Cellophanpapier verpackt, als ich ankam. Es war ein mächtiger Strauß, richtig schwer zu tragen.

«Und bitte die Stiele schneiden, bevor sie ins Wasser gesteckt werden.» «Ist gut.»

«Holländische Ware. Beste Qualität. Herr Brummer wird zufrieden sein.»

«Die Rechnung —»

«Herr Brummer hat ein Konto bei uns. Vielen Dank. Guten Tag, mein Herr ...»

Langsam erfuhr ich, wie die reichen Leute lebten. Sie hatten Konten. Sie rechneten monatlich ab. Sie besaßen Kredit, weil sie Vertrauen besaßen. Das war der Unterschied.

Im Marien-Krankenhaus saß eine andere Nonne in der Portiersloge, und eine andere Nonne machte in der Privatabteilung Dienst. Die hübsche Nachtschwester war verschwunden. An ihrer Stelle arbeitete in dem heißen, kleinen Stationszimmer jetzt eine ältere Dame. Sie betrachtete ernst, was zutage kam, als sie das Cellophanpapier entfernte.

Von den fünfhundert Mark, die mir Brummer gegeben hatte, waren hundertfünfundsiebzig bei der Witwe Meise geblieben. Aber auch mit dreihundertfünfundzwanzig Mark in der Tasche kam ich mir bereits vor, als wäre ich ein naher Verwandter Brummers, ein Teilhaber seiner Geschäfte, ein Mitglied der herrschenden Klasse. Ich nickte der Nonne zu und ging.

Im Stiegenhaus überlegte ich, daß ich mir zuerst einen grauen Freskoanzug machen lassen wollte. Einen einreihigen. Vielleicht mit Weste. Ich konnte weiße Hemden und schwarze Krawatten dazu tragen. Schwarze Schuhe, schwarze Socken. Eigentlich konnte man zu Grau alles tragen. Ich —

«Warten Sie, bitte!»

Ich drehte mich um. Die ältliche Nonne kam mir nachgeeilt. «Frau Brummer möchte Sie sprechen.»

«Mich? Warum?»

«Das weiß ich nicht. Sie ist noch gar nicht richtig bei sich. Aber ich soll Sie zu ihr bringen. Kommen Sie mit.»

Also folgte ich ihr zurück in die Privatabteilung, und die Nonne ließ mich in Nina Brummers Zimmer treten und sagte laut: «Die gnädige Frau ist noch *sehr* schwach. Es ist *sehr* schlecht für sie, wenn sie spricht.» Dann verschwand sie.

Auch in diesem Zimmer war es heiß. Nina Brummers Kopf lag auf dem schräg gestellten Kissen. Sie war jetzt gewaschen und gekämmt, aber das Gesicht sah noch immer bläulichweiß, blutleer und erschöpft aus, und es sah aus wie Margits Gesicht, die Ähnlichkeit war unfaßbar. Doch jetzt schien die Sonne, ich hatte den ersten Schock überwunden, ich hielt den Anblick dieses Gesichtes aus. Auf der Bettdecke lagen die einunddreißig Rosen. Mit zitternden Händen strich sie über die Blüten. Die grauen Lippen bewegten sich. Sie sprach, aber sie sprach so leise, daß ich sie nicht verstand. Ich trat an das Bett. Sie flüsterte qualvoll: «Der... neue... Chauffeur...?»

«Ja, gnädige Frau.»

Sie holte rasselnd Atem. Es schien ihr noch gewaltige Mühe zu bereiten, zu atmen. Die Brust hob sich unter der Decke. Die großen blauen Augen waren milchig-verglast, die Pupillen schwammen hin und her. Diese Frau war noch nicht ganz bei Besinnung. Sie lebte — aber sie lebte kaum. Blutverlust. Schwäche. Herzmittel. Die Vergiftung. Nein, diese Frau wußte nicht, was sie tat, was sie sprach. Diese Frau bewegte den Kopf nun ruckweise wie eine mechanische Puppe und lallte flehend: «Helfen...»

Ich neigte mich über sie.

Wenn sie den Mund öffnete, roch ich immer noch Leuchtgas. Mir war heiß. Mir war übel.

«...müssen...mir...helfen...»

Natürlich trat im nächsten Moment, ohne anzuklopfen, die ältliche Nonne ein. Sie kam zum Bett und nahm die Rosen. «Ich habe jetzt eine Vase gefunden.» Sie ging zur Tür zurück. Sie sagte scharf: «Herr Doktor hat *ausdrücklich* angeordnet, daß Frau Brummer *keinen* Besuch empfangen und *nicht* sprechen soll. Es ist *sehr* schlecht für sie.»

Nina Brummer stammelte mit verzerrtem Mund, aus welchem Speichel rann: «Hassen... mich... alle... kann... keiner... trauen...» Der Kopf fiel auf die Schulter. Sie atmete rasselnd, um ihr Leben. Gas... Gas... es roch nach Gas...

Ich hielt den Blick dieser verdrehten Augen nicht mehr aus. Ich kam mir vor, als würde ich ihren Schlaf belauschen, das Narkosegestammel einer Fremden.

Ich sah zu dem Tischchen neben dem Bett. Hier stand ein weißes Telephon. Daneben lag etwas Schmuck: ein Ring, ein breites, goldenes Armband, eine zierliche Uhr mit blitzenden Steinen.

«...darf niemand... wissen... auch... nicht... Mila...» Ihre rechte Hand glitt unter die Bettdecke, kam wieder hervor, hielt einen Brief.

Ich rührte mich nicht.

«Nehmen... Sie...»

In die schönen, milchig getrübten Augen trat ein grausiger Ausdruck von Selbstaufgabe.

«*Bitte*...» Die Hand mit dem Brief streckte sich mir entgegen.

Diese Frau war nicht bei Besinnung, dachte ich. Nicht bei Besinnung, überhaupt nicht bei Besinnung.

Ich nahm den Brief.

Ich las, was auf dem Umschlag stand.

Herrn Toni Worm
Düsseldorf
Stresemannstraße 31 A

Die Buchstaben waren windschief und groß. Sie lagen auf dem Umschlag wie bizarres Spinngewebe. Die Buchstaben sahen nach Irrsinn aus, nach Nachtmahr, Fieber.

Ich legte den Brief dorthin auf die Bettdecke, wo diese zwischen Nina Brummers Brüsten eine kleine Vertiefung bildete, und schüttelte den Kopf.

«Er... muß... den Brief... bekommen...» Sie versuchte sich aufzurichten und fiel auf das Kissen zurück.

Sie wußte nicht, was sie tat. Sie lieferte sich mir aus. Sie riskierte Erpressung, ihre Ehe, ihre Zukunft. Sie riskierte alles — unter dem Einfluß von Cardiazol, Veritol, Schwäche, Blutverlust, Vergiftung. Diese Frau war nicht bei Besinnung.

«...ich tu... alles... was... Sie... wollen...»

Ich konnte diese ächzende Stimme nicht mehr hören. Ich wollte sie nicht mehr hören. Ich schüttelte den Kopf und wies zum Telephon. Ich konnte nicht sprechen, denn ich roch wieder Gas, und der Ekel würgte mich hoch oben in der Kehle.

«Er... hat... kein... Telephon...»

Ich weiß nicht mehr, wann ich anfing, Nina Brummer zu lieben. An diesem Morgen bestimmt noch nicht.

Man kann sich nicht in eine Fremde verlieben, in eine Frau am Rande des Todes. Das kann man nicht. Das ist unmöglich. Aber auf eine besondere Weise war Nina Brummer keine Fremde für mich, ich kannte sie in einer besonderen Weise seit Jahren, vielen Jahren. Ihr Gesicht kannte ich, ihre Haut, die Augen, das Haar. Denn es war Margits Haut, Margits Haar, Margits Gesicht, es waren Margits Augen.

Ich bin ein Realist. Jede Art von Metaphysik ist mir widerlich. Aber es scheint doch, daß es für Liebende den Tod nicht gibt. Meine Liebe zu Margit war noch nicht zu Ende, als ich sie tötete. Im Gegenteil, ich tötete sie, weil ich sie so liebte. Darum konnte ich nicht ertragen, daß sie mich betrog. Und nun stand ich vor einer Frau, die ihr in unbegreiflicher Weise glich. In ihr war Margit wieder lebendig geworden. Meine Liebe zu ihr konnte weitergehen. Vielleicht ist das die Erklärung für das, was ich tat: *Ich nahm den Brief.*

«Na schön», sagte ich.

In Nina Brummers verglaste Augen trat ein Ausdruck grenzenloser Erleichterung.

«Warten Sie... auf... Antwort...»

«Ja.»

«Rufen Sie... mich an...»

Die Tür flog auf.

Die Nonne sagte: «Wenn Sie jetzt nicht sofort gehen, muß ich den Herrn Doktor rufen.»

Nina Brummers Kopf fiel zur Seite. Sie schloß die Augen.

«Ich gehe schon», sagte ich.

Das Haus Stresemannstraße 31 A war alt. Es erhob sich hinter zwei verkrüppelten Bäumen, grau, einstöckig und düster. Es mußte um die Jahrhundertwende entstanden sein. Massige Karyatiden aus Sandstein trugen den Balkon über dem Eingang.

Ich ging in das dämmrige, kühle Stiegenhaus hinein. An einer Mauer hing ein Klingelbrett mit den Namen der Mieter. Es gab vier, zwei zur ebenen Erde, zwei im ersten Stock. Ich las:

### TONI WORM
#### MUSIKER

Er wohnte im ersten Stock. An der Wohnungstür gab es ein Guckloch, und nachdem ich geklingelt hatte, erschien in diesem Guckloch ein menschliches Auge, das mich musterte.

Ich erschrak ein wenig über das Auge, denn ich hatte keine Schritte jenseits der Tür gehört. Das Auge blickte mich unverwandt an.

Unsichtbar fragte der Mund des Gesichtes, zu dem dieses Auge gehörte: «Was wollen Sie?»

«Ich habe einen Brief. Für Herrn Worm. Sind Sie Herr Worm?»

«Ja.» Er sprach undeutlich. Entweder war er erkältet, oder er war betrunken.

«Dann öffnen Sie.»

«Werfen Sie den Brief in den Briefkasten.»

«Ich soll auf Antwort warten.»

«Der Briefkasten. Werfen Sie den Brief hinein.»

Ich schüttelte den Kopf.

Das Auge musterte mich zornig.

Die Stimme sagte zornig: «Dann lassen Sie's bleiben.»

«Der Brief ist von Frau Brummer.»

Die Wohnungstür flog auf.

Ein junger Mann von höchstens fünfundzwanzig Jahren stand in ihrem Rahmen. Er trug einen dunkelblauen glänzenden Schlafrock mit schmalen silbernen Verzierungen. Es war ein außerordentlich hübscher junger Mann, und er war nicht erkältet, sondern nur außerordentlich betrunken. Die großen, schwarzen Augen glühten. Das kurze, gekräuselte Haar hing in die bleiche, schweißfeuchte Stirn. Der sinnliche, volle Mund war schlaff geöffnet. Er besaß auffallend lange, seidige Wimpern und ausdrucksvolle, feingliedrige Hände. Er war wirklich ein attraktiver Junge, mit breiten Schultern und schmalen Hüften. Er war barfuß. Darum hatte ich ihn nicht gehört. Er lehnte an der Wand. «Sind Sie von der Polizei?»

«Nein.» Ich ging an ihm vorbei, in die Wohnung hinein, und dachte an die blauäugige Nina und ihren vollen, weißen Körper.

Der schwarze Toni mit den seidigen Wimpern. Die blonde Nina. Ein schönes Paar. Gewiß hatten sie sich eine Menge zu sagen gehabt. Und zu schreiben...

Im Wohnzimmer waren die Fensterläden geschlossen. Das elektrische Licht brannte. Es roch nach Kognak und nach Zigaretten. Auf einem geöffneten Flügel lagen viele Notenblätter, ein Hemd, eine Hose und eine Krawatte.

Es gab ein Regal mit vielen Büchern und Zeitschriften, die sehr ungeordnet durcheinanderlagen. Es gab eine breite Couch mit einem niederen Kacheltisch und drei Stühlen davor. Auf der Couch lag zerwühltes Bettzeug. Auf dem Kacheltisch lagen vier Morgenzeitungen. Zwischen ihnen stand eine halb leere Flasche Asbach-Uralt und ein Glas. Überall gab es schmutzige Aschenbecher.

Hart fiel das elektrische Licht einer Deckenlampe auf uns, während durch die Ritzen in den Fensterläden grelles Sonnenlicht von draußen seine Strahlen schoß.

Ich setzte mich auf das unordentliche Bett und entdeckte dabei eine Photographie Nina Brummers auf einem Wandbord. Es war ein großes Bild: Nina Brummer am Strand, lachend und winkend, in einem engen schwarzen Badeanzug. Sie sah sehr attraktiv aus. Viel attraktiver, als sie im Augenblick aussah.

Schwankend kam der junge Mann auf mich zu.

Ich gab ihm den Brief, und er sank ächzend in einen der drei Sessel und riß das Kuvert auf. Seine Hände zitterten so sehr, daß ihm der Briefbogen entfiel. Er hob ihn auf und begann zu lesen.

Als er den Bogen umdrehte, stöhnte er. Mit einer zitternden Hand fuhr er durch das kurze, schwarze Haar. Er trank. Er mußte seit Stunden trinken. Ich sah mir die Zeitungen auf dem Kacheltisch an und zählte die Worte, die ich in den Überschriften fand. Ich zählte viermal das Wort «Nina» und viermal den Buchstaben «B.», dreimal das Wort «Selbstmordversuch» und dreimal das Wort «Affäre».

Dann bemerkte ich, daß der hübsche Junge den Brief zu Ende gelesen hatte und mich anstarrte. Er stach mit einem Zeigefinger nach mir.

«Wer sind Sie?»

«Der Chauffeur von Herrn Brummer.»

Worm fiel in seinen Sessel zurück und wiederholte: «Der Chauffeur von Herrn Brummer...» Er schloß die Augen. «Sie muß den Verstand verloren haben... wo hat sie Ihnen diesen Brief gegeben?»

«Im Krankenhaus.» Ich sagte: «Ich bin ein Freund. Sie können sich auf mich verlassen. Ich habe kein Interesse daran, etwas über Ihre Beziehung zu verraten.»

«Was für eine Beziehung?» Er richtete sich mühsam auf. «Ich weiß nicht, wovon Sie sprechen.»

«Na, na, Herr Worm!»

«Gehen Sie weg», lallte er, versuchte sich zu erheben und fiel in den Sessel zurück. Der Morgenrock öffnete sich. Toni Worm war wirklich ausgezeichnet gewachsen.

Ich ging zur Tür. Irgendwo zog jemand die Wasserspülung eines Klosetts. Es rauschte in der Mauer.

«He! Sie!»

Ich drehte mich um. Er tat mir leid. Ein so hübscher Junge. Ich konnte auch Nina verstehen.

Er kam mit großen Schwierigkeiten auf die Beine, schwankte mir entgegen und fiel auf den Drehsessel vor dem Flügel. Die beiden Ellbogen trafen die Tasten. Es gab einen hohen und einen tiefen Mißton. Er rutschte seitlich ab, und ich fing ihn eben noch mit meinem Körper auf, bevor er auf den Teppich fiel.

Er sagte: «Ich kann das nicht tun, hören Sie?»

«Na schön, tun Sie es nicht.»

«Was stellt sie sich vor?» Er erhob sich wieder. Mit dem Rücken gegen den Flügel, konnte er ganz ordentlich stehen. Sein Atem roch nach Kognak. Das war ein Morgen der Gerüche.

«In allen Zeitungen steht es... die Polizei untersucht den Fall... was passiert, wenn es 'rauskommt? Ich muß in Ruhe arbeiten. Ich habe einen guten Job. Kennen Sie die Eden-Bar?»

«Nein.»

«Guter Job, wirklich. Ich fange gerade an. Ich muß auch an mich denken. Schauen Sie mal, diese Wohnung... die Möbel... die Bücher... habe ich mir alles selber gekauft. Von meinem Geld... Ich... ich hab einen Preis gewonnen... am Konservatorium... hier...», er schlug kraftlos auf einen Haufen loser Blätter, «... meine Rhapsodie! Zwei Drittel fertig. Nächstes Jahr wollte ich mir einen Volkswagen kaufen. Ich habe ihr gesagt, daß ich sie nie heiraten kann... ich habe sie nie angelogen... warum tut sie jetzt so etwas? Warum?»

Ich zuckte die Schultern.

«Der Brummer macht mich fertig, wenn es 'rauskommt! Was heißt denn fliehen? Wohin fliehen? Ich frage Sie, *wohin* sollen wir fliehen?»

«Fragen Sie mich nicht», sagte ich.

Er schlug mit der flachen Hand auf den Brief: «Air France. Buchen für Paris. Sofort buchen. Was ist das für ein Quatsch? Sie liegt doch im Krankenhaus! Wie kommt sie da 'raus?»

«Fragen Sie mich nicht.»

«Sie braucht einen Paß. Wo ist ihr Paß?»

«Fragen Sie mich nicht.»

«Was machen wir in Paris? Ich spreche nicht Französisch. Ich habe kein Geld. Sie hat kein Geld.» Er packte mich an den Jakkenaufschlägen: «Warum hat sie überhaupt versucht, sich das Leben zu nehmen?»

«Nicht», sagte ich.

«Was?»

«Greifen Sie mich nicht an. Ich mag das nicht.»

Er ließ mich los.

«Was ist so grauenhaft, daß sie es nicht ertragen kann?»

«Keine Ahnung.»

«Sie schreibt es aber.»

«Das ist Ihr Problem.»

«Wieso meines? Sie ist doch verheiratet!»

Von ihrer Photographie strahlte Nina Brummer uns beide an, üppig und blond, verführerisch und begehrenswert — aber doch anscheinend nicht begehrenswert und verführerisch genug.

«Ich kann ihr nicht helfen...», Toni Worm torkelte zum Tisch zurück, füllte sein Glas und verschüttete Kognak dabei, «...ich will nichts damit zu tun haben. Ich habe ihr immer gesagt, daß meine Arbeit mir über alles geht!» Er rief mit seltsamem Stolz: «Ich habe nie Geld von ihr genommen! Niemals ein Geschenk! Ich bin fast zehn Jahre jünger als sie!» Seine Stimme überschlug sich. «Es war ein völlig klares Agreement zwischen uns beiden — von dem Tage an, da sie mich ansprach.»

«Sie hat Sie angesprochen?»

«Na ja doch, in der Eden-Bar...» Er fuhr sich über den Mund. «Sie ist so nett. So schön. So großartig. Wir... wir hatten feine Zeiten miteinander, wirklich...» Er schlug auf den Packen Notenpapier. «Aber hier! Zwei Drittel fertig! Ich habe ihr nie Theater vorgemacht!»

«Ich muß gehen, Herr Worm.»

«Sagen Sie ihr, ich kann nicht. Sie soll mir nicht mehr schreiben. Sie soll sich ruhig verhalten. Dann können wir uns auch wieder treffen. Später. Ich wünsche ihr alles Gute.»

«Aber Sie buchen keine Passage nach Paris.»

«Nein! Und ich schreibe ihr nicht! Und ich rufe sie nicht an!»

«Okay», sagte ich. «Hören Sie jetzt auf zu saufen und versuchen Sie zu schlafen.»

Glitzernd und durchsichtig, erbaut aus Glas, Beton und Stahl, lag das Bürohaus neun Stockwerke hoch im Stadtkern von Düsseldorf. Auf dem Dach erhoben sich Antennenmasten. Die Glastüren des Eingangs öffneten sich von selber, wenn man auf sie zukam. Eine Selenzelle betätigte die Angeln. Über dem Portal waren zwei vergoldete Buchstaben von einem Meter Höhe in die Hausfassade eingelassen...

Die riesige Halle besaß eine Klimaanlage. Ein Springbrunnen plätscherte. In seinem Bassin schwammen kleine Fische. Sie wurden von Lampen abwechselnd rot, grün und blau angestrahlt. Die Farben der Halle waren Stumpfgelb und Grau. Geschäftige Menschen eilten hin und her.

An der Breitseite der Halle gab es ein buntes Mosaikbild zu betrachten: Bauern pflügten Felder; Kumpel arbeiteten im Schacht; Frauen ernteten Weintrauben; Maurer errichteten Mauern; Piloten saßen in ihren Kanzeln; Gelehrte beugten sich über Folianten und Retorten; Matrosen standen am Steuer von Schiffen, die einen stilisierten Ozean durchquerten. In Gold waren über dem imposanten Bild diese Worte zu lesen:

MEIN FELD IST DIE WELT

Darunter saßen sechs Angestellte hinter einer mit Mahagoniholz verkleideten Barriere, drei Männer, drei Mädchen. Sie trugen alle blaue Uniformen und alle trugen die goldenen Buchstaben.

Eine Rothaarige lächelte, als ich herantrat.

«Ich soll Herrn Brummer abholen, ich bin sein Chauffeur.»

Die Rothaarige telephonierte mit einer Sekretärin, dann reichte sie mir den Hörer. Ich hörte Brummers Stimme: «Alles okay, Holden?»

«Jawohl. Ihr Diener hat einen Koffer gepackt. Hemden. Waschzeug. Den schwarzen Anzug.»

«Gut.»

«Der Hund liegt im Wagen. Die Köchin hat Brötchen gemacht.»

«Ich bin in fünf Minuten bei Ihnen.»

«Ist recht, Herr Brummer.»

Ich gab der Rothaarigen den Hörer zurück, und sie legte ihn in die Gabel. Sie war gut gelaunt. Alle Menschen in der Halle waren gut gelaunt, weil es so kühl war. Ich fragte: «Was ist das hier eigentlich für ein Laden?»

Sie sah mich an.

«Ich bin neu. Ich fahre Herrn Brummer erst seit heute», erklärte ich. Und lächelte.

«Export», sagte die Rothaarige. Und lächelte.

«Was exportieren wir?»

«Viele Dinge. Holz und Stahl. Maschinen und Kunststoffe.»

«Wohin?»

«Überallhin. In die ganze Welt.»

«Hm.»

«Wie?»

«Nichts», sagte ich. «Ich muß noch einmal telephonieren. Privat.»

«Münzfernsprecher gibt es dort drüben.»

Ich ging zu der Wand gegenüber, in der sich sechs Telephonzellen befanden. Über den Zellen zeigten sechs Uhren an, wie spät es war — in Düsseldorf und in der Welt. In Düsseldorf war es zwei Minuten vor elf. In Moskau war es zwei Minuten vor eins. In New York war es zwei Minuten vor fünf. In Rio de Janeiro war es zwei Minuten vor sieben. Ich trat in eine Zelle, öffnete das Telephonbuch und fand die Nummer, die ich suchte.

Ich wählte.

«Marien-Krankenhaus!»

«Frau Brummer, bitte.»

«Bedaure. Ich darf nicht verbinden.» Das hatte ich erwartet. Und auch dies: «Herr Doktor Schuster hat es verboten. Die Patientin ist noch sehr schwach. Sie darf nicht sprechen.»

Ich sagte: «Hier ist Brummer. Wollen Sie mich sofort mit meiner Frau verbinden, oder muß ich mich über Sie beschweren?»

«Ich bitte um Verzeihung, Herr Brummer. Ich handle auftragsgemäß. Ich konnte nicht wissen —»

«Meine Frau», sagte ich. «*Bitte!*»

Dann hörte ich von weither Nina Brummers Stimme: «Ja...?»

«Hier ist Holden...»

«Ja... und...?»

Und warum sagte ich nun nicht die Wahrheit? Warum belog ich Nina Brummer? War das Mitleid? Oder war das schon Liebe?

Lächerlich. Das ist undenkbar, so etwas gibt es nicht. Nein, es war wohl Margit, immer noch Margit, die ich liebte. Ihr verdankte Nina Brummer diese tröstliche Lüge.

«Herr Worm wird tun, was Sie vorgeschlagen haben. Er bittet Sie nur um Geduld.»

«Geduld...?»

«Polizei war bei ihm.»

Schweigen.

«Es gelang ihm, die Beamten zu beruhigen. Er kann im Augenblick nur nichts unternehmen, ohne Aufsehen zu erregen.»

«Ja... ja...» Und würgender Husten.

«Darum wird er Sie auch nicht anrufen.»

Schweigen.

Durch die Glastür der Zelle sah ich Julius Brummer aus einem der drei Aufzüge treten. Er ging zur Rezeption. Die Rothaarige wies auf mich. Ich sprach in den Hörer: «Ich soll Ihnen sagen, daß er Sie liebt.»

Es war eine barmherzige Lüge, sonst nichts. In zwei, drei Tagen war diese Frau sicherlich so weit erholt, daß ich ihr alles sagen konnte.

Ich log weiter: «Er ist mit seinen Gedanken bei Ihnen. Immer.»

Julius Brummer kam auf meine Zelle zu. Er winkte. Ich nickte.

«Sie müssen Geduld haben. Ein wenig Geduld.»

«Danke ...», ächzte ihre Stimme.

«Auf Wiedersehen», sagte ich, hängte den Hörer in die Gabel und trat aus der Zelle. Julius Brummer trug jetzt einen beigefarbenen Sommeranzug, gelbe Sandalen und ein offenes, gelbes Sporthemd.

«Mußten Sie sich noch schnell von Ihrem Mädchen verabschieden?»

Ich nickte.

«Hübsche Schwarze?»

«Hübsche Blonde», sagte ich.

Er kicherte.

In Moskau war es vier Minuten nach eins.

In Rio de Janeiro war es vier Minuten nach sieben.

In Düsseldorf war es vier Minuten nach elf und sehr warm.

13

Es wurde immer noch wärmer.

Wir fuhren auf der Autobahn südwärts über Bonn und Koblenz bis Limburg. Hier nahm ich die Bundesstraße 49 nach Gießen und Lich. Damit schnitt ich den Winkel über Frankfurt ab. Die Bundesstraße 49 wurde repariert. Es gab drei Sperren und zwei Aufenthalte.

Im Wald war es kühler. Einmal hielten wir. Der alte Hund, der zwischen uns gelegen hatte, sprang aus dem Wagen und lief ins Gras.

Ich holte den Bastkorb mit den Brötchen und einen großen Thermosbehälter aus dem Kofferraum. In dem Behälter lagen zwischen eiskalter Holzwolle vier eiskalte Bierflaschen. Ihr grünes Glas beschlug sich sofort an der Luft, und das Bier schmerzte auf den Zähnen, so kalt war es.

Wir saßen am Ufer eines Baches, der neben der Straße floß. Ich sah die Kieselsteine auf seinem Grund und ein paar kleine Fische, und ich dachte an die Fische in dem erleuchteten Bassin in Düsseldorf. Die Fische im Bach machten einen vergnügteren Eindruck.

Es war sehr still im Wald, irgendwo in der Ferne schlugen Männer einen Baum um. Das Geräusch ihrer Äxte klang trocken. Es gab dreierlei Wurst auf den Broten Mila Blehovas, Käse, Radieschen, Paprikaschoten und Tomaten. Über dem Bach tanzten Libellen. Der alte Hund legte Brummer seine Schnauze auf das Knie. «Jetzt hat es wieder Hunger, das Puppele.» Brummer verfütterte ein Sandwich an das Tier, das ihm sabbernd aus der Hand fraß. «Weil unser Frauchen übern Berg ist.» Er sah mich an. «Lebe mit dem Tier wie mit einem Menschen. Schläft sogar bei mir in meinem Bett.» (Wo schläft Frau Brummer? dachte ich.) «Ja, mein Altes, ja, bist die Schönste von allen, auch wenn sie dir nicht die Ohren abgeschnitten haben...» In seiner Stimme klang ehrliche Entrüstung. «Verstehen Sie das, Holden? Da gibt es Leute, die stutzen ihren Boxern die Ohren. Weil das schick ist. Sauerei, so etwas. Wenn ich etwas zu sagen hätte, das würde ich mit Zuchthaus bestrafen!» Er begann dröhnend zu lachen. «Hoho, das Wort, was? Hören Sie nicht gerne!»

Ich dachte, daß ich mir das nicht gefallen lassen mußte, und nahm ein Käsesandwich und fragte: «Werden Sie etwas gegen den ‹Tagesspiegel› unternehmen, Herr Brummer?»

«‹Tagesspiegel›, wieso?»

«Der ‹Tagesspiegel› schreibt, Sie wären in geschäftlichen Schwierigkeiten. Darum hätte Ihre Frau versucht, sich das Leben zu nehmen.»

Sein Gesicht verdüsterte sich. Er sagte: «Die Schweine.» Er sprach mit vollem Mund: «Da sind Schwierigkeiten, ja. *Gewisse* Schwierigkeiten. Meine Frau hat sich Sorgen gemacht. Zuviel Sorgen.» Seine Augen schlossen sich zu Schlitzen, und er flüsterte kaum hörbar: «Aber ich wehre mich... lassen Sie mich nach Düsseldorf zurückkommen! Sie wollen mich fertigmachen, die Schweine... lassen Sie mich aus der Zone zurückkommen, Holden! Dann rechne ich ab, mit allen!» Er warf den Rest seines Brotes in den Bach. «Meine arme Frau. Es geht ihr alles so nahe, weil sie mich liebt. Ich hab nur drei Menschen auf der Welt, die mich lieben, Holden...» Er zog die Hose hoch und ging zum Wagen zurück. «Meine Frau, die alte Mila und mein Puppele. Räumen Sie die Flaschen und das Papier fort.»

«Jawohl, Herr Brummer», sagte ich und dachte, daß Julius Brummer zu den drei Menschen, die ihn liebten, einen alten Hund zählte, und dachte an den jungen Herrn Worm mit den seidigen Wimpern.

Die Libellen tanzten auf dem Wasser, und durch die alten Bäume fiel schräg das Sonnenlicht. Ich hatte es hübsch gefunden, am Bach zu essen. Die Brote waren so appetitlich gewesen und das Bier so würzig. Pilsner. Originalabfüllung.

14

Die Autobahn glühte.

Nach Alsfeld fuhr ich einen Durchschnitt von hundertdreißig. Der Wind sang um den Wagen. Der alte Hund schlief zwischen uns. Julius Brummer rauchte eine schwere Zigarre.

Wir jagten die Kurven des Knüllgebirges zwischen Niederjossa und Kirchheim hinauf und wieder hinunter in das flache Land vor Bad Hersfeld. Am Horizont im Osten stiegen kleine weiße Wolken auf. Man sah sehr weit nach allen Seiten. Es gab grüne Felder und gelbe und braune Äcker dazwischen. Viele Dörfer lagen im Land, mit weißen Mauern und roten Ziegeldächern und vielen Kirchen. Es gab eine Menge Kirchen in der Gegend.

Hinter der Ausfahrt nach Bad Hersfeld und Fulda stieg die Autobahn wieder an. Der Wald trat an die Straße heran. Seine Bäume waren dunkelgrün, manchmal sahen sie schwarz aus. Es roch gut in den Wäldern, und es wurde wieder kühler.

Nun überholten wir lange Kolonnen amerikanischer Militärfahrzeuge. Wir überholten Zweieinhalbtonnenlaster mit offenem Verdeck und schwere Panzer und Jeeps und Panzerspähwagen. Auf den Lastern saßen Soldaten mit Stahlhelmen und Uniformen in Tarnfarben. Aus den Luken der Panzer sahen Soldaten mit Lederhelmen und Kopfhörern. In den Jeeps saßen viele Offiziere. Am Steuer saßen meistens Neger.

An allen Ausfahrten der Autobahn sah ich bunte Fähnchen und einsame Soldaten mit Maschinenpistolen. Ich zählte einmal siebzig Panzer und über hundert Laster. Die Jeeps zählte ich nicht, es waren zu viele.

«Manöver», sagte Julius Brummer und streifte die Asche von seiner schwarzen Zigarre. «Machen große Manöver, die Amis.» Er kurbelte sein Fenster herab und steckte eine rosige kleine Hand ins Freie.

Ein paar Soldaten auf den Lastern winkten zurück.

Andere winkten nicht.

«Wenn ich ein hübsches Mädchen wäre, würden alle winken», sagte Julius Brummer.

Wir jagten an den Lastkraftwagen entlang, und nach einer Weile überholten wir wieder eine Reihe von Tanks. Sie waren grün und braun gestrichen und trugen Antennen, und rund um den Turm waren Stahlhelme und Decken befestigt. Die Tanks und die Jeeps und die Lkws bewegten sich alle gegen Osten.

«Waren Sie Soldat, Holden?»

«Jawohl, Herr Brummer.»

«Welche Waffe?»

«Panzer.»

«Was sagen Sie zu den Dingern, imposant, was?»

«Imposant.»

«Obwohl das natürlich alles ein bißchen lächerlich ist, wenn man sich vorstellt, daß es Wasserstoffbomben gibt.»

«Ein bißchen lächerlich, jawohl.»

«Wollen Sie eine Zigarre?»

«Danke, nein, Herr Brummer.»

Am rechten Straßenrand tauchten Schilder in englischer und deutscher Sprache auf. Ich las:

ACHTUNG! NUR NOCH 150 METER BIS ZUR ZONENGRENZE!

Die Autobahn lief wieder talwärts. Man sah weit nach Osten. Es waren Dörfer mit weißen Mauern und roten Dächern zu sehen, und viele Kirchen. Die Felder waren grün und goldgelb, und es gab braune Äcker dazwischen. Ich sah eine größere Stadt mit vielen Schornsteinen. Die Schornsteine rauchten.

«Eisenach», sagte Brummer. «Das ist schon drüben.»

«Jawohl», sagte ich.

Aber eigentlich gab es gar keinen Unterschied in der Landschaft. Es sah drüben alles ähnlich aus. Am Rand der Autobahn erschienen nun Türme aus Holz und ein paar Bunker. In den Wiesen unter uns sah ich Männer in grünen Uniformen. Sie trugen Gewehre. Manche schoben Räder, manche gingen mit Hunden, und manche standen still und hielten Ferngläser an die Augen und sahen zu der Stadt mit den rauchenden Schornsteinen hinüber, die Eisenach hieß und schon «drüben» lag.

Unvermittelt schloß die Autobahn — vor einer gesprengten Brücke. Hier gab es Tafeln in drei Sprachen, die besagten, daß es zum Zonenkontrollpunkt Herleshausen-Wartha noch 25 Kilometer waren, auf einer Nebenstraße.

Über Schlaglöcher holperte der Cadillac in ein Tal hinein, in welchem viele Kühe weideten. Es war in der letzten halben Stunde immer stiller geworden. Nur noch wenige Autos begegneten uns. Manche trugen schon die weißen Nummerntafeln der Zone. Die Straße war sehr schmal und sehr staubig. Wir mußten die

## der Schlagbaum

Fenster schließen. Die Gegend wurde immer armseliger. Die Menschen auf den Feldern sahen traurig aus und ernst.

«Arsch der Welt», sagte Brummer.

Ein Wald mit verkrüppelten Bäumen. Ein Dorf im Dreck. Benzinstation. Kaufmannsladen. Nasenbohrende Kinder. Sand und Staub. Häuser aus rohen Ziegeln.

«Hier investiert keiner was. Straßen beschissen. Alles schon für den nächsten Krieg.»

«Jawohl, Herr Brummer.»

«Haha! Was für ein Glück, an dem werden wohl einmal die andern schuld sein!»

«Jawohl, Herr Brummer», sagte ich.

Es war wirklich eine scheußliche Straße, mit Kurven und abgefahrenen Banketten und Schlaglöchern.

Der letzte Ort vor der Grenze hieß Herleshausen. Hinter ihm lief ein gewaltiger Viadukt über die Straße. Er trug eine Brücke der Autobahn. Dann hörte die Straße auf. Ein Feldweg führte zum Westdeutschen Zonenkontrollpunkt. Hier standen ein paar Lastzüge und ein paar Personenwagen. Es gab eine kleine Gaststätte mit einem Musikautomaten und giftig bunten Tortenstücken unter Glas. Es gab eine Tankstelle, rot und gelb bemalt, und es gab viele Fliegen. Aus der Gaststätte drang Musik. Frank Sinatra sang: «Hey, jealous lover ...»

Die Grenzbeamten waren sehr freundlich.

Sie trugen erbsenfarbene Hosen und grüne Hemden und schwitzten. Wir wiesen unsere Pässe vor. Die Beamten salutierten und wünschten uns eine gute Reise. Der Schlagbaum unter der schwarz-rot-goldenen Fahne hob sich, und wir fuhren aus dem einen Deutschland über eine schlechte Straße hinüber zu dem anderen Deutschland.

In dem anderen Deutschland waren die Grenzbeamten gleichfalls sehr freundlich, und es gab auch hier eine schwarz-rot-goldene Fahne über dem Schlagbaum. Die Volkspolizisten trugen erdbraune Uniformen und waren jünger als die Grenzbeamten des Westens. Es gab auch Mädchen in Uniform. Die Mädchen trugen blaue Hosen und Blusen und schwitzten wie die Männer in den braunen Uniformen und wie die älteren Männer drüben im Westen.

«Wohin, meine Herren?» fragte der junge Sachse am Schlagbaum.

«Berlin-West», sagte Brummer. (Man konnte nicht einfach bis zum Hermsdorfer Kreuz fahren und dann umdrehen. Man mußte schon bis Berlin reisen.)

«Erste Baracke», sagte der Volkspolizist.

Rechts von der Straße lag ein Bahnhof mit vielen Geleisen. Im Schatten des Stationsgebäudes saßen Menschen. Sie warteten auf einen Zug. Die Station hieß Wartha. Große Kohlenhaufen lagen zwischen den Geleisen und glitzerten in der Sonne. Es war auch in Wartha sehr ruhig an diesem Nachmittag.

Ich zog meine Jacke an, und wir gingen in die Paßbaracke, bezahlten die Benützungsgebühr für die Autobahn nach Berlin und bekamen eine Quittung.

Ich sah mir die großen Bilder an, die an den Barackenwänden hingen. Es waren Bilder von Pieck und Grotewohl, Arndt und Lessing, Joliot-Curie und von anderen Männern, die ich nicht kannte. Unter den Bildern standen Aussprüche und Gedichte. Ich las ein paar von ihnen und ging dann ins Freie zurück. Aus Lautsprechern erklang Musik: Das Unterhaltungsorchester des Senders Leipzig brachte ein Potpourri von alten Peter-Kreuder-Melodien.

Die Bäume hinter dem Kontrollpunkt standen dunkel vor dem hellen Himmel. Vier Volkspolizisten spielten Skat. Ein Tenor sang aus dem Lautsprecher: «... ich brauche keine Millionen, mir fehlt kein Pfennig zum Glück...»

Die Straße, die zur Autobahn zurückführte, war so schlecht wie die Straße im Westen, die Häuser waren ebenso windschief, und die Menschen in den Feldern waren ebenso arm.

Dann erreichten wir die Autobahn.

Sie lief hoch über Eisenach und war zum Teil zerstört. «ÜBER-FUHR», warnten immer wieder Tafeln...

Die Schornsteine von Eisenach rauchten. Viele Fensterscheiben leuchteten im Licht der Sonne, die jetzt im Westen stand. Auf den Bergen hinter der Stadt gab es weiße Felsen über dem schwarzen Wald, und auf manchen Felsen standen Burgen.

Nach einer halben Stunde war die Autobahn auf beiden Seiten intakt und führte schnurgerade über eine mächtige Hochebene ostwärts. Wir begegneten nur langen Kolonnen sowjetischer Militärfahrzeuge. Es gab schwere Panzer und offene Zweieinhalb-tonnenlaster und Jeeps. Auf den Lastern saßen viele russische Soldaten in erbsengelben Uniformen, in den Jeeps saßen Offiziere mit roten Kappen, und aus den Turmluken der Panzer sahen Soldaten mit Lederhelmen und Kopfhörern. Die Kolonnen, denen wir begegneten, rollten alle nach Westen.

Ich begann wieder die Panzer zu zählen, und Julius Brummer steckte eine Hand aus dem Fenster, und ein paar von den Soldaten auf den Lastern winkten zurück.

«Müssen hier auch Manöver haben.»

«Jawohl, Herr Brummer.»

Es kamen immer neue Panzer und immer neue Laster mit Soldaten, und auf den Berghängen sah ich immer neue Burgen. Manche waren schwarz und ausgebrannt, andere waren rot und machten einen bewohnten Eindruck.

«Sind aber ein Haufen Panzer unterwegs! Mensch, Maier, hoffentlich bricht der Krieg nicht aus, bevor wir in Berlin sind. Das wäre ein Spaß, was, Holden, hahaha!»

«Jawohl, Herr Brummer, das wäre ein Spaß.»

Gotha. Erfurt. Weimar. Jena.

Das Licht der Sonne war jetzt rot geworden. Die Farben aller Dinge veränderten sich ununterbrochen.

Um 16 Uhr 45 erreichten wir das Hermsdorfer Kreuz. Unter den grauen Bögen der Bahnen, die einander hier begegneten, sah ich viele Menschen. Vopos dirigierten den Verkehr. Eine Ambulanz stand im Gras...

Ein Vopo hielt uns an. Er sagte höflich: «Sie müssen den Umweg über die HO-Gaststätte machen, mein Herr.»

«Warum?» fragte Julius Brummer.

«Ein Unfall», sagte der Vopo. «Vor einer halben Stunde. PKW fuhr einen Mann um. Fahrerflucht.»

Julius Brummers Gesicht wurde aschgrau.

Der Vopo sagte: «War gleich tot. Komische Geschichte. Riecht sauer, wenn Sie mich fragen.»

«Wieso?» fragte ich.

«Na hör mal, Kumpel! Der Mann steht am Rand der Bahn. Heller Sonnenschein. Wird angefahren und zwanzig Meter durch die Luft geschleudert. Der Saukerl am Steuer bleibt nicht einmal stehen. Wie findest du denn so was?»

«Weiß man, wer der Mann ist?»

«Hatte keine Papiere bei sich. So ein älterer. Mit einem schwarzen Gummimantel. Bei dieser Hitze! Verrückt, was?»

## 15

Hinter uns hielten andere Autos. Sie hupten. Der Vopo winkte uns weiter. Als der Wagen anrollte, bemerkte ich, daß Julius Brummer seltsam verkrampft dasaß, die Beine von sich gestreckt, die Hände auf dem Sitz. Das Gesicht war weiß, die Lippen zuckten. Er lallte: «Weiter...»

Also fuhr ich von der Autobahn herunter und hielt auf dem großen Parkplatz vor dem Rasthaus, das noch aus der Zeit des Dritten Reiches stammte und in dessen typischem Stil erbaut war: mit endlosen Fensterfluchten, riesenhaften Quadern und Säulen.

Julius Brummer rührte sich nicht mehr. Sein Gesicht war jetzt blau, der Mund stand offen, die Zunge lag in einem Winkel. Ich riß sein Hemd auf und sah, daß er eine dünne, goldene Kette trug. An ihr hing eine goldene Plakette von der Größe eines Fünfmarkstückes. Eingraviert las ich darauf die Worte:

ICH HABE GERADE EINEN SCHWEREN HERZANFALL. BITTE GREIFEN SIE IN MEINE RECHTE JACKENTASCHE, UND STECKEN SIE MIR EINE DER KAPSELN, DIE SIE DORT FINDEN, IN DEN MUND. DANKE.

JULIUS BRUMMER

In der rechten Tasche seiner Jacke fand ich eine Schachtel. Ich entnahm ihr eine weiche, durchsichtige Kapsel mit roter Flüssigkeit und legte sie Brummer in den Mund. Dann preßte ich seine Kiefer zusammen. Ein kleines Geräusch zeigte an, daß die Kapsel sich geöffnet hatte. Ich wartete eine Minute. Er begann wieder zu atmen, das Gesicht verlor die blaue Färbung, er öffnete die Augen.

«Kann ich etwas für Sie tun?»

«Schon wieder in Ordnung. Das passiert mir manchmal.» Er knöpfte schamhaft sein Hemd zu. «Jetzt kennen Sie sich wenigstens aus — für die Zukunft. Ich muß ein paar Minuten Ruhe haben. Gehen Sie zu der Unfallstelle. Versuchen Sie herauszufinden, was aus der Aktentasche geworden ist, die der Tote bei sich trug. Es ist sehr wichtig für mich. Ich muß unbedingt wissen, wo die Tasche hingekommen ist!»

«Jawohl, Herr Brummer.»

Ich stieg aus und ging zur Autobahn hinüber. Hier standen noch immer viele Neugierige. Der Tote und die Ambulanz waren verschwunden, aber die Vopos gingen umher und photographierten die Blutlache auf der Bahn, den Grünstreifen, Fußspuren.

«Sehen Sie mich nicht sofort an», sagte eine wehleidige Stimme. «Zeigen Sie nicht, daß Sie mich kennen.»

Ich zündete eine Zigarette an, und dann drehte ich mich um und hielt dem Mann hinter mir das Päckchen hin. Es war Herr Dietrich, der schwermütige Agent mit dem schadhaften Gebiß, den ich in der vergangenen Nacht kennengelernt hatte, als er Julius Brummer suchte. Im Licht des Tages sah er noch beklagenswerter aus. Auf der bleichen Stirn stand Schweiß, während die Nase durch die Erkältung angeschwollen und gerötet war. Die Augen tränten. Resigniert und glanzlos lagen sie hinter den blitzenden Brillengläsern. Dietrich trug verbeulte graue Hosen, vertretene Schuhe und ein altes, braunes Jackett. Er setzte sich auf die Erde. Ich setzte mich neben ihn. Es roch nach Salbei und Kamille.

Durch seine Zahnlücken Speichel versprühend, sagte Dietrich:

«Ich war dabei. Um dreiviertel fünf ist es passiert.» Seine Hände waren schmutzig und zitterten. «Ein Opel-Kapitän. Drei Leute. Ich kann den Wagen beschreiben. Ich habe die Nummer. Ich habe alles genau gesehen. Sie blieben stehen. Aber langsam, darum finden die Vopos keine Bremsspur. Einer stieg aus und lief zurück.»

«Weshalb?»

Dietrich lachte meckernd: «Die Tasche! Er holte die Aktentasche ... Wo ist Ihr Chef?»

«Auf dem Parkplatz.»

«Sagen Sie ihm, ich will ihn sprechen.»

«Kommen Sie doch mit mir.»

«Zu viele Vopos. Ich muß vorsichtig sein. Er soll noch eine Viertelstunde warten. Ich gehe zu Fuß los. Am rechten Straßenrand. Richtung Eisenberg. Wenn Sie mich einholen, steige ich ein. Aber nicht, wenn außer Ihnen beiden noch jemand im Wagen ist. Er soll keine krummen Sachen versuchen. Wir sind in der Zone.»

## 16

Die Sonne war nun untergegangen.

Der Abend kam, es wurde kühler. Im Westen leuchtete der Himmel rot, im Osten war er farblos. Ich fuhr in die Wälder vor Eisenberg hinein.

«Da ist er», sagte Brummer. Er hatte sich erholt.

Am Rand der Bahn vor uns wanderte Dietrich nordwärts, gleich einem Tramp, die Hände in den Taschen der verbeulten Hose.

Ich trat auf die Bremse. Der Hund knurrte, als Brummer die Wagentür öffnete und den Agenten einsteigen ließ.

«Ruhig, Puppele!»

Wir saßen jetzt alle nebeneinander. Die Wälder traten von der Bahn zurück, vor Zeitz öffnete sich eine weite Ebene. Dietrich sprach unterwürfig, und doch klang seine Stimme frech und seltsam höhnisch: «Tut mir leid, was da passiert ist, Herr Brummer!»

«Wie kommen Sie überhaupt hierher?»

«Ich habe einen Tip gekriegt. Gestern nacht. In Düsseldorf.»

Brummer wandte sich an mich: «Beim nächsten P bleiben Sie stehen. Wir beide steigen aus und unterhalten uns dann weiter.»

«Jawohl, Herr Brummer.»

«Kommt ja überhaupt nicht in Frage», sagte Dietrich. Er grinste plötzlich. «Jeder Wagen, der jetzt hält, ist den Vopos verdächtig. Besonders jeder Wagen mit einer Westnummer. Glauben Sie, ich will noch hops gehen bei der Sache?»

«Glauben Sie, ich unterhalte mich mit Ihnen vor meinem Chauffeur?»

«Dann lassen Sie es bleiben!» Der kleine, traurige Dietrich war nicht wiederzuerkennen. «Ich steige nicht aus. Ich unterhalte mich mit Ihnen im Fahren, oder überhaupt nicht!»

Ein Schweigen folgte. Brummer streichelte den alten Hund und sah nach vorne, auf den weißen Mittelstreifen der Bahn, die uns entgegenflog.

Die erste Runde gegen Dietrich hatte er verloren. Seine Niederlage ließ er nun mich fühlen: «Holden!»

«Herr Brummer?»

«Sie werden dauernd Zeuge meiner privaten Angelegenheiten!» Er hob die Stimme: «Sie kommen aus dem Zuchthaus, Holden! Mir macht das nichts. Ich gebe Ihnen Arbeit. Aber wenn Sie quatschen, wenn Sie ein einziges Wort verlieren über das, was Sie hier sehen und hören, fliegen Sie und sind erledigt im Westen, dafür sorge ich! Ich kenne genug Leute. Kann ich einen Mann erledigen, wenn ich will, Dietrich?» Der Agent nickte.

«Sagen Sie es ihm!»

«Herr Brummer kann jeden Mann erledigen, wenn er will. Also halten Sie die Schnauze, Kamerad!»

«Klar, Holden?» Nun war er wieder der starke Mann. Brummer, der Boß. Brummer, der keinen Widerstand duldet. Brummer, der Titan.

«Klar, Herr Brummer!» sagte ich.

Seine Stimmung hob sich sofort nach diesem Sieg über mich: «Nun zu Ihnen, Dietrich. Was war das für ein Tip, den Sie bekamen?»

«Daß sie hinter unserm Mann her sind. Hinter den Papieren.»

«Von wem kam der Tip?»

«Ich bin ein armer Mensch, aber ich habe Freunde. Von Freunden kam der Tip.»

«Warum haben Sie mich nicht verständigt?»

«Ich konnte Sie nicht mehr erreichen. Ich rief noch mal im Krankenhaus an. Ehrenwort.»

«Sie lügen.»

«Ich bin ein armer Mann!»

«Sie sind ein Schwein.»

«Ein armes Schwein, Herr Brummer. Ein armes Schwein muß sehen, wo es bleibt. Ich habe es auf der Lunge.»

«Ja, Scheiße», sagte Julius Brummer. Die Bahn stieg wieder an. Im Norden wurde der Horizont violett und rauchig. Das Licht verfiel. «Mir ist die Sache völlig klar. Sie fuhren zum Kreuz und warteten. Ihren Kameraden haben Sie nicht gewarnt.»

«Er war nicht mein Kamerad.»

«Sie dachten: Mal sehen, wer es schafft, der Brummer oder die anderen. Die andern schafften es. Also warteten Sie auf mich. Hätte *ich* es geschafft, dann hätten Sie mir die andern auf den Hals gehetzt.»

«Ein armer Mensch hat keine freie Wahl, Herr Brummer. Wenn man reich ist wie Sie, sieht alles anders aus.» Dietrich nieste, und der Hund knurrte.

«Ruhig, Puppele. Ich könnte Sie anzeigen. Beim nächsten Kontrollpunkt. Wissen Sie das?»

«Ja, Herr Brummer. Natürlich, Herr Brummer. Man würde mich verhören. Ich müßte aussagen. Alles, was ich weiß. Wäre das ein Spaß, Herr Brummer, o Gott, o Gott!»

«Mein Chauffeur sagt, Sie kennen die Nummer des Wagens.» Das war seine zweite Niederlage. Automatisch zog er mich in sie hinein.

«So ist es.»

«Wer garantiert mir, daß Sie nicht lügen?»

«Niemand, Herr Brummer. Der Wagen braucht noch zwei Stunden bis zum Berliner Ring.»

«Na und?»

«Denken Sie mal, der Zufall: ich habe einen Bruder, der macht Dienst als Vopo. In Dreilinden. Am Kontrollpunkt. Den kann ich anrufen aus jeder HO-Raststätte hier und ihm die Wagennummer geben. Dann beschlagnahmt er die Tasche, wenn die Herren eintreffen, und Sie bekommen sie wieder.» Dietrich wackelte mit dem Kopf. «Ja, wie finde ich denn so etwas?» Brummer sah ihn stumm an.

«Kostet natürlich eine Kleinigkeit», sagte der Agent.

«Vielleicht ist das alles Schwindel. Ich habe die Papiere nie gesehen.»

«Aber ich.»

«Sie sind ein Lügner.»

Dietrich sagte mit dem Stolz des Proletariers: «Ich lasse mich von Ihnen nicht beschimpfen, Herr Brummer.»

«Hören Sie mal, das ist doch immerhin eine Erpressung!»

«Jahrelang habe ich die dreckige Arbeit für Sie gemacht. Sie haben mich schlecht bezahlt. Warum? Sie wissen was von mir, darum! Wahrscheinlich wissen Sie von vielen Leuten was. Jetzt weiß *ich* mal etwas von *Ihnen*.»

«Nichts wissen Sie!»

«Lassen Sie die Papiere in den Westen kommen, Herr Brummer.»

Er zog ein schmutziges Taschentuch hervor, blies hinein und

betrachtete voll Mitleid mit sich selber das Ergebnis. «Ich habe dieses Leben satt. Ich bin vierzig Jahre alt...»

Der auch, dachte ich.

«...mit vierzig fängt ein Mann an, nachzudenken...»

Nanu, dachte ich.

«Es heißt, daß jeder im Leben einmal eine Chance hat. Das hier ist *meine*.

Eine Tafel glitt vorbei:

HO-GASTSTÄTTE SCHKEUDITZ — 17 KM

«Schauen Sie, Herr Brummer, auch die kleinen Leute müssen an die Zukunft denken. Sicherheit — das ist ein Wort für alle!»

«Wieviel?»

«Zwanzigtausend.»

«Verrückt.»

«Ich habe Spesen. Ich muß meinem Bruder was abgeben.»

Es wurde nun dämmrig. Ich schaltete die Scheinwerfer auf Standlicht.

«Wissen Sie was, Dietrich? Sie können mich am Arsch lecken!»

«Fünfundzwanzigtausend, Herr Brummer. Fünftausend für das, was Sie eben sagten. Ich bin arm. Aber ich bin genauso ein Mensch wie Sie! Ich lasse mich nicht von Ihnen beleidigen.»

«Und ich lasse mich nicht erpressen. Von so einem Saukerl wie Ihnen schon gar nicht. Holden!»

«Herr Brummer?»

«Bleiben Sie stehen. Werfen Sie den Kerl hinaus.»

Ich lenkte den Wagen an den Rand der Bahn. Die Luft war feucht geworden, und ich glitt im nassen Gras aus, als ich um den Wagen ging und den Schlag jener Seite öffnete, an welcher Dietrich saß.

«Sparen Sie sich die Mühe, Kamerad», sagte er und stieg aus. «Wenn die Papiere erst einmal in Düsseldorf sind, können Sie sich auch nach einer neuen Stellung umsehen!» Er steckte die Hände in die Jackentaschen und ging los.

Vier Schritte. Sechs Schritte. Sieben.

«Fünftausend», sagte Brummer.

Der Mann mit der Stahlbrille humpelte die Bahn entlang davon, in die Dämmerung hinein.

«Zehntausend!»

Es kam keine Antwort.

«Fünfzehn, das ist mein letztes Wort.»

Der Mann mit der verbeulten Hose ging immer weiter. Ein Wagen mit Westnummer raste an uns vorbei. Der Fahrer hupte.

«Herr Brummer, ich darf hier nicht stehenbleiben.»

«Dietrich!» schrie er. So schrie man einen Hund an.

Dietrich reagierte nicht. Er war nun schon ziemlich weit entfernt, eine graue Gestalt, halb von der Nacht umfangen. Aus dem Wald kamen Nebel gekrochen, milchig und dünn.

Wieder raste ein Wagen an uns vorbei.

Wieder hupte der Fahrer, lange und wütend.

«Ich darf hier nicht —», begann ich.

«Fahren Sie dem Schwein nach, schnell!»

Also kroch ich wieder hinter das Steuer und schaltete das Fernlicht ein, und die Lichtbahnen der Scheinwerfer zerschnitten den Dunst und trafen die alte Hose, die fleckige Jacke, das stumpfblonde Haar. Ich holte Dietrich ein. Er sprang ins Gras und rannte auf den nahen Wald zu. Er hatte eben erlebt, was passieren konnte, wenn ein Wagen Jagd auf Menschen machte. Ich hielt.

Brummer riß die Tür auf und brüllte: «Kommen Sie her!»

Der Mann lief stolpernd weiter auf die Bäume zu.

«Sie kriegen Ihr Geld!»

Der Mann blieb in kniehohem Gras stehen. «Fünfundzwanzigtausend?»

«Ja. Fünfundzwanzigtausend!»

«*Wie* bekomme ich das Geld?»

«Ich gebe Ihrem Bruder einen Scheck.»

Dietrich erlitt einen dezenten Lachanfall: «Ja, und der geht dann in Vopo-Uniform zur Disconto-Bank auf'n Kurfürstendamm und kassiert, was? Nee, nee, Sie zahlen bar ... Sie haben Geld genug bei sich ... Sie hätten heute doch auf alle Fälle zahlen müssen ... meinen Kameraden, den armen Hund.»

Brummer ächzte: «Fünfzehn. Sie kriegen fünfzehntausend. Zehntausend kriegt Ihr Bruder.»

Durch kniehohes Gras, durch Distel, Kornblume und Salbei kam der Agent zurück. Stöhnend holte Brummer eine dicke Brieftasche hervor. Stöhnend entnahm er ihr drei Banknotenbündel. Dietrich begann zu zählen. Er beleckte von Zeit zu Zeit die Finger dabei. Und sprach zuletzt: «Damit mach' ich in'n Westen. Möchte eine kleine Kneipe haben. München. Ich bin Kellner. Hat mir immer gefallen, München. Weißwürste. Und die Seppl-Hosen. Ist 'ne feine Stadt.» Er steckte die fünfzehntausend Mark ein und stieg wieder in den Wagen. Nun wurde er exakt und nannte die Nummer des Wagens und den Vornamen seines Bruders. «Hans wird auf Sie zukommen beim Schlagbaum. Läuft jetzt alles wie am Schnürchen, Sie werden sehen.»

«Fahren Sie los, Holden. Der Mann muß telephonieren.»

«Jawohl, Herr Brummer!»

Die Nebel, die aus den Wäldern gekrochen kamen, wurden

dichter. Sie überfluteten die Autobahn, aber noch lag das Fernlicht der Scheinwerfer über ihnen. Ungeachtet der Geschwindigkeitsbestimmungen, fuhr ich nun hundertvierzig Stundenkilometer. Der Himmel wurde schwarz.

Vor uns im Nebel schwammen Lichter.

«Das ist Schkeuditz», sagte der Agent.

«Bleiben Sie bei der Gaststätte stehen», sagte Brummer.

«Nein, etwas früher, bitte.»

Ich hielt. Dietrich stieg aus.

«Jetzt lasse ich mir auch neue Zähne machen», sagte der Agent. Er nickte uns zu und ging schnell in den Dunst hinein.


## 17


Vor der Elbe wurde der Nebel so dicht, daß ich auf dreißig Kilometer heruntergehen mußte. Zeitweilig kurbelte ich mein Fenster herab und steckte den Kopf ins Freie, denn die Scheiben beschlugen sich dauernd. Der Nebel roch nach Rauch, die Luft roch nach Wasser. Ich sah nur noch den Mittelstreifen und manchmal auch diesen nicht mehr. Es gab dauernd Umleitungen auf die zweite Bahn. Nach einer Weile verlor ich jede Orientierung und hatte Angst, eine Rückführung übersehen zu haben und auf der falschen Autobahn zu fahren. Ich wurde richtig schwindlig vor Unsicherheit, obwohl ich ab und zu an den Lichtern entgegenkommender Wagen erkennen konnte, daß ich mich auf der rechten Bahn befand.

An der Elbbrücke arbeiteten Monteure in Nachtschicht. Ihre Azetylenlampen strahlten den großen Turm an. Hinter Coswig überfuhr ich einen Hasen. Es gab das übliche ekelhafte Geräusch, und der Wagen schleuderte in der üblichen Weise, und es war danach, daß Julius Brummer zu sprechen begann. Er hatte nicht mehr gesprochen, seit Dietrich ausgestiegen war. Nun sprach er wieder...

«Ich habe Ihnen vorhin gedroht, Holden. Das tut mir leid. Verzeihen Sie mir.»

«Ja, Herr Brummer», sagte ich. Der Nebel kam jetzt in Bewegung. Ostwind trieb seine Schwaden über die Bahn. Brummer sprach bedächtig, wie ein Mann, der sein Testament machte. Ob er bald stirbt, dachte ich. Wie seltsam, wenn er stirbt und ich mich dann erinnere. In dieser Nacht sprach er zu mir...

«Sie haben viel erlebt, seit Sie bei mir sind. Das waren böse Stunden...» Ich starrte auf den weißen Mittelstreifen, und allmählich begann mein Rücken zu schmerzen. Es war ein langer Tag gewesen.

«Nun wird noch mehr passieren, Holden. Vielleicht brauche ich Sie. Wollen Sie mir helfen?»

Ich schwieg. Es war 20 Uhr 30. Seit einer halben Stunde hatte uns kein Wagen überholt, keiner war uns begegnet. Wir schwammen im Nebel, als wären wir die letzten Menschen auf der Welt.

«Sie kennen mich nicht. Ich verlange keinen Freundschaftsdienst, keine Sentimentalität. Ich *bezahle*. Helfen Sie mir, wenn ich bezahle?»

«Ich muß doch wissen, was hier vorgeht, Herr Brummer. Sehen Sie, ich komme —»

«— aus dem Zuchthaus», sagte er. «Eben, Holden.»

«Bitte?»

«*Warum* kommen Sie aus dem Zuchthaus?» Er antwortete sich selber: «Weil Sie im Zuchthaus gebüßt haben. Was haben Sie gebüßt? Eine Schuld Ihrer Vergangenheit.» Er steckte einen Kaugummi in den Mund und hustete. «Sehen Sie, Holden, die meisten Menschen, die heute leben, haben eine unangenehme Vergangenheit. Die einen waren Nazis, die andern waren Kommunisten. Die einen waren Emigranten. Die andern hätten aus dem Land gehen sollen und gingen nicht. Die einen können nicht mehr an den lieben Gott glauben. Die andern haben ihre Ehe versaut. Wenn da doch einer wäre, der das alles ungeschehen machte! Die kleinen Leute haben Zores. Ihre Familien fallen auseinander. Mit den Kindern hat man alles falsch gemacht. Die Politiker schlafen schlecht. Wie kann man heute noch das vertreten, was man vor einem Jahr gesagt hat? Die Männer, welche die Atombombe konstruierten — gänzlich appetitlos! Wäre hübsch, wenn man behaupten könnte: Das waren gar nicht wir, meine Herren, das waren andere...»

Nun begann es zu regnen. Eine Tafel glitt vorbei. Wir hatten Treuenbrietzen erreicht.

«Nehmen Sie, wen Sie wollen, große Leute, kleine Leute,... sie haben alle ihre Vergangenheiten, große Vergangenheiten, kleine Vergangenheiten, sie haben Angst, sie haben ein schlechtes Gewissen. Wissen Sie, was sie alle brauchten, Holden?»

«Was, Herr Brummer?»

«Einen Doppelgänger! Bei Gott, das wäre die Erfindung des Jahrhunderts! Ein zweites Ich, das alles auf sich nimmt, was man getan hat — die Gemeinheiten, die Fehler, die Irrtümer! Die Idee müßte ich mir patentieren lassen! Ein Doppelgänger fürs Gewissen ist ein sanftes Ruhekissen!»

Ein Doppelgänger...

Ich weiß nicht, ob Sie das kennen — dieses Gefühl, wenn eine Idee von einem Besitz ergreift; wenn sie sich festsetzt im Gehirn und im Blut; ich weiß nicht, ob Sie das kennen.

Ein Doppelgänger...

So ein Mensch spricht einen ganzen, langen Tag mit Ihnen. Aber ein einziger Satz bleibt haften. Ein paar Worte nur. Sie lassen Sie nicht mehr los. Kennen Sie das?

Ein Doppelgänger...

Keine Schuld gäbe es mehr, keine Sühne.

Die Tat habe nicht ich begangen, hohes Gericht. Die Tat hat einer begangen, der aussieht wie ich; der spricht wie ich; der wohnt wie ich; der lebt wie ich. Aber er ist böse. Ich bin gut. Ihn müssen Sie bestrafen, hohes Gericht. Ihn, nicht mich...

So einen Doppelgänger gibt es nicht.

Was heißt das eigentlich?

Eine Sache, die es nicht gibt, nennen die Menschen eine Sache, die sie noch nicht entdeckt haben. Die Sache selber hat gar nichts dagegen, daß man sie entdeckt.

So einen Doppelgänger gibt es also *noch* nicht.

Ich weiß nicht, ob Sie das kennen — dieses Gefühl, wenn eine Idee von einem Besitz ergreift; wenn sie sich festsetzt im Blut und im Gehirn; ich weiß nicht, ob Sie das kennen.

In dieser Regennacht wurde eine Idee geboren. Zwischen Treuenbrietzen und Berliner Ring entstand sie, diese Idee, er selbst ließ sie entstehen in mir, er selbst, ihr spätes Opfer — Julius Brummer.

Aus dem Rauschen des Regens kehrte seine dozierende Stimme zurück. Wie eine weiche Filmblende brachte sie mir wieder die Gegenwart:

«... auch meine Vergangenheit, Holden! O ja, gewiß! Ich muß ganz offen sein zu Ihnen. Nicht, weil ich Ihr Verständnis haben will. Nein, ich bezahle Sie doch. Aber weil Sie genau Bescheid wissen müssen, wenn Sie mir helfen sollen...»

Zerstörte Brücken über der Autobahn.

Tafeln im Regen.

Der VOLKSEIGENE BETRIEB ZEISS-JENA empfahl seine Produkte. Leipig lud zur Messe ein.

«Ja, auch ich habe eine Vergangenheit, und auch ich habe keinen Doppelgänger, der sie mir abnimmt...»

Keinen Doppelgänger.

«... keinen bösen Julius Brummer II, auf den ich alles schieben kann...»

Ich muß nachdenken. Über alles muß ich nachdenken, später, wenn ich allein bin.

«Sie sind hinter mir her, Holden. Sie wollen mich vor Gericht stellen . . .»

«Wer, Herr Brummer?»

«Feinde. Ich habe Erfolg. Also habe ich Feinde. Sie tragen eine Anklage gegen mich zusammen, seit Monaten. Ehrenwerte Herren, propre Kaufleute, bekannte Bürger. Wissen Sie, was ich dagegen getan habe?»

«Was, Herr Brummer?»

«Ich habe mir gesagt: Diese Herren müssen *auch* ihre Vergangenheit haben! Meine Theorie. Jeder hat eine. Hat mich viel Geld gekostet, aber jetzt habe ich sie.»

«Haben Sie was?»

«Die Vergangenheit meiner Ankläger. In Photos und Dokumenten, in Wort und Bild. Wissen Sie wo?»

«In der gestohlenen Aktentasche.»

«Richtig.»

«Also haben Sie sie *nicht*.»

«Ich bekomme sie *wieder*, verlassen Sie sich darauf! In Dreilinden wartet der Bruder von Herrn Dietrich auf uns.» Seine Stimme sank zu einem Flüstern herab: «Wer diese Aktentasche besitzt, ist der mächtigste Mann in der Stadt. Vielleicht der mächtigste Mann im Land. Keiner darf wagen, ihn vor ein Gericht zu stellen! Es gibt keinen Prozeß gegen ihn! Es gibt kein einziges böses Wort! Was war das? Wieder ein Hase?»


18

20 Uhr 10.

Berliner Ring.

Durcheinander von Ein- und Ausfahrten, Abzweigungen nach Frankfurt an der Oder, Küstrin und Potsdam. Dreißig Kilometer Höchstgeschwindigkeit für Militärkonvois. Die Autobahn beschrieb einen mächtigen Bogen.

Hinter Babelsberg erschienen neue Tafeln. Gerade Pfeile wiesen den Weg zum «DEMOKRATISCHEN SEKTOR», gewinkelte Pfeile den zum «WESTSEKTOR BERLIN». Lichter huschten vorüber. Es regnete jetzt heftig. Der Himmel vor uns wurde immer heller.

Der Zonengrenzpunkt Dreilinden tauchte unvermittelt hinter einer Kurve auf, angestrahlt von vielen Scheinwerfern. Es waren nur wenige Autos unterwegs an diesem Abend. Der Vopo am Schlagbaum trat an Brummers Seite neben den Wagen und öffnete die Tür. Sein Gesicht war vollkommen ausdruckslos. Er fragte: «Alles in Ordnung?»

«Alles in Ordnung», sagte Brummer keuchend.

«Ist das Ihre Tasche?» fragte der Bruder von Herrn Dietrich. Er sah zu Boden. Neben dem Wagen, vor der offenen Tür, lag eine große, schweinslederne Tasche auf der nassen Straße, so, als wäre sie aus dem Auto gefallen. Brummer mußte zweimal schlukken, bevor er sagen konnte: «Ja.»

«Rausgefallen», sagte der Vopo. «Müssen besser aufpassen.» Er hob die Tasche auf und sah Brummer an. Brummer zog zwei Banknotenbündel hervor. Er sagte: «Öffnen Sie die Tasche.» Volkspolizist Hans Dietrich öffnete die Tasche. Brummer gab mir die Notenbündel und wühlte in den Dokumenten, mit denen die Tasche gefüllt war. Er grunzte und nickte. Er lachte laut. Dann nahm er mir die Notenbündel fort und gab sie dem Vopo. Der steckte sie wortlos ein. Brummer fragte: «Wo sind die Kerle?»

Ausdruckslos antwortete der Vopo: «Zollbaracke. Ihr Wagen muß untersucht werden. Wir vermuten Schmuggelware.»

«Wird wohl noch ein Stündchen dauern, Kumpel, was?» sagte ich.

«Sicherlich.» Er salutierte. «Fahren Sie weiter!»

Ich fuhr in das Gelände des Kontrollpunkts hinein. Brummer blieb im Auto. Ich ging zu einem Schalter und ließ unsere Laufzettel abstempeln. Neben der Zollbaracke sah ich den Wagen, der am Hermsdorfer Kreuz den Unfall verursacht hatte. Ich erkannte die Nummer wieder, die Dietrich nannte. Der Wagen war leer. In der Zollbaracke wurde laut gestritten ...

Wir fuhren um 20 Uhr 35 weiter.

Die schwere Tasche lag jetzt zwischen uns. Brummer grunzte und lachte ohne Unterlaß. «Glück muß man haben, Holden, ich habe eigentlich immer Glück gehabt! Jetzt machen wir uns einen schönen Abend in Berlin. Austern und Champagner. Und morgen früh husch, husch, zurück nach Düsseldorf!»

Nach einem Kilometer Dunkelheit tauchte der westliche Zonengrenzpunkt auf, eine einzige langgezogene Baracke mit Laderampen in der Autobahnmitte. Ein Berliner Polizist winkte uns heran. Er notierte die Wagennummer und war so freundlich wie seine Kollegen im Osten: «Über Töpen?»

«Über Wartha», sagte ich.

Am Ende der Rampe stand ein schwarzer Opel-Rekord. Zwei Männer in Regenmänteln saßen darin. Der eine stieg nun aus und kam langsam näher, die Hände in den Manteltaschen, den Hut ins Gesicht geschoben.

«In Ordnung, fahren Sie weiter», sagte der freundliche Westpolizist. Ich trat leicht auf das Gaspedal. Der Wagen rollte auf den Mann im Regenmantel zu.

Brummer kurbelte sein Fenster herab. Der Mann war jung. Er neigte sich in den Wagen: «Julius Maria Brummer?»

«Ja.»

«Aus Düsseldorf?»

«Ja.»

«Wir haben Sie erwartet, Herr Brummer.»

«Ja.»

«Ist das Ihr Chauffeur?»

«Ja.»

«Gut. Dann kann er den Wagen nach Düsseldorf zurückfahren.»

Brummer fragte tonlos: «Was soll das heißen?»

«Julius Maria Brummer», sagte der junge Mann langsam, «mein Name ist Hart. Ich bin Kriminalbeamter. Ich verhafte Sie im Auftrag der Staatsanwaltschaft Düsseldorf.»

Der Regen trommelte auf das Wagendach, und im Dunst funkelten viele Lichter, rote und weiße.

Hart sagte: «Als heute vormittag bekannt wurde, daß Sie Düsseldorf in Richtung Berlin verlassen hatten, informierte die Staatsanwaltschaft Düsseldorf uns durch Fernschreiber mit dem Ersuchen, Sie am Zonengrenzpunkt festzunehmen, da Fluchtgefahr besteht.»

Brummer fragte ruhig: «Wie lautet die Anklage?»

«Die Anklage», erwiderte der Kriminalbeamte Hart, «lautet auf Urkundenfälschung, Scheinfirmengründung, Wechselreiterei, Nötigung, Steuerhinterziehung und Verstoß gegen Devisengesetze. Steigen Sie aus.»

In seinem zerdrückten Sommeranzug trat Brummer in die Regennacht hinaus. Er fragte schwach: «Was geschieht mit mir?»

«Sie bleiben bis morgen früh im Präsidium. Dann fliegen wir Sie nach Düsseldorf.»

«Ich darf nicht fliegen. Ich habe ein krankes Herz.»

«Besitzen Sie ein ärztliches Attest?»

«Natürlich.»

«Dann transportieren wir Sie mit dem Interzonenzug.»

Der alte Hund heulte auf. «Ja, Puppele, ja...»

«Das Tier bleibt beim Chauffeur», sagte Hart.

Brummer schrie plötzlich: «Das Tier ist an mich gewöhnt! Es läßt sich nicht von mir trennen!»

«Herr Brummer, bitte! Sie kommen in Untersuchungshaft!»

«Ich sage Ihnen, mein Chauffeur wird mit dem Hund nicht fertig! Er reißt ihm aus! Er fällt Menschen an! Ich lehne jede Verantwortung ab!»

«Sie können den Hund nicht ins Gefängnis mitnehmen!»

«Wenigstens zurück nach Düsseldorf lassen Sie mich das Tier bringen!»

Sie stritten eine Weile, dann hatte Brummer seinen Willen durchgesetzt. Der alte Hund folgte ihm in den schwarzen Opel-Rekord. Ich trug den kleinen Koffer hinüber. Brummer saß im Fond. Ich stellte ihm den Koffer vor die kleinen Füße. Er sprach ohne Betonung: «Sind Sie sehr müde?»

«Nein, Herr Brummer.»

«Dann fahren Sie heute noch zurück. Geben Sie acht auf ... den Wagen.» Er sah mich an. Ich nickte. «Mein Anwalt wird sich bei Ihnen melden.»

«Jawohl, Herr Brummer.»

«Fahren Sie los! Ich glaube, Sie werden drüben bei den Vopos ... schnell durchkommen.» Er sah mich wieder an. «Ich danke Ihnen, Holden. Und machen Sie sich keine Sorgen. Es wird alles nicht so heiß gegessen. Denken Sie an unser Gespräch.»

«Sie dürfen sich nicht mehr unterhalten», sagte Hart.

«Gute Nacht, Herr Brummer», sagte ich. Der Schlag flog zu, der Opel-Rekord fuhr an. Ich wartete, bis die Schlußlichter verschwunden waren, dann ging ich zu dem Cadillac und setzte mich hinter das Steuer und wendete. Der Regen trommelte auf das Dach. Der Westpolizist salutierte. Ich fuhr zurück nach Dreilinden. Ich hatte Angst, ich gebe es zu: ich hatte Angst vor den Kerlen, die da in der Zollbaracke saßen. Wenn sie mich sahen ... ich war jetzt allein ... allein mit den Dokumenten ... nachts ... in der Zone ... ich hatte Angst, ich gebe es zu.

Sie sahen mich nicht. Ihr Wagen stand noch immer verlassen im Regen. Meine Kontrolle verlief ohne Zwischenfall. Die Aktentasche lag jetzt unter meinem Sitz. Der korrupte Dietrich-Bruder kam heran, während ein anderer Volkspolizist meinen Paß betrachtete. «Nanu», sagte Hans Dietrich.

«Herr Brummer ist von Westpolizei verhaftet worden», sagte ich.

«Nanu», sagte Hans Dietrich zum zweitenmal.

«Ich soll schnellstens nach Düsseldorf zurück.»

«Na klar», sagte Hans Dietrich. Und zu seinem Kollegen: «Der Mann ist in Ordnung.»

Dann fuhr ich los, allein, hinein in die Nacht, hinein in die dunkle, schweigende Zone. Jetzt war ich in Sicherheit. Die Kerle in der Zollbaracke hatten mich nicht gesehen, sie wußten nichts von mir. Ich fuhr bis zu einem Parkplatz in der Nähe von Brück. Hier blieb ich stehen, löschte die Scheinwerfer, schaltete die Wagenbeleuchtung ein und holte die Aktentasche unter meinem Sitz hervor.

In der Aktentasche gab es Photographien und Dokumente und Briefe und Photokopien von Dokumenten mit den Bemerkungen von verschiedenen Notaren. Ich sah mir die Photographien an, und ich las alle Briefe und alle Dokumente und alle Photokopien. Der Regen trommelte weiter auf das Wagendach, und Sturm kam auf.

Nachdem ich alle Schriftstücke gelesen und alle Bilder angesehen hatte, verpackte ich sie wieder in der Tasche und steckte diese wieder unter meinen Sitz. Dann fuhr ich westwärts durch die Sowjetische Zone Deutschlands und die sturmgepeitschten Wälder der Mark Brandenburg. Ich hatte die kürzere Autobahnstrecke nach Helmstedt gewählt. Und während ich fuhr, dachte ich immer wieder an Julius Brummers Worte: «Wer diese Aktentasche besitzt, ist der mächtigste Mann in der Stadt. Vielleicht der mächtigste Mann im Land!»

*Ich* besaß jetzt diese Aktentasche...

# ZWEITES BUCH

## I

Der Sturm riß Nina Brummers Rock hoch, als sie aus dem Taxi stieg, ich sah die schönen Beine. Sogleich begann ihr blondes Haar wild um den Kopf zu fliegen. In ihrer Schwäche taumelte sie zurück und fiel gegen die Wagenwand. Der Taxichauffeur sprang ins Freie und stützte sie. Dann holte er Nina Brummers Gepäck aus dem Fond: einen kanadischen Naturerzmantel und einen würfelförmigen schwarzen Schmuckkoffer. Das war alles. Er trug die beiden Stücke in die gläserne Halle des Flughafens Düsseldorf-Lohausen hinein.

Nina Brummer folgte ihm auf unsicheren Beinen. Der Sturm riß und zerrte an ihr. Sie trug ein enges schwarz-weißes Pepitakostüm, hochhackige schwarze Schuhe und schwarze Handschuhe. Ihr Gesicht war weiß wie Schnee, der rotgeschminkte Mund leuchtete grell.

Ich hatte den Cadillac ein Stück vom Halleneingang entfernt geparkt. Seit einer Viertelstunde wartete ich hier auf Nina Brummer. Ich hatte eigentlich angenommen, länger warten zu müssen, sie kam zu früh. Es war 18 Uhr 35 am 27. August 1956. Vor vier Tagen war ich aus Berlin zurückgekehrt. Es hatte sich viel ereignet in diesen vier Tagen. Ich trug einen breiten Kopfverband. Mein linkes Auge war noch blutunterlaufen. Und meine ganze Körpermitte brannte wie nach einer Operation. Es hatte sich eine Menge ereignet in diesen vier Tagen, ich werde in Kürze darauf zu sprechen kommen...

Nina Brummer verschwand nun im Eingang des Flughafens. Ich stieg aus und folgte ihr. Der Sturm wurde mit jeder Minute stärker. Hinter schwarzen, wild zerklüfteten Wolkengebirgen ging die Sonne unter. Der Himmel glühte schwefelgelb und kupfergrün, violett und scharlachrot. Tafeln klapperten im Sturm, Zeitungsfetzen flogen mir um die Beine, Staub wirbelte empor. Ich hinkte, denn ich war noch halb gelähmt von den Prügeln, die ich bekommen hatte.

In der Flughafenhalle brannten viele Neonröhren. Ihr Licht mischte sich mit dem des Sonnenuntergangs, das durch die riesenhaften Fenster fiel, und es entstand so eine wesenlose, kalte Atmosphäre. Es gab viel Licht — doch kein lebendiges. Dinge und Menschen warfen keine Schatten. Wie eine Stimme aus dem Reich der Toten mahnte es hallend aus verborgenen Lautsprechern: «Herr Engelsing aus Wien, soeben eingetroffen mit KLM, kommen Sie zum Schalter der Gesellschaft! Herr Engelsing aus Wien, bitte!»

Die Menschen in der Halle sprachen gedämpft. Draußen vor den Fenstern flog der Staub in Schleiern hoch.

Ich trat hinter einen Zeitungskiosk und beobachtete Nina Brummer. Sie stand beim Abfertigungsschalter der «Air France» und ließ sich in die Passagierliste eintragen. Ihr Ticket wurde gestempelt, sie erhielt eine Kontrollkarte. Über ihr hing an Kettchen eine Messingtafel. Sie verkündete:

NÄCHSTER ABFLUG: 20 UHR 00

AF 541 NACH PARIS

Ohne Unterlaß sah Nina Brummer sich in der Halle um. Sie erwartete jemanden, ich wußte, wen. Sie wartete vergebens...

«Achtung, bitte!» erklang von neuem die Stimme aus den Lautsprechern. Sie wurde verzerrt von einem Mißton, der klang wie das Rascheln toten Laubes. «Pan American World Airways geben Ankunft ihres Clippers 231 aus Hamburg bekannt. Passagiere kommen durch Sperre IV.» Ich sah auf das Flugfeld hinaus. Eine viermotorige Maschine hielt, staubumwirbelt, vor dem Kontrollturm. Die Propeller blieben stehen. Mit dem Sturm kämpfend, rollten die Mechaniker die Gangway heran. Nina Brummer nahm ihren Nerzmantel und den Schmuckkoffer und ging die breite Treppe zu dem Restaurant im ersten Stock empor. Ich folgte ihr langsam...

Das Lokal lag verlassen.

An eine Wand malte die untergehende Sonne noch ihre phantastischen Zeichen: Scharlachrot in Schwefelgelb, Violett in Kupfergrün. Nina Brummer setzte sich an einen Tisch beim Fenster. Licht fing sich in ihrem Haar und ließ es golden aufglühen. Ich war beim Eingang stehengeblieben und beobachtete sie. Zuerst war sie ganz allein. Dann erschien ein Kellner und nahm ihre Bestellung entgegen. Dann war sie wieder allein. Ich trat an ihren Tisch. Ich sagte: «Guten Abend.»

In den riesigen blauen Augen saß Angst. Nina Brummer war bleich und schön. Sie starrte mich an und sagte heiser: «Guten Abend...»

Ich fühlte eine seltsame Enttäuschung wie einen Stich durch meinen wundgeschlagenen Leib zucken. «Erkennen Sie mich nicht mehr?»

Die blutleeren Hände ballten sich zu Fäusten. Die kleinen Fäuste preßten sich gegen die schwarz-weiße Pepitajacke. «Ich... nein... wer sind Sie?»

Darauf schwieg ich, denn der Kellner kam zurück und stellte ein Glas Kognak auf den Tisch. Er sah mich neugierig an und entfernte sich wieder. Nina Brummer flüsterte: «Sind Sie... von der Polizei?»

«Ich bin der neue Chauffeur.»

«Oh.» Die Fäuste fielen herab. Die Nasenflügel zuckten. Später entdeckte ich, daß das eine Angewohnheit von ihr war. Sie konnte sich gut beherrschen — nur ihre Nasenflügel nicht. «Entschuldigen Sie, Herr —»

«— Holden.»

«Herr Holden. Der Verband. Sie sind verunglückt?»

«In gewisser Weise.»

«Was ist geschehen?» Sie wartete meine Antwort nicht ab, sondern fragte weiter: «Und wie kommen Sie hierher?»

«Ich wußte, daß ich Sie hier treffen würde.»

«Aber wieso? Niemand konnte das wissen... ich... ich bin heimlich aus dem Krankenhaus fortgegangen...»

«Ich weiß.»

«Woher, woher?»

«Ich weiß alles», sagte ich und setzte mich. Nun flammten auch im Restaurant Neonröhren auf, und draußen auf den fernen Startbahnen glühten rote, blaue und weiße Lichter. Der Horizont im Westen nahm rapide die Farbe von schmutziger Asche an. Schneller und schneller jagten schwarze Wolkenfetzen über den Himmel einer neuen Nacht.

Nina Brummers Augen lagen in blauen Höhlen. Das Gesicht war weiß. Doch noch in Furcht und Schwäche war es schön. Ich dachte an die Worte der alten tschechischen Köchin: «Wie ein Engel ist sie, Herr, wie ein leibhaftiger Engel. Allen bewegt sie das Herz.»

«Reden Sie», flüsterte die Frau. Goldene Ketten klirrten an ihren Handgelenken, als sie das Glas nun hob und trank. Sie verschüttete die Hälfte des Kognaks. Seine braunen Tropfen fielen auf das weiße Tischtuch. «Gut, ich... ich gebe Ihnen ein Armband...»

«Ich will kein Armband.»

«...oder Geld...»

«Ich will kein Geld.»

«Was... dann?»

Ich sagte: «Ich will, daß Sie mit mir kommen.»

«Das ist doch Irrsinn!» Sie lachte hilflos. Draußen wurde das Licht des Tages plötzlich für Sekunden meergrün. Durch Nina Brummers weiße Haut sah man die Schädelknochen schimmern. «Wohin soll ich mit Ihnen gehen?»

«Nach Hause», sagte ich. «Oder zurück ins Krankenhaus. Wir

finden eine Ausrede. In einer Stunde liegen Sie in Ihrem Bett. Niemand erfährt davon.»

Sie preßte beide Hände an den Kopf und stöhnte, denn sie begriff nichts mehr: «Welches Interesse haben Sie daran, daß ich hierbleibe? Sie wissen alles, sagen Sie. Dann wissen Sie doch auch, daß ich von meinem Mann fort will... und warum...»

«Es hat sich viel ereignet, seit wir uns gesehen haben. Ihr Mann —»

«— sitzt im Gefängnis.»

«*Noch.*»

Sie fuhr herum und flüsterte: «Noch...?»

«Nicht mehr lange. Sie können nicht nach Paris. Es wäre Wahnsinn. Ich... ich...», plötzlich versprach ich mich, denn ich sah sie nackt vor mir, sah den schönen, weißen Körper, der sich mit jeder Faser nach einem sehnte, der nicht kommen würde. «...ich erlaube es nicht!»

«Sie müssen verrückt sein! Was heißt erlauben? Sie sind unser Chauffeur!»

«Herr Worm kommt nicht.»

Nun traten Tränen in die schönen Augen, und ich empfand Mitleid, wirkliches Mitleid, keine Begierde mehr.

«Er... kommt... nicht?»

«Nein.»

«Ich glaube Ihnen nicht! Ich habe ihm seinen Flugschein geschickt. Ich bin mit ihm verabredet. Unsere Maschine fliegt erst in einer Stunde...»

Ich legte etwas auf den Tisch.

«Was ist das?»

«Sie wissen, was es ist», sagte ich.

Klein und blaßblau lag das Heft zwischen uns. Wir sahen es beide an. Sie flüsterte: «*Sein* Flugschein?»

«Ja.»

«Wie kommen Sie dazu?» Nun war sie in Panik. «Ist ihm etwas zugestoßen?»

«Nein.»

«Aber der Flugschein —»

«Wollen Sie mir zuhören, gnädige Frau? Wollen Sie mir *ruhig* zuhören? Ich habe Ihnen etwas zu erzählen.»

Sie biß sich auf die Lippen. Sie nickte. Sie sah mich an.

Ich begann: «Vor fünf Tagen wurde Ihr Mann in Berlin verhaftet. Das wissen Sie.»

«Ja.»

«Vor vier Tagen, am Samstag, kehrte ich gegen 15 Uhr nach Düsseldorf zurück...»

## 2

Vor vier Tagen, am Samstag gegen 15 Uhr, war ich mit dem Wagen nach Düsseldorf zurückgekehrt. Ich hatte in Braunschweig noch zu tun gehabt. Ich nahm ein heißes Bad und rasierte mich. Danach setzte ich mich in die Küche und aß mit Appetit ein delikates Kalbsgulasch, das Mila Blehova für mich gekocht hatte. Sie war auf mein Eintreffen vorbereitet gewesen. Aus Braunschweig hatte ich sie angerufen.

Ich hatte mir Zeit gelassen mit dem Nachhausekommen an diesem sonnigen Samstagnachmittag, ich hatte in der Badewanne die Abendzeitung gelesen, ich hatte am Fenster meines Zimmers über der Garage gesessen, eine Zigarre geraucht und in den Park hinausgesehen, der langsam unterging in Dunkelheit. Dann saß ich bei Mila in der Küche und aß das delikate Gulasch und trank das delikate Pilsner Bier. Die beiden Stubenmädchen waren in die Stadt gefahren, um zu tanzen, der Diener war im Kino.

Der alte Hund schlief neben dem Herd. Julius Brummer hatte ihn also doch zu Hause lassen müssen. Mila Blehova bereitete einen Kuchenteig. Sie schlug zwei Eier in den weißen Mehlhaufen, streute Staubzucker darauf und verteilte kleine Butterstücke über die Masse. Sie sprach: «War ich bei meiner Nina, heute nachmittag, Herr Holden. Haben mich zu ihr gelassen.»

«Wie geht es ihr?»

«Gott, schwach ist sie noch, mein Ninale. Aber rote Lippen hat sie sich schon gemalt gehabt und gesagt hat sie, siehst du, Mila, weil ich gefürchtet habe, daß etwas passiert mit meinem Mann, *darum* hab ich das getan.» Mila Blehova begann, die Teigmasse vorsichtig durchzukneten. Von Zeit zu Zeit blies sie nervös ein wenig Luft aus. «Und ich sag zu ihr, Ninale, mein Dummes, was ist bloß in dich gefahren? Unser gnädiger Herr ist doch *unschuldig*, das wissen wir doch. Sie sind ihm nur neidig, weil er soviel Geld verdient, und darum haben sie aus Gemeinheit eine Anklage, eine falsche, erhoben gegen ihn. Aber freisprechen werden sie ihn müssen und selber wird man sie verurteilen, schon bald!»

«Ja», sagte ich und goß mein Glas wieder mit Bier voll, «Herr Brummer ist ein wundervoller Mensch.»

«Nicht wahr, Herr Holden? Also, ich bin ja so froh, daß Sie das auch fühlen! Für mich ist der gnä' Herr der wunderbarste Mensch von der Welt! So gütig. So großzügig. Und von Ihnen hat er auch eine so gute Meinung, Herr Holden!»

Sie blies ein wenig Luft aus. «Ach Gott, ach Gott, das Aufstoßen!»

Nun walkte sie den Teig mit einer Rolle dünn. «Alles wird gut

werden», sagte sie optimistisch. «Ich hab *gar* keine Angst. Der
gnädige Herr ist *gut*, und darum ist alles, was *böse* ist, gegen ihn.
So habe ich es mir überlegt.» Sie bettete den dünnen Teig in eine
Springform aus Metall und ging daran, ihn liebevoll mit Apfel-
scheiben zu belegen. «Wird ihn freuen, der Kuchen.»

«Der Kuchen ist für Herrn Brummer?»

«No, freilich. Lieblingskuchen, wissen Sie. Ganz dünn der Teig,
ganz dick die Äpfel. Hab ich die Herren von der Polizei gefragt.
Ist in Ordnung, haben sie geantwortet, kann ich ihn morgen ins
Untersuchungsgefängnis bringen, den Kuchen. Hat er doch immer
Kuchen gekriegt am Sonntag. War der schönste Tag für ihn ...»

Mila lächelte. «Also eine Zeitlang ja, eine *Zeitlang* haben auch
die Bösen die Macht, nicht wahr, Herr Holden? Schauen Sie zum
Beispiel der Hitler, ganze Welt hat gezittert vor ihm, so mächtig
ist er gewesen. Aber wie lange, und zugrunde gehen hat er müssen mit all seiner Macht, und das *Gute* hat gesiegt! Oder der Na-
poleon mit allen seinen Siegen, zuletzt haben sie ihn doch eingesperrt auf dieser Insel, Sie wissen schon. Sogar der Caesar! Also,
der hat doch bestimmt viel Macht gehabt! Und trotzdem, hör ich,
haben sie ihn erstochen zum Schluß in ihrem Parlament in Rom.
Nein, hab ich zu meiner Nina gesagt, zuletzt siegt *immer* das Gute. Und darum müssen wir keine Angst haben um den gnädigen
Herrn. Hab ich recht?»

«Mila?»

«Ja?»

«Wollen Sie mir einen Gefallen tun?»

«Jeden, Herr Holden.»

Ich griff in die Tasche und holte einen kleinen, bizarr gezack-
ten Schlüssel hervor. «Als ich Sie heute mittag aus Braunschweig
anrief, da hatte ich eine Reihe von Papieren im Wagen. Es waren Papiere, die beweisen, daß Herr Brummer vollkommen unschuldig ist.»

«Ach, liebes Herr Jesulein, ich hab es ja gewußt!»

«Bei einer Bank in Braunschweig mietete ich eine Stahlkammer
und legte alle Papiere hinein. Nur ich kann sie wieder herausho-
len, ich und mit diesem Schlüssel und mit meiner Unterschrift.»

«Ach, wie recht hat der gnädige Herr! Sie sind ein guter Mensch,
haben wir Glück gehabt mit Ihnen!»

«Nehmen Sie den Schlüssel, Mila. Heben Sie ihn auf. Sagen Sie
keinem Menschen, daß Sie ihn besitzen. Kennen Sie ein gutes Ver-
steck?»

«Hab ich einen Neffen. Wohnt in der Nähe. Da trage ich Schlüssel hin, heute abend noch.»

«Niemand kann etwas anfangen mit dem Schlüssel, verstehen

Sie. Nur *ich* kann mit ihm das Safe öffnen. Aber ich will ihn trotzdem nicht bei mir haben.»

«Mach ich Kuchen fertig und geh ich zu meinem Neffen, Herr Holden.»

«Danke, Mila.»

«Ach, eh ich es vergesse, hat jemand paarmal angerufen.»

«Für mich?»

«Ja, ein Freund. Er muß Sie dringend sprechen.»

«Wie heißt er?»

«Hat er nicht sagen wollen, war er bissel schüchtern. In der Eden-Bar ist er. Sie wissen schon, wer es ist, wenn ich sage Eden-Bar. Wissen Sie's?»

Ich nickte und dachte an seine langen, seidigen Wimpern und seine unvollendete Rhapsodie...

### 3

Er sah im Smoking fabelhaft aus, und er spielte ausgezeichnet, eine wirkliche Begabung.

Viele Frauen bekamen etwas Hungriges im Blick, wenn sie ihn scheinbar zufällig betrachteten. Ein hübscher Junge, dieser Toni Worm.

Die Eden-Bar war bis zum letzten Platz gefüllt. Am Samstagabend gingen viele Menschen aus. Ich setzte mich an die hufeisenförmige Theke. Es gab viele Kerzen und viel roten Samt und ein paar Nutten. Die Nutten waren sehr bescheiden.

Es gab einen älteren Eintänzer und drei ältere Barfrauen. Ich trank Whisky zur Feier dieses Samstages und fühlte mich ein wenig müde von der Fahrt, aber nicht sehr. Es war zu lange her, daß ich in einer Bar gesessen und Whisky getrunken hatte.

Ich sah Toni Worm zu und er nickte hinter seinem Flügel. Das bedeutete, daß er zu mir kommen wollte, sobald er Zeit hatte. Ich nickte gleichfalls, und das bedeutete, daß ich keine Eile empfand, keine Eile.

«Noch einen Whisky?» fragte die Barfrau. Sie war nicht mehr ganz hübsch, aber ihre Figur war noch in Ordnung. Vielleicht war sie etwas üppig. Seit ich aus dem Zuchthaus kam, hatte ich ein Faible für üppige Frauen. Sie trug ein schwarzes, schulterfreies Abendkleid, viel falschen Schmuck und zuviel Make-up. Das rotgefärbte Haar war straff zurückgekämmt. Die Barfrau lächelte, aber sie öffnete nicht den Mund dabei. Wahrscheinlich waren ihre Zähne nicht in Ordnung.

«Ja», sagte ich. «Trinken Sie einen mit mir?»

«Gerne.» Sie füllte mein Glas. Das ihre füllte sie unter der Theke. Sie sah mich an und lächelte mit geschlossenen Lippen.

«Tee», sagte ich.

«Wieso?»

«Natürlich füllen Sie Tee in Ihr Glas. Das geht auch unmöglich, daß Sie mit jedem Gast Whisky trinken. Sie müssen schließlich um zwölf noch rechnen können.»

«Sie sind nett», sagte die rothaarige Barfrau und prostete mir zu. «Es ist wirklich Tee. Mit Eis drin schmeckt er gar nicht schlecht. Ich habe übrigens eine Tochter.»

Im Lokal erlosch das Licht. Ein Scheinwerfer konzentrierte sich auf die Gestalt eines schwarzhaarigen Mädchens, das nun neben das Klavier trat und sich langsam zu entkleiden begann. Die Kapelle pausierte, nur Toni Worm hatte zu tun.

«No, no, they can't take that away from me...», sang das Mädchen und zog ihre Kostümjacke aus. Der Kostümrock folgte.

«Meine Tochter heißt Mimi», erzählte die Barfrau. «Ich heiße Carla.»

«...the way you wear your hat, the way you sip your tea...», sang das Strip-tease-Mädchen.

«Blond. Gewachsen wie ich. Nur jünger. Sehr süß. Ich lasse sie Theatergeschichte studieren.»

«...the memory of all that – no, no, they can't take that away from me...»

Das Hemdchen. Der Büstenhalter. Der rechte Seidenstrumpf. Der linke Seidenstrumpf. Den Halter ließ das schwarzhaarige Mädchen sich von einem exemplarisch betrunkenen Gast öffnen.

«Prost, Carla!» sagte ich. «Ich heiße Robert.»

«Prost, Robert. Wirklich ein bezauberndes Mädchen. Der Vater hat uns verlassen. Aber Mimi und ich halten zusammen. Sie hat gestern bei Gründgens vorgesprochen. Vielleicht geht's als Bühnenbildnerin.»

«Hm.»

«Eben neunzehn geworden. Würde dir gefallen. So zärtlich. Lebt bei mir.»

«Hm.»

«Bleib doch noch ein bißchen. Ich mache um drei Uhr Schluß. Komm mit. Mimi freut sich!»

Das schwarzhaarige Mädchen ließ das letzte Kleidungsstück fallen. Der Scheinwerfer erlosch und Toni Worm beendete sein Spiel. Das Mädchen war verschwunden, als das Licht wieder aufflammte. Toni Worm kam zu mir geschlendert. Er hatte jetzt Zeit. Ein komischer Mann mit vielen Bällen erschien auf dem Parkett und zeigte, wie komisch man mit vielen Bällen sein kann. Die Gäste lachten sehr. Toni Worm setzte sich neben mich.

Barfrau Carla zog sich zurück.

«Gut, daß Sie kommen, Herr Holden.»

«Was ist los?»

«Hier.» Er griff in die Tasche und holte ein schmales blaues Heft hervor. «Warum schickt sie mir das?»

Ich sah das Heft an. Es war ein Flugbillett der «Air France» nach Paris, ausgestellt auf Toni Worm, gebucht für einen Flug am 27. August um 20 Uhr oo ab Düsseldorf-Lohausen.

«Haben Sie ihr nicht gesagt, daß ich nichts damit zu tun haben will?»

Mir wurde warm. «Doch, natürlich.»

«Flucht nach Paris. Ein Irrsinn! Jetzt haben sie auch noch den Alten eingesperrt.»

«Wie konnte sie den Flugschein besorgen? Sie liegt doch noch im Krankenhaus...»

«Das weiß ich auch nicht. Muß es telephonisch gemacht haben. Reiche Leute haben Kredit.»

Ach ja, dachte ich.

«Sie schickten mir das Ticket in die Wohnung. Mit einem Zettel. Ich soll im Flughafenrestaurant warten. Um 19 Uhr...» Er neigte sich vor: «Ich will Ihnen mal was sagen: *ich haue ab*. Schon morgen früh...»

«Wohin?»

«Gibt eine zweite Eden-Bar. In Hamburg. Gehört demselben Mann. Habe mit ihm gesprochen. Gebe hier alles auf.»

«Solche Angst?»

«Ja», sagte er. Die langen Wimpern bebten. «Ich weiß nicht, was für eine Rolle *Sie* in der Familie spielen. Ist mir egal. Ich sage Ihnen nur, die Frau ist gefährlich.»

«Ach, Unsinn.»

«Lebensgefährlich.» Er winkte. «Carla!» Sie kam heran.

«Schau dir das an, was habe ich hier?»

«Einen Flugschein. Nach Paris. Warum?»

«Was mache ich mit ihm?»

«Du steckst ihn Robert in die Tasche.»

«Merk dir, daß ich's getan habe.» Er glitt von seinem Hocker. «Vielleicht fragt dich bald wer danach.»

Der komische Mann mit den vielen Bällen verneigte sich. Die Gäste klatschten. Toni Worm sagte zu mir: «Sie werden an mich denken!» Er verließ uns.

«Netter Junge», sagte die Barfrau. «Völlig durchgedreht seit Tagen. Keiner weiß, warum. Geht morgen.»

Toni Worm setzte sich hinter seinen Flügel und begann wieder zu spielen. Ein blondes Mädchen mit einem freundlichen Schimpansen kam auf das Parkett. Der Affe zog das blonde Mädchen aus. Das blonde Mädchen erinnerte mich an Nina Brummer, ich dachte an Toni Worms Wohnung, und ich erinnerte mich daran, wie Nina Brummer nackt aussah.

«Deine Tochter ist auch blond?» fragte ich die Barfrau.

«Ja, Schatzi. Aber eine echte Blondine, nicht so gefärbt wie die da!»

«Kannst du nicht sehen, daß du hier schon früher fortkommst?» fragte ich und schob eine Geldnote unter mein Glas.

## 4

Von dieser Barfrau Carla und ihrer Tochter Mimi erzählte ich Nina Brummer nichts, denn es war nicht wichtig. Aber sonst erzählte ich alles am Abend jenes 27. August, als ich ihr im Restaurant des Flughafens gegenübersaß, alles, was ich eben niederschrieb.

Während ich sprach, wurde es draußen ganz dunkel. Der Sturm steigerte sich zum Orkan. Ich sah vor dem Kontrollturm viele Lampen tanzen, es war ein richtiges Ballett. Zwei Maschinen landeten, während ich erzählte, eine flog ab. Sieben Menschen und ein kleiner Junge saßen nun im Restaurant.

«... und so», beendete ich meinen Bericht, «kam der Flugschein in meinen Besitz. So wußte ich, daß ich Sie heute abend hier erwarten konnte.»

Sie sah mich still an. Ihr Gesicht war weiß und maskenhaft. Die Augen glänzten fiebrig. Nur die Augen lebten.

«Glauben Sie mir *jetzt*?»

«Nein», sagte Nina Brummer. «Ich kann es nicht glauben. Es darf nicht wahr sein. Es wäre ... zu schrecklich.»

«Lassen Sie uns gehen.»

«Ich muß bleiben.»

«Wie lange noch?»

«Bis die Maschine abfliegt.»

Es war 19 Uhr 25.

«Glauben Sie doch, es ist umsonst ...»

«Ich warte.»

«Man wird Sie rufen ... Sie beide ... seinen Namen, Ihren Namen ...»

«Ich warte.»

«Vielleicht sind Freunde hier... Bekannte Ihres Mannes...»

Aus Nina Brummers Augen rannen Tränen. «Verstehen Sie nicht, es ist mir *gleich*! Ich bleibe hier. Ich warte.»

Plötzlich bemerkte ich, daß meine Hände zitterten. Wie seltsam, dachte ich, es war doch Nina Brummers Schicksal, nicht das meine...

An die nächste halbe Stunde werde ich noch lange denken. Vielleicht vergesse ich sie nie. Ich wurde Zeuge eines gespenstischen Vorgangs. Eine junge Frau wurde alt. Eine schöne Frau wurde häßlich. Von Minute zu Minute verfiel sie mehr.

Nina Brummer drehte den Kopf fort. Ich sollte nicht sehen, daß sie weinte. Alle sahen es, alle Menschen im Restaurant.

«Hat Toni das gesagt, hat er das wirklich gesagt, daß er nichts mehr mit mir zu tun haben will?»

«Versuchen Sie ihn zu verstehen. Ein junger Mann. Voll Angst. Er —»

«Hat er es gesagt?»

«Ja.»

«Hat er gesagt: Ich haue ab?»

«Ich habe Ihnen alles erzählt, was er gesagt hat.»

Der kleine Junge trat heran, bohrte in der Nase und starrte Nina Brummer an.

«Siegfried!» rief seine Mutter. «Kommst du sofort zu mir?»

Um 19 Uhr 35 begann zum erstenmal die Lautsprecherstimme zu mahnen: «Herr Toni Worm, mit Air France nach Paris, bitte kommen Sie zum Abfertigungsschalter!»

«Da haben Sie es», sagte ich.

«Egal», flüsterte sie.

Ich schwitzte jetzt. Die Menschen beobachteten uns.

Um 19 Uhr 40 forschte die unreine Lautsprecherstimme wieder nach Toni Worm, und wieder um 19 Uhr 45. Sie klang ungeduldig und verärgert.

«Zahlen», rief ich. Der Kellner nahm das Geld wortlos in Empfang. Ich sagte: «Lassen Sie uns wenigstens hinuntergehen.»

«Ich bin *hier* verabredet. Ich muß *hier* bleiben.»

«Er kommt nicht.»

«Es ist erst dreiviertel.»

Die Lautsprecherstimme: «Achtung, bitte! Air France gibt Abflug 541 nach Paris bekannt! Passagiere werden durch Flugsteig III an Bord gebeten. Meine Damen und Herren, wir wünschen Ihnen einen angenehmen Flug!»

19 Uhr 48.

Die ersten Fluggäste verließen unter uns die Halle und wurden über das sturmgepeitschte Feld zu der wartenden Maschine geführt.

19 Uhr 50:

«Frau Nina Brummer und Herr Toni Worm, gebucht mit Air France nach Paris, bitte kommen Sie umgehend zur Paß- und Zollkontrolle. Ihre Maschine wartet auf Sie.»

«Gehen Sie doch endlich», flüsterte Nina. «Lassen Sie mich doch allein.»

«Ich bin nicht aus Nächstenliebe hier. Ich kann jetzt keinen Skandal brauchen.»

«*Sie* können keinen Skandal brauchen? Was heißt denn das?»

«Es ist noch mehr geschehen seit Samstagabend. Schauen Sie mein Gesicht an!»

«*Was* ist geschehen?»

«Kommen Sie, und ich erzähle es Ihnen.»

«Nein, ich bleibe.»

19 Uhr 54:

«Achtung bitte, Herr Toni Worm und Frau Nina Brummer, mit Air France nach Paris, bitte kommen Sie sofort zur Paß- und Zollkontrolle. Ihre Maschine ist startbereit!»

Plötzlich erhob sie sich, schwankte und fiel auf den Sessel zurück.

«Würden... Sie... mir... helfen?»

Ich legte den rechten Arm um sie. Mit dem linken hielt ich den Nerz und ihren Schmuckkoffer. So führte ich Nina Brummer zur Treppe. Alle Menschen sahen uns nach. In der Halle kam ein Beamter des Flughafens auf uns zu.

«Sind Sie Herr Toni Worm?»

«Ja», sagte ich. Mir war jetzt vieles gleichgültig — wie ihr.

«Was hat die gnädige Frau?»

«Sie ist krank. Sie kann nicht fliegen. Bitte helfen Sie mir.»

«Soll ich einen Arzt —»

«Zum Wagen», sagte ich, «nur zum Wagen. Ich bin Arzt.»

Zwischen uns führten wir Nina Brummer zum Ausgang. Ein paar Menschen liefen zusammen. Plötzlich schrie sie laut und voller Hysterie auf: «Toni...» Und noch einmal: «Toni, o Gott!»

«Ja», sagte ich und fühlte, wie der Schweiß mir über den Rükken rann, «ja, Liebling, ja...»

Dann hatte ich sie endlich im Wagen. Dem Beamten gab ich Geld. So schnell ich konnte, fuhr ich los. Pneus kreischten in der ersten Kurve. Am Wagen rüttelte der Sturm. Erst auf der Chaussee sprach sie wieder: «Herr... Holden...?»

«Was ist?» Ich war jetzt wütend.

«Bitte, fahren Sie mich zu ihm.»

«Er ist nicht mehr in Düsseldorf.»

«Ich will nur noch einmal die Wohnung sehen. Nur die Wohnung.»

«Die ist abgesperrt.»

«Ich habe Schlüssel.» Plötzlich klammerte sie sich wild an mich. Ich war darauf nicht vorbereitet. Der Wagen sauste auf die linke Straßenseite. Ich riß das Steuer zurück. Der Cadillac tanzte. In der Reflexbewegung schlug ich mit dem rechten Ellenbogen seitlich und traf Ninas Brust. Sie flog in ihre Ecke und schrie auf vor Schmerz.

Ich dachte: Wie lange hält sie das noch aus? Gewiß bricht sie mir bald zusammen, und ich kann sie zurück ins Krankenhaus bringen. Ich sagte: «Also gut. Zur Wohnung. Wenn Sie ruhig bleiben.»

Danach schwieg sie, bis wir die Stadt erreichten. Sie weinte vor sich hin, aber erst in der City murmelte sie: «Erzählen Sie mir, was noch geschehen ist... erzählen Sie mir, warum Sie alles tun...»

Ich schwieg.

«Sie sagten mir, Sie würden es erzählen...»

«Nun gut», sagte ich. «Dann hören Sie zu. Ich blieb noch eine Weile bei... in dieser Bar. Es war schon hell, als ich am Sonntagmorgen heimkam...»


5

Es war schon hell, als ich am Sonntagmorgen heimkam, die Sonne schien, im Park der Villa sangen viele Vögel. Die Wiese war noch naß vom Tau, aber die Blumen öffneten bereits die Blüten. Ich war ein wenig betrunken, aber nicht sehr. Mutter und Tochter hatten zuletzt noch Kaffee gekocht.

Ich brachte den Wagen in die Garage. Carlas Tochter Mimi war nicht neunzehn, sondern mindestens fünfundzwanzig, dachte ich, und wahrscheinlich war Mimi auch gar nicht Carlas Tochter, aber sie war eine echte Blondine, das wußte ich nun.

Über der Garage lag die Chauffeurwohnung. Sie bestand aus einem Zimmer, einer Kammer und einem Badezimmer. Das alles gehörte jetzt mir, ich wohnte allein über der Garage. Die Villa stand zweihundert Meter entfernt im Park. Ich stieg die kleine Treppe empor und freute mich auf mein Bett. Nun war ich müde. Sie warteten auf mich in meinem Zimmer.

Es waren drei.

Ich habe keine Erinnerung mehr an sie. Sie waren sehr groß,

und sie trugen Hüte, das weiß ich noch. Sie waren größer und stärker als ich, und sie waren zu dritt.

Der erste stand hinter der Tür, die beiden andern saßen auf dem Bett.

Der erste schlug mir sofort, als ich eintrat, mit der flachen Hand ins Genick. Ich war plötzlich ganz nüchtern, und während ich in das Zimmer flog, dachte ich, daß die Boxer diesen Schlag einen «rabbit punch» nannten. Der zweite trat mir in den Bauch.

Ich brach zusammen. Sie machten den Fehler, mich gleich von Anfang an viel zu brutal zu schlagen.

Nun lag ich auf dem Teppich. Morgensonne erhellte den Raum, und sie stürzten sich alle drei auf mich und schlugen mich eine Weile.

Ich schrie, aber das Fenster war geschlossen und ich sah ein, daß Schreien keinen Sinn hatte. So ließ ich es.

Zwei rissen mich hoch und hielten mich fest, und der dritte legte alles, was er in meinen Taschen fand, auf den Tisch. Zu dieser Zeit hatten sie mich noch nicht blutig geschlagen, ich konnte noch alles ordentlich sehen, und es fiel mir auf, daß sie noch immer ihre Hüte trugen.

«Wo ist die Tasche?» fragte der erste.

«Und lüg nicht», sagte der zweite, «wir *wissen*, daß du sie hast.»

«Man hat dich gesehen», sagte der dritte, «in Braunschweig. In dem Scheißcadillac.» Jetzt bemerkte ich, daß sie schon das ganze Zimmer durchsucht hatten. Alle Laden standen offen, meine Wäsche lag auf dem Fußboden, das graue Jackett hatten sie vollkommen aufgerissen. Das erbitterte mich, und ich antwortete: «Ich habe die Tasche nicht mehr.»

Darauf spuckte mir der erste ins Gesicht, und sie fuhren fort, mich zu verprügeln. Der erste und der zweite bogen meinen Körper rückwärts über die Tischplatte, und der dritte schlug mir mit den Fäusten in den Magen und anderswohin.

Ich brach ein bißchen Galle, aber nicht sehr viel, und sie wechselten sich ab, und der zweite schlug mich in den Magen, und dann der erste. Dem ersten fiel dabei der Hut vom Kopf. Sie fragten immer dasselbe, und ich antwortete immer wieder, ich hätte die Tasche nicht mehr.

Sie gerieten in Schweiß und pausierten, und der erste nahm die Wagenschlüssel und ging hinunter in die Garage und durchsuchte den Cadillac und kam zurück und sagte: «Nix.»

Dann setzten sie mich auf einen Sessel und hielten mich fest und schlugen mir ins Gesicht, und ich begann zu bluten. Ich blutete meinen Anzug voll und das weiße Hemd und eine silberne Krawatte mit blauen Karos.

Dann boten sie mir Geld und zeigten mir Banknoten und gaben mir eine Zigarette, doch sie hatten mir einen Zahn ausgeschlagen, und auch meine Lippen bluteten.

«Du dummes Schwein», sagte der erste zu mir, «warum führst du dich so auf? Geht es *dir* an den Kragen? Sitzt *du* im Knast?»

«Der Brummer kriegt jetzt nur, was er verdient», meditierte der zweite. «Sag, wo die Papiere sind.»

«Ich habe sie nicht mehr.»

«Sag, was der Brummer dir bezahlt», empfahl der dritte. «Wir bezahlen mehr.»

«Er bezahlt überhaupt nichts.»

Der erste spuckte mich wieder an und sagte: «Dann hilft es wohl nichts, Kollegen, wir müssen kräftiger zufassen.»

Ich will nicht aufschreiben, was sie mit mir machten. Es tat sehr weh, und sie taten es zu schnell. Ich kann nur schlecht Schmerzen ertragen, und schon nach einer Minute war es mit meinen klugen Vorsätzen vorbei und ich wollte alles sagen; ich wollte den drei Kerlen anbieten, mit mir nach Braunschweig zu fahren und die Dokumente zu holen; ich wollte ihr Geld nehmen; ich war kein Held, ich wollte keiner werden; ich wollte alles erzählen. Aber ich kam nicht mehr dazu, denn ich verlor die Besinnung. Das war ihr Fehler: sie taten es zu schnell. Das letzte, woran ich mich erinnere, war das heisere, aufgeregte Bellen eines Hundes im Park ...

Mila Blehova saß an meinem Bett, als ich wieder zu mir kam. Sie rang die Hände: «Jesusmariaundjosef, Herr Holden, was habe ich mich aufgeregt! Herz, hab ich geglaubt, bleibt mir stehen!» Der alte Hund schnupperte an meiner Bettdecke, beleckte meine Hand und jaulte laut. Ich sah, daß man mich verbunden hatte. Es war sehr hell im Zimmer, das Licht tat mir in den Augen weh. Mein Gesicht war geschwollen, und viele Stellen meines Körpers schmerzten.

«Ich hörte den Hund», sagte ich.

«Ja, also das Puppele, das alte, is ja auf einmal ganz verrückt gewesen. Hat bei mir geschlafen, und auf einmal bellt der Hund und winselt und ich muß ihn 'runterführen in'n Garten, und da stürzt er gleich los auf die Garage. Hat einen sechsten Sinn, unser Puppele. Ich renn, so schnell ich kann, hinterher — aber zu spät. Gesehen habe ich die drei Mörder noch, die verfluchten. Über'n Zaun und davon. Dann habe ich Sie gefunden, ohnmächtig und im Blut, hab ich geglaubt, Sie sind tot. Bin ich zu alt für diese Aufregungen, Herr Holden. So was von Aufstoßen hab ich nicht mehr gehabt seit dem Hitlerkrieg.»

«Sie wollten die Papiere haben, Mila.»

«Hab ich mir gedacht, ja...»

«Wer hat mich verbunden?»

«Hab ich Doktor Schneider gerufen. Kommt wieder, zu Mittag. Polizei war hier. Kommen wieder um elf.»

«Fein.»

«Anwalt vom gnädigen Herrn hab ich auch angerufen. Bittet er, Sie sollen nichts sagen, niemandem.»

«Hm.»

«War ich auch schon beim Maurer. Kommt er heute noch und fängt an mit Arbeit. Is Sonntag, aber is ihm egal. Lassen wir machen Gitter vor alle Fenster.» Sie hatte einen Zettel und setzte eine Brille mit Stahlfassung auf. «Hab ich mir alles notiert. Können Sie noch zuhören?»

«Nicht mehr lange.»

«Sobald es geht, sagt der Anwalt, sollen Sie ins Untersuchungsgefängnis kommen, zum gnä' Herrn. Hat er Sprecherlaubnis gekriegt für Sie.» Sie schluckte. «Sollen wir nicht der gnädigen Frau erzählen, was Ihnen passiert ist, meint der Anwalt. Regt sie zu sehr auf.»

«Richtig.»

«Gut, daß er es mir gesagt hat, hat nämlich meine Nina angerufen vor einer Stunde.»

«Was wollte sie?»

«Hat sie Angst, daß Polizisten kommen und Sachen vom gnädigen Herrn beschlagnahmen — und Sachen von ihr.»

Es tat weh, wenn ich grinste.

«Sagt sie, ich soll Schmuck ins Krankenhaus bringen. Und Aufbewahrungsscheine für Pelze. Haben wir doch alles in Konservierung im Sommer.»

Es gefiel mir, daß Frauen bei aller Leidenschaft stets einen Sinn für Realität bewahrten. Auch in Paris mußte man von etwas leben...

«Und Dokumente und Briefe. Möchte sie alles bei sich haben. Warum lachen Sie, Herr Holden?»

Ich antwortete nicht.

Die Polizisten kamen um elf, und ich sagte ihnen, die drei Unbekannten hätten mich nach Papieren gefragt.

Was für Papieren?

Keine Ahnung.

Aber ich mußte doch irgendeine Ahnung haben.

Nein, ich hatte überhaupt keine Ahnung, nicht die geringste. Ich nahm an, es hing mit Herrn Brummers Verhaftung zusammen. Herr Brummer schien viele Feinde zu haben. Ich war erst seit kurzer Zeit Chauffeur bei Herrn Brummer. Ich hatte keine

Ahnung. Den Polizisten folgte der Arzt, der mich verbunden hatte. Er erneuerte die Verbände und gab mir eine Injektion, nach der ich sehr müde wurde. Ich schlief ein und träumte von Nina, und plötzlich vernahm ich ein donnerndes Toben, das mich außer Atem hochfahren und erwachen ließ. Mit rasend pochendem Herzen dachte ich ein paar Sekunden lang, ich wäre wieder in Rußland und die russischen Panzer kämen, dann öffnete ich die Augen.

Ein bärtiger Mann mit nacktem Oberkörper sah zum Fenster herein. Das Fenster befand sich neben meinem Bett. Es stand offen, und der Mann draußen mußte in der Luft schweben, denn er hielt sich nicht am Gesims an. Ich habe oft in meinem Leben die Angst gehabt, den Verstand zu verlieren. Jetzt hatte ich sie wieder.

Der Bärtige sah mich stumm an. Plötzlich war es ganz still.

«Habe ich Sie wachgeklopft?» fragte der Bärtige und steckte neugierig den Kopf ins Zimmer. Der Himmel hinter ihm war honigfarben.

«Wer sind Sie?»

«Maurer. Mach die Gitter an.»

Ich fiel auf mein Kissen zurück und war kraftlos vor lauter Erleichterung. «Sie stehen auf einer Leiter?»

Er grinste mich an und sagte: «Na klar! Denken Sie, ich habe Flügel?»


6


«Er grinste mich an und sagte: Na klar! Denken Sie, ich habe Flügel», erzählte ich, während ich auf die Bremse trat. Wir hatten das Haus Stresemannstraße 31 A erreicht. Ich zog den Schlüssel aus dem Zündschloß. «Wir sind da.»

Nina Brummer schrak auf. Beklommen sah sie die düstere Fassade an, die Sandsteinkaryatiden, den alten Eingang, die verkrüppelten Bäume davor. Hoch oben schwankte eine Straßenlaterne im Sturm. Die Schatten der toten Äste flogen über die Mauer und die lichtlosen Fenster.

«Kann ich meinen Mantel haben? Mir... ist so kalt...»

Ich legte ihr den Nerz um die Schultern. Sie stieg aus und fiel sogleich hin. Ich half ihr wieder auf die Beine. Nina Brummers Gesicht war schmutzig. Ich wischte es mit meinem Taschentuch sauber. Ihr Körper zitterte, die Lippen bebten.

«Führen... Sie... mich... hinauf...»

Ich stützte sie wieder, und wir traten in den finsteren Hausflur.

«Der... Lichtknopf... ist... links...»

Ich fand ihn und drückte darauf, aber es blieb finster.

«Kaputt.» Ich knipste mein Feuerzeug an und führte die Frau im Nerz auf einer knarrenden Holztreppe in den ersten Stock hinauf. Der schwache Lichtschein huschte über fleckige, von Nässe kranke Wände. Nina Brummer wurde schwerer in meinem Arm. Einmal blieb sie stehen und rang nach Luft.

Mir fiel ein Satz von Léon Bloy ein, den ich irgendwo gelesen hatte: «Im Herzen des Menschen gibt es Winkel, die zunächst nicht bestehen, und in diese dringt das Leid ein, auf daß sie Bestand haben mögen.»

Während ich Nina Brummer auf Toni Worms Wohnungstür zuführte, dachte ich, daß jetzt und hier in ihrem Herzen ein Winkel dieser Art seinen beständigen Bewohner erhielt. Sie lehnte sich keuchend gegen die Mauer und begann in ihrer Handtasche zu kramen. Das Messingschild mit seinem Namen war noch da. Nur Toni Worm war nicht mehr da. Weil mich ihr Suchen nervös machte, drückte ich auf den Klingelknopf. Drinnen läutete es, laut und hallend. Sie murmelte: «Warum tun Sie das?»

«Und Sie, Madame, warum tun Sie das alles?»

Darauf antwortete Nina Brummer nicht. Sie hatte die Schlüssel gefunden und sperrte die Tür auf, die sich mit einem langgezogenen Klagelaut öffnete. Nina Brummer trat ein und drehte das elektrische Licht an. Ich folgte ihr.

Das Wohnzimmer war leergeräumt. Die Möbel waren verschwunden. Auf dem Fußboden lagen Zeitungen und Notenblätter. Zwei offene Kisten standen da. Holzwolle quoll aus ihnen. Ein schmutziges Hemd. Drei Bücher. Ich hob eines auf und las den Titel. Marcel Proust: Auf der Suche nach der verlorenen Zeit.

Ich ließ das Buch fallen. Nina Brummer stand mitten im Zimmer, das Licht der kahlen Birne an der Decke fiel auf sie. Sie sah alles, was es zu sehen gab, genau an. Dazu murmelte sie dauernd vor sich hin, aber ich konnte nicht verstehen, was sie sagte. Mit schleppenden Schritten und hängenden Schultern ging sie ins Badezimmer.

Im Badezimmer gab es leere Rasiercremetuben zu sehen, ein Stück Seife, eine Rolle Klosettpapier, einen alten Schlafrock. Nina Brummer ging in die Küche. In der Küche stand nur noch ein Kochherd. Auf dem Boden vor ihm lagen viele leere Flaschen. Ich begann, die Flaschen zu zählen, und bei der vierzehnten sagte sie tonlos: «Das ist komisch, nicht? Ich habe ihn wirklich geliebt.» Sie sagte es der Wasserleitung.

«Lassen Sie uns gehen», sagte ich.

«Sie glauben es nicht, ich weiß. Für Sie bin ich eine reiche Hysterikerin, die sich einen schönen Jungen genommen hat. Einen schönen, jungen Jungen.»

«Sie haben jetzt alles gesehen. Kommen Sie, bitte.»

Sie drehte die Wasserleitung auf. Wasser begann zu fließen. «Und wissen Sie, was das Komischste ist? Ich habe gedacht, er liebt mich auch...» Sie lachte. «...er hat mir gesagt, ich wäre die erste Liebe seines Lebens. Die erste richtige. Vor mir gab es keine. Das ist doch sehr komisch, oder?» Sie drehte die Wasserleitung wieder zu. «Wie viele Flaschen sind es?»

«Bitte?»

«Sie zählen doch die Flaschen, während ich spreche.»

Ich ging zu ihr und drehte sie um, und sie fiel gegen meine Brust und begann zu weinen.

«Ich... ich wollte mich scheiden lassen... und dann wollten wir gleich heiraten. Wissen Sie, daß er eine Rhapsodie für mich geschrieben hat?»

«Wir müssen gehen.»

«Ich kann nicht... ich muß... mich einen Moment setzen...»

«Die Wohnung ist leer.»

«Ich kann nicht mehr stehen... ach, Mila, mir ist so schlecht», rief sie mit der Stimme eines unglücklichen Kindes.

Ich führte sie vorsichtig ins Badezimmer und setzte sie auf eine Ecke des Wannenrandes. Sie weinte noch ein wenig, dann verlangte sie eine Zigarette. Wir rauchten beide. Die Asche streiften wir auf den Kachelofen. Ich sagte ihr, was ich ihr noch zu sagen hatte.

«Ich habe die Dokumente und Photographien gesehen. Ich kenne die Menschen nicht, die durch sie belastet werden. Aber ich kenne die Größe der Belastung. Ihr Mann hat sehr viel Macht, seit er die Dokumente hat.»

«Er hat sie nicht. *Sie* haben sie.»

Das war ein seltsames Gespräch, wenn ich daran zurückdenke. Zwei fremde Menschen in einem fremden Badezimmer. Die Frau im Nerz auf dem Wannenrand. Ihr Chauffeur davor. Und der Nachtsturm rüttelte an den Fenstern...

Ich antwortete so: «Es stimmt, daß ich die Dokumente habe. Und ich will sie auch behalten, das ist mein Plan.»

«Aber —»

«Aber ich werde Herrn Brummers Anwalt erlauben, mit mir nach Braunschweig zu fahren und im Tresorraum der Bank Photokopien der Dokumente herzustellen», sagte ich mit einer Selbstgefälligkeit, an die ich schon bald denken sollte. «Ich behalte selbstverständlich die Originale.»

«Nein!» Sie preßte beide Hände an die Schläfen.

«Doch. Morgen früh fahre ich nach Braunschweig.»

«Tun Sie es nicht!»

«Warum nicht?»

Mit großem Ernst antwortete sie: «Mein Mann ist ein sehr schlechter Mensch.»

«Sie haben trotzdem lange mit ihm gelebt. Gut gelebt.»

«Ich wußte nicht, *wie* schlecht er ist. Als ich... als ich es begriff, versuchte ich, mir das Leben zu nehmen...» Ihre Zigarette war zu Boden gefallen. Ich trat auf den Stummel. Indessen sprach sie weiter. Und es schien, als hätte sie für Sekunden ihre eigene Misere vergessen. «Tun Sie es nicht, Herr Holden. Ich weiß, was geschieht, wenn mein Mann die Photokopien bekommt.»

«Was?»

«Furchtbare Dinge werden geschehen. Niemand wird sie verhindern können. Ich sage viele Worte, die Ihnen nichts bedeuten.»

«Ich war im Gefängnis», sagte ich. «Ich bin vierzig Jahre alt. Mir ging es lange schlecht. Jetzt geht's mir gut. Und es wird mir noch viel besser gehen. Wer würde es mir danken, wenn ich Ihrem Mann die Photokopien *nicht* lieferte?»

«Andere Menschen.»

«Mir sind andere Menschen gleichgültig.»

Sie fragte leise: «Haben Sie niemals einen Menschen geliebt?»

«Lassen Sie die Liebe! Wo ist denn Herr Worm?» rief ich erregt.

«Er hatte Angst... er ist so jung, Sie sagten es selber...»

Ich stand auf und begann hin und her zu gehen.

«Nein, ich will nichts mehr riskieren. Bei Ihrem Mann, da bin ich sicher. Seien Sie klug. Ihr Mann ist unbesiegbar geworden durch mich. Halten Sie jetzt bei uns aus.»

«Das kann ich nicht.»

«Haben Sie Vermögen? Haben Sie einen Beruf? Was wird geschehen, wenn Sie Ihren Mann verlassen? Skandal. Er läßt sich scheiden. Er wird freigesprochen in seinem Prozeß. Nicht einen Groschen bekommen Sie von ihm. Sie werden Ihren Schmuck verkaufen müssen, um zu leben. Stück um Stück. Und eines Tages wird aller Schmuck verkauft sein. Ich weiß, wie schlimm die Armut ist.»

«Ich auch.»

«Nun, und?»

«Was Sie sagen, überzeugt mich nicht. Dann verkaufe ich eben meinen Schmuck. Dann bin ich eben arm. Wie kann man weiterleben mit einem Menschen, den man haßt und verachtet?»

«Viele tun es», sagte ich. «Es ist nicht schwer. Frauen haben es sogar besonders leicht.»

Sie schüttelte den Kopf und schwieg. Sie sah sehr schön aus in diesem Augenblick, und sie rührte mich sehr. Das war der Tag, an dem unsere Liebe, unsere seltsame Liebe begann, dieser sturmgepeitschte Abend des 27. August.

Ich sagte: «Kommen Sie jetzt, *bitte*.»

Sie bewegte sich nicht. Sie flüsterte: «Warum... warum machen Sie sich solche Sorgen um mich?»

«Sie sehen aus wie jemand, den ich kannte.»

«Wer war das?»

«Meine Frau», sagte ich leise.

Ihre Augen wurden plötzlich sehr dunkel, die Lippen bebten, als wollte sie wieder anfangen zu weinen. Aber sie weinte nicht. Sie trat zu mir, und auf eine unwirkliche, unmögliche Weise hatte ich wieder das Gefühl, daß Margit, meine tote Frau, auf mich zutrat. Ich starrte sie an. Sie flüsterte: «Wo ist Ihre Frau?»

«Sie ist tot», antwortete ich tonlos. «Ich habe sie ermordet.»

«Warum?»

«Weil ich sie liebte», sagte ich. «Und weil sie mich betrog.»

Ninas Augen schwammen.

Ihr Atem traf mich.

Drei Sekunden. Fünf Sekunden.

Plötzlich taumelte sie wie in einem Anfall von Schwäche.

Ich nahm sie in die Arme und küßte sie auf den Mund. Sie ließ es wie selbstverständlich geschehen. Ihr Mund blieb geschlossen, und es war, als würde ich eine Tote küssen. Ihre Lippen waren eiskalt.

Ja, so begann unsere Liebe.

Wir hielten uns aneinander fest, und es war so still, daß man meinen konnte, wir wären die einzigen Menschen im Haus, die einzigen Menschen auf der Welt vielleicht. Zuletzt sah sie zu mir auf, und aus ihrem Gesicht war der letzte Blutstropfen gewichen. «Ich kann nicht mehr», flüsterte sie. «Bringen Sie mich zurück ins Krankenhaus.»

7

Im Wagen schlief sie ein. Ihr Kopf lag an meiner Schulter, und ich fuhr sehr vorsichtig, um sie nicht zu wecken. Trotzdem erwachte sie einmal in einer Kurve für ein paar Sekunden. Bevor sie wieder einschlief, lächelte sie mich an, aber sie erkannte mich nicht.

Sie war so geldgierig und skrupellos wie ich. Sie war vernünftig und ergab sich sogleich, wenn Widerstand sinnlos wurde. All das hatte ich gefühlt. Ich überlegte, daß ich auch nur zum Flughafen hinausgefahren war, weil ich es gefühlt hatte. Sonst wäre es mir doch gleich gewesen, was mit ihr geschah.

Im Marienkrankenhaus kam Nina überhaupt nicht mehr richtig

zu sich. Sie war am Rande eines völligen Zusammenbruches angelangt und sprach im Halbschlaf wirres Zeug, nannte mich Toni und rief nach Mila.

«Herr Holden, was ist geschehen?» wollte die Oberin wissen. Ich log: «Die gnädige Frau rief mich an. Aus einem Espresso.»

«Wie kam sie dahin?»

«Sie wollte zu ihrem Mann, Oberin. Sorge und Angst um ihn trieben sie auf die Straßen. Dann überkam sie Schwäche, und sie konnte nicht weiter.»

«Ich habe natürlich schon zu Hause angerufen, Herr Holden.»

Das war unangenehm.

«Es meldete sich aber niemand.»

Das war angenehm.

«Mila! Hilf mir, Mila!» rief Nina, während man sie auf eine Bahre hob.

«Haben Sie Nachsicht mit ihr», sagte ich. «Sie trägt ein schweres Schicksal. Der Gatte, den sie über alles liebt, sitzt unschuldig im Gefängnis.»

Darauf sah sie mich schweigend an, und ich fürchtete schon, zu weit gegangen zu sein. Es schien, als wäre die Oberin wie viele andere der Ansicht, daß Julius Maria Brummer nur endlich erhalten hatte, was er schon lange verdiente.

Indessen wurde Nina in den ersten Stock hinaufgetragen, vorbei an den Nischen mit den bunten Heiligen und den kleinen Blumentöpfen. Sie hatten eine graue Decke über sie gebreitet, nur eine Locke blonden Haares lugte unter ihr hervor.

Ich sah ihr nach. Ich ging sogar ein paar Schritte zur Seite, um ihr länger nachsehen zu können. Ich erblickte sie in ihrer großen Schönheit deutlich, obwohl die graue Decke sie ganz verbarg, und ich verspürte den Duft ihres Parfüms, obwohl sie nicht mehr bei mir war. Dann bemerkte ich, daß der Blick der Oberin nachdenklich auf mir ruhte, und beeilte mich mit der Anfrage, ob ich wohl Nerzmantel und Schmuckkoffer im Tresor des Krankenhauses verwahren könnte. Das erwies sich als möglich. Den Schlüssel zum Schmuckkoffer behielt ich.

«Von nun an wird Tag und Nacht eine Schwester bei Frau Brummer wachen», versprach die Oberin. Und mit einem Lächeln, das mir nicht gefiel, fügte sie hinzu: «Sie müssen sich keine Sorgen machen, Herr Holden.»

«Guten Abend», antwortete ich, während ich überlegte: Sieht man es mir bereits an?

Eilig verließ ich das Krankenhaus.

Daheim erfuhr ich, warum sich niemand am Telephon gemeldet hatte.

«Haben wir alle aufs Revier kommen müssen, Herr Holden, Mädeln, Diener und ich. Nix Besonderes. Noch einmal wegen dem Selbstmordversuch von meinem Ninale. Habe ich schon auf Sie gewartet. Waren Sie im Kino?»

«Ja.»

«So ist recht. Lenken sich bissel ab. Trauriger Film oder komischer Film?»

«Komischer», sagte ich.

«Also meiner Seel’, in so einer Zeit, da schau ich mir am liebsten komische Stückeln an. Heinz Rühmann. Kennen S’ ihn?»

«Ja.»

«Das ist mein Liebling. Und dann der mit der großen Nase. Fernandel, glaub ich. Tut Ihnen der Kopf noch weh?»

«Nicht mehr. Können Sie morgen früh mit mir zu Ihrem Neffen fahren?»

«No natürlich. Schlüssel holen, gelt?»

«Um sieben? Ist das zu früh? Ich habe einen weiten Weg.»

«In Ordnung», sagte sie, «um sieben. Heute wer’n wir alle ruhiger schlafen. Haben s’ jetzt Gitter gemacht vor alle Fenster.»

Tatsächlich schlief ich tief und traumlos. Am Morgen holte ich den weißen Mercedes aus der Garage und fuhr mit Mila los. Der Himmel leuchtete tiefblau, kein Windhauch regte sich. Es war noch kühl. Der Rhein glänzte im Licht. Der alte Hund saß zwischen uns. Mila erzählte: «...is er einziger Verwandter von mir, wo noch lebt. Sohn von meiner Schwester. Der Bub — Gott, ich sag immer noch Bub, achtundzwanzig is er schon — der Bub wird Ihnen gefallen, Herr Holden. Is er Reporter, wie man so sagt. Da vorn, Nummer vierzehn.»

Ich hielt vor einem Neubau. Die Straße war menschenleer. Schräg schien die Sonne durch die Bäume. Mila Blehova stieg aus. «Warten S’ einen Moment, kommt er herunter, hat er gesagt.»

Ich sah ihr nach, wie sie schwerfällig zum Eingang schlurfte und klingelte. Im fünften Stock öffnete sich ein Fenster. Mit ihrer zitternden, hohen Altfrauenstimme rief sie hinauf: «Butzel?»

«Sofort», antwortete eine Stimme.

Daraufhin trat Mila, gefolgt von dem alten Hund, den Rückweg an. Sie blieb neben dem Wagen stehen. «Is gleich da, Herr Holden.»

«*Wie* heißt er?»

Sie kicherte: «Peter Romberg. Aber wir haben ihn immer nur Butzel genannt.» Sie dehnte das U. «Solange ich denken kann, hat er Butzel geheißen.»

Gleich darauf trat der Lokalreporter Peter Romberg aus dem Haus und in mein Leben — und mit diesem Augenblick, so glaube ich heute, war alles unabwendbar geworden, was geschah und geschieht und noch geschehen wird. Am frühen Morgen des 28. August bereits hatte Julius Maria Brummer sein Leben verwirkt. Es ahnte nur noch niemand zu dieser Zeit.

## 8

Peter Romberg war mager und schüchtern und trug eine Hornbrille. Er besaß rotblondes Haar, das ihm vom Kopf abstand wie eine Bürste. Das Gesicht war von Sommersprossen übersät, die Nase groß. Er lachte. Wann immer ich Peter Romberg traf — er lachte. Nur zuletzt lachte er nicht mehr.

In grauen Flanellhosen und einem offenen grauen Hemd kam er zum Wagen und küßte seine Tante auf die Wange: «Entschuldige, ich hab dich nicht gleich erkannt!»

«Macht nix, Butzel. Das ist Herr Holden!»

«Hallo», sagte ich.

«Hallo», sagte er und gab mir die Hand. «Ich bin nämlich kurzsichtig. Fünf Dioptrien links, sechs rechts. Blind wie eine Eule.» Er hatte unregelmäßige Zähne, aber er sah nett aus, wenn er lachte. «Toi, toi, toi, seit meinem zwanzigsten Lebensjahr hält sich die Dioptrienzahl konstant.»

Mila kicherte: «Soll ich's ihm sagen, Butzel?»

«Sagen, was?» fragte ich.

«Ist er erst achtundzwanzig. Aber ist er schon verheiratet. Hat kleines Kind.»

«Nein!» Ich staunte ehrlich. «Wie alt?»

«Sechs Jahre, Mickey heißt sie.»

«Sie haben früh angefangen, Herr Romberg!»

«Ist ein guter Bub, Herr Holden. Hat er aber auch nette Frau! Kriegt er es mit mir zu tun, wenn er sich was anfängt mit einer anderen! Mit'm Nudelwalker komm ich!»

«Mila!» sagte er geniert.

«Ach, Herr Holden, müssen Sie seine Frau kennenlernen, die Carla, und die Kleine, bin ich ja ganz verrückt mit der Mickey, so was Süßes...» (Sießes sagte sie.)

«Herr Romberg, meine Hochachtung!»

«Danke.» Er lachte. «Hier ist der Schlüssel.»

Ich steckte ihn in die Tasche.

Er sagte einfach: «Wissen Sie, zuerst, da hielt ich Herrn Brummer für einen Schieber — wie wir alle. Aber wenn es einen Menschen auf der Welt gibt, dem ich vertraue, dann ist es die Mila.

Und die Mila sagt mir seit Jahren, der Herr Brummer ist der beste und anständigste Mensch von der Welt!»

«Und sie hat recht», sagte ich.

«Sie müssen uns wirklich einmal besuchen, Herr Holden.»

«Gerne, Herr Romberg!»

«Wir haben noch keine anständigen Teppiche, und die Küchenmöbel sind nur geborgt. Meine Frau wird sich vielleicht genieren, Sie wissen ja, wie Frauen sind, aber ich finde, die Wohnung ist auch schon jetzt prima, was, Mila?»

«Also prima, meiner Seel'!»

«Und dann zeige ich Ihnen meine Photos.»

«Ist es mein Neffe, aber ich kann sagen mit gutem Gewissen: er hat wunderschöne Bildeln, der Butzel!»

«Wissen Sie, Herr Holden, alle diese Blutverbrechen und den Polizeifunk — das mache ich, weil wir leben müssen. Einmal, wenn ich unabhängiger bin, werde ich andere Sachen machen. Interessantere!»

«Was interessiert Sie, Herr Romberg?»

«*Tiere!*»

«Sie möchten Tiere photographieren?»

«Und über sie schreiben!» Jetzt lachte er mich wieder an. «Ich finde Tiere viele Male interessanter als Menschen!»

«Sie müssen die Bildeln anschauen, Herr Holden», sagte Mila Blehova. «Die von den Pelikanen sind die schönsten, die ich in meinem Leben gesehen habe! Einmal wird er berühmt werden damit, mein Butzel! Ach, du lieber Gott, schon wieder das Aufstoßen!»

Julius Maria Brummer hatte seine Verteidigung einem Anwalt namens Zorn anvertraut. Er fuhr an diesem Morgen mit mir nach Braunschweig. Der Doktor Hilmar Zorn war ein winziges Männchen mit einem gewaltigen Gelehrtenkopf. Wenn er sich erregte oder wenn er müde war, geschah etwas mit seinen Augen. Die Pupillen schoben sich aus ihren Achsen. Dadurch entstand der Eindruck des Schielens. Hinzu gesellten sich leichte Sprachstörungen und ein unermüdliches Bedürfnis des Doktors, mit einem Finger in den Hemdkragen zu fahren und an diesem zu zerren. Er trug stets bunte Westen, auch bei heißem Wetter, einfarbige und karierte.

Auf der Autobahn herrschte enormer Verkehr. In beiden Richtungen waren die Betonbahnen zur Linken und zur Rechten der weißen Mittelstreifen besetzt. Mit einem Abstand von nur wenigen Metern rasten die Wagen nordwärts und südwärts. Wir fuhren alle eine einheitliche Geschwindigkeit von hundert Stundenkilometern, an Überholen war nicht zu denken.

Es wurde furchtbar heiß an diesem Tag. Zuletzt war es kühler im Wagen, wenn man die Fenster geschlossen hielt. Der Wagenstrom riß nicht ab. Schrill sangen erhitzte Pneus auf erhitztem Beton. Der Doktor Zorn saß reglos neben mir von 8 bis 11 Uhr 30. An diesem Tag trug er eine rote Weste mit sieben silbernen Knöpfen. Er öffnete nicht einen einzigen davon. Sein Hemd war weiß, die Krawatte silbern, der einreihige Anzug war grau. Ich fuhr im Hemd, mit hochgeschlagenen Manschetten und geöffnetem Kragen. Als die Uhr auf dem Armaturenbrett genau 11 Uhr 30 zeigte, begann Zorn zu sprechen. Er sagte: «Sie transpirieren.» Das mußte ich zugeben.

«Sehen Sie mich an», sagte er. «Transpiriere ich? Nicht im geringsten. Und warum nicht? Weil ich nicht transpirieren *will*. Es ist eine Frage des Wollens. Wissen Sie, daß ich ohne Weste eher transpirieren würde? Warum? Die Weste hilft, Haltung bewahren. Haltung ist alles. Herr Holden, wir gehen schwierigen Zeiten entgegen», erklärte er mir übergangslos.

«Pardon?»

«Bona causa triumphat — Sie verstehen?»

«So weit reicht's noch.»

«Gut. Aber immerhin. Wir werden viele Aufregungen erleben. Herr Brummer ist eine, hm, Person der Zeitgeschichte, man kann es nicht anders nennen. Es geht um sehr viel Geld. Da kommen die Menschen auf die seltsamsten Ideen.»

«Wie darf ich das auffassen, Herr Doktor?»

«Ich könnte mir denken, Herr Holden, daß auch Sie bereits ein Opfer derartiger Ideen geworden sind. Ich könnte mir zum Beispiel vorstellen, daß Sie unter der Vorstellung leben, ich wollte die Dokumente in Braunschweig nur photographieren und die Originale im Safe zurücklassen.»

«Das ist die Vorstellung, unter der ich lebe», sagte ich. «Sie photographieren, die Dokumente bleiben im Safe, und der Schlüssel bleibt bei mir.»

Er seufzte tief, begann ein wenig zu schielen und sagte, an seiner Krawatte rückend: «Ich photographiere, die Dokumente bleiben im Safe. Und Sie geben mir den Schlüssel dazu. Jetzt gleich.»

«O nein», sagte ich.

«Tck, tck, tck», machte er. «Dann sehe ich Sie allerdings wieder in Stadelheim.»

«Wo?»

«Wenn Sie freundlicherweise das Steuer des Wagens fester in den Händen hielten, Herr Holden. Bei dieser Geschwindigkeit kann so leicht ein Unglück geschehen. Ich sagte Stadelheim, und ich meinte die bayrische Strafanstalt, die sich dort befindet. Ohne Zweifel ist Ihnen die Lokalität geläufig. Sie haben sich immerhin neun Jahre daselbst aufgehalten.»

Ich atmete tief, denn ich fühlte, wie mir übel wurde.

Der kleine Anwalt zog ein Blatt Papier aus der Tasche und setzte schulmeisterlich eine Brille auf: «Herr Holden, es ist doch klar, daß wir uns, wenn es um so viel wie bei dieser causa geht, über die Beteiligten erkundigen, nicht wahr. Sie erklärten Herrn Brummer seinerzeit, Sie hätten in München ein Stoffgeschäft geführt.»

«Das habe ich auch», log ich.

«Sie haben ihm weiter erklärt, Sie wären im Zusammenhang mit dem betrügerischen Bankrott dieses Geschäftes zu einer Zuchthausstrafe verurteilt worden.»

«Ich bin auch zu einer Zuchthausstrafe verurteilt worden.»

«Aber nicht wegen betrügerischen Bankrottes, Herr Holden.» Er bekam jetzt die gewissen Sprachstörungen. Er sagte: «I-ich bitte Sie zum le-letztenmal, behutsamer zu fahren. Nach Auskunft der Staatsanwaltschaft München verurteilte Sie ein Schwurgericht am 13. April 1947 zu zwölf Jahren Zuchthaus als Sühne für die Ermordung Ihrer Ehefrau Margit.» (Er sagte: «Ma-margit».) «Das Gericht billigte Ihnen bei seinem Urteil mildernde Umstände zu. Sie waren immerhin fünf Jahre Soldat und zwei Jahre in Gefangenschaft. Als Sie am – hm – 1. September 1946 nach Hause kamen, fanden Sie Ihre Ehefrau –»

«Hören Sie auf!»

«– in einer unmißverständlichen Situation mit dem Schriftenzeichner Leopold Hauk –»

«Sie sollen aufhören!»

«– und schlugen darauf in einer solchen Weise mit einem herausgebrochenen Stuhlbein auf Ihre Ehefrau Margit Holden, eine geborene Reniewicz, ein, daß die Genannte ihren Verletzungen noch im Laufe der Nacht er-erlag.»

Ich schwieg und hielt beide Hände fest am Steuer, denn ich hatte tatsächlich einige Mühe, den Wagen ruhig zu halten. Ein Lied aus der «Dreigroschenoper» fiel mir ein: «Ja, mach nur einen Plan, sei nur ein großes Licht, und mach noch einen zweiten Plan, gehn tun sie beide nicht.»

Der Anwalt sprach, seinen Zettel konsultierend: «Die Sympathien der Geschworenen waren auf Ihrer Seite, Herr Holden. Sie gaben verschiedentlich an, Ihre Frau sehr geliebt zu haben. So etwas macht immer einen guten Ein-eindruck.»

Eine blauweiße Tafel flog vorbei. Sie teilte mit, daß wir von der Grenzgemarkung der Stadt Braunschweig noch 1500 Meter entfernt waren. Der Anwalt sprach: «Sie waren ein ordentlicher

Gefangener, wie mir die Gefängnisverwaltung mitteilt. Darum wurden Sie am 11. Jänner 1956 wegen guter Führung auch in Freiheiheit gesetzt. Sie wissen, daß Sie die gesamte Reststrafe absitzen müssen, wenn Sie sich eine neuerliche Ver-verfehlung im Sinne des deutschen Strafgesetzbuches zuschulden kommen lassen.» Der Doktor zerrte an seinem Kragen.

Mir rann der Schweiß von den Haarwurzeln über die Stirn, geriet in die Augenbrauen und tropfte auf die Wangen. Er lief mir in den Mund und schmeckte bitter.

«Ich könnte mir vorstellen, daß auch das Zurückhalten von fremdem Eigentum einen sehr schlechten Eindruck auf einen Revisionsrichter machte. Ich sehe Sie vor meinem geistigen Auge überhaupt bereits wieder in Ihrer kleinen Zelle.»

«Was wollen Sie?»

«Den Schlüssel, Herr Holden.»

Ja, mach nur einen Plan ...

«Und wenn ich Ihnen den Schlüssel gebe, was geschieht dann?»

«Ich weiß noch nicht, was dann geschieht, Herr Holden. Ich weiß nur, was geschieht, wenn Sie ihn mir *nicht* geben.»

... sei nur ein großes Licht ...

«Da vorne, neben der Tankstelle bei der Ausfahrt ist ein Parkplatz. Dort werden Sie halten.»

... und mach noch einen zweiten Plan ...

«Andernfalls ich gezwungen wäre, sofort Strafanzeige wegen Untreue, Erpressung und Nötigung gegen Sie zu erstatten.»

... gehn tun sie beide nicht.

Ich lenkte den Wagen auf den Parkplatz vor der Tankstelle. Hier blühten blaue, weiße und rote Blumen. Es lagen Papiere, Zeitungen und Orangenschalen herum. Als ich hielt, lag vor den Vorderrädern eine Ausgabe der «Westdeutschen Allgemeinen». Die Schlagzeile lautete: «BUNDESREPUBLIK ERREICHT INTERNATIONALE EXPORTSPITZE 1956.»

«Den Schlüssel», sagte Zorn und fuhr sich mit dem rechten Zeigefinger in den Hemdkragen.

Ich gab ihn ihm, und meine Hand war feucht, und seine Hand war trocken. Er steckte den Safeschlüssel in die kleine Tasche der Weste, und seine Bewegungen erschienen mir bei dieser Tätigkeit graziös und schnell.

«Es ist für mich schrecklich zu sehen, wie Sie transpirieren, Herr Holden.»

Gehn tun sie beide nicht.

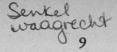

## 9

Der Raum war groß. Er lag im vierten Stockwerk des Untersuchungsgefängnisses, und seine vergitterten Fenster ließen sich nicht öffnen. Darum war es sehr heiß im Raum. Zwei feinmaschige Drahtgitter, die vom Fußboden bis zur Decke reichten, teilten ihn. Die Drahtwände standen in einigem Abstand parallel zueinander. Zu beiden Seiten der Gitter gab es Tische und Sessel. Zwischen den Gittern gab es nichts.

Ich stand auf.

Julius Maria Brummer war in die andere Hälfte des Raumes getreten. Er trug ein weißes Hemd und eine blaue Hose. Die Schuhe besaßen keine Senkel, und der Hemdkragen stand offen. Brummer trug keine Krawatte. Ich erschrak über sein Aussehen. Das runde Gesicht war leichenblaß, unter den in Fett gebetteten wäßrigen Augen lagen violette Schatten. Von Zeit zu Zeit hob Brummer die linke Schulter gegen die linke Kopfseite und vollführte mit der Schulter sodann eine waagrecht kreisende Bewegung, bevor er sie wieder sinken ließ. Es sah aus, als wollte er sich mit der Schulter hinter dem Ohr kratzen.

«Herr Brummer, die Sprechzeit beträgt zehn Minuten», sagte der hinkende Justizbeamte. Er setzte sich. Brummer trat an sein Maschengitter und sah mich an. Ich trat an mein Maschengitter und sah ihn nicht an.

«Sehen Sie mich an, Holden», sagte Julius Maria Brummer. Ich zwang mich dazu. Ich sah in diese winzigen, tückisch-sentimentalen Augen eines Haifisches, sah den blaßblonden Schnurrbart, die leichengrauen Hamsterbacken, die niedere Stirn, den weichen Mund mit dem Mäusegebiß. Er hielt sich an seinem Gitter fest, und in dem teigigen Gesicht zuckte es. Aber er sagte nichts, kein einziges Wort.

«Zehn Minuten, Herr Brummer», erinnerte der Beamte.

«Holden», sagte Brummer. Seine Stimme kam flüsternd, fast unhörbar durch die Gitter. «Mein Anwalt war hier. Gestern abend noch. Er hat mir alles erzählt.»

«Herr Brummer», begann ich, «bevor Sie weitersprechen, erlauben Sie, daß ich —»

«Wir haben nur zehn Minuten», unterbrach er mich. «Für das, was Sie getan haben, gibt es keine Worte —»

«Herr Brummer, Herr Brummer —»

«— Sie kannten mich vor ein paar Tagen überhaupt noch nicht. Sie wußten nichts von mir. Sie hatten keinen Grund, meine Interessen wahrzunehmen. Und doch», sagte Brummer und hob jetzt die Stimme, «und doch taten Sie das. Und halfen mir, Sie wissen, wie. Und ließen sich zusammenschlagen. Drehen Sie sich nicht um, ich will Sie ansehen können, während ich spreche. Das Schicksal prüft mich hart im Augenblick, da erschüttert und beglückt es mich besonders, einen Freund da zu finden, wo ich keinen Freund vermuten konnte.»

Also sah ich ihn weiter an, und während der Kopfschmerz Julius Maria Brummers Bild vor meinen Augen flackern ließ, hörte ich ihn sagen: «Sie haben meinen Besitz beschützt und genial in Sicherheit gebracht. Sie haben alles sogleich freiwillig meinem Anwalt übergeben. Wissen Sie, was mich am meisten erschüttert hat, Holden? Was Sie sagten, als Sie ihm den bewußten Schlüssel gaben.»

«Ich kann mich nicht daran erinnern.»

«‹Möge es Herrn Brummer helfen›, sagten Sie. ‹Das ist alles, was ich wünsche.› Niemals, hören Sie, Holden, *niemals* werde ich das vergessen. Ich kann Ihnen nicht die Hand geben, denn noch bin ich ein Gefangener. Aber fahren Sie gleich zu meinem Anwalt. Er erwartet Sie. Ich bitte Sie, im Sinne der aufrichtigen Freundschaft, die ich für Sie empfinde, anzunehmen, was er Ihnen geben wird. Holden, Sie sind ein anständiger Mensch.»

«Herr Brummer», sagte ich, «was ich getan habe, hätte jeder andere auch getan.»

Er schüttelte den schweren Schädel, und ein Hauch von Pfefferminz wehte durch die Gitter, als er ausrief: «Keiner hätte es getan. Ich selber nicht! Was denn? Ich konnte nicht mehr schlafen, seit ich Sie verlassen habe, weil ich davon überzeugt war, daß Sie ... daß Sie etwas anderes tun würden, Sie wissen, was ich meine. Gestern war der glücklichste Tag meines Lebens. Holden. Er hat mir das Vertrauen in die Menschen wiedergegeben.»

«Noch drei Minuten», sagte der Beamte.

«Holden, ich vertraue Ihnen hiermit das Liebste an, das ich auf dieser Welt besitze, meine Frau.»

«Aber —»

«Wem könnte ich sie anvertrauen, der würdiger wäre, sie zu beschützen, Holden», sprach Julius Maria Brummer bewegt. «Morgen wird sie aus dem Krankenhaus entlassen. Sie werden sie von da an begleiten auf Schritt und Tritt. Sie werden sie niemals allein ausgehen lassen. Sie haben am eigenen Leib erlebt, wozu meine Gegner fähig sind. Holden, ich betrachte Sie als meinen ersten Vertrauten.»

«Noch eine Minute.»

«Ich bin fertig, es ist alles gesagt.» Brummer verneigte sich tief. «Ich verneige mich vor Ihnen, Holden. Ich verneige mich in Dankbarkeit.»

«Die Zeit ist um», sagte der Wärter.

«Wollen Sie meiner Frau sagen, daß ich sie liebe?»

«Jawohl, Herr Brummer, ich will Ihrer Frau gerne sagen, daß Sie sie lieben.»

«Und daß alles gut wird.»

«Und daß alles gut wird.»

«Und grüßen Sie die Mila. Sie soll meinem armen Puppele ein feines Stück Fleisch kaufen.» Er nickte mir zu und verließ den Raum. Ich setzte mich und wartete eine Weile darauf, daß mir besser würde. Dann ging auch ich, aber sehr langsam und vorsichtig, denn der Fußboden unter mir schwankte und rollte, und die Wände um mich rollten und schwankten, und in der Luft flimmerten kleine Punkte.

Ein feines Stück Fleisch.

Für sein armes Puppele.

## 10

«Sie haben Herrn Brummer nicht die Wahrheit gesagt!»

«Sind Sie gekommen, um mir dafür Vorwürfe zu machen?» fragte Doktor Zorn. Heute trug er eine grüne Weste zu einem hellbraunen Anzug. Er saß hinter seinem Schreibtisch, rauchte eine Zigarre. Die Fenster waren auch hier geschlossen. Blauer Rauch erfüllte das Zimmer mit dichten Schwaden.

«Warum haben Sie mich geschützt?»

«Darauf möchte ich Ihnen keine Antwort geben», sagte er. Seine Krawatte an diesem Tag war etwas zu bunt, sie trug ein auffallendes Schottenmuster.

«Sie haben doch in Herrn Brummers Auftrag Nachforschungen angestellt —»

«Ich tat es von mir aus. Herr Brummer weiß nichts vom Resultat der Recherche.»

«Sie haben ihm also auch nichts von meiner Vergangenheit erzählt?»

«Wäre das Ihren Intentionen entgegengekommen, Herr Holden? Nun also, warum regen Sie sich dann darüber auf?»

«Weil ich nicht begreife, warum Sie das alles tun!»

«Um Sie festzulegen und zu verpflichten», sagte er still. «Außerdem könnte ich mir vorstellen, daß Sie einmal in der Lage wären, auch mir einen — hm — Gefallen zu erweisen.» Er begann jetzt wieder an seinem Kragen zu zerren.

«Was für einen Gefallen?»

«Darauf möchte ich Ihnen keine Antwort geben», sagte er zum

zweitenmal. Er sah auf die Uhr. «Es tut mir leid, aber draußen wartet der nächste Mandant. Wollen Sie das hier bitte unterschreiben.»

«Unterschreiben?»

«Eine Empfangsbestätigung. Über dreißigtausend Mark. Aus begreiflichen Gründen möchte Herr Brummer Ihnen keinen Scheck geben. Unterschreiben Sie, damit ich Ihnen das Bargeld auszahlen kann.»

Ich unterschrieb.

Zorn nahm die Quittung, sah sie genau an und öffnete danach die Schreibtischlade. «Es macht Ihnen hoffentlich nichts, wenn Sie alles in Fünfzigmarkscheinen bekommen.» Er zählte sechshundert violette Fünfzigmarkscheine der Bank Deutscher Länder vor mich auf die Schreibtischplatte. Von Zeit zu Zeit beleckte er die Finger. Er zählte die Scheine in kleinen Haufen zu jeweils tausend Mark ab. «Sie dürfen dieses Geld auf kein Bankkonto einzahlen. Sie dürfen, solange Herr Brummer sich in Haft befindet, keine auffälligen Käufe tätigen. Sie versprechen, Ihren bisherigen Lebensstil in jeder Weise beizubehalten.» Er schob mir einen Bogen Papier über den Tisch. «Das versichern Sie mir schriftlich.»

Ich versicherte es schriftlich, indem ich die vorbereitete Erklärung unterzeichnete.

«Es werden in den nächsten Tagen verschiedene Menschen an Sie herantreten, die Sie nicht kennen», sagte der kleine Anwalt mit der weißen Haarmähne. «Jeden einzelnen Annäherungsversuch werden Sie mir sofort me-melden. Sie erhalten dann weitere Weisungen. Und nun entschuldigen Sie mich.» Er stand auf und gab mir eine kühle, trockene Hand.

Der Sonnenschein schlug mir auf den Kopf wie ein Hammer, als ich ins Freie trat. Das Licht stach mir in die Augen. Dieser Sommer begann unmenschlich zu werden, die Tage wurden immer noch heißer. Ich zog meine Jacke aus und ging an einem Autogeschäft, einem Juwelierladen und einem Herrenschneider vorbei und dachte, daß ich mir jetzt jedes Auto kaufen konnte, das ich wollte, die feinsten Uhren, die besten Anzüge. Das hieß, ich konnte es, aber ich durfte nicht. Ich hatte versprochen, meinen bisherigen Lebensstil beizubehalten. Das war eine seltsame Situation. Meinem bisherigen Lebensstil gemäß setzte ich mich in die schattige Ecke eines kleinen Trottoir-Espressos und bestellte ein Glas Limonade mit viel Eis darin. Es standen sechs kleine Tischchen mit zwölf bunten Stühlen auf dem Gehsteig, aber ich war der einzige Gast. Ich holte die Banknoten hervor und sah sie an. Zuerst sah ich das Bündel an und danach einzelne Scheine.

Das also war der Lohn der Angst, dafür erhalten, daß ich ver-

sucht hatte, jemanden zu erpressen, und dafür, daß Doktor Zorn
Herrn Brummer belogen hatte. Dafür besaß ich jetzt dreißigtausend Mark. Wenn ich meine Erpressung nicht versucht hätte, wäre
ich arm geblieben. Ich wäre auch arm geblieben, wenn Herr Zorn
Herrn Brummer die Wahrheit gesagt hätte. Es mußten demnach
zwei unmoralische Handlungen zusammenkommen, damit ich Geld
erhielt, eine allein hätte nicht ausgereicht. Ich begann zu ahnen,
wie Vermögen erworben wurden.

Der Kellner erschien mit meiner Limonade, und ich steckte die
Scheine ein und trank vorsichtig, in kleinen Schlucken, denn ich
wollte mir nicht den Magen erkälten und krank werden mit soviel
Geld in der Tasche, mit soviel Geld.

Dreißigtausend Mark, du lieber Gott!

Ich trank das Glas leer und bezahlte und ging in die Blumenhandlung nebenan. Hier bestellte ich dreißig rote Rosen. «Bitte
schicken Sie die Blumen sofort an Frau Nina Brummer. Sie ist Patientin im Marien-Krankenhaus.»

«Wollen Sie ein paar Zeilen dazu schreiben, mein Herr?»

«Nein.»

«Wen dürfen wir als Absender nennen?»

«Niemanden. Schicken Sie die Blumen, wie sie sind», sagte ich.
Nina.

Jetzt konnte ich wieder an sie denken, jetzt war ich wieder in
Sicherheit. Das hatte nichts mit meiner Liebe zu tun, entschied ich,
während ich durch die Hitze zum Wagen zurückging. In meiner
gestrigen Lage hätte jeder nur an sich gedacht.

Oder *doch* nicht?

Ich setzte mich auf das heiße Lederpolster und startete den
Wagen. Ich dachte dauernd an Nina. Ich wurde traurig dabei, so
fröhlich ich eben noch gewesen war.

Nina.

Nein, wahrscheinlich war es doch nicht Liebe. Keine gute Liebe
jedenfalls. Sonst *hätte* ich gestern an sie gedacht, an sie *zuerst*. Ich
wollte wahrscheinlich doch nur mit ihr schlafen.

Aber warum empfand ich dann dieses Schuldgefühl? Warum
wurde ich traurig, wenn ich an Nina dachte? Warum war mir nicht
alles egal, und ich versuchte nur, sie möglichst schnell herumzu-
kriegen?

Ach, Nina.

Ich mußte versuchen, die Fahrt nach Braunschweig zu vergessen. Auf keinen Fall wollte ich Nina davon erzählen. Wenn sie davon hörte, bekam sie vielleicht Angst vor mir. Und ich wollte, daß
sie mir vertraute. War das nicht Liebe, wenn man das Vertrauen
eines anderen wollte?

*das Häubchen*

Als ich beim Rotlicht einer Verkehrsampel hielt, trat ein Zeitungsverkäufer heran und reichte mir ein Mittagsblatt in den Wagen. Ich gab ihm zwei Groschen und las die Schlagzeile. Sie ging über vier Spalten und lautete:

BRUMMER ERKLÄRT: ICH BIN VÖLLIG
UNSCHULDIG!

Ich starrte die Buchstaben an und dachte an Nina und an alles, was geschehen würde, und ich wurde wieder ein bißchen schwindlig.

Hinter mir hupten andere Autos. Das Licht der Ampel war auf Grün gesprungen. Ich fuhr weiter und überlegte, ob Nina wohl sofort wissen würde, von wem die Rosen kamen, und plötzlich glaubte ich, ihr Parfum zu riechen, ja ihr Parfum, ganz deutlich.

Vielleicht war es doch Liebe...

Meine Schritte hallten, als ich in die Halle der Villa trat. Fenster und Vorhänge hatte man geschlossen, um die Hitze draußenzuhalten, und so war es dunkel und kühl im Haus, es roch nach Bodenwachs. Auf dem Tisch vor dem Kamin lagen viele Briefe.

«Mila?»

Es kam keine Antwort.

Ich ging in die Küche. Sie war sauber aufgeräumt. Der Wasserhahn tropfte. In der Stille klang das Geräusch sehr laut.

«Mila!»

Ein dünnes Jaulen erklang. Die zweite, angelehnte Tür der Küche, die zu Milas Zimmer führte, wurde aufgestoßen. Der alte Boxer kam herein. Halbblind und hilflos, stieß er wie stets gegen den Herd, winselte traurig und rieb seinen mißgestalten Körper an meiner Hose.

«Kommens herein, Herr Holden!» hörte ich Mila rufen. «Hab mich nur ein bissel hinlegen müssen.» Ich hatte ihr Zimmer noch nie gesehen. Es war klein und besaß ein Fenster zum Park hinaus. Davor stand ein Schaukelstuhl. Auf dem Tisch daneben standen Photographien von Nina, große und kleine, mindestens ein Dutzend. Sie zeigten Nina als kleines Mädchen im kurzen Kleidchen, mit einer Schleife im Haar, Nina als Backfisch, Nina als junge Frau zu Pferd.

Die alte Köchin lag auf einem weißgestrichenen Eisenbett, über welchem ein Bild der Madonna hing. Ich erschrak, als ich Mila erblickte. Ihr Gesicht war grau und glänzte.

Die Lippen hatten sich bläulich gefärbt. Mila hielt beide Hände gegen den Leib gepreßt. Sie trug ein schwarzes Kleid, altmodische Schnürstiefel und eine weiße Schürze. Das Häubchen war verrutscht, doch es saß noch auf dem Haar.

*eine Zugehfrau*

«Um Gottes willen, Mila, was ist geschehen?»

«Gar nix, Herr Holden, regens sich nicht auf, gleich geht es vorüber, es ist meine Schilddrüse, das hab ich manchmal. Es ist überhaupt nur passiert, weil ich mich so furchtbar aufgeregt hab vorhin.»

«Worüber?»

«Herr Holden, alle sind sie weg! Der Diener, die Mädeln, der Gärtner! Alle auf einmal, wir sind allein im Haus!»

«Was heißt weg? Weg wohin?»

«Einfach weg. Haben Sachen gepackt und sind verschwunden. Gärtner hat sie aufgehetzt. Daß alle anderen Dienstboten in der Gegend schon reden. Und daß es unmöglich ist, daß sie bleiben, wo der gnä' Herr sitzt.» Sie schluckte schwer, und der Schweiß lief über ihr gütiges Altfrauengesicht. «War das eine Schreierei, Herr Holden! Bedroht hab ich sie, daß wir sie verklagen werden, wenn sie gehen ohne Kündigungsfrist, aber gelacht haben sie nur. Ist ihnen egal! Sollen wir verklagen. Es wird ihnen nichts passieren, warum, der gnädige Herr ist selber verklagt als ein Schieber, ein riesengroßer. Da hab ich dann meine Zustände gekriegt, natürlich. Aber es geht vorbei, ich spür schon, wie mir wieder besser wird.»

Ich setzte mich in den Schaukelstuhl und sah die Photographien an. Die alte Köchin betrachtete mich gespannt: «Aber *Sie* werden nicht gehen, Herr Holden!»

«Nein», sagte ich.

Und sah die Photographien an.

«Das hab ich gewußt, Sie halten zum gnädigen Herrn.»

«Ja», sagte ich.

Und sah die Photographien an.

«Morgen kommt mein Ninale. Fein kochen werd ich für uns drei. Gemütlich werden wir es uns machen. Und bis daß der gnädige Herr freigesprochen wird, nehmen wir uns nur eine Zugehfrau. Das ist alles, was wir brauchen, gelt, Puppele?»

Der alte Boxer winselte.

«Freuen sich auch, daß die gnä' Frau nach Haus kommt, Herr Holden?»

Ich nickte und blickte schnell in den Garten hinaus, denn ich konnte die Photographien nicht mehr sehen. Ein reifer, gelber Apfel fiel gerade von einem alten Baum. Ich sah ihn fallen und bergab rollen, dem glitzernden See entgegen.

## 11

«Ich danke Ihnen für die Rosen», sagte Nina Brummer. Sie saß auf dem Bett des Krankenzimmers. Ein Hausdiener brachte gerade ihr Gepäck zum Wagen hinunter. Wir waren allein. Nina trug an diesem Morgen ein weißes Leinenkleid, auf welches, ohne Zweifel mit der Hand, phantastische Blumen in den Farben Blau, Gelb und Grün gemalt waren. Nina war sehr blaß und sehr schön. Sie sprach, wie sie mich ansah — freundlich und besorgt.

«Woher», erwiderte ich, vor ihr stehend, meine Chauffeurmütze in der Hand, «wußten Sie, daß die Rosen von mir waren?»

«Weil kein Brief bei ihnen lag, kein Absender, nichts.» Sie sah zu den Blumen, die in einer Vase beim Fenster standen. «Herr Holden, ich muß etwas klarstellen, bevor wir heimfahren. Es fällt mir schwer, die richtigen Worte zu finden, denn ich möchte Sie nicht verletzen. Sie waren um mich besorgt. Sie haben mir geholfen...» — da sie den Kopf bewegte, fiel Sonnenschein auf ihr Haar und ließ es aufleuchten — «...sehr geholfen, ja. Ich bin Ihnen dankbar. Ich habe jetzt wenige Freunde. Ich wäre glücklich, wenn Sie mein Freund blieben. Aber ich bitte Sie, mir keine roten Rosen mehr zu schicken.»

Ich sah sie an. Sie wich meinem Blick aus und ging hin und her, während in der Nähe die kleine Glocke der Kapelle zu bimmeln begann. Das Leinenkleid modellierte ihren Körper, die roten Schuhe besaßen hohe, dünne Absätze. In Ninas blasses Gesicht kam etwas Farbe, während sie stockend sagte: «Ich bitte Sie, vernünftig zu sein.»

«Das bin ich.»

Jetzt sah sie mich jäh an, die großen blauen Augen wurden plötzlich dunkel, beinahe schwarz. Das faszinierte mich. Sie hatte in diesem Augenblick die Schönheit eines jungen, unschuldigen Mädchens. «Ist es vernünftig, einem Menschen zu sagen, daß man ihn liebt, wenn man ihn eben kennengelernt hat und nichts von ihm weiß?»

«Ich weiß genug von Ihnen», erwiderte ich, «mehr will ich nicht wissen. Außerdem haben Vernunft und Liebe miteinander nichts zu tun.»

«Für mich schon, Herr Holden. Sie wissen, was ich eben erlebt habe. Ich werde jetzt sehr vernünftig sein und darum niemanden mehr lieben, niemanden. Ich kann nicht mehr.»

«Sie können es wieder lernen», sagte ich, «es besteht keine Eile.»

«Und wenn ich es lerne, Herr Holden, und wenn ich es lerne?»

«Dann werde ich Sie bitten, sich scheiden zu lassen und mit mir zu leben.»

«Vor ein paar Tagen noch haben Sie mich beschworen, meinen Mann nicht zu verlassen.»

«Vor ein paar Tagen hatte ich noch kein Geld.»

«Das war eine sehr unglückliche Antwort, Herr Holden», sagte sie bebend. «Ich kann mir vorstellen, woher Sie inzwischen Geld bekamen.»

«Es verhält sich nicht ganz so, wie Sie es sich vorstellen...», sagte ich.

«Ich will nicht wissen, wie es sich verhält. Mein Mann hat jetzt die Photokopien, ja?»

«Ja.»

«Das genügt. Sie wissen, daß ich mir das Leben nehmen wollte, als ich erfuhr, wessen man meinen Mann anklagt. Ihnen ist es gelungen, aus der Affäre mittlerweile Geld zu ziehen. Das ist Ihre Privatsache. Aber ich muß darauf bestehen, daß Sie auch mein Privatleben respektieren, sonst —»

«Sonst?»

«Sonst müßte ich Sie bitten zu kündigen.»

«Das ist eine Zwickmühle», sagte ich. «Jetzt, da ich Geld genommen habe, kann ich überhaupt nicht mehr kündigen. Jetzt braucht man mich. Und was die Respektierung Ihres Privatlebens betrifft, gnädige Frau —»

«Verzeihen Sie, ich habe die falschen Worte gewählt. Es... es ist schwierig für mich...» Wie ein Kind, das hofft, seinen Lehrer mit einem plötzlichen Einfall zu überwältigen, rief sie schnell: «Sie sagen, Sie lieben mich. Dann lassen Sie mir aus Liebe meinen Frieden!»

«Ich finde, daß es Sie überhaupt nichts angeht, ob ich Sie liebe.»

Sie wandte sich abrupt ab und ging zur Tür. «Wollen Sie bitte meinen Schmuckkoffer nehmen.»

Ich rührte mich nicht.

«Nun?» Bei der Tür drehte sie sich um und versuchte, mich hochmütig anzusehen, denn es war uns beiden klar, daß dieser Schmuckkoffer eine erste Kraftprobe bedeutete.

«Und die Rosen?» fragte ich.

«Ich kann nicht mit dreißig roten Rosen nach Hause kommen, Herr Holden, seien Sie nicht naiv.»

«Mit dreißig nicht, aber mit einer.»

«Eine wäre noch schlimmer. Denken Sie an mein Personal.»

«Das Personal hat gekündigt. Es ist nur noch die Mila da.»

«Ich habe Sie gebeten, mir meinen Schmuckkoffer zu tragen.»

«Ja», sagte ich, «das habe ich gehört.»

Danach verstrichen fünf Sekunden, in denen wir einander in die Augen sahen. Ninas Pupillen wurden wieder dunkel, und ich fühlte mein Herz schlagen. Als Kind hatte ich auf dem Schulweg immer Spiele wie dieses gespielt: Wenn ich bis zur nächsten Laterne nur vier Schritte benötige und dabei immer nur auf die Pflastersteine steige und niemals auf die Ritzen zwischen ihnen, dann werde ich nicht in Rechnen drankommen. An diesem Sommermorgen spielte ich ein anderes Spiel: Wenn Nina eine Rose nimmt, wird sie mich lieben, ja lieben, einmal.

Sechs Sekunden. Sieben Sekunden. Acht Sekunden. Dann ging sie langsam, ganz langsam zu der Vase beim Fenster. Ihr Gesicht hatte dabei die Farbe der Rose, die sie knapp unter der Blüte brach und auf das Gold, das Platin und die edlen Steine in dem kleinen Koffer legte.

Klick, machte das Schloß, da sie den Deckel fallen ließ. Noch einmal sah Nina mich an. Ich hatte das Gefühl, daß die Szene sie erregte. Die Lippen klafften, die Augen waren halb geschlossen.

«Nehmen Sie jetzt den Koffer?»

«Ja», sagte ich, «jetzt nehme ich ihn.»

## 1 2

Rot glühte das Beet mit den Rosen im Sonnenschein, weißblau, gelbblau und weißgelb standen Schwertlilien im hellgrünen Gras. Vögel sangen in den alten Bäumen, ein Specht klopfte emsig, und über dem silbernen See tanzten flirrend Libellen. Während ich Ninas Koffer über den breiten Kiesweg zum Haus trug, dachte ich an jene Regennacht, in welcher ich zum erstenmal über diesen Kies gegangen war. Damals standen hier fremde Menschen herum, Funkwagen der Polizei parkten im Gras, und in der Villa roch es nach Gas. Damals. Es kam mir vor, als lägen Jahre zwischen jener Nacht und diesem Morgen.

Nina ging vor mir, und wenn ich die Augen schließe, sehe ich noch heute, Monate später, deutlich ihr Bild, die blonde Frau in dem bunten Kleid, strahlend eingehüllt in goldenen Sonnenschein, und die Erinnerung erregt mich noch heute, so wie mich damals ihr Anblick erregte, an jenem Sommermorgen.

Wir waren bis auf etwa fünf Meter an die Villa herangekommen, als sich die Eingangstür öffnete und ein kleines Mädchen ins Freie und unter die protzigen Buchstaben J und B trat. Es war ein winziges kleines Mädchen in einem hellblauen Kleidchen. Sie hielt einen Strauß weißer Nelken in den winzigen Händen, sah uns todernst an und ließ die Zungenspitze eilig über die Lippen gleiten. Danach wandte sie sich hilfesuchend um und sah in den dunklen Spalt der offenen Tür. Dahinter hörte ich Stimmen.

Die Kleine nickte heroisch und lief uns entgegen. Dabei stolperte sie und wäre beinahe gefallen. Im letzten Moment kam sie wieder auf die Beine und erreichte uns, vollkommen außer Atem. «Ja, Mickeylein», rief Nina, die Arme ausbreitend, und da ich den Namen hörte, fiel mir auch wieder ein, wer dieses kleine Mädchen vermutlich war: die Tochter von Mila Blehovas einzigem Verwandten, dem Polizeireporter Peter Romberg.

«Guten Tag, Tante», sprudelte Mickey. Sie hatte sichtlich den Auftrag, Nina die Nelken zu überreichen, und zunächst auch sichtlich noch die Absicht, ihn auszuführen. Indessen geschah etwas Unerwartetes. Mickey blieb stehen. Wir blieben alle stehen. Das kleine Mädchen hatte schwarze Augen. Diese vergrößerten sich nun in phantastischer Weise. Ernst sah mich das kleine schwarzhaarige Mädchen an, und ich erwiderte den Blick geniert. Mickeys Haut war seidig hell, das Haar sehr fein und kurz geschnitten.

«Das ist Herr Holden, Mickeylein», erklärte Nina, «den kennst du noch nicht. Du wirst jetzt oft mit ihm Auto fahren.»

«Guten Tag, Herr Holden», sagte Mickey feierlich.

«Guten Tag, Mickey.»

Das Kind begann zu lächeln, scheu zuerst, dann mutiger, und zuletzt lachte es. Der kleine Mund stand weit offen, ich sah die winzigen, unregelmäßigen Zähnchen. Mickey lachte mich strahlend an, trat zu mir und hielt mir die Nelken hin: «Für dich, Herr Holden!» Danach wandte sie sich zu Nina, knickste und sagte eingelernt: «Sei willkommen daheim, Tante Nina, wir freuen uns alle schrecklich, daß du wieder bei uns bist!»

Im nächsten Moment ertönte ein kleiner Aufschrei. Aus der Villa kam Mila Blehova gestürzt. Ihr folgten Peter Romberg und der Anwalt Zorn, der heute einen beigefarbenen Anzug mit gelbgrün karierter Weste trug. Während die beiden Männer lachten, jammerte Mila verzweifelt: «Jesusmariaundjosef, Mickeylein, was machst du denn für Geschichten? Die Nelken sind doch nicht fürn Herrn Holden, sondern für die gnä' Frau, das haben wir dir doch noch *extra* gesagt!»

Darauf antwortete Mickey: «Ich möchte sie aber lieber dem Herrn Holden geben!»

Ich stand da wie ein Idiot, die Koffer neben mir, die Nelken in der Hand. Jetzt lachte auch schon Nina.

«Aber warum willst du denn ihm die Blumen geben, Mickeylein?» Mila rang die Hände, während der kurzsichtige, sommersprossige Peter Romberg an einem Photoapparat herumschraubte und anfing, Aufnahmen von uns zu machen.

«Weil er mir gefällt», sagte Mickey. Sie schmiegte sich an mich. «Spielst du wohl auch mit mir, Herr Holden?»

«Na klar.»

«Du mußt mich fragen. Nach Städten und so. Ich weiß schon viel. Sogar die Hauptstadt von Warschau.»

«Sie haben eine Eroberung gemacht, Herr Holden», sagte Nina.

«Eine, ja», sagte ich. Darauf wandte sie sich schnell ab und umarmte Mila.

«Meine Gute, Alte...»

«Ach, gnä' Frau, seiens dem Kind nicht bös!»

«Tiere kannst du mich auch fragen», murmelte Mickey, an meiner Brust.

«Meine herzlichsten Glückwünsche zur Genesung.» Doktor Zorn verneigte sich tief. Das weiße Haar stand ihm wie die Samenwolke eines erblühten Löwenzahns um den Kopf. «Ich überbringe die innigsten Grüße des Herrn Gemahls. In Gedanken ist er in dieser Stunde bei uns.»

«Vati!» rief Mickey, «jetzt mußt du aber auch noch mich und den Herrn Holden knipsen!»

Peter Romberg kniete im Gras nieder, und Mickey hängte sich in mich ein wie eine erwachsene Frau, und wir lachten beide in den Apparat. Zwischen Blumen standen wir, von der Sonne beschienen, und niemand ahnte, welchem dunklen Terror, welchem Nachtmahr dieses Bild, das da entstand, bald dienen sollte, bald schon, bald...

In der Halle gab es Blumen in Vasen und Töpfen, es gab große Körbe und kleine Schalen. Die Blumen stammten von Brummer und anderen Leuten. Ich trug das Gepäck nach oben, und Doktor Zorn zog sich sofort mit Nina zurück: «Ich habe dringende Fragen mit Ihnen zu besprechen, gnädige Frau.»

«Es ist gut, Herr Holden», sagte Nina, kalt wie ein Fisch. «Ich brauche Sie jetzt nicht mehr.»

So ging ich in die Küche. Hier verabschiedete sich Peter Romberg. Er mußte in die Redaktion.

Mickey begann zu jammern: «Ach, Vati, bitte laß mich dableiben! Ich will mit dem Herrn Holden spielen!»

«Herr Holden hat zu tun, du darfst ihm nicht lästig fallen.»

«Er hat's mir doch versprochen! Fall ich dir lästig, Herr Holden?»

«Lassen Sie Mickey ruhig hier», sagte ich. «Ich habe es wirklich versprochen. Mickey kann mir die Wagen waschen helfen.»

«Au ja!»

Mila schüttelte den Kopf: «Meiner Seel, nein, Herr Holden,

die Kleine ist sonst so scheu, mit niemandem redet sie, und mit Ihnen —»

«Komm schon, Herr Holden, komm schon, Wagen waschen!»

So holte ich den Cadillac heraus und fuhr ihn unter einen großen Kastanienbaum. Hier war es kühler. Der Mercedes parkte auf der Straße, vor dem Eingang. Ich stieg in einen alten Monteuranzug, und Mila gab Mickey entsprechende Anweisungen: «Zuerst das feine Kleidel ausziehen, die Schuhe und die Strümpf, sonst möcht die Mami mich fein ausschimpfen, wenn du alles verdreckst!»

Mickey zog sich folgsam nackt aus bis auf ein rosafarbenes Höschen. Der kleine Körper war weiß, die Schulterblätter stachen unter der Haut hervor, und auf der linken Achsel besaß Mickey einen Leberfleck.

Sie durfte den Cadillac abspritzen. Das war vielleicht ein Spaß! Denn natürlich spritzte sie von Zeit zu Zeit ‹versehentlich› auch mich an, und ich erschrak dann jedesmal entsetzlich und rang die Hände und beklagte den Zustand meines Herzens, und Mickey wollte beinahe ersticken vor Lachen. Dann gab es draußen auf der Straße einen mächtigen Krach. Bleche kreischten über Bleche, und Glas zersplitterte auf Steinen.

«Au, himmlisch», rief Mickey entzückt, «es ist wer in dich hineingefahren, Herr Holden!»

Wir rannten zum Parktor. Ein blauer BMW hatte Brummers weißen Mercedes gerammt. Mit der Motorhaube steckte er tief im Kofferraum. Die Straße lag verlassen in der Hitze des Mittags. Neben den beiden Wagen stand eine junge Frau, was sage ich, ein junges *Mädchen*, noch kaum der Schule entwachsen. Sie trug ein weiß gesäumtes rotes Leinenkleid, rote Schuhe und rote Handschuhe. Das Haar war schwarz und jungenhaft geschnitten, die Haut sehr weiß, der große Mund sehr rot. Das Mädchen erschien mir schön, aber von einer Schönheit jener Art, die auf armselige Jugend, Armut und Entbehrung schließen läßt. Sie hätte, wie sie aussah, selbstbewußter sein müssen, sicherer, sie hätte sich aufrechter halten müssen. Sie wirkte aber geduckt und demütig. Sicher hatte man sie oft angeschrien und herumgestoßen. Es war eine Schönheit aus einem fernen Keller.

Ich sah zweimal hin, denn ich konnte es zuerst nicht glauben, sie war so jung, höchstens zwanzig Jahre alt — aber es gab keinen Zweifel: dieses Mädchen war schwanger! Blendend gewachsen, wie sie da stand, trat der Bauch deutlich hervor.

«Wie konnte denn das nur passieren?» fragte ich.

Das Mädchen antwortete nicht. Sie sah mich an, und mir wurde es ungemütlich. Ich hatte noch niemals soviel Angst in Menschenaugen gesehen. Oder nein, es war nicht Angst. Was war es bloß, verflucht noch mal? Tragik. Jetzt hatte ich das Wort, tragisch waren diese Augen, tragisch war alles an dem jungen Mädchen.

«Auweiauweiauweia», sagte Mickey. «Das wird dich aber eine Kleinigkeit kosten!» Das Mädchen schloß die Augen. Ihr Mund zuckte. Sie hielt sich an dem BMW fest.

«Mickey, geh sofort in den Park zurück! Nun geh schon!»

Sie entfernte sich unzufrieden und blieb dicht hinter dem Gitter stehen, um nicht ein einziges Wort unseres Gespräches zu verlieren. Ich sagte zu dem jungen Mädchen: «Beruhigen Sie sich doch. Schließlich bezahlt das alles die Versicherung.»

Sie schwankte.

«Wollen Sie ein Glas Wasser?»

«Es geht schon wieder.» Sie lächelte verzerrt, und ihr Gesicht wurde noch tragischer dadurch. «Ich... mir war plötzlich so schwindlig, ich sah nichts mehr — so muß es passiert sein. Ich bin —»

«Ja», sagte ich, «das habe ich gesehen. Setzen Sie sich in den Wagen, ich telephoniere schnell nach der Funkstreife.»

Im nächsten Moment hatte ich sie am Hals. Sie hielt mich mit beiden Händen gepackt, und zischend traf ihr Atem mein Gesicht.

«Nicht die Funkstreife!»

Ich versuchte mich freizumachen, aber es gelang mir nicht. In ihrer Panik hatte sie ungeheure Kraft.

«Nicht die Funkstreife!»

«Hören Sie, ich bin Chauffeur, der Mercedes gehört mir nicht!»

Darauf ließ mich das fremde Mädchen los. Sie sagte: «Der BMW gehört mir auch nicht.»

«Hast du ihn geklaut?» forschte Mickey begeistert.

«Meinem Freund gehört der Wagen.»

«Wie heißt er?»

«Herbert Schwertfeger», flüsterte sie. Den Namen hatte ich schon einmal gehört, aber ich wußte nicht, wo und wann.

«Und wie heißen Sie? Reden Sie doch lauter!»

So laut, daß auch Mickey sie hören konnte, antwortete das schwarzhaarige Mädchen: «Ich heiße Hilde Lutz. Ich wohne in der Reginastraße 31.»

«Haben Sie einen Ausweis bei sich?»

Sie schüttelte den Kopf.

«*Nichts?*»

«Nein. Ich... ich besitze auch überhaupt keinen Führerschein.»

Ich sagte zu Hilde Lutz: «In was für eine Situation bringen Sie mich? Wenn ich die Funkstreife nicht rufe, wer bezahlt den Schaden?»

«Mein Freund! Herr Schwertfeger!»

«Ich weiß nicht einmal, wo der wohnt!»

«Und wir wissen nicht einmal, ob das dein richtiger Name ist, Hilde Lutz!» rief Mickey. Sie hatte den Namen also verstanden. Das bedeutete mir damals nichts. Heute, da ich diese Zeilen schreibe, bedeutet es alles. Denn alles wäre anders gekommen, hätte noch gutgehen können, wenn Mickey diesen Namen nicht verstanden hätte.

Hilde Lutz sagte: «Fahren wir in meine Wohnung. Ich zeige Ihnen meine Papiere. Wir rufen Herrn Schwertfeger an. Er bringt alles in Ordnung.»

«Ich sage Ihnen doch, es ist nicht mein Mercedes!»

«Bitte!!!» In ihrem Gesicht war kein Blut mehr.

«Also gut», sagte ich. «Mickey, sag der Tante Mila, was passiert ist.»

«Fahr nicht mit, Herr Holden, ich hab solche Angst!»

«Du mußt doch keine Angst haben, du bleibst doch hier!»

«Ich hab nicht um mich Angst! Um dich, Herr Holden!» rief sie, und die schwarzen Kinderaugen weiteten sich riesenhaft, und die Rippen des winzigen Brustkorbes bewegten sich unruhig im Rhythmus des unruhigen Atems. «Bleib da!»

Doch ich blieb nicht, sondern fuhr mit Hilde Lutz davon, der Reginastraße 31 entgegen — und damit dem Unrecht, der Dunkelheit und dem Grausen.

13

«Treten Sie ein», sagte Hilde Lutz. Sie wohnte in einer Atelierwohnung, hoch über den Dächern der Stadt, in einem modernen Neubau. Wir waren mit dem Lift neun Stockwerke hoch gefahren. Der Raum, in den ich trat, wirkte außerordentlich groß. Es war hier sehr warm und sehr hell. Moderne Möbel standen herum, eine Couch mit bunten Kissen, ein Flügel. Ein dunkler Radioapparat auf dem hellen Linoleum-Fußboden, der noch keinen Teppich besaß. Ein paar Bücher, zwei Landkarten, ein modernes Bild mit scharfkantigen, aggressiven Formen.

Während Hilde Lutz in einer Schreibtischlade zu kramen begann, trat ich auf den Balkon hinaus und sah in die Tiefe. Klein rollten in der Reginastraße die Autos vorüber. Ein silberner Zeppelin schwamm im Sommerhimmel. Auf seinem Rumpf stand: «TRINKT UNDERBERG».

«Herr Holden?»

Hilde Lutz stand beim Flügel. Ich hörte, wie ihre Zähne mit einem scheußlichen Klappern aufeinanderschlugen. «Sie wollten ein... Dokument sehen. Hier ist es.» Sie legte etwas auf den Flügel.

«Ich... gehe und rufe meinen Freund.» Damit verschwand sie. Ich ging zum Flügel. Was ich hier fand, war die Photokopie eines amtlichen Dokumentes.

Ich las:

«VON: KOMMANDEUR DER SICHERHEITSPOLIZEI UND DES SD WEISS-RUTHENIEN AN: PERSÖNLICHER STAB REICHSFÜHRER SS AKT NR GEHEIM 102/22/43 NUR DURCH OFFIZIER

Minsk, den 20. Juli 1943

Am Dienstag, den 20. Juli 1943, gegen 7.00 Uhr habe ich befehlsgemäß die beim Generalkommissar Weißruthenien beschäftigten 80 Juden in Haft genommen und der Sonderbehandlung zugeführt. Solche, die Goldplomben besaßen, wurden zuvor ordnungsgemäß Fachärzten vorgeführt...»

So fing das an, und es ging weiter über eine ganze Schreibmaschinenseite, einzeilig beschrieben. Zuletzt wurde der Munitionsverbrauch angegeben: fünfundneunzig Schuß. Ein paar von den achtzig Juden waren anscheinend nicht gleich tot gewesen. Unterzeichnet war das Schriftstück: Herbert *Schwertfeger*, SS-Obersturmbannführer.

Ich setzte mich auf den Stuhl vor dem Flügel und las alles noch einmal und begann alles zu begreifen. Als ich alles begriffen hatte, öffnete sich eine Tür, und ein Mann von fünfzig Jahren trat ein. Er war untersetzt, rotgesichtig und außerordentlich elegant. Ich habe selten einen eleganteren Mann gesehen. Die hellbraunen Sämischlederschuhe, die beigefarbenen Socken, der sandfarbene Tropenanzug, das cremefarbene Hemd, die Seidenkrawatte von der Farbe der Schuhe — es war alles prächtig aufeinander abgestimmt. Dieser Mann trug das graue Haar nach hinten gekämmt, kurz geschnitten und pedantisch gescheitelt. Blaue Augen sahen furchtlos ins Leben. Die Lippen waren schmal. Sie wären von der Seriosität dieses Menschen sogleich überzeugt gewesen, Herr Kriminalkommissar Kehlmann, für den ich diese Seiten fülle.

In der Brusttasche des Anzugs steckte ein weißes Seidentüchlein. Der Mann brachte einen erfrischenden Hauch von Eau de Cologne mit sich. Untersetzt und eher klein, hielt er sich straff und aufrecht. Ohne Zweifel ein geachteter Bürger, der seine Klassiker gewiß ebenso liebte wie seinen Bach, einen guten Tropfen des Abends und den Karneval im Schnee. Dieser Mann sagte mit leiser, angenehmer Stimme: «Ich begrüße Sie, Herr Holden.»

Darauf traf er behende Anstalten, mir die Hand zu schütteln, was ihm gelang, weil ich zu langsam reagierte.

Ich blickte auf die ohne Zweifel von dem kleinen Doktor Zorn angefertigte Photokopie und las, mir selbst zur Stärkung, noch einmal jenen Passus, in welchem von dem zweijährigen Judenkind gesprochen wurde, dessen Kopf an einem Baumstamm zerschmettert worden war. Und roch dabei den feinen Duft der Eau de Cologne, der so wohltuend war in der Hitze dieses Mittags.

Ich sagte aufblickend: «Ich wäre niemals hierhergekommen, wenn ich geahnt hätte, was Ihre Freundin bezweckte.»

«Meine Freundin», erwiderte er, ohne Erregung, immer in dem gleichen, angenehmen, in sich ruhenden Tonfall, «hat gar nichts bezweckt. Sie hat mir nur einen Wunsch erfüllt.»

«Ihre Freundin ist also absichtlich in den Mercedes von Herrn Brummer hineingefahren. Wollen Sie den Schaden bezahlen, oder muß ich zur Polizei gehen?»

«Selbstverständlich bezahle ich. Reden Sie nicht davon. Das ist vollkommen unwichtig.»

«Nicht für mich. Ich denke, die Sache wird zwischen zwei- und dreihundert Mark kosten.»

Er legte drei Hundertmarkscheine auf den Flügel, während er fragte: «Waren Sie Soldat?»

«Ja.»

«Wo?»

«In Rußland», sagte ich. «Aber hören Sie damit auf. Sonst kotze ich noch.»

«Ich war auch in Rußland», sagte er laut.

«Ja, das habe ich gerade gelesen.»

«Krieg ist Krieg, Herr Holden. Ich war Offizier. Ich bekam Befehle. Ich erfüllte sie, meinem Eid gemäß. Soll ich mich vielleicht dafür heute, dreizehn Jahre später, zur Verantwortung ziehen lassen von Scheißkerlen, die keine Ahnung haben, wie es damals war?» Jetzt kam er in Fahrt. «Glauben Sie etwa, es ist mir *leicht* gefallen, diese Befehle zu erfüllen? Deutsche Menschen, Herr Holden, sind für so etwas nicht geschaffen!»

«Und das Kind mit dem Kopf an den Baumstamm», sagte ich.

«Das war ein Betrunkener. Ich mußte meinen Männern Schnaps geben, sonst hätten sie es *überhaupt* nicht getan!» Er betupfte die Lippen mit einem Taschentuch und rückte an der Krawatte. «Man hat seine Augen auch nicht überall. Einmal dreht man sich um, schon ist die Schweinerei passiert. Der Mann wurde von mir natürlich zusammengeschissen. Wir wollen zur Sache kommen, Herr Holden!»

«Leben Sie wohl», sagte ich, aber er hielt mich fest: «Hören

Sie mir zu. Sie sind der Mann, der diesen Dreck» — er sah die Photokopie an wie ein ekelhaftes Reptil — «aus dem Osten herübergeschafft hat.» Ich sah die Photokopie auch an, weil ich immer noch lieber sie als Herrn Schwertfeger ansah, und las den Absatz, in welchem der SS-Obersturmbannführer beklagte, daß es bei den achtzig Juden ein «unschönes Übergewicht an Frauen» gegeben hätte.

Indessen sagte er: «Dreizehn Jahre sind vergangen. Man hat geschuftet. Man hat aufgebaut. Und da kommt so ein Schweinekerl und will alles vernichten?»

«Reden Sie mit Doktor Zorn. Ich nehme an, er hat Ihnen die Photokopie geschickt. Ich habe mit der Sache nichts zu tun.»

«Sie haben eine Menge damit zu tun, lassen Sie mich sprechen. Ja, soll das denn *ewig* so weitergehen mit Haß und Vergeltung? Soll denn nicht *endlich* einmal Schluß sein? Ich denke doch, es ist hoch an der Zeit, endlich einen Strich unter die Vergangenheit zu ziehen.»

«Doktor Zorn», sagte ich. «Mit dem müssen Sie reden. Ich bin der falsche Mann.»

«Herr Holden, ich will nicht davon sprechen, daß ich ein blühendes Industrieunternehmen aufgebaut habe, erschuftet und erschwitzt, in dreizehn schweren Jahren, aus Schutt und Trümmern erschaffen! Nein, nichts davon! Nichts davon auch, daß ich vierzehnhundert Menschen Arbeit und Brot gebe. Nichts von meiner Familie —»

«Ach», sagte ich, «Sie haben auch Familie?»

«Meine Frau ist tot», erwiderte er. «Aber ich habe viele Verwandte, für die ich sorge. Zwei erwachsene Söhne. Der eine studiert Jus, der andere ist Arzt. Doch nichts von ihnen, nein.»

Ich hörte aufmerksam zu, denn ich war auf die Formulierungen gespannt. «Herr Holden, Ihr Arbeitgeber ist ein Schieber, der hinter Gitter gehört. Er hat mir einen Schaden von über einer halben Million Mark zugefügt. Andere hat er noch mehr geschädigt. Er hat sein Wort gebrochen, er hat gelogen und betrogen und uns übervorteilt in unseren gemeinsamen Geschäften. Wir wollen doch auf dem Boden der Tatsachen bleiben! Herr Brummer gehört ins Zuchthaus! Es wird doch noch erlaubt sein, das Recht anzurufen, wenn einem Unrecht geschieht!»

«Was regen Sie sich denn auf? Sie *haben* das Recht ja angerufen.»

«Und was passiert? Er rückt mit diesem Dokument an. Er will erreichen, daß ich schweige, die Anklage zurückziehe, mich unterwerfe. Sie sind ein normaler Mensch, Herr Holden. Urteilen Sie bitte: ist das angängig? Hier stehe ich» — er streckte die Linke aus —, «ein Mann, der nichts tat als seine Pflicht, der Befehle erfüllte, die er vor seinem Gewissen verantworten mußte. Und hier steht Herr Brummer» — er streckte die Rechte aus —, «ein gemeiner Betrüger; ein Erpresser übelster Sorte; ein Schwein, ja, ich stehe nicht an, den Ausdruck zu wiederholen, ein Schwein, Und da zögern Sie noch einen Augenblick mit der Entscheidung, auf welcher Seite *Sie* zu stehen haben?»

«Ich zögere gar nicht. Ich stehe auf der Seite von Herrn Brummer.»

Darauf steckte er beide Hände in die Hosentaschen und sah mich an und begann zu pfeifen. Ich schwieg. Zuletzt sagte er: «Na schön.» Damit holte er aus der Brusttasche seines Anzugs ein kleines Stück Papier hervor, das er neben die Photokopie legte.

«Das ist ein Scheck über hunderttausend Mark. Alles, was fehlt, ist meine Unterschrift. Ich weiß nicht, was Sie von Brummer bekommen. Soviel bestimmt nicht. Verschaffen Sie mir das Original dieses Briefes — und ich unterschreibe den Scheck. Wachen Sie auf, Mann!»

«Ich kann an das Original nicht heran. Es liegt in einem Banktresor.»

«Für Hunderttausend findet sich ein Weg, daß ich nicht lache! Machen Sie meinetwegen halbehalbe mit dem Anwalt! Machen Sie, was Sie wollen. Ich verlange Ihre Entscheidung bis heute abend. Hilde wird Sie anrufen. Das ist alles.» Jetzt sprach er schnell und hart, ein Mann, für den es keine Schwierigkeiten gab. «Nein nehme ich nicht als Antwort.» Ich konnte mir gut vorstellen, wie er in Minsk gesprochen hatte.

«Hören Sie —»

«Guten Tag», sagte er und ging.

Ich war allein.

Der Scheck ohne seine Unterschrift lag neben der Photokopie mit seiner Unterschrift. Ich las auf dem Scheck das Wort «hunderttausend» und auf der Photokopie das Wort «Sonderbehandlung».

Dann las ich die Worte «Zahlen Sie aus meinem Konto» und die Worte «ein unschönes Übergewicht an Frauen». Dann trat Hilde Lutz in den Raum, und wir sahen uns an.

Ich entdeckte plötzlich, daß ihre Haut schon kleine gelbe Pigmentflecken trug. Sie mußte sich setzen. Sie sagte: «Er ist fort.»

Zahlen Sie aus meinem Konto.

«Ich soll Sie anrufen. Heute abend um sieben.»

Hunderttausend Mark. Aus meinem Konto. Zahlen Sie.

«Ich bin jetzt im sechsten Monat. Ich habe nichts von seiner Vergangenheit gewußt. Ich schwöre, nichts.»

«Wie alt sind Sie?»

*absahnen*

«Neunzehn. Er hat mich aus einem Espresso weggeholt. Er war immer gut zu mir.»

«Warum heiratet er Sie nicht?»

«Er genierte sich immer. Er hatte Angst vor seinen erwachsenen Söhnen, vor der ganzen Familie. Er ist dreißig Jahre älter. Darum war ich so glücklich, als ich merkte, daß ich schwanger bin... er ist doch so verrückt mit Kindern... immer sagte er, wenn du ein Kind bekommst, heirate ich dich.»

«Er heiratet Sie nie», sagte ich.

Sie begann zu weinen: «Er heiratet mich nur nicht, wenn sie ihn jetzt einsperren.»

«Sonst auch nicht!»

«Doch! Doch! Er hat es mir versprochen! Er liebt Kinder doch so sehr!»

Mit dem Kopf an den Baumstamm.

Arme Hilde Lutz, was konnte sie dafür?

«Sie müssen verhindern, daß er vor Gericht kommt, Herr Holden, bitte, bitte, bitte! Nehmen Sie das Geld!»

«Sie müssen an sich denken, Fräulein Lutz. Sie wissen jetzt etwas von ihm. Lassen Sie ihn schnell noch ordentlich bezahlen. Und hauen Sie ab!»

«Sie meinen, ich soll ihn erpressen?»

«Hier erpreßt ein jeder jeden. Sie sind verrückt, wenn Sie es nicht tun, mit dem Kind im Bauch, ledig, ohne Hilfe. Sahnen Sie den Mann ab und beeilen Sie sich damit!»

Sie sagte bebend: «Hören Sie auf, sofort! Ich liebe diesen Mann! Ich will nicht wissen, was er getan hat! Ich... ich liebe ihn mehr als mein eigenes Leben...»

Munitionsverbrauch 95 Schuß.


# 14

Eine Minute vor 19 Uhr läutete das Telephon.

Ich aß in der Küche, was Mila für mich gekocht hatte. Die alte Köchin war eben zu mir gekommen, um gleichfalls zu essen, nachdem sie Nina Brummer serviert hatte. Nina speiste allein im ersten Stock. Seit ihrer Heimkehr wich sie mir und Mila aus, wo sie konnte.

«Kaum daß ich mich hinsetz», brummte die Mila. Sie stand auf und ging — in letzter Zeit ging sie gebückt und mühsam («Muß ich Wasser haben in die Fieß») — zu dem weißen Telephon, das neben der Tür an der Wand hing. «Bittschön. Ja, er is hier, gnä' Frau.» Sie winkte mir. «Einen Moment.»

Die Telephonanlage im Hause Brummer war ein wenig kompliziert. Wenn jemand anrief, klingelte zunächst ein Hauptapparat im ersten Stock, der auskapselbar und in die verschiedenen Zimmer zu tragen war. Von diesem Apparat konnte man zu Nebenstellen, wie die in der Küche, verbinden. Ich ging also zur Tür, nahm den Hörer ans Ohr und hörte Ninas kühle Stimme: «Für Sie, Herr Holden. Eine Dame, die ihren Namen nicht nennen will.»

«Ich bitte die Störung zu entschuldigen, gnädige Frau», sagte ich, aber sie antwortete nicht mehr. Es klickte in der Leitung, dann hörte ich die leise, verzagte Stimme, die ich befürchtet hatte: «Guten Abend, Herr Holden. Sie wissen, wer spricht?»

«Ja. Es tut mir leid, die Antwort ist nein.»

Stille.

In der offenen Verbindung rauschte der Strom.

«Aber... was soll ich denn jetzt tun?»

«Was ich Ihnen geraten habe.»

«Und das Kind? Seien Sie barmherzig!»

«Ich muß jetzt auflegen.»

«Ich flehe Sie an, legen Sie nicht —»

Ich legte den weißen Hörer in die weiße Gabel und ging zum Tisch zurück. Hier aß ich weiter, aber was ich aß, schmeckte plötzlich nach nichts mehr. Auch das Bier, das ich trank, war geschmacklos. Mila Blehova sah mich an und begann plötzlich leise zu lachen. Zu dem alten, häßlichen Hund, der neben ihr saß, sagte sie: «Wie findest denn das, Puppele, zwei Wochen is er jetzt hier, und schon verdreht er den Mädeln den Kopf!»

Ich schwieg und aß.

Mila belustigte sich weiter: «Is ja auch ein hibscher Mann, gelt, Puppele? Und eine stattliche Erscheinung! Also meiner Seel, wenn ich jünger wär, ich möcht auch ein Auge riskieren, hihihi!» Sie kicherte und klopfte mir voll Sympathie auf die Hand, und das Telephon bei der Tür begann wieder zu schrillen. Diesmal ging ich gleich selbst hin.

Ninas Stimme klang schärfer: «Die Dame, Herr Holden.»

«Wirklich, gnädige Frau, ich —»

Aber da war schon wieder die dünne, verzweifelte Stimme da: «Hängen Sie nicht ein, Herr Holden. *Bitte!* Ich habe mit ihm gesprochen. Wenn es eine Frage von Geld ist —»

«Nein», sagte ich laut. «Nein, nein, nein! Es geht nicht, verstehen Sie das endlich. Ich kann nichts tun, hören Sie, ich *kann* nicht! Und rufen Sie hier nie mehr an.» Wieder hängte ich ein. Mir stand jetzt der Schweiß auf der Stirn. Wenn das so weiterging —

«Is noch so ein junges Ding, gelt?» erkundigte sich die Mila mit der Neugier alter Frauen.

«Was? Ja. Neunzehn.»

«Es ist nicht zu fassen, wie sie sich den Männern heutzutage an den Hals schmeißen!» Die Mila warf dem Hund ein Stück Fleisch hin, trank Bier und wischte sich mit dem Handrücken die Lippen trocken. «Also, wenn ich mich erinner, ich bin ja auch ganz schön wild gewesen in meiner Jugend, ach ja, wenn ich an die Kleinseite denk in Prag, die Abende an der Moldau... aber meiner Seel, Herr Holden, *so* hab ich mich nie aufgeführt! Das is ja direkt Belästigung! Aber warum, es gibt eben so wenig Männer seit'm Krieg.»

Das Telephon läutete zum drittenmal.

Ich hob ab.

«Herr Holden?»

«Gnädige Frau?»

«Kommen Sie herauf. In mein Zimmer.»

«Sofort, gnädige Frau.»

«Jetzt habens auch noch Scherereien mit'm Ninale», sagte Mila mitfühlend. «Es ist wirklich allerhand, was sich die Mädeln herausnehmen!» Ich zog meine braune Jacke an und knüpfte meine Krawatte.

Nina Brummers Zimmer lag im Ostflügel des Hauses. Es war mit weiß-goldenen Möbeln im Empirestil eingerichtet. Auf zierlichen, geschwungenen Beinen standen Stühle und Tische, ein Sekretär beim Fenster, ein schmaler Schrank. Das Bett war groß, es beherrschte den Raum, ein breites, französisches Bett. Weiß und gold gestreift waren auch die Tapeten. Eine offene zweite Tür bot Einblick in ein riesiges Badezimmer. Ein Kronlüster brannte, obwohl es noch nicht ganz finster war, und draußen bewegten sich dunkle Baumkronen im Abendwind.

Nina saß vor einem großen Spiegel. Sie trug einen schwarzseidenen Morgenrock und ebensolche Pantoffeln. Das elektrische Licht ließ ihr blondes Haar aufleuchten. Dreimal während unseres Gespräches veränderte sie die Stellung der gekreuzten Beine. Es war dann jedesmal offensichtlich, daß sie im Begriff stand, sich umzuziehen. Jedoch wandte sie während unseres ganzen Gespräches nicht ein einziges Mal den Kopf. Ich stand hinter ihr bei der Tür, und sie redete in den Spiegel hinein. Sie tat alles, um diese Szene verletzend für mich zu gestalten. Sie war außerordentlich gereizt. Die Nasenflügel bewegten sich unruhig. Auf dem Tischchen vor dem Spiegel stand zwischen Parfumflacons, Puderdosen und Haarbürsten der weiße Hauptapparat.

Und als ich eintrat, klingelte es eben wieder.

In den Spiegel sagte Nina: «Das ist jetzt das vierte Mal. Ich habe der Dame schon beim dritten Mal gesagt, daß das nicht Ihr Anschluß ist, Holden.»

Das Telephon schrillte monoton.

«Was schlagen Sie vor, Holden?»

«Heben Sie bitte ab und legen Sie gleich wieder auf.»

Das tat sie.

Nun war es still im Raum. Nina kreuzte die Beine zum erstenmal. Ich sah in den Spiegel, und ihr Gesichtsausdruck sagte mir, daß sie es darauf anlegte, mich zu demütigen.

«War das ein privater Anruf?»

«Nein.»

«Das dachte ich mir.» Ihre Augen wurden ganz dunkel, ich sah sie im Spiegel dunkel werden, und es erfüllte mich plötzlich ein irrsinniges Verlangen, zu Nina zu treten und ihr den seidenen Morgenrock von den Schultern zu reißen und sie aufs Bett zu werfen. Aber ich blieb natürlich bei der Tür stehen und hörte sie sagen:

«Es war dieses Mädchen, das heute vormittag in unseren Mercedes hineinfuhr — habe ich recht?»

«Sie haben recht, gnädige Frau —»

«Was will sie noch von Ihnen?»

Ich schwieg und sah ihre Beine und roch ihr Parfum.

Sie sagte eisig: «Glauben Sie um Himmels willen nicht, daß mich Ihr Privatleben interessiert. Ich habe nur das Gefühl, daß es hier um weit mehr als Ihr Privatleben geht. Warum informiert man mich nicht? Holden, finden Sie nicht, daß es für mich unerträglich sein muß, mitanzusehen, wie mein Chauffeur sich in meine Angelegenheiten und die Angelegenheiten meines Mannes drängt und . . .»

«Ich dränge mich nicht», sagte ich und wurde jetzt wütend, «ich wurde gedrängt.»

Da begann das Telephon wieder zu läuten.

«Das sehe ich, ja», sagte Nina. Sie hob den Hörer ab und ließ ihn wieder fallen. «Wie lange soll das noch weitergehen?»

«Das weiß ich nicht. Hoffentlich nicht mehr lange.»

«Ich verlange, daß Sie mir augenblicklich sagen, was heute passiert ist!»

«Ich sagte Ihnen bereits, gnädige Frau, daß Herr Schwertfeger mir dreihundert Mark für die Reparatur des Wagens gab.»

«Das ist nicht alles!»

«Es tut mir leid. Ich war bei Doktor Zorn. Er hat mir verboten, Ihnen mehr zu sagen.»

Jetzt schlossen sich die Augen fast ganz. Zum drittenmal kreuzte sie die Beine, langsam, ganz langsam. Ich hatte sie noch nie böse gesehen. Jetzt sah ich sie böse. Die Lippen klafften, die Brust hob und senkte sich: «Er hat es Ihnen also verboten, so.»

«Ja.»

«Er hat also kein Vertrauen zu mir.»

«Das entzieht sich meiner Beurteilung. Ich empfehle Ihnen, sich mit dem Herrn Doktor auseinanderzusetzen.»

Das Telephon begann wieder zu läuten.

Durch die Zähne sagte Nina: «Das ist unerträglich.» Sie vollführte dieselbe Handbewegung, und der Apparat verstummte wieder. So einfach war das. So leicht bringt man die Hilferufe einer Armen zum Verstummen, ja, so einfach. Nina atmete jetzt heftig: «Holden, Sie sind mein Angestellter, ich bezahle Sie am Ersten. Ist das klar?»

«Das ist klar, gnädige Frau.»

«Dann *befehle* ich Ihnen, mir zu berichten, was heute passierte. *Vergessen* Sie das Verbot des Anwalts!»

«Das kann ich nicht.»

«Sie können es, ich bezahle auch den Anwalt.»

«Herr Brummer bezahlt ihn», sagte ich. «Und der Anwalt bezahlt mich. Es tut mir leid, gnädige Frau. Bitte, fragen Sie mich nicht weiter. Es ist besser, Sie wissen nichts, zu Ihrem Schutz.»

Danach sahen wir uns durch den Spiegel schweigend an. Zuletzt sagte sie: «Also gut. Ich dachte, wir würden miteinander auskommen, Holden. Trotz allem, was Sie getan haben und was ich getan habe. Aber Sie wollen nicht. Schön, ich nehme es zur Kenntnis. Ich betrachte Sie von nun an als meinen Feind.»

«Ich bin sehr unglücklich über —»

«Unterbrechen Sie mich nicht, wenn ich spreche. Ich muß Sie überhaupt dringend bitten, nur zu sprechen, wenn ich das Wort an Sie richte. Ich gebe zu, dies ist Ihre erste Stellung, und Sie können sich noch nicht wie ein guter Chauffeur benehmen, aber einmal müssen Sie es schließlich lernen. Sehen Sie mich nicht so an. Ich verbiete Ihnen, mich so anzusehen! Holen Sie den Wagen aus der Garage. Ich fahre in einer halben Stunde in die Stadt. Haben Sie mich verstanden? Warum stehen Sie dann noch herum? Merken Sie nicht, daß ich mich umkleiden will? Sind Sie wahnsinnig geworden, Holden? Ich mache Sie darauf aufmerksam, daß ich mir Ihre Unverschämtheiten unter gar keinen Umständen gefallen lasse. Mir ist völlig gleichgültig, was Sie von mir wissen. Ich weiß auch ein wenig von Ihnen, was meinen Mann interessieren würde. Sehen Sie, jetzt schweigen Sie. Also in einer halben Stunde.»

Ich dachte: Zu ihr gehen. Ihr den Mantel von den Schultern reißen. Sie aufs Bett werfen.

Ich antwortete: «Jawohl, gnädige Frau.»
Das Telephon hatte immerhin nicht mehr geläutet.
Und das war auch schon etwas.

## 15

«Sonnenblickstraße 67», sagte Nina Brummer. Sie stieg in den Fond des Cadillac, dessen Schlag ich für sie offenhielt, und sah dabei absichtlich an mir vorbei. Sie trug ihren Nerzmantel, ein kleines, silbernes Abendkleid und hochhackige silberne Seidenschuhe.

Ich schlug de Wagentür zu, kroch hinter das Steuer und fuhr los. Auf der Cecilienallee sagte Nina: «Sie fahren zu schnell.»

Das stimmte. Ich war noch immer wütend. Nun nahm ich den Fuß etwas vom Gaspedal. Im Rückspiegel sah ich Ninas weißes Gesicht. Im Widerschein vorübergleitender Lichter glänzte ihr Haar immer wieder kurz auf. Dieses Bild blieb bis heute in meinem Gedächtns haften. Wenn ich die Augen schließe, sehe ich es sofort vor mir. Ich versuchte, Ninas Blick zu begegnen, aber sie bemerkte es und drehte den Kopf zur Seite.

In der Sonnenblickstraße half ich ihr beim Aussteigen. Dazu bemerkte sie: «Es ist richtig, daß Sie mir beim Aussteigen behilflich sind. Es ist falsch, daß Sie dabei meine Hand ergreifen, um mich zu stützen. Sie haben Ihre Hand nur hinzuhalten, damit ich sie ergreifen *kann*, wenn ich will.»

Darauf gab ich keine Antwort.

«Holen Sie mich um elf hier ab. Wenn Sie wollen, gehen Sie in der Zwischenzeit ins Kino.»

Darauf gab ich wieder keine Antwort, sondern verneigte mich nur. Ich wartete, bis sie im Garten der Villa verschwunden war, dann trat ich in eine Telephonzelle und rief Peter Romberg an. Ich fragte, ob ich ihn besuchen dürfte: «Ich bin ganz in Ihrer Nähe. Sagen Sie es aber unbedingt, wenn ich störe.»

«Keine Spur! Wir freuen uns!»

Es war ein schöner Abend, die Stadt kühlte ein wenig aus nach der Hitze des Tages, und auf den Straßen bummelten noch viele Menschen. Sie sahen Schaufenster an. In einem Espresso kaufte ich eine Bonbonniere für Mickey.

Als ich zu Romberg kam, wurde die Kleine gerade gebadet. Sie erhob ein mächtiges Geschrei: «Mami, Mami, Tür zu, damit der Herr Holden mich nicht sieht!»

«Mach nicht so ein Theater, Mickey, Herr Holden hat schon einmal ein kleines nacktes Mädchen gesehen!»

*flunkern*

«Aber ich geniere mich so!»

Romberg, sommersprossiger denn je, stellte mich seiner Frau vor, die erhitzt aus dem Badezimmer kam: «Ich freue mich sehr. Peter und Mickey haben mir schon so viel von Ihnen erzählt. Besonders Mickey, die ist ja ganz vernarrt in Sie!»

Carla Romberg war eine kleine, zierliche Frau, mit braunem Haar und braunen Mandelaugen. Sie trug eine Brille wie ihr Mann. Man konnte sie nicht schön nennen, aber es ging etwas ungemein Sympathisches von ihr aus. Sogleich, wenn man die kleine Wohnung betrat, merkte man: hier lebte eine glückliche Familie.

Während Mickey in der Wanne plätscherte, zeigten mir die jungen Leute stolz die Wohnung. Sie bestand aus drei Zimmern und war modern eingerichtet. Im ersten Zimmer stand ein Schreibtisch, vollgeräumt mit Photos und Papieren. Kameras, Filme und Bücher lagen herum. In einer Ecke stand ein Kurzwellenempfänger. Er war eingeschaltet, und ich hörte ein monotones Ticken.

«Das ist der Polizeifunk. Damit ich immer gleich losfahren kann, wenn was passiert.»

Im Nebenzimmer produzierte ein Radioapparat Tanzmusik. «Neu gekauft, Herr Holden, schauen Sie mal die Drucktastensteuerung! Und schon ganz bezahlt!»

«Wenn er weiter gut arbeitet, wollen sie ihn nächstes Jahr fest anstellen. Herr Holden, als *Redakteur*!»

«Kriegen nämlich Angst, die Herren, daß mich die Konkurrenz wegschnappt», erklärte Romberg. Und dann sahen sie sich an, verliebt und einig in ihren Zielen, voll Bewunderung füreinander, beide nicht schön, beide mit freundlichen Augen hinter funkelnden Brillengläsern . . .

«Düssel fünf, Düssel fünf», erklang im Arbeitszimmer eine Männerstimme aus dem Lautsprecher des Kurzwellenempfängers, «fahren Sie Kreuzung Goethestraße—Elfenstraße. Zusammenstoß von Straßenbahn und LKW.»

«Ich bin gleich bei euch», sagte Frau Romberg. «Ich bring nur die Kleine ins Bett.» Sie verschwand im Badezimmer, aus dem sofort eine schrille Stimme protestierte: «Ach, Mammi, das ist aber schuftig, jetzt, wo Herr Holden da ist!»

Romberg sah mich an, und wir lachten.

«Ein nettes Kind», sagte ich.

Er holte eine Flasche Kognak und Gläser, und wir setzten uns in sein Arbeitszimmer, an dessen Wänden große Photos von Tieren klebten. «Wir sind sehr glücklich mit Mickey», meinte er, «wenn sie nur nicht immer so furchtbar flunkern würde.»

«Flunkern?»

«Um sich wichtig zu machen. Dauernd erzählt sie die phantastischsten Geschichten. Im Zoo ist ein Wolf ausgekommen. Die Mutter ihrer Freundin Lindi ist eine amerikanische Millionärin. Ich bin ein deutscher Millionär. Sie leidet an Asthma.»

«Ich war genauso», sagte ich.

«*So* arg bestimmt nicht, Herr Holden! Hat der Polizist an der Ecke *Ihnen* die Erlaubnis erteilt, keine Schulaufgaben zu machen?»

«Zentrale, hier ist Düssel fünf, Düssel fünf... wir brauchen einen Kranwagen. Der LKW hat sich in die Straßenbahn verkeilt, wir kriegen die Kreuzung nicht frei...»

Mickey kam herein. Sie trug bunte Pantoffeln und ein langes, blaues Nachthemd.

Ich überreichte die Bonbonniere und bekam einen sehr feuchten Kuß. «Au, Vati, Mami, schaut doch bloß, mit Nuß und verschieden gefüllt! Darf ich noch eines mit Nuß essen, bitte, bitte?»

«Nur im Bett.»

«Herr Holden, ist der Mercedes schon wieder in Ordnung?»

«Jetzt aber marsch», sagte Frau Romberg. «Das Bonbon, beten und einschlafen.» Sie zog Mickey mit sich fort. In der Tür des Kinderzimmers winkte das kleine Mädchen noch einmal, und ich winkte auch und sah Mickey eingerahmt von vielen bunten Spielzeugtieren, Giraffen und Hasen, Schafen, Pudeln, Hunden, Katzen und Affen...

Wir tranken Kognak und rauchten, der Polizeifunk lief und Romberg zeigte mir seine Tierbilder. Und ich fühlte mich so sehr zu Hause in dieser Fremde, so sehr zu Hause. Nicht einmal an Nina dachte ich mehr. Wir zogen unsere Jacken aus und legten die Krawatten ab, und Romberg erklärte seine Bilder. Am schönsten fand ich die Aufnahmen von Schwänen. Er hatte die Tiere beim Starten und Landen am See photographiert.

«Ich wäre so froh, wenn der Peter *nur* noch solche Bilder machen könnte», sagte Frau Romberg leise.

«Bloß noch ein bißchen Geduld, Liebling, bis wir unsere Schulden bezahlt haben», sagte er und strich über ihre von Hausarbeit rauhe Hand. «Dann finde ich auch jemanden, der mir das Geld gibt.»

«Wozu?»

«Ich möchte Tierbücher herausbringen, im eigenen Verlag. Schauen Sie, welchen Erfolg Bernatzik hatte. Oder Trimeck. Alle Menschen interessieren sich für Tiere, es ist bestimmt ein gutes Geschäft, man braucht nur Kapital, um anzufangen.»

«Achtung», sagte die Männerstimme aus dem Lautsprecher, «Düssel zwo, Düssel zwo... fahren Sie zur Reginastraße 31, Reginastraße 31... wir erhalten eben einen Anruf von Passanten, daß eine Frau aus dem Fenster gesprungen ist...»

Da begriff ich noch nicht. Da fragte ich noch: «Wieviel Kapital würden Sie brauchen?»

«Na, so zehntausend, fünfzehntausend. Den Rest bekäme ich von der Bank. Warum? Kennen *Sie* jemanden?»

«Ja», sagte ich. «Da wäre eine Chance. Nicht im Augenblick, aber vielleicht in ein, zwei Monaten...»

«Ach Peter, wenn das ginge! Das wäre doch wundervoll!»

«Ja, wundervoll», sagte er strahlend, während er sich erhob. «Herr Holden, bitte, bleiben Sie bei meiner Frau, ich komme zurück, so schnell ich kann.»

«Wohin wollen Sie?»

«In die Reginastraße. Da ist eine Frau aus dem Fenster gesprungen, haben Sie nicht gehört?» Ich nahm mich zusammen, und es gelang mir, ruhig zu fragen: «Reginastraße, welche Nummer?»

«Einunddreißig. Warum?»

«Nur so. Beeilen... beeilen Sie sich, Herr Romberg.»

«Wahrscheinlich auch nischt dahinter. Eifersucht oder so was. Aber von etwas muß der Schornstein rauchen. Besser als so ein dämlicher Tramzusammenstoß ist es!»

Dann war er verschwunden, und die Uhr des Polizeisenders tickte monoton weiter, und ich sah wohl und hörte auch wohl, daß Frau Romberg mit mir sprach, eindringlich und lächelnd, aber was sie sagte, konnte ich nicht begreifen.

Denn immerfort und immerfort und immerfort dachte ich nur das eine, wider jede Vernunft, ohne jede Hoffnung: Eine andere Frau. Nicht sie. Sie ist noch so jung. Sie ist doch unschuldig. Nicht sie. Nicht. Nicht. Nicht.

«Achtung», sagte die Stimme, «Düssel zwo, Düssel zwo, sind Sie schon in der Reginastraße?»

Es knatterte und pfiff im Lautsprecher, dann kam eine andere Stimme: «Hier ist Düssel zwo. Ziemlich große Schweinerei. Die Frau sprang aus dem neunten Stock...»

Nein. Nein. Nein.

«...ist noch ganz jung. Wie gesagt, ziemliche Schweinerei.»

«Tot?»

«Sie machen mir Freude, Kollege. Ich sage doch, aus dem neunten Stock! Schicken Sie mal schnell den Totenwagen. Und ein paar Düssel. Wir werden mit den Neugierigen nicht fertig. Jetzt sind auch schon die Pressefritzen da.»

«Wie heißt die Frau?»

«Ist keine Frau, ist ein Fräulein. Schwanger war sie auch. Sagen die Nachbarn. Wahrscheinlich drum. Lutz heißt sie, Hilde Lutz.»

«Buchstabieren Sie.»

Klebrig und langsam tropfte es aus dem Lautsprecher: «Heinrich, Isidor, Ludwig, Dora, Erich, neues Wort, Ludwig, Ulrich, Theodor, Zeppelin ...»

Die Tür des Kinderzimmers flug auf. Mickey stand in ihrem Rahmen, die Augen riesengroß, die kleinen Hände an die Brust gepreßt: «Herr Holden —»

«Was machst du da? Marsch ins Bett!» rief die Mutter.

Aber Mickey kam zu mir gelaufen, ihre Worte überstürzten sich: «Die kennen wir doch!»

«Wen kennst du?»

«Die Hilde Lutz! Die aus dem Fenster gesprungen ist!»

«Warum schläfst du noch nicht? Warum liegst du immer stundenlang wach und hörst den Erwachsenen zu?»

«Die Stimmen waren so laut, Mami! Herr Holden, warum sagst du nichts? Sag doch was! Die Hilde Lutz, das ist doch die, die in den Mercedes hineingefahren ist!»

«Mickey, jetzt werde ich aber böse. Du gehst *augenblicklich* ins Bett zurück!»

Die Unterlippe des kleinen Mädchens zitterte: «Aber ich *kenne* die Frau, Mami, ich kenne sie *wirklich!*»

«*Mickey!*»

«Herr Holden, sag doch, daß es wahr ist!»

Ich erwiderte: «Du irrst dich Mickey. Die Frau, die du meinst, hieß Olga Fürst, ja, Olga Fürst.»

«Da hast du es!»

Mickeys fassungsloser Blick sagte: Warum verrätst du mich so gemein, so ohne Grund, du, den ich liebe?

«Du gehst jetzt!» rief Frau Romberg und stieß das Kind leicht vorwärts.

Da begann Mickey lautlos zu weinen und schlich in ihr Zimmer zurück. Die Tür schloß sich geräuschlos. Ich nahm mein Glas mit beiden Händen und trank, aber ich verschüttete die Hälfte dabei.

«Entschuldigen Sie, Herr Holden. Es ist wirklich schrecklich mit dem Kind. *Nur*, um sich interessant zu machen.»


16


Um elf Uhr war ich wieder in der Sonnenblickstraße 67. Um Viertel zwölf erschien Nina, und ich öffnete den Schlag des Cadillac und hielt eine Hand hin für den Fall, daß Frau Brummer sich entschloß, diese Hand beim Einsteigen als Stütze zu ergreifen, aber _sühnen_

sie entschloß sich nicht, und ich fuhr los, doch nicht zu schnell, und sprach nicht, bevor das Wort an mich gerichtet wurde, und es wurde nicht an mich gerichtet.

Die Straßen waren jetzt leer. Nina hing ihren Gedanken nach und ich den meinen. Das waren meine Gedanken:

Arme, dumme Hilde Lutz.

Warum hast du nur nicht auf mich gehört? Du hättest mir folgen sollen. Herr Brummer hat eine Idee gehabt. Mit der Vergangenheit eines Mannes kann man ihn in der Gegenwart beherrschen. Und in alle Zukunft hinein. Das ist eine große Idee, größer als du, Hilde Lutz. Und größer als ich. Für eine so große Idee sind wir alle zu klein. Es sind nämlich lauter böse Vergangenheiten, die wir da ans Licht gefördert haben mit vereinten Kräften, Herr Brummer, Herr Dietrich mit dem schwarzen Gummimantel und sein gewalttätiger Bruder Kolb, der kleine Doktor Zorn und ich. Blut, viel Blut und Gemeinheit kleben an diesen Vergangenheiten, Lüge und Verrat, Betrug und Mord. Böse Taten haben wir mit diesen Vergangenheiten ans Licht gefördert, nun werden sie fort und fort neues Böses gebären. Denn man sieht: die böse Tat kann nicht vergessen werden, solange sie nicht gesühnt ist. Und wer will all dies Böse sühnen?

Niemand hier, niemand in diesem Land.

Arme, dumme Hilde Lutz.

Jetzt muß Herr Schwertfeger dich nicht mehr heiraten. Ob du ihm nicht vielleicht nur einen Gefallen getan hast? Was wird Herr Schwertfeger nun tun? Er wird schweigen. Mehr verlangt Doktor Zorn nicht von ihm, mehr verlangt er von keinem. Und wenn sie alle schweigen werden, wird ihnen allen nichts geschehen, und ungesühnt wird so das Böse weiterleben. Das Böse ist demnach in diesem Fall nicht zu besiegen. Ein Narr, der sich ihm also in den Weg stellt oder sich das Leben nimmt wie du, arme Hilde Lutz.

Du bist tot. Und die achtzig Juden aus Minsk sind tot. Herr Brummer lebt, und Herr Schwertfeger lebt. Die Lebenden handeln. Die Toten aber halten endlich das Maul. Das ist angenehm für die Lebenden. Untereinander können sie sich gewiß einigen. Und da ist niemand mehr, der sie anklagt, nein, niemand mehr.

Leb wohl, dumme, arme Hilde Lutz. Du hast nicht einsehen wollen, worauf es ankommt. Ich habe es eingesehen, o ja, ich habe es eingesehen.

## 17

In den nächsten vier Tagen, Herr Kriminalkommissar Kehlmann, nahmen die folgenden Herren über Mittelsleute Kontakt mit mir auf: Joachim von Butzkow, Otto Gegner, Ludwig Marwede und Leopold Rothschuh. Die Namen sind Ihnen ohne Zweifel geläufig, handelt es sich doch um prominente Industrielle aus Düsseldorf, Frankfurt am Main und Stuttgart.

Warum man sich stets an mich wandte?

Nun, das erfuhr ich auch in diesen Tagen: einer der vier Herren hatte jene Männer engagiert, die mich am 23. August zusammenschlugen, um zu erreichen, daß ich verriet, wo die Dokumente lagen. Ich bekam nicht heraus, *welcher* der vier Herren das war, aber heraus bekam ich, daß er die andern drei davon unterrichtet hatte. So entstand denn auch bei ihnen der Eindruck, ich könnte in der Lage und bereit sein, ihnen zu helfen, wenn schon nicht unter dem Eindruck von Prügeln, so doch unter dem Eindruck von Geld. Der Eindruck täuschte jedoch. Ich meldete jede einzelne Kontaktaufnahme sogleich dem Doktor Zorn und lehnte jeden Bestechungsversuch ab, was mir um so leichter fiel, als ich tatsächlich sehr geringe Chancen sah, an die Originaldokumente noch jemals im Leben heranzukommen.

Die Delikte aus der Vergangenheit, für welche die vier Herren nun eine Bestrafung in der Gegenwart befürchten mußten, waren im übrigen unterschiedlich.

Herr Joachim von Butzkow hatte im Dritten Reich als Oberlandgerichtsdirektor zu verschiedenen Malen übereifrig das Recht gebeugt und damit den Tod von vierzehn deutschen Staatsangehörigen verschuldet.

Herrr Otto Gegner hatte in den Jahren 1945 bis 1947 sein Vermögen durch einen schwunghaften Handel mit amerikanischen Zigaretten erworben. Die Zigaretten lud man in griechischen Häfen, weit entfernt von jeder Eingriffsmöglichkeit der amerikanischen Behörden, zu Millionen aus und schaffte sie in Lastwagen quer durch verschiedene sowjetische Satellitenländer nach Österreich und Deutschland. Die Transporte wurden von Soldaten der Roten Armee geleitet. Für diesen Freundschaftsdienst revanchierte sich Herr Otto Gegner. indem er den Sowjets in Westberlin und Wien Menschen in die Hände spielte, die von den Sowjets gesucht wurden.

Die Praxis dieses Menschenraubes auf offener Straße, bei welchem das von einem Spitzel bezeichnete Opfer von «Unbekannten» niedergeschlagen und in ein Auto — gewöhnlich eine schwarze Limousine — gestoßen wurde, erregte seinerzeit viel Aufsehen.

*Sich vorneigen,*

Alle Versuche der österreichischen und deutschen Behörden, Belastungsmaterial gegen österreichische oder deutsche Drahtzieher zu sammeln, mißlangen jedoch.

Herr Ludwig Marwede war homosexuell. Einzelne seiner allzu jugendlichen Freunde hatten seine Briefe, andere Photographien gesammelt.

Herr Leopold Rothschuh hieß in Wahrheit Heinrich Gotthart und stand auf einer polnischen Auslieferungsliste zum Zwecke der Aburteilung für Verbrechen, die er als Wehrwirtschaftsführer im sogenannten Warthegau in den Jahren 1941 bis 1944 begangen hatte. Die Dokumente, die Zorn vorlagen, beschuldigten ihn der Verschleppung, der sadistischen Quälerei, des mehrfachen Mordes und des Diebstahls von Kunstgegenständen.

Die vier Herren lebten in den besten Verhältnissen. Sie hatten — mit Ausnahme von Herrn Marwede — Familie und Kinder, und ihre Heime waren gesellschaftliche Zentren der guten Gesellschaft. Ihre Kinder gingen zur Schule...

Am 14. September rief der kleine Doktor Zorn an. Er hätte, sagte er am Telephon, mit mir zu reden. Ich war für 17 Uhr bestellt und saß zu dieser Zeit in dem fensterlosen Vorzimmer seiner Kanzlei.

Dann öffnete sich eine Tür, und Doktor Hilmar Zorn geleitete einen Besucher zum Ausgang. Der Anwalt trug an diesem Tag einen blauen Anzug, dazu eine perlgraue Weste, die kleine abgerundete Aufschläge, wie die Jacke, besaß. Sein Besucher trug einen grauen Anzug mit feinen, weißen Nadelstreifen, ein weißes Hemd und eine schwarze Krawatte. Herbert Schwertfeger war elegant wie immer. Es verblüffte mich so, ihn hier zu sehen, daß ich grüßte, was mich sofort wütend ärgerte.

Herbert Schwertfeger bewies mehr Haltung als ich, er grüßte nicht, er war überhaupt nicht verblüfft, mich zu sehen, ja mehr, er tat, als hätte er mich nie zuvor im Leben erblickt. Ohne Interesse glitt der Blick seiner furchtlosen, blauen Augen über mich hin, so, wie man einen Fremden ansieht. Schwertfeger mußte sich etwas vorneigen, als er seinen Hut vom Haken nahm. «Pardon», sagte er dazu, wie man sich bei einem Fremden entschuldigt. Er trug eine schwarze Krawatte, der Herr Schwertfeger, und jetzt fiel mir ein, daß dies vielleicht ein Zeichen der Trauer sein sollte.

«Guten Tag, Herr Doktor», sagte er.

«Meine Verehrung, Herr Schwertfeger.»

Meine Verehrung, Herr Schwertfeger.

Die Tür schloß sich, und Zorn kam händereibend zu mir: «Ich begrüße Sie, mein Lieber. Treten Sie näher.»

In seinem Büro war das Fenster, wie immer, geschlossen und

die Luft, wie immer, blau von Zigarrenrauch. «Ist Ihnen nicht gut?»

«Das war Herr Schwertfeger!»

«Ja, warum? Rauchen Sie? Nein? Aber es macht Ihnen doch nichts, wenn ich rauche? Gut.» Er schnitt liebevoll die Spitze einer Brasil ab, lächelte mild und ich sah, daß er die letzten Ereignisse mit der Nonchalance eines überlegenen Bühnenschauspielers zu bewältigen gedachte.

«Lieber Freund, ich sehe Sie erstaunt. Erstaunt worüber? Daß Herr Schwertfeger mich zu seinem Rechtsbeistand gemacht hat?»

«Sie sind sein Anwalt?»

«Seit heute.» Er strich sich durch die weiße Gerhart-Hauptmann-Mähne. Ein Siegelring glänzte an seinem Finger.

«Moment», sagte ich, «Sie können doch nicht gleichzeitig Herrn Brummer und Herrn Schwertfeger vertreten.»

«Bis gestern konnte ich das nicht. Da waren die beiden Herren Gegner. Heute sind sie das nicht mehr.» Er lachte triumphierend und war voller Bewunderung für seine Leistung, und ich war auch voller Bewunderung. «Im Gegenteil! Seit heute sind die Herren Verbündete.» Aber er zerrte doch ein wenig an seinem Kragen. «Herr Schwertfeger war zwei Stunden lang bei mir. Ich habe ihn tief erschüttert gefunden. Zum einen über den so völlig unerwarteten Tod eines lieben Menschen, zum anderen darüber, daß er um ein Haar mitschuldig geworden wäre an dem ungeheueren Komplott gegen Herrn Brummer.»

«Ein Komplott, aha», sagte ich blödsinnig.

«Sie sind ein Laie in diesen Dingen. Ich will es Ihnen kurz erklären: Zusammen mit anderen Herren hat Herr Schwertfeger schwere Anwürfe gegen Herrn Brummer erhoben, weil er — bis gestern — von einem schuldhaften Verhalten des Herrn Brummer überzeugt war. Nun aber mußte er plötzlich feststellen, daß er ein Opfer falscher Informationen und falscher Bilanzen geworden ist.»

«Das mußte er plötzlich feststellen.»

«Ja. Ohne es zu ahnen, hat er monatelang einem mächtigen Feind von Herrn Brummer in die Hände gespielt, dem es gelungen war, ihm und den anderen Herren ein schuldhaftes Verhalten des Herrn Brummer vorzutäuschen. Jetzt aber ist es Herrn Schwertfeger wie Schuppen» — er regte sich auf und bekam seine Sprechhemmungen — «von den Augen gefallen! Jetzt sieht er, wo der wahre Schuldige steht! Darum ist er entschlossen, Seite an Seite mit Herrn Brummer den Kampf aufzunehmen gegen einen Privatbankier namens Liebling. Das ist natürlich eine Sensation allerersten Ranges. Heute abend um 19 Uhr geben wir im Breidenbacher Hof eine Pressekonferenz. Herr Schwertfeger hat schon alle Urkunden und Schriftstücke bei mir deponiert, die wir brauchen, um den Bankier Liebling bloßzustellen.»

«Bona causa triumphat», sagte ich.

«Lassen Sie es uns hoffen.»

«Ich verstehe nur eines nicht», sagte ich, «es können doch nicht *alle* Belastungszeugen gegen Herrn Brummer Butter auf dem Kopf haben. Man kann sie doch nicht *alle* erpressen!»

«Nicht dieses Wo-wort, Herr Holden, bitte.» Er schüttelte mißbilligend den weißen Schädel und zerrte an seinem Kragen.

«Ich meine: es muß doch auch noch ein paar *anständige* Leute in diesem Land geben, das ist ja verrückt!»

«Es gibt sehr viele anständige Leu-Leute in diesem Land. Aber es scheint, daß Herr Brummer seine Geschäfte — Gott sei Dank, müssen wir sagen — nicht mit ihnen abgewickelt hat, nein, nicht mit ihnen. Es scheint, daß er seine Theorie von der Nützlichkeit dunkler Vergangenheiten schon sehr früh entwickelte, gleich nach dem Zusammenbruch. Auch heute sind da natürlich ein paar unangenehme Zeugen, gegen die bei uns nichts vorliegt. Aber zum Glück sind es keine bedeutenden Zeugen. Wenn Liebling stürzt, sind wir gerettet. Und damit komme ich zum Thema.»

«Bitte?»

«Hat sich Liebling — persönlich oder durch Mittelsleute — bei Ihnen gemeldet?»

«Ich habe den Namen noch nie im Leben gehört.»

Seine gelehrten Augen wurden plötzlich tückisch: «Ich bekomme es heraus, wenn Sie lügen, Herr Holden, Sie wissen, was dann geschieht. Wieviel hat Liebling Ihnen geboten?»

Ich stand auf. «Diesen Ton lasse ich mir nicht gefallen.»

«Setzen Sie sich», sagte er laut.

«Entschuldigen Sie sich zuerst.»

Wir sahen uns an und er nickte plötzlich: «Ich entschuldige mich.»

Ich setzte mich.

Zorn sagte: «Ver-verstehen Sie meine Erregung, Herr Holden. Lothar Liebling ist der einzige, der entschlossen ist, sich zu widersetzen. Ich habe ihm Photokopien der Dokumente, die ihn belasten, zugeschickt. Während die anderen Herren jedoch ihre Zusammenarbeit versprochen haben, hat Liebling mich wissen lassen, daß er Herrn Brummer vor Gericht auf das schwerste zu belasten gedenkt — ohne Rücksicht auf die Folgen, die ihm erwachsen werden. Sie sehen, dieser Mann ist ein Charakter.»

«Wie Herr Schwertfeger.»

«Herr Schwertfeger wird immerhin den Nachweis erbringen,

daß Lothar Liebling die treibende Kraft in dem Komplott gegen Herrn Brummer war.»

«Wird das nicht sehr schwer nachzuweisen sein?»

«Schwer ja, aber nicht unmöglich, wenn alle zusammenhalten. Eines allerdings wäre *äußerst* unangenehm, und darum habe ich Sie hergebeten, Herr Holden. Erforschen Sie Ihr Gedächtnis. Ich habe auch Herrn Brummer gebeten, darüber nachzudenken, aber wir kamen zu keinem Ergebnis. *Was* kann es sein, das Lothar Liebling so viel Kraft verleiht? Welche Beweise besitzt er? Worauf kann er sich stützen?»

«Keine Ahnung.»

«Nicht so schnell, nicht so schnell! Wir müssen die Antwort finden, sie ist lebenswichtig. Liebling *darf* sich auf nichts stützen können, er *darf* nicht mehr wissen als wir, er darf nicht stärker sein als alle andern zusammen, begreifen Sie?»

«Ich begreife es, aber ich habe keine Ahnung.»

«Kann es sein, daß Sie auf der Fahrt von Berlin nach Braunschweig Dokumente verloren haben?»

Darauf gab ich keine Antwort.

«Sie wissen, was ich meine, wenn ich ‹verloren› sage?»

Ich blieb ruhig: «Wenn ich Dokumente für mich behalten hätte, säße ich jetzt nicht vor Ihnen und ließe mich beleidigen.»

«Das ist eine gute Antwort», sagte er zufrieden. «Sie überzeugt.» Er räusperte sich. «Da wäre dann Frau Brummer.»

«Was ist mit ihr?» fragte ich zu laut.

«Herr Holden, halten Sie es für möglich, daß Frau Brummer in Verbindung mit Lothar Liebling steht?»

«Das ist eine ungeheuerliche Anschuldigung —», begann ich, aber er unterbrach mich mit einer wegwischenden Handbewegung: «Eine Frage, nichts sonst. Ich bin Herrn Brummers Anwalt. Ich soll ihm seine Freiheit und seinen guten Namen wiederbringen. Dazu ist es nötig, daß ich Liebling kleinkriege. An wen soll ich mich aber wenden, wenn ich Informationen über Frau Brummer brauche? An Frau Brummer? — Also. — An Herrn Brummer? Der liebt seine Frau. Seine Informationen sind wertlos. Bleiben Sie. Sie sind unparteiisch. Sie haben den Auftrag, Frau Brummer auf Schritt und Tritt zu begleiten. Ich bitte Sie *dringend*, mir *sofort* zu melden, was Ihnen an Frau Brummer ungewöhnlich auffällt. Und sagen Sie nicht, Sie könnten das nicht, Sie haben eine Menge Geld genommen.»

«Ich sagte gar nicht, daß ich das nicht könnte.»

Darauf erhob er sich und hielt mir die Hand hin: «Ich danke Ihnen!»

«Nichts zu danken», sagte ich. Und überlegte, daß der kleine

Doktor sich einen schlechteren Mitarbeiter nicht hätte aussuchen können. Vor einer Viertelstunde waren er und seinesgleichen mir noch als Übermenschen erschienen. Jetzt dachte ich schon wieder anders über die Herren. Mein Selbstvertrauen kehrte wieder und meine Zuversicht.

Es geht alles noch einmal rund, dachte ich. Noch bin ich mit von der Partie. Meine Lage hat sich gebessert, meine Position gestärkt. Ja, so dachte ich, Narr, der ich war, blinder, eitler, nicht mehr zu rettender Narr.

## 18

An diesem Tag gab es ein Gewitter, das sehr heftig war.

Ich erinnere mich an dieses Gewitter, weil ich mich an diesen Tag erinnere, ich glaube nicht, daß ich ihn je vergessen werde. Das Gewitter zog stundenlang über Düsseldorf hin und her, ohne loszubrechen. Der Himmel war schwarz, die Luft schwefelfarben von dem Staub, den jähe Windstöße immer wieder wolkenwärts trugen. Aber noch fiel kein Tropfen, noch krachte kein Donner einem zuckenden Blitz nach. Es war sehr dunkel und heiß in den Straßen, in vielen Geschäften brannte schon um drei Uhr nachmittag elektrisches Licht. Auch der Wind war heiß. Und alle Menschen waren gereizt.

Um 15 Uhr 30 sollte ich Nina bei einer Freundin in der Delbrückstraße abholen. Auf der Fahrt dorthin drehte ich das Autoradio an. Ich hatte das Fenster an meiner Seite herabgelassen, und der heiße, trockene Wind strich über mein Gesicht.

Dann zuckte der erste Blitz über den Himmel. Er blendete mich so, daß ich die Augen schloß und auf die Bremse trat. Sofort knallte der Donner, trocken und hart, wie ein Gewehrschuß in nächster Nähe. Eine Frau schrie auf. Und dann begann der Regen herabzustürzen, endlich, endlich, und das Licht wurde grün.

Nina trug ein rotes Wollkleid an diesem Tag, und sie stand schon im Haustor, als ich vorfuhr. Ich kletterte ins Freie, öffnete den Wagenschlag, und sie lief auf hohen Stöckeln, so rasch sie konnte, durch den rasenden Regen, aber die wenigen Schritte genügten: dunkel klebte die rote Wolle schon an ihrem Leib wie ein zu enges Trikot, als sie sich in den Fond fallen ließ. Auch mir rann das Wasser in den Kragen.

«Nach Hause», sagte Nina, heftig atmend.

Man sah keine zehn Meter weit. Ununterbrochen zuckten jetzt

grelle Blitze, und die Donner krachten hohl. Fußgänger waren von der Straße verschwunden, aber Autos stauten sich zu Dutzenden vor jeder Kreuzung. Viele hupten. Durch das unwirklich grüne Aquariumlicht stürzten grau, weiß und silbern die Ströme des Regens, der auf das Wagendach trommelte.

«Ich habe etwas gesagt, Holden!»

«Ich habe es nicht verstanden, gnädige Frau.»

«Sie sollen *schneller* fahren!»

«Ich kann nicht schneller fahren!»

«Aber ich fürchte mich vor dem Gewitter!»

Darauf gab ich keine Antwort. Sie kroch in eine Ecke, schloß die Augen und hielt sich die Ohren zu, ich sah es im Rückspiegel. Sie tat mir leid, aber ich konnte nicht schneller fahren, beim besten Willen nicht.

Immerhin schaffte ich es in zwanzig Minuten zur Cecilienallee. Über dem Strom bildete der Regen einen kompakten Block, der aussah wie Beton, umbraut von Nebeln. Das Unwetter hatte hier große Äste von den Bäumen gebrochen, sie lagen auf der Straße, über die das Wasser in Bächen rheinwärts schoß. Kanalgitter waren verstopft mit Erde, Blättern, Blumen und Gras, die Wege vermurt. Und noch immer tobte das Wetter weiter, und das Licht blieb grün. Ich hatte die Villa erreicht und wollte eben durch das geöffnete Tor in den Park fahren, als ich ihren Schrei hörte: «Bleiben Sie stehen!»

Ich bremste, und der schwere Wagen glitt zur Seite und hielt vor der großen Eiche neben dem Eingang. Hier stand ein Mann. Nina hatte ihn zuerst gesehen, ich sah ihn erst jetzt. Es war Toni Worm. Das Unwetter mußte ihn überrascht haben, denn er trug keinen Mantel, sondern nur graue Flanellhosen, fleischfarbene Sämischledersandalen, eine blaue Jacke, ein offenes weißes Hemd. Unter der Eiche war er vor dem Regen geschützt. Er war sehr bleich, die schönen, schwarzen Augen mit den seidigen Wimpern glühten. Mit katzenhaften Bewegungen der breiten Schultern, der schmalen Hüften und der langen Beine hatte er in drei Sätzen den Wagen erreicht. Nina riß den Schlag auf. «Toni!»

Er fiel neben sie. Der Schlag flog zu. Ich drehte mich um. Ninas Blick wurde milchig, schwamm fort. Sie griff sich ans Herz. Sie flüsterte: «Was machst du hier?»

Der junge Mann mit dem gekräuselten schwarzen Haar und den ausdrucksvollen schmalen Händen sagte: «Ich rief an. Es hieß, du kämest in einer Stunde. Da habe ich hier auf dich gewartet. Guten Tag, Herr Holden.»

«Guten Tag, Herr Worm.»

«Was ist geschehen?» flüsterte sie.

Worm sagte: «Fahren Sie weiter, Herr Holden.»

Ich reagierte nicht.

Nina schrie plötzlich, wie von Sinnen: «Haben Sie nicht gehört, Sie sollen weiterfahren!»

Darauf sagte Worm vermittelnd: «Wir sind alle nervös.» Draußen blitzte es über dem Wasser, und sofort tobte der Donner hernieder. «Ich *bitte* Sie, hier wegzufahren, Herr Holden.»

Ich saß reglos und sah sie beide an.

«Wenn Sie nicht fahren wollen, steigen Sie aus. Herr Worm wird fahren.»

«Wohin soll ich fahren?»

«Den Rhein hinunter», sagte Worm.

Also fuhr ich den Rhein hinunter. Im Rückspiegel sah ich, wie Nina ihn ansah und wie er sie ansah, und niemand sprach, und der Regen trommelte auf das Wagendach, Blitze zuckten und Donner tobten. Einmal glitt Ninas Hand über das Leder des Sitzes, ein paar Zentimeter seiner Hand entgegen. Aber die blieb, wo sie war, und er sah sie nur an, sentimental und an eine gemeinsame Erinnerung appellierend.

Was wollte er? Warum war er zurückgekommen? Es machte mich rasend, daß keiner der beiden sprach, daß ich nicht erfahren würde, was er wollte.

«Da vorne», sagte Worm.

Eine kleine Gaststätte mit einem Biergarten tauchte auf. Unter Bäumen standen Tische. Stühle waren an sie gelehnt. Regen sprühte von ihnen zur Erde.

«Da kann ich nicht hineingehen», sagte Nina. «Hier kaufen wir oft Bier oder Sodawasser. Die Leute, die die Flaschen liefern, würden mich erkennen.»

«Herr Holden wird hineingehen», sagte Worm. «*Bitte.*»

Ich schüttelte den Kopf. In Ninas Augen trat ein Ausdruck von nackter Mordlust. «Sie gehen sofort.»

Ich schüttelte den Kopf.

«Sind Sie wahnsinnig geworden, Holden? Was fällt Ihnen ein?»

«Ich gehe nicht.»

Sie riß den Schlag auf und sprang in den Regen hinaus. Mit einem Satz war ich bei ihr und packte sie an den Schultern. Sie flog zurück. Der Regen traf unsere Gesichter wie Hagel. Ich schrie: «Und wenn man Sie erkennt?»

«Das ist mir egal! Mir ist alles egal!»

Toni Worm war im Wagen sitzen geblieben und verfolgte unseren Streit angstvoll.

«Sie machen alles, alles kaputt!» schrie ich.

Nina riß sich los, schlug mich ins Gesicht, so fest sie konnte,

*Stößchen*

und rannte stolpernd auf die Gaststätte zu, und ich dachte, wenn uns nur niemand sieht, und holte sie ein und packte sie wieder und sagte leise: «Es ist gut. Ich lasse Sie allein.»

Darauf rannte sie sofort zum Wagen zurück. Der Schlag fiel zu, die beiden waren allein, und ich stand im Regen...

Die Gaststätte war leer.

Hinter der Biertheke las eine dicke Frau die Zeitung. Eine Katze schnurrte in ihrem Schoß. Auf den Tischen gab es keine Tücher. Dort, wo die dicke Frau saß, brannte eine kahle Glühbirne. Sonst gab es kein Licht im Raum. Ich zog meine Jacke aus und setzte mich an ein Fenster, und draußen stand der Cadillac im grünen Licht des Gewitters. Man sah nicht die zwei Menschen darin, niemand konnte sie sehen, dazu war es zu dunkel, aber ich, ich wußte, daß sie darin saßen, ich wußte es...

Die dicke Frau kam heran. Sie hatte ein freundliches Gesicht.

«Das ist ein Wetter, was?»

Ich sah den Cadillac, der draußen stand.

«Wollen Sie was trinken?»

«Einen Kognak, ja.»

«Vielleicht mit'm Stößchen?»

«Ja, mit einem Bier.»

Sie schlurfte fort, und die dicke, rosinfarbene Katze kam heran und schnurrte, und ich sah den Cadillac, der draußen stand, ich sah den Cadillac.


19

Sie hat mich geschlagen. Sie hat mich geschlagen. Sie hat mich geschlagen. Es gibt Dinge, die ich eben noch ertrage. Die hat sie sich bisher geleistet. Sie hat mich geschlagen. Das hätte sie nicht tun sollen. Das war zuviel.

«Ein Stößchen, ein Kognak.»

«Noch einen Doppelten.»

«Einen Doppelten noch, jawohl.»

Meine Frau schlug mich auch, damals. Als ich ins Zimmer trat. Da schlug sie mich ins Gesicht, wie ich eben ins Gesicht geschlagen wurde. Danach... danach tat ich es dann. Alles drehte sich um mich, so wie sich jetzt alles um mich zu drehen beginnt, das Blut hämmerte in meinem Schädel, wie es jetzt zu hämmern beginnt —

«Noch ein Doppelter, bitte sehr.»

Jetzt muß ich die Augen schließen, so sehr dreht sich alles. Und das Blut in meinem Schädel hämmert, hämmert, hämmert. Geschlagen. Geschlagen. Sie hat mich geschlagen.

Draußen steht der Wagen.

Ich will nicht hinsehen. Ich muß hinsehen. Auch draußen dreht sich alles in grünen Regenschlieren. Aber da steht er, der Wagen. Sie sitzen in ihm und reden, ich weiß nicht, was. Sie sieht ihn an mit ihren feuchten Hundeaugen, den schönen Jungen, mit dem sie sich im Bett gewälzt hat, nackt und keuchend. Er ist wiedergekommen, ihr ganzer Körper sehnt sich nach ihm, sie werden es wieder tun, sie werden —

Nein.

Was heißt nein?

Ich werde es verhindern.

Idiot. Wie kannst du es verhindern?

Ich habe schon einmal etwas verhindert. Dafür bekam ich zwölf Jahre, und Margit war tot. Aber sie konnte mich nicht mehr betrügen, nein. Ich tue es wieder, ja, ich tue es wieder. Diesmal gehe ich nicht mehr ins Gefängnis dafür. Sie hat mich geschlagen. Ruhig. Ich muß mich beruhigen.

Nein, ich will nicht. Nicht mehr. Schluß machen will ich. Alles, was geschieht, ist zuviel für mich. Ich bin dem allen nicht gewachsen. Ich mache Schluß. Mit mir und mit den beiden.

Ich gehe zu ihnen zurück. Der schöne Junge ist schwächer als ich. Und feige. Margit ist nur eine Frau. Nein, nicht Margit. Das war... damals war das. Sie heißt Nina. Margit. Nina. Margit. Nina. Ich werde sie überhaupt nicht beachten. Ich werde losfahren ohne ein Wort. Es regnet noch immer. Es wird wie ein Unfall aussehen. Sie werden auf mich einschlagen und alles versuchen, damit ich stehenbleibe, das ist klar. Aber sie sitzen hinter mir. Man kann einen Menschen nicht mehr schlagen, wenn man hinter ihm sitzt. Einen halben Kilometer noch, dann kommt der Rhein ganz an die Straße heran, ich kenne die Stelle. Eine Menge Warnungsschilder stehen da. Das Wasser ist sehr tief an dieser Stelle. Das Steuer herumgerissen. Quer über die Straße rast der Wagen. Sie schreien. Sie wollen sich befreien aus dem Sarg, der sie hinunternimmt, hinunter, aber es ist zu spät. Wasser schießt durch das offene Fenster, sie krallen sich aneinander, wie ich mich an das Steuer kralle. Margit und Toni. Nina und Toni. Nina und Toni.

Das Blut... das Blut in meinem Schädel...

Ich lege Geld auf den Tisch und ziehe die nasse Jacke an. Ich gehe ganz langsam, denn jetzt ist es gleich, wie naß ich noch werde. Zehn Schritte bis zu dem Cadillac, der da in der Dämmerung steht, massig und dunkel. Und schwankt vor meinen Augen, so wie alles schwankt.

*torkele*

Ich torkele von hinten an ihn heran, damit sie nichts merken, das ist wichtig, daß sie nichts merken.

Fünf Schritte. Ich gleite aus. Falle. Erhebe mich wieder. Das Blut. Das Blut in meinem Schädel. Margit und Nina. Margit und Nina...

Drei Schritte noch.

Wie grün das Licht noch immer ist. Grün auch das Wasser. Fische und Pflanzen werden uns begleiten. Nachts wird es dunkel sein und kalt, aber wir werden es nicht mehr wissen. Verfaulen wird ihr schöner Leib, und da werden Algen sein und Tiere in ihrem schönen Haar.

Noch ein Schritt.

Ich denke: Sie hat mich geschlagen. Das ist das Ende.

Dann reiße ich den Wagenschlag auf und lasse mich hinter das Steuer fallen. Im gleichen Moment fühle ich Ninas Hand auf meiner Schulter und höre sie schluchzen: «Holden, Gott sei Dank, daß Sie kommen!»

2 ⊙

«Holden, Gott sei Dank, Holden, daß Sie kommen!»

Ich nahm den Fuß vom Gaspedal und drehte mich um, aber ganz langsam, denn meine Glieder gehorchten nicht, und Nina fiel zurück, und über ihr Gesicht rannen Tränen. Da lag sie in ihrem feuchten Wollkleid, die Augen schwammen, die Hände zitterten. Toni Worm saß neben ihr, und da ich ihn ansah, hob er sofort einen Arm vors Gesicht: «Wenn Sie mich anrühren, springe ich aus dem Wagen und schrei um Hilfe!»

Ich kurbelte das Fenster herunter und atmete tief und fuhr mir mit der Hand über das ganze Gesicht und lallte: «Wer rührt Sie an, Herr Worm, wer rührt Sie an?»

Auf dem Rhein schrie eine Schiffsirene. Das Gewitter verzog sich, nur der Regen strömte noch mit unverminderter Heftigkeit herab.

«Du Schuft», sagte Nina. «Du gemeiner Schuft.»

Darauf zuckte Worm bloß die Schultern.

«Was ist geschehen?» fragte ich, während ich dachte, daß wir um eine Kleinigkeit jetzt schon alle nicht mehr reden würden.

Nina sank so weit in sich zusammen, daß das blonde Haar auf die Knie fiel, über denen das rote Wollkleid hochgerutscht war.

«Er erpreßt mich», flüsterte sie.

Ich dachte, daß ich sehr vorsichtig sein mußte. Ich war selbst

137

am Rande eines Zusammenbruchs. Ruhig atmen. Langsam reden. Nicht hinreißen lassen.

Es sprach Toni Worm: «Herr Holden, da Sie nun schon einmal von unserer Beziehung wissen, appelliere ich an Ihren Menschenverstand.»

Nina lachte hysterisch.

Es wurde jetzt so dunkel, daß ich die Gesichter der beiden nicht mehr sehen konnte. Vom Fluß kam Nebel über die Straße gekrochen, das grüne Licht war grauer geworden. Jetzt starb es. Laternen flammten auf im Dunst. Und wieder schrie eine Sirene, draußen auf dem Rhein.

Toni Worm sprach, und seine Worte wurden untermalt vom Trommeln des Regens und dem dünnen Schluchzen Ninas: «Versetzen Sie sich in meine Lage. Ich fahre nach Hamburg. Es stellt sich heraus, daß es mit dem Engagement in der Eden-Bar nichts ist.»

«Wieso nicht?»

«Der Besitzer hier wollte mich nur los sein. In Hamburg hat er schon einen Klavierspieler, im Dreijahresvertrag. Ich liege also auf der Straße. Kaum habe ich mich gemeldet, kommt die Steuer. Rückstände aus Düsseldorf. Ich kann nicht bezahlen. Ich habe nichts zu fressen. Ich sitze in einem unbezahlten Pensionszimmer. Ich habe nicht einmal einen Flügel, um zu arbeiten. Die Rhapsodie, Sie erinnern sich, Herr Holden, meine Rhapsodie!»

Nina lachte wieder.

Ich zog die Handbremse an und nahm den Zündschlüssel heraus, denn ich wollte keine Überraschung erleben. Vor allem wollte ich nicht mehr in den Rhein. Schon gar nicht aus Versehen. So komisch ist der Mensch.

Toni Worm sagte: «Nina —»

«Nenn mich nicht Nina!»

«Frau Brummer ist ungerecht. Wir liebten uns. Weil wir uns liebten, bin ich überhaupt noch einmal hergekommen.»

Der Junge hat gute Nerven, dachte ich.

«*Warum* sind Sie gekommen?»

«Ist es Ihnen schon einmal schlecht gegangen?»

«Ja.»

«Dann werden Sie mich verstehen. Ich hatte plötzlich nur noch Schulden in Hamburg. Ein Zahlungsbefehl nach dem anderen. Irgendwelche Leute müssen gequatscht haben. Denn auf einmal war so ein Gerücht in der Stadt.»

«Was für ein Gerücht?»

«Daß ich ein Verhältnis mit Frau Brummer — ich darf ja nicht mehr Nina sagen — gehabt hätte. Angenehm, so etwas.»

«Du bist so gemein ... so gemein ...»

«Jeden Tag wurde das Flüstern lauter. Worm und die Brummer. Worm und die Brummer. Ich bekam Angst! Ich wollte nichts mit Herrn Brummer zu tun haben. Ist das unverständlich?»

«Weiter», sagte ich. Nerven. Der Junge hatte Nerven!

«Ich wollte auswandern. Nach Kanada. So weit weg wie möglich. Aber ich hatte kein Geld! Und da kam dieser Mensch zu mir, Held heißt er. Der sagte es mir auf den Kopf zu, daß ich einen Brief von Nina besäße. Man muß Sie gesehen haben, als Sie mir ihn brachten.»

«Lächerlich», sagte ich.

«Kein Mensch hat Sie gesehen!» stöhnte Nina. «Er ist ein Schuft, ein gemeiner Erpresser!»

«Lassen Sie ihn sprechen», sagte ich, und etwas in meiner Stimme weckte sein Mißtrauen, das behende Mißtrauen der Ratte: «Wenn Sie die Hand ausstrecken nach mir, springe ich aus dem Wagen!»

«Ich tue Ihnen nichts. Reden Sie weiter.»

«Dieser Mann bot mir Geld, wenn ich ihm den Brief überließ.» Nina sagte tonlos: «In dem Brief schrieb ich, warum ich versucht hatte, mir das Leben zu nehmen. Mein Mann hatte mir in einem Anfall von Verzweiflung gestanden, welche Verfehlungen er sich zuschulden kommen ließ.»

«Das stand in dem Brief?» sagte ich entsetzt.

«Ja.»

«Sie schrieben, daß Ihr Mann Ihnen alles gestanden hätte?»

«Nicht alles. Aber viel. Ich war wahnsinnig...»

Jetzt begriff ich endlich. Ich fragte Toni Worm, der in der Dunkelheit nur noch ein Schatten war: «Wollte der Mann den Brief für einen Herrn Lothar Liebling kaufen?»

Verblüfft fragte er: «Woher wissen Sie das?»

«Wieviel bot er Ihnen?»

«Zwanzigtausend. Er sagte, Herr Liebling wäre von Herrn Brummer unter Druck gesetzt und müßte selber versuchen, sich zu retten. Ein Brief, in dem Frau Brummer die Schuld ihres Gatten sozusagen mit seinen eigenen Worten bestätigte, würde vor einem Gericht verdammender wirken als —»

«Hören Sie auf zu quatschen», sagte ich. «Liebling wußte, daß Sie den Brief haben, der ihn rettet? Er kann hellsehen, was?»

«Ich —»

«Sie haben ihm den Brief selbst angeboten!»

«Nein!»

«Warum haben Sie ihn dann nicht längst verbrannt?»

«Hören Sie auf, Herr Holden», sagte Nina erschöpft, «das hat alles keinen Sinn. Er will Geld.»

Worm rang die schmalen Künstlerhände, er spielte seine Rolle mit großem Ernst: «Ich bin in einer verzweifelten Lage... ich will den Brief Liebling nicht geben... darum bin ich hier...»

«Warum?»

«Er will das Geld von mir», sagte Nina.

«Nur weil ich es unbedingt brauche! Dir macht es nichts aus... du bist eine reiche Frau...»

«Hör auf.»

«Ja», sagte ich, «es ist besser, Sie hören auf.»

Danach schwiegen wir alle eine Weile.

Dann fragte ich: «Wo ist der Brief?»

«In meinem Koffer. In der Gepäckaufbewahrung auf dem Bahnhof.» Schnell und feige: «Den Aufgabeschein habe ich nicht bei mir.»

«Sie müssen ihn bezahlen», sagte ich zu Nina.

«Ich habe kein Geld.»

«Verkaufen Sie Schmuck.»

«Meinen ganzen Schmuck hat der Anwalt geholt.»

«Du hast Freunde», sagte Worm. «Leih dir das Geld.»

«Zwanzigtausend. Sie sind ja wahnsinnig», sagte ich.

«Das bietet Liebling. Rufen Sie ihn an.»

Nina sagte: «Es hat keinen Sinn. Ich kann nicht einmal die Hälfte auftreiben. Mach, was du willst. Verschwinde.»

«Halt», sagte ich. «Und Ihr Mann? Und der Prozeß?»

«Herr Holden ist vernünftig, Nina.»

«Halten Sie das Maul», sagte ich, und sogleich hob er wieder einen Arm vor das Gesicht.

Nina sagte: «Steig aus. Ich ertrage dich nicht mehr. Gib mir ein paar Stunden Zeit. Ich will sehen, was ich tun kann.»

«Mein Zug geht um Mitternacht. Ich muß ihn nehmen. Liebling wartet nur bis morgen mittag. Ich wohne in der Pension Elite.»

Damit öffnete Worm den Schlag und ging durch den Regen zu der kleinen Gaststätte hinüber.

Wir sahen ihm nach.

Das Gewitter zog südwärts, der Himmel hellte sich auf.

«Verzeihen Sie mir», sagte Nina.

Ich nickte.

«Verzeihen Sie, daß ich Sie geschlagen habe. Verzeihen Sie mir alles, Herr Holden. Es tut mir alles leid.»

Ich nickte.


Zu Hause ging sie in ihr Zimmer, und ich ging in die Küche, wo Mila für Herrn Brummer wieder einmal einen Apfelkuchen buk.

Ich sah ihr zu, und von Zeit zu Zeit schlug die Glocke des Telephons an. Sie schlug jedesmal, wenn Nina in ihrem Zimmer den Hörer abhob, um eine neue Nummer zu wählen.

Ich ging in mein Zimmer und legte mich auf das Bett und überlegte viele Dinge. Um acht Uhr aß ich mit Mila in der Küche. Noch immer schlug die Telephonglocke an. Einmal läutete sie richtig. Ninas Stimme klang sehr müde: «Bitte, gehen Sie nicht zu Bett, Herr Holden, es ist möglich, daß ich Sie noch brauche.»

So spielte ich mit Mila Canasta, und weil wir nur zu zweit spielten, hatte jeder von uns schrecklich viele Karten zu halten, und ich dachte an viele Dinge und verlor.

«No, Herr Holden, wollens noch eine Partie riskieren?»

«Nein», sagte ich, «ich muß ein bißchen an die Luft hinausgehen, sonst schlafe ich ein.»

Im Park war es sehr warm. Am See lärmten viele Frösche. Der Himmel war jetzt klar, ich sah die Sterne. Ich ging auf dem Kiesweg zwischen der Villa und der Straße auf und ab und rauchte. Die Luft war nach dem Gewitter sehr sauber, ich atmete tief und fühlte mich friedlich. So hatte ich mich gefühlt, nachdem das Urteil über mich verkündet worden war, als endlich alles feststand.

Nun stand auch alles fest, dachte ich.

Ich ging ins Haus zurück und über die knarrende Treppe hinauf in den ersten Stock, vorbei an dem Bauern-Brueghel, den Bäumen von Fragonard, der Susanne von Tintoretto.

Nina saß an einem Tisch beim Fenster, den Kopf in die Hände gestützt. Das Telephon stand vor ihr. Alle Lampen brannten im Zimmer, die weiß-goldenen Möbel leuchteten. Nina trug einen sandfarbenen Rock und einen stumpfgelben Pullover. Ihr Gesicht war ohne Schminke, die Lippen waren grau, unter den Augen lagen schwarze Schatten.

«Was wollen Sie, Herr Holden?»

«Ist es Ihnen gelungen, das Geld aufzutreiben?»

«Viertausend Mark. Auf eine Antwort warte ich noch. Aber es ist ja auch erst halb elf.» Sie sagte: «Ich kann nur meine Freundinnen fragen, nicht die Männer. Das ist eine sehr große Summe. Meine Freundinnen bemühen sich wirklich, aber wer hat soviel Geld?»

Ein Fenster stand offen, die Frösche lärmten am See, lärmten sehr laut, der Nachtwind bewegte den Vorhang, und ich sah alle Dinge sehr klar, die goldenen Rosenblätter der Tapete, Ninas kleine Ohren unter dem blonden Haar, den schwarzen Punkt auf ihrer linken Wange, als ich sagte: «Ich habe den Rest.»

Sie schüttelte den Kopf.

«Doch», sagte ich. «Sie müssen jetzt an sich denken.»

«Es ist Ihr Geld.»

«Ich habe es für eine schmutzige Sache bekommen. Warum soll ich es für eine schmutzige Sache nicht wieder hergeben?»

Sie schwieg.

Ich sagte: «Ich liebe Sie. Ich will nicht, daß Ihnen etwas geschieht.»

«Wie können Sie mich lieben, nach allem ... nach allem, was ich getan habe?»

«Das weiß ich auch nicht», sagte ich. «Aber ich liebe Sie.»

Sie ging zu dem offenen Fenster und wandte mir den Rücken. «Zuerst habe ich gehofft, Sie würden kommen, Herr Holden, ich gebe es zu. In der Angst wird man skrupellos und unmoralisch, nicht wahr. Ich ... ich dachte, Sie würden etwas dafür verlangen ...»

«Und hätten Sie es mir gegeben?»

«Ja», sagte sie einfach. «Denn dann wäre es ein Geschäft gewesen und ich hätte gewußt, daß Sie mich nicht lieben.»

«Ich verlange aber nichts», sagte ich.

«Das heißt, Sie verlangen viel mehr.»

«Ich würde es verlangen», sagte ich, «wenn man so etwas verlangen könnte. Wie die Dinge liegen, kann ich es nur hoffen.»

Sie drehte sich um, ihre Augen wurden wieder sehr dunkel: «Nein», sagte sie. «Es ist unmöglich, daß ich Geld von Ihnen nehme.»

21

Um 23 Uhr 30 waren wir in der großen, windigen Halle der Gepäckaufbewahrung im Düsseldorfer Hauptbahnhof. Tiefgestaffelt standen Hunderte von Koffern auf Holzregalen. Es roch nach Rauch. Die Menschen hatten müde Gesichter. Ein kleines Kind weinte, denn es wollte schlafen. Auf einer Bank saßen, aneinandergelehnt, zwei Betrunkene. Nina trug einen hellen Mohairmantel und flache braune Schuhe. Sie hatte sich nicht mehr geschminkt. Sie stand dicht neben mir.

Fünf Minuten nach halb erschien Toni Worm, den Kragen des weichen blauen Mantels hochgeschlagen, den Hut in die Stirn gedrückt.

Nina stöhnte auf, als sie ihn sah.

«Ich kann nicht. Ich kann nicht ...»

«Sie müssen», sagte ich. «Ich weiß nicht, ob er mir den echten Brief gibt.» Indessen trat Worm zu einem Beamten und gab ihm den Schein für seinen Koffer. Vor einer dreiviertel Stunde hatte Nina in der Pension angerufen und sich mit Worm hier verabredet. Wir sahen, wie er seinen Koffer erhielt und ihn sofort einem Träger übergab. Der Träger verschwand. Worm kam zu uns. Er verschwendete jetzt keine Zeit mehr mit Heuchelei. Sein Zug ging in zwanzig Minuten, und das Geschäftliche mußte erledigt werden.

«Wir gehen ins Restaurant.»

Niemand antwortete ihm.

Hinter dem riesigen Träger — Worm hatte sich einen besonders großen ausgesucht — gingen wir den langen Gang, der unter den Schienensträngen des Bahnhofs entlangführte, zum Restaurant. Die Luft hier war schlecht, Rauch erfüllte den Raum und ein süßlicher Geruch nach Bier und Essen. Es saßen noch viele Menschen an den Tischen. Müde Kellnerinnen bedienten. Worm winkte dem Träger: «Hierher.» Er setzte sich an einen Tisch beim Ausgang. Am Nebentisch saß ein Polizist und trank Coca-Cola...

Ninas Gesicht war jetzt ganz ausdruckslos, die Augen waren leergeweint. Sie sprach kein Wort mehr.

«Wo ist das Geld?» fragte Worm.

«Sie bekommen es von mir», sagte ich.

Er öffnete den Koffer und holte den Brief hervor.

«Ist er das?» fragte ich.

Nina nickte, nachdem Worm den Briefbogen aus dem Kuvert gezogen und beides hochgehalten hatte wie ein Zauberkünstler Zylinder und Kaninchen. Ja, es war der Brief, ich erkannte selbst Ninas zittrige Spinnwebeschrift auf dem Umschlag wieder...

Ich nahm ein Bündel Banknoten aus der Tasche, die violetten Fünfzigmarkscheine, die ich von dem kleinen Doktor Zorn erhalten hatte. Ich begann zu zählen, und bei jedem Schein fühlte ich einen Stich in der Schulter, als stieße mir jemand eine Nadel ins Fleisch, dreihundert Nadeln insgesamt...

Die Scheine häuften sich vor dem hübschen Jungen, der beim Mitzählen lautlos die Lippen bewegte. Als ich etwas über zweihundert Scheine gezählt hatte, sagte der Polizist am Nebentisch: «So was sollte unsereinem mal passieren!» Worm nickte ihm leutselig zu, und ich zählte weiter bis dreihundert und paßte scharf auf den Brief auf, der zwischen uns lag. Gleichzeitig griffen wir danach, nach Geld und Brief.

«Achtung», sagte eine Lautsprecherstimme, «der Fernschnellzug nach Hamburg über Dortmund, Bielefeld und Hannover fährt in fünf Minuten auf Gleis dreizehn ab. Wir wünschen gute Fahrt.»

Worm steckte das Geld ein und stand auf, und ich stand auch auf.

«Sie bleiben sitzen», sagte er leise. Er wandte sich an den Polizisten: «Ach, Herr Wachtmeister, würden Sie den Herrschaften

wohl freundlicherweise erklären, wie man von hier zur Kreuz-
straße kommt?»

«Aber gerne.» Der Polizist rückte näher.

«Herzlichen Dank», sagte Toni Worm. Er verneigte sich vor
Nina, die zu Boden blickte. Dann ging er eilig zum Ausgang. Es
war nicht möglich, ihm zu folgen und ihn draußen in der Dunkelheit niederzuschlagen, was ich mir vorgenommen hatte. Der Polizist saß direkt neben mir und verbreitete sich höflich: «Also,
wenn das Bierglas der Bahnhof ist, dann kommen Sie hier 'raus
auf den Wilhelmplatz. Den gehen Sie 'runter bis zur Bismarck-
straße. Die gehen Sie drei Block 'rauf, dann links...»

Toni Worm hatte den Ausgang erreicht. Das mit dem Polizisten
war ein guter Trick gewesen. Die Glasscheiben der Drehtür blitzten auf. Worm war verschwunden. Mit ihm mein Geld.


2 2


«Ich muß etwas trinken», sagte Nina. Wir waren aus dem Hauptbahnhof auf den verlassenen Platz davor getreten, und sie
schwankte und hielt sich plötzlich an meinem Arm fest. «Ich muß
sofort etwas trinken. Mir ist... so elend... ich habe das Gefühl,
dauernd brechen zu müssen, wenn ich an ihn denke...»

«Denken Sie nicht an ihn...»

«Ich muß etwas trinken. Dann werde ich müde und kann schlafen und muß nicht mehr daran denken...» Sie fiel gegen meine
Brust und begann zu weinen. Ich hielt sie fest und sah über ihren
Kopf hinweg auf den leeren Platz mit den Regenlachen hinaus,
in denen das Licht der Bogenlampen schwamm. Sie schluchzte,
und ich hörte sie sagen: «Ich gebe es Ihnen wieder... irgendwie
verschaffe ich es mir... Sie bekommen alles zurück. Dieser Schuft,
dieser Schuft...»

Ich legte meine Lippen auf Ninas Haar und sah auf den weiten
Platz hinaus. Es gab noch viele Regenlachen. Das Licht der Bogenlampen spiegelte sich in ihnen...

In dieser Nacht waren wir in vielen Lokalen. Keinen ganz guten.
In den guten war Nina zu bekannt. Wir tranken überall Whisky,
und Nina hielt es nirgends lange aus. Nach kurzer Zeit schon wurde sie unruhig und wollte fort.

«Ich bekomme hier keine Luft, lassen Sie uns gehen», sagte sie
dann, oder: «Diese Musik macht mich wahnsinnig, man versteht
sein eigenes Wort nicht.» So zog ich mit ihr durch die Stadt, und

wir waren ein seltsames Paar: sie ungeschminkt, mit flachen Absätzen, in Pullover und Kostümrock, ich in Chauffeursuniform. Viele Menschen starrten uns an, um so mehr, als Nina noch ein paarmal weinte. Dann sagte sie: «Nehmen Sie die Buchstaben fort, Holden.»

Also zog ich die Nadeln mit den goldenen Buchstaben J und B aus dem Jackenrevers und ließ die Chauffeursmütze im Wagen, als wir in das nächste Lokal gingen. Das war eine kleine Bar in der City, auf den Tischen brannten Kerzen, elektrisches Licht gab es nicht. Ein Mann spielte Klavier. Und ich war jetzt ein Gast in einem blauen Anzug, mit weißem Hemd und blauer Krawatte, ein Gast wie jeder andere. «Hier ist es hübsch», sagte Nina. «Hier wollen wir bleiben.» Sie war jetzt ein bißchen beschwipst, aber sie wurde nicht müde.

In dieser Bar bedienten nur Mädchen.

«Whisky, bitte», sagte ich.

«Das ist ein hübsches Mädchen, Holden.»

«Ja.»

«Sie hat Sie mit großem Interesse angesehen.»

«Nein.»

«Doch. Gefällt sie Ihnen nicht?»

«Nein.»

«Ach, Holden.»

Der Whisky kam.

«Sie sind ein hübsches Mädchen», sagte Nina, «wie heißen Sie?»

«Lilly, gnädige Frau.»

«Das ist ein hübscher Name, Lilly.»

«Danke, gnädige Frau», sagte das Mädchen.

«Wollen wir nicht nach Hause fahren?» fragte ich.

Sie nahm meine Hand. «Ich fürchte mich so vor zu Hause. Da bin ich allein in meinem Zimmer. Nein, noch nicht nach Hause. Ich bin nicht betrunken, wirklich nicht. Ich ... ich fühle mich schon viel besser, Holden. Wissen Sie, ich bin froh, daß das passiert ist. Ich sage die Wahrheit. Ich ... ich habe noch immer an ihn gedacht und mich nach ihm gesehnt. Immer noch. Jetzt ist es vorbei.»

«Wirklich?»

«Wirklich, ganz wirklich.»

«Ich liebe Sie.»

«Also wollen Sie doch etwas.»

«Ja», sagte ich. «Natürlich.»

«Sie sind ehrlich.»

Ich war auch schon beschwipst: «Wir gehören zusammen. Einmal werden Sie das einsehen. Es hat keine Eile. Ich kann warten.»

«Wie lange können Sie warten?»

«Sehr, sehr lange. Auf Sie.»

«So viele hübsche Mädchen, Holden. Sehen Sie Lilly an.»

«Ich will Sie.»

«Verrückt. Das ist verrückt, was wir beide reden.» Aber ihre Hand blieb auf der meinen, und sie sah mich plötzlich fragend an, so fragend, daß mir heiß wurde: «Jetzt haben *Sie* den Brief...»

Ich holte ihn aus der Tasche und sagte: «Ich würde ihn gerne lesen.»

Sie wurde rot wie ein junges Mädchen. «Nein!» Dann sah sie meinen Gesichtsausdruck und sagte still: «Lesen Sie ihn.»

«Jetzt will ich nicht mehr.» Ich hielt den Brief über die Kerze, und er verbrannte mit gelber Flamme, züngelnd und rußend. Ich wartete, bis er ganz verbrannt war, dann ließ ich die schwarze Hülle in den Aschenbecher fallen und zerstörte diese mit einem Sektquirl. «Und schreiben Sie nie mehr Briefe.»

«Auch Ihnen nicht?»

«Keinem Menschen. Denn alle Menschen können einem Böses tun.»

«Haben Sie viele Frauen gehabt im Leben?»

«Nicht sehr viele.»

«Holden.»

«Ja?»

«Ich habe ziemlich viele Männer gehabt.»

«Wollen wir noch etwas trinken?»

«Ach, Holden, Sie sind so nett.»

«Ich bin verliebt», sagte ich. «Da ist es kein Kunststück.»


23


In der Bar mit den Kerzen blieben wir.

Der Klavierspieler ließ fragen, ob es Lieder gäbe, die er für uns spielen könnte, und Nina wünschte sich das Lied aus dem Film «Moulin Rouge» und fragte, ob ich mit ihr tanzen wollte.

«Ich tanze sehr schlecht.»

«Das glaube ich nicht.»

«Doch, es ist wahr.»

«Kommen Sie», sagte Nina. Es war jetzt drei Uhr morgens, und außer uns saßen nur noch vier Paare an den Tischen. Wir waren das einzige Paar, das tanzte. «Sie sollten Ihr Gesicht nie schminken», sagte ich. «Es ist viel schöner ohne Schminke. Als ich Sie zum erstenmal sah, waren Sie ungeschminkt. Und ich verliebte mich sofort in Sie.»

«Wann war das?»

«Sie wissen nichts davon. Sie lagen bewußtlos im Krankenhaus, und ich sah durch die Fensterscheibe Ihrer Zimmertür.»

«Nein.» Sie war entsetzt.

«Der Arzt machte gerade eine Injektion mit einer langen Nadel, direkt ins Herz.»

«Sie haben mich *nackt* gesehen?»

«Ja.»

«Whenever we kiss», sang der Klavierspieler, «I worry and wonder...»

«Ich muß schrecklich ausgesehen haben...»

«Ja», sagte ich, «schrecklich.»

«...your lips may be near, but where is your heart...», sang der Klavierspieler, und wir drehten uns langsam im Kreis.

«Holden?»

«Ja?»

«Haben Sie auch den Leberfleck gesehen?»

«Welchen Leberfleck?»

«Unter der linken... auf meiner linken Körperseite. Er ist *furchtbar* häßlich. Ich habe schon alles getan, um ihn zu entfernen. Er ist mindestens so groß wie der Nagel meines kleinen Fingers. Sie *müssen* ihn gesehen haben.»

«Ich habe auch einen. An der linken Wade.»

«Ach, Holden...»

«Ich glaube, Sie sind jetzt über den Berg.»

«Ja, vielleicht. Ich... ich möchte mir doch die Lippen schminken.»

«Bitte nicht.»

«Ich habe aber einen Lippenstift bei mir.»

«Nein, ich will nicht», sagte ich und trat ihr ungeschickt auf den Fuß: «Verzeihung. Ich kann wirklich nicht tanzen.»

«Es war meine Schuld. Kommen Sie, trinken wir noch etwas.»

Also tranken wir noch etwas, und sie fragte: «Wundern Sie sich, daß ich nicht betrunken werde?»

Ich nickte.

«Wenn ich unglücklich bin, werde ich nie betrunken.»

«Ich wünschte, Sie wären schrecklich betrunken.»

«Ach, Holden.»

Es kam eine alte Frau mit Blumen in die Bar, und Nina sagte: «Nicht.»

«Doch», sagte ich. Und ich kaufte eine einzige rote Rose.

Die hübsche Lilly brachte ein Glas und schnitt den Rosenstiel kürzer und stellte die Blume ins Wasser.

*der Steg*

«Haben Sie noch die andere?» fragte ich.

Nina begann zu lachen. «Wissen Sie, wo die jetzt ist? In einem Banktresor. Der Anwalt hat doch meinen ganzen Schmuck geholt!»

«Jetzt lachen Sie wieder», sagte ich.

Um fünf Uhr schloß die Bar. Als wir auf die Straße hinaustraten, schien schon die Sonne. Der Himmel war noch sehr blaß, aber es war schon sehr warm. Auf der Fahrt zum Rhein sahen wir Zeitungsfrauen und Milchjungen. Nina saß neben mir und hielt meine Rose in der Hand. Wir hatten beide Fenster herabgelassen. Die Luft war wundervoll nach dem Gewitter. Lange Zeit sprachen wir nicht. Erst als wir den Strom erreichten, sagte sie: «Ich will nicht nach Hause.»

«Sie müssen.»

«Ich will nicht allein sein. Wenn ich allein bin, muß ich wieder an alles denken. Frühstücken Sie mit mir.»

«Jetzt?»

«Mir ist etwas eingefallen. Fahren Sie stromaufwärts. Da habe ich einmal ein Boot gesehen, mit einem kleinen Lokal. Auf einer Tafel stand, es wäre Tag und Nacht geöffnet.»

Die Chaussee war an vielen Stellen noch naß, aus den alten Bäumen fielen Tropfen auf das Wagendach, und Vögel sangen in den Zweigen. Nach einer Viertelstunde erreichten wir das Boot. Es war weiß gestrichen und besaß einen Aufbau mit großen Glasscheiben, der wie ein Espresso eingerichtet war. Auf dem Deck standen ein paar Tische und Stühle. Die Tische trugen buntkarierte Tücher, die Stühle waren rot gestrichen.

Über einen schmalen Steg gingen wir an Bord und setzten uns in die Sonne. Eine Luke öffnete sich, und ein alter Mann erschien. An diesem Mann war vieles weiß: das Hemd, die Schürze, die Hose, die Haare und die Bartstoppeln. Er trug eine Stahlbrille und lächelte amüsiert.

«Morgen, die Herrschaften.» Er kam heran, betrachtete uns und stellte fest: «Verliebt und übriggeblieben. Kenne ich. Muß man eine feste Unterlage schaffen.» Er ließ uns nicht zu Wort kommen, sondern traf von selber das Arrangement des Frühstücks: «Nehmen wir Bohnenkaffee, Butter, Brot, und jeder drei Eier in der Pfanne mit'm ordentlichen Happen Schinken. Vorher Orangensaft. Ist gut für Sie, meine Dame, hören Sie auf einen alten Mann, man muß eine Unterlage haben.» Damit verschwand er wieder in der Luke. Wir hörten ihn unten in der Küche rumoren.

«Sieht aus wie Hemingway», sagte ich.

«Kennen Sie seine Bücher?»

«Alle.»

Wir sagten im Chor: «In einem anderen Land.»

*die Luke*

Ich sagte: «Haben Sie Liebesgeschichten gern?»

«Ja», sagte sie leise. «Sehr.»

Und sah schnell auf das Wasser hinaus. Der Strom war eine einzige große Silberfläche. Ein Schlepper mit drei Frachtbooten zog vorbei. Wir hörten das Tucktucktuck seiner Maschine und sahen den schwarzen Rauch aus dem Schornstein schräg zum Himmel steigen. Möwen flogen tief über dem Wasser. Sie bewegten die Schwingen langsam und sahen sehr elegant aus. Unser Boot bewegte sich schwach im Wellengang des Schleppers. Die Haltetaue ächzten. Ich legte meine Hand auf Ninas Hand, und so saßen wir, bis der alte Mann das Frühstück brachte. Der Kaffee roch herrlich, und die Eier brutzelten vergnügt in kleinen Kupferpfannen. Schinken schwamm zwischen ihnen. Der Orangensaft war sehr kalt. Das Brot war dunkel, ganz frisch, in seine Rinde waren Kümmelkörner eingebacken. Und auf dem Butterwürfel saßen kleine Wassertropfen... Wir aßen hungrig, und jetzt sahen wir uns auch an und lächelten. Der alte Mann kam mit einer neuen Kanne Kaffee und goß die Tassen wieder voll und lächelte gleichfalls.

«Sind Sie allein hier?» fragte Nina.

«Ich habe zwei Angestellte. Die gehen am Abend. Nachts bin ich allein, ja.»

«Aber wann schlafen Sie?»

«Ich schlafe nur ganz wenig, eine halbe Stunde oder so. Mehr kann ich nicht, seit Dresden.»

«Haben Sie den Angriff —»

«Ja. Seither bin ich allein. Hat die ganze Familie erwischt. Ich hatte Glück. Nur daß ich nicht mehr schlafen kann seither. Da habe ich das Boot gekauft. Ist ein gutes Boot. Nachts kommen interessante Leute. Und ich bin gerne am Wasser, ich denk immer, wenn's mal wieder brennt, wissen Sie...» Er schlurfte fort, freundlich, unrasiert, entrückt.

«Holden?»

«Ja?»

«Wie soll das weitergehen mit uns?»

«Ich weiß nicht.»

«Aber es ist Wahnsinn... es ist doch alles Wahnsinn...»

«Sie haben eine so schöne Haut. Wenn wir einmal zusammenleben, werde ich Ihnen verbieten, sich überhaupt noch zu schminken.»

Gegen sechs Uhr kamen wir nach Hause.

Auf den Stufen vor dem Eingang lag die Morgenzeitung. Ihre Schlagzeile lautete:

SENSATIONELLE WENDUNG IM FALLE BRUMMER:

HERBERT SCHWERTFEGER DECKT GEMEINES KOMPLOTT AUF

## 24

14. September.

«Herr Holden, hier spricht Zorn. Ich beziehe mich auf unsere letzte Unterredung. Ich bat Sie damals um etwas, Sie wissen, worum?»

«Ich weiß, worum.»

«Die Sache hat sich inzwischen zu meiner Zufriedenheit erledigt. Der Herr, von dem ich Ihnen erzählte, hat sich eines Besseren besonnen.»

«Das freut mich.»

«Ich sehe noch nicht ganz klar, was vorging — aber es ist schließlich nur das Endresultat wichtig, nicht wahr. Sie können den Auftrag, den ich Ihnen gab, als erledigt ansehen.»

«Ist recht.»

«Noch etwas. Sie werden morgen eine Aufforderung erhalten, Doktor Lofting zu besuchen.»

«Wer ist das?»

«Der Untersuchungsrichter. Die jüngsten Ereignisse haben ihn natürlich verwirrt. Er hat das Bedürfnis, Ihnen Fragen zu stellen.»

«Das ist verständlich.»

«Eben. Sie müssen seine Fragen wahrheitsgetreu beantworten, Herr Holden.»

«Gewiß.»

«Sie müssen sagen, was Sie wissen, alles, was Sie wissen. Haben Sie mich richtig verstanden?»

«Ich habe Sie richtig verstanden, Herr Doktor. Ich muß dem Untersuchungsrichter alles sagen, was ich weiß.»

## 25

«Ich weiß nichts», sagte ich. «Es tut mir leid. Ich weiß überhaupt nichts.» Im Zimmer des Doktor Lofting waren die Vorhänge geschlossen, um die Hitze draußen zu halten. Es war kühl und dunkel im Raum, an den Wänden standen Regale mit vielen Büchern. Doktor Lofting, groß und schlank, saß mir in einem altmodischen Lehnstuhl gegenüber. Er sprach leise, hatte ein bleiches Gesicht, große, traurige Augen und schwere, schwarze Hautsäcke darunter. Er sah aus wie ein Nachtarbeiter und besaß einen weichen, schöngeschwungenen Mund, der zu einem Künstler gehörte, einem leidenschaftlichen Liebhaber, und ein Liebhaber war er, der Doktor Lofting, er liebte die Gerechtigkeit.

Still sagte er: «Ich bin davon überzeugt, daß Sie lügen.»

Ich schüttelte den Kopf.

«Hier lügen alle», sagte Lofting. Vor ihm lag ein halb Meter hoher Stapel von Akten. Auf ihn legte Lofting eine bleiche, langfingrige Hand mit von Nikotin verfärbten Nagelkuppen. «Das hier ist das Belastungsmaterial gegen Herrn Brummer. Er ist schuldig, das wissen Sie, wie ich es weiß.»

«Ich weiß es nicht, ich weiß gar nichts.»

Leise fuhr er fort: «Herr Brummer hat Handlungen begangen, die das Gesetz bestraft. Viele Menschen haben in diesem Zimmer gegen ihn ausgesagt, Herr Schwertfeger, Herr Liebling, Herr von Butzkow, um nur ein paar zu nennen. Nun widerrufen sie alle. Stück um Stück widerrufen sie ihre Aussagen.»

Ich hob die Schultern und ließ sie fallen.

«Sie wissen es nicht, Herr Holden. Sie haben sich entschlossen, auf die Seite des Unrechts zu treten und nichts zu wissen.»

«Ich muß dagegen protestieren, daß —»

«Nein», sagte er still, «Sie müssen nicht protestieren, Herr Holden. Nicht vor mir. Ich durchschaue Sie. Ich durchschaue alles, was geschieht in diesem Fall. Man kann nichts tun. Noch nicht, Herr Holden. Einmal wird man etwas tun können, das weiß ich. Und es wird noch zu meinen Lebzeiten sein. Hier geschieht Unrecht. Es kann nicht währen. Frohlocken Sie nicht, wenn es so aussieht, als ob Herr Brummer nun als Sieger aus diesem Kampf hervorgehen würde. Er geht nicht als Sieger hervor — man wird ihn richten, einmal.»

«Es tut mir leid, aber ich kann Ihnen nicht helfen, Herr Doktor. Ich weiß nichts. Und von dem, was Sie sagen, verstehe ich auch nur die Hälfte.»

«Sie waren im Gefängnis —»

«Ich wurde begnadigt. Sie haben kein Recht, mir die Vergangenheit vorzuhalten.»

«Ich halte sie Ihnen nicht vor. Ich appelliere an Ihre Einsicht. Gehen Sie den Weg, den Sie beschritten haben, nicht weiter. Noch ist es Zeit. Wenn Sie aussagen, besitze ich genug Macht, um Sie zu schützen.»

«Ich habe nichts auszusagen.»

«Herr Holden, was geschah am 22. August auf der Fahrt nach Berlin?»

«Nichts. Es war heiß.»

«Kennen Sie einen Mann namens Dietrich?»

«Nein.»

«Wer schlug Sie in Ihrem Zimmer zusammen?»

«Fremde Kerle.»

«Warum?»

«Sie glaubten, ich hätte irgendwelche Dokumente.»

«Was für Dokumente?»

«Das weiß ich nicht.»

«Waren es Dokumente, mit denen Herr Brummer seine Feinde erpressen konnte?»

«Das weiß ich nicht.»

«Sind Sie bereit, diese Aussage zu beeiden?»

«Natürlich.»

«Sie können gehen, Herr Holden, Sie sind unbelehrbar.»

Ich stand auf und verneigte mich und ging zur Tür. Als ich mich umdrehte, sah ich, wie der Untersuchungsrichter das bleiche Gesicht in den bleichen Händen vergrub, mit einer Gebärde der Erschöpfung, der Resignation und des Ekels, und es war dunkel in seinem Zimmer und kühl.

## 26

17. September.

«Herr Holden, hier spricht Zorn. Es ist jetzt 12 Uhr 30. Fahren Sie zum Flughafen hinaus. Beim Schalter der Pan American liegt ein Ticket für Sie. Nach Berlin. Ihre Maschine geht um 15 Uhr.»

«Die gnädige Frau —»

«Ist von mir verständigt worden. In Berlin steigen Sie im Hotel am Zoo ab. Da ist ein Zimmer für Sie reserviert.»

«Und?»

«Nichts und. Sie fliegen nach Berlin und kommen morgen mit der 13-Uhr-Maschine wieder. Ich wünsche, daß Sie heute abend mehrere Bars besuchen und große Zechen machen. Wir verrechnen das natürlich. Laden Sie ein Mädchen ein. Betragen Sie sich auffällig und großzügig. Das ist alles.»

Als ich mich von Nina verabschiedete, sagte sie schnell: «Ich bringe Sie zum Flughafen.» Dann wurde sie rot. «Das ist unmöglich. Was rede ich denn?»

«Ich wäre sehr glücklich», sagte ich.

Sie überlegte ernsthaft. «Wenn uns jemand sieht, kann ich sagen, ich hätte Sie begleitet, um den Wagen zurückzubringen. Warum sehen Sie mich so an?»

«Sie wären bereit, meinetwegen zu lügen!»

«Bitte nicht. Nicht darüber sprechen. Ich . . . ich fahre mit Ihnen – und wir sprechen nicht darüber.»

«Einverstanden.»

Im Wagen saß Nina neben mir.

«Was ist eigentlich der Sinn dieser Reise?»

«Der Untersuchungsrichter bohrt noch immer in Berlin herum. Da ist mittlerweile aber auch *nichts* mehr zu holen. Ich nehme an, Zorn will darum die Untersuchung in eine falsche Richtung lenken. Deshalb soll ich mich auffällig betragen und in Bars gehen.»

«Mit einem Mädchen.»

«Das wünscht der Anwalt.»

«Kennen Sie ein Mädchen in Berlin?»

«Nein.»

«Was werden Sie also machen?»

«Ich werde allein in die Bars gehen und mit den Mädchen trinken, die dort sitzen.»

«Es gibt viele hübsche Mädchen in Berlin.»

«Ich werde allein gehen.»

«Was ist das überhaupt für ein Gespräch? Es geht mich nichts an, was Sie in Berlin tun! Amüsieren Sie sich ruhig, Herr Holden.»

«Ich werde allein gehen und an Sie denken.»

«Bitte nicht. Wir wollten nicht davon sprechen.»

«*Sie* wollten nicht. Ich werde an Sie denken. Ich denke immer an Sie.»

Vor dem Flughafengebäude verabschiedete ich mich. Nina fuhr los, und ich stand in der grellen Sonne und winkte. Sie mußte mich im Rückspiegel beobachten, denn sie winkte auch, so lange, bis der Wagen in einer Kurve verschwand. Ich ging in die Halle hinein und holte mein Ticket. Es war noch Zeit, und so setzte ich mich auf die Terrasse hinaus und trank Kaffee und sah Maschinen starten und Maschinen landen. Alle Menschen hatten fröhliche Gesichter, weil das Wetter so schön war, und alle waren freundlich. Bunte Fahnen flatterten an hohen Masten im Wind, auf dem Rasen graste eine Schafherde. Ich begann die Tiere zu zählen und entdeckte drei schwarze, und dann entdeckte ich, daß eines davon ein schwarzer Hund war.

Ich trank Kaffee und stützte mein Kinn mit der rechten Hand, denn diese duftete noch nach Ninas Parfum, vom Abschied her. Ich schloß die Augen, und sie stand vor mir in verschiedenen Kleidern und lachte und lief, und hörte zu und war ernst, und tat alles, was ich wünschte in meiner Phantasie.

«Achtung, bitte. Pan American World Airways bitten alle Passagiere ihres Fluges 312 nach Berlin, zum Schalter der Gesellschaft zu kommen.»

Beim Schalter der Gesellschaft stand eine hübsche Stewardeß, die wartete, bis alle Passagiere eingetroffen waren.

«Meine Damen und Herren, wir bedauern, mitteilen zu müssen, daß sich wegen einer Reparatur an der Maschine der Abflug nach Berlin um drei Stunden verzögert. Wenn Sie es wünschen, bringen wir Sie in einem Omnibus noch einmal in die Stadt. Der Abflug erfolgt also um 18 Uhr. Danke.»

Ein paar Leute waren ungehalten, aber den meisten war es egal, und mit einigen von jenen, denen es egal war, fuhr ich in die Stadt zurück. Ich lief ein bißchen herum und sah Auslagen an, und dann nahm ich ein Taxi und fuhr zum Rhein. Ich dachte jetzt dauernd an Nina, und immer wieder hob ich die rechte Hand zum Mund, aber der Duft verflog, er war schon fast nicht mehr wahrnehmbar. Ich fuhr zu dem weißen Boot. Hier wollte ich in der Sonne sitzen und auf das Wasser hinaussehen, denn ich hatte Zeit, und ich war sehr sentimental.

«Warten Sie», sagte ich zu dem Chauffeur, als ich ausstieg. Im gleichen Moment begann mein Herz rasend zu schlagen, denn ich sah den schwarz-roten Cadillac, der unter einem alten Baum parkte.

Auf dem Deck des Bootes plauderten fröhliche Menschen an den bunten Tischen. Ich sah Nina sofort. Sie saß am Ende des Bootes, mit dem Rücken zu den anderen, den Kopf in die Hände gestützt, und sah auf das Wasser hinaus.

Ich ging zu ihr, und als sie die Schritte hörte, drehte sie sich um, griff sich ans Herz und öffnete den Mund, aber sie konnte nicht sprechen. Ich setzte mich und erklärte, daß meine Maschine Verspätung hatte, und sie legte eine zitternde Hand auf den Mund.

«Ich... ich bin so furchtbar erschrocken, als ich Sie sah. Ich dachte, Ihre Maschine wäre abgestürzt und Sie wären tot... Es war so unheimlich. Plötzlich standen Sie da. Jetzt... jetzt geht es schon wieder.»

Ihre Augen wurden wieder ganz dunkel. Der Strom glitzerte im Licht, es gab an diesem Tag viele Schiffe auf dem Rhein. Ich sagte: «Sie sind hier.»

«Ja.»

«Ich mußte immer an Sie denken.»

«Nicht.»

Ich neigte mich vor und küßte ihre Hand.

«*Bitte* nicht.»

Ich richtete mich auf.

«Wann geht Ihr Flugzeug?»

«Um sechs.»

«Jetzt ist es vier. Wenn ich Sie bringe, haben wir eine ganze Stunde.»

«Sie wollen mich *noch einmal* zum Flughafen bringen?»

Sie nickte stumm.

Also schickte ich das Taxi fort, und als ich zum Tisch zurückkam, begegnete ich dem alten Mann mit den weißen Hosen und dem weißen Hemd. Er war wieder unrasiert und erkannte mich sofort.

«Ein Augenblickchen, mein Herr. Die Getränke sind schon unterwegs.»

Nina sagte scheu: «Ich habe etwas zu trinken bestellt. Denken Sie, der alte Mann hat Whisky. Und einen Eisschrank.»

«Fein», sagte ich. «Wir werden Whisky trinken, mit Eis und Soda, und die Eiswürfel werden klirren, und die Gläser werden sich beschlagen, und wir werden in der Sonne sitzen und uns ansehen, eine ganze Stunde lang.»

«Es ist verrückt.»

«Was ist verrückt?»

«Alles, was geschieht. Ihr Flugzeug. Der Whisky. Alles.»

## 27

In Berlin war es langweilig. Als ich nach der Landung zur Paßkontrolle kam, stellte ich die Richtigkeit meiner Theorie über den Sinn dieser Reise fest. Der Beamte ließ meinen Paß sinken, sah mich an, dann wieder den Paß, und zögerte.

«Etwas nicht in Ordnung?»

«Oh, durchaus, gewiß, ich danke sehr», sagte er zu freundlich. Ich ging weiter und drehte mich nach zwanzig Schritten schnell um und sah, wie er eben nach einem Telephon griff. Doktor Lofting paßte wirklich auf. Ach, aber wie vergeblich war das doch! Abends ging ich in vier Bars. In der vierten lud ich eine Rothaarige ein und gab viel Geld aus, was nicht schwer war, denn die Rothaarige hielt mich für einen reichen Bürger aus dem Westen und wünschte sich Sekt, aber französischen. Sie war langweilig und sehr erstaunt, als ich sie gegen ein Uhr heimbrachte. Ob ich krank wäre, fragte sie, und ich sagte ja, und sie meinte, das täte ihr leid. Um halb zwei Uhr lag ich in meinem Bett, und am nächsten Tag flog ich zurück nach Düsseldorf. Ich dachte den ganzen Flug lang darüber nach, ob Nina wohl auf mich warten würde, vor der Landung war ich ganz pessimistisch, und als ich sie dann erblickte, war ich darum sehr glücklich.

Wir sprachen überhaupt nicht miteinander. Erst im Wagen sagte sie: «Ich habe mich in meinem ganzen Leben noch nicht so benommen.»

«Wie?»

«So ... so unlogisch ... ich wollte Sie gar nicht abholen. Ich dachte, Sie könnten nur auf falsche Gedanken kommen.»

«Auf falsche?»

«Auf ganz falsche. Aber dann sagte ich mir wieder: Er ist so nett. Er hat dir so geholfen, wir sind beide erwachsen. Warum soll ich ihn *nicht* abholen?»

«Richtig, gnädige Frau.»

«Es ist doch *wirklich* nichts dabei.»

«Aber ich bitte Sie. Es ist die natürlichste Sache von der Welt, daß eine Dame ihren Chauffeur abholt, wenn er von einer Reise zurückkehrt.»

«Seien Sie nicht frech!» Aber sie lachte.

«Darf ich noch etwas hinzufügen?»

«Nein.»

«Verzeihung.»

«Fügen Sie es hinzu.»

«Sehen Sie bitte darin, daß ich Ihnen Geld gab, keinen Grund, sich nicht in mich verlieben zu können.»

Aber das war kein guter Satz. Sie antwortete nicht, und drei Tage lang blieb sie danach förmlich, unnahbar und fremd. Ich fragte mich, wie lange das weitergehen sollte und konnte. Ich wurde nicht mehr klug aus Nina. Vielleicht war sie wirklich nur dafür dankbar, daß ich ihr das Geld gab, und hatte die Verpflichtung verspürt, nett zu mir zu sein — für eine Weile.

Aber warum war sie dann auf den Flughafen gekommen, und warum, vor allem, war sie allein zu unserem Boot hinausgefahren? Warum, verflucht?

Ich wurde immer nervöser in diesen Tagen. Dann kam der 29. September, und danach begannen die Ereignisse sich zu überstürzen. Es fing damit an, daß Peter Romberg mich einlud, ihn wieder einmal nach dem Abendessen zu besuchen. Ich bat Nina, mir freizugeben, und kaufte wieder eine Bonbonniere für Mickey und Blumen für Frau Romberg. Das kleine Mädchen lag schon im Bett, als ich kam. Die Bonbons nahm sie ernst entgegen.

«Danke.»

«Was hast du denn, Mickey?»

«Wieso?»

«Du schaust mich so komisch an. So ... so böse.»

«Du mußt dich irren, Herr Holden, ich schaue nicht böse.» Aber das tat sie. Das schwarze Haar fiel ihr auf die winzigen Schultern, die winzigen Hände lagen auf der Bettdecke, und sie sah mich böse, böse an, während sie sagte: «Außerdem darf ich nicht darüber reden.»

«Nanu», sagte ich. Peter Romberg, der neben mir stand, nahm mich am Arm und führte mich in sein Arbeitszimmer. Frau Romberg schloß alle Türen und setzte sich zu uns. Der Polizeifunk lief. Romberg stellte den Apparat laut ein, die Uhr des Senders klopfte monoton.

«Damit sie nichts hört», sagte Romberg.

«Sie lauscht nämlich bestimmt», sagte seine Frau.

«Bestimmt», sagte er, «aber so kann sie nichts verstehen.»

«Was ist denn geschehen?» fragte ich.

Die beiden sahen einander an, und ihre freundlichen Augen hinter den starken Brillengläsern wurden verlegen.

«Trinken wir erst mal einen Kognak», sagte Romberg.

Wir tranken, und der Sprecher des Polizeifunks meldete eine Schlägerei in einer Kneipe am Dom, und Düssel sieben wurde entsandt, um den Frieden wieder herzustellen.

«Es ist eine seltsame Geschichte», sagte Romberg. «Bitte, bekommen Sie sie nicht in die falsche Kehle.»

«Herrgott noch einmal», sagte ich, denn ich war schon nervös genug, «nun *erzählen* Sie schon endlich!»

«Kommen Sie einmal zum Schreibtisch», sagte Romberg. Ich trat neben ihn. Auf dem vollgeräumten Tisch lagen nebeneinander sieben Photos. Sechs von ihnen zeigten verschiedene Frauen, alte und junge. Das siebente Photo zeigte Mickey und mich im Park von Brummers Villa. Es war am Morgen von Ninas Heimkehr aus dem Krankenhaus aufgenommen worden. Wir lachten auf dem Bild. Umflutet von Sonnenschein, standen wir zwischen den Blumenbeeten, und Mickey hatte sich in mich eingehängt.

Von den Frauen auf den sechs anderen Photos kannte ich eine. Da ich sie erkannte, wurde mir kalt, und klebrig, langsam und scheußlich kam die Angst gekrochen. Ich wußte noch nicht, warum ich mich fürchtete und wovor. Sie war auf einmal da, die Angst. Und langsam kroch sie in mir hoch.

«Kennen Sie eine dieser Frauen, Herr Holden?»

«Keine», log ich.

«Dann begreife ich überhaupt nichts mehr», sagte Frau Romberg ratlos. Ihr Mann sagte nichts. Er sah mich nachdenklich an. Und ich sah die Photos an, und besonders das eine, das die Frau zeigte, die ich kannte, die junge, hübsche, dumme Hilde Lutz. Da stand sie, in einem Pelzmantel, ohne Hut, und lachte. Es war ein abgegriffenes Photo, Romberg mußte es irgendwo gefunden haben, er war Reporter, es war sein Beruf, Dinge zu finden ...

«Sie kennen bestimmt *keine* dieser Frauen?»

«Nein. Wer sind sie?»

Frau Romberg sagte seufzend: «Herr Holden, Sie erinnern

sich doch daran, wie böse ich mit Mickey war, als Sie das letzte-mal hier saßen...»

Ich nickte, und es irritierte mich unendlich, zu fühlen, wie Romberg mich ohne Unterlaß ansah, mit kühlem, wissenschaftlichem Interesse. So betrachtete ein Gelehrter ein seltsames Phänomen, das er sich nicht — noch nicht — erklären konnte. Und ich, das Phänomen, wußte, daß ich durchaus nicht unerklärlich war. Während der Sprecher des Polizeifunks der Besatzung von Düssel sieben einen Arzt und eine Ambulanz versprach, weil es bei der Kneipenschlägerei am Dom zwei Verletzte gegeben hatte, sagte Frau Romberg:

«...damals meldete der Polizeifunk, daß diese junge Frau aus dem Fenster gesprungen sei, wie hieß sie gleich —»

Das ist zu plump, dachte ich und sagte: «Ich erinnere mich nicht mehr an den Namen.»

«Hilde Lutz», sagte Romberg, der so saß, daß ich ihn nicht sehen konnte.

«Möglich», sagte ich. «Ich erinnere mich, wie gesagt, nicht mehr.»

«Peter fuhr hin, und Mickey kam plötzlich zu uns und behauptete, diese Hilde Lutz gesehen zu haben, nicht wahr?»

«Richtig», sagte ich und spielte jetzt den Mann, der sich zerstreut erinnert, «angeblich war es diese Hilde Lutz, die in den Mercedes hineinfuhr.»

Die Angst. Die Angst. Ich hatte nicht um mich Angst, ich hatte Angst, daß diesen Menschen etwas zustieß, ihm, ihr, dem Kind. Sie wußten nicht, auf welchem Boden sie sich bewegten, auf welchem verräterischen, schwankenden Boden eines dunklen Sumpfes... Ich sagte: «Ja, ich erinnere mich wieder. Mickey muß da etwas verwechselt haben. Die Frau, die den Mercedes beschädigte, hieß Fürst. Olga Fürst.» Ein Glück, daß ich mir diesen erfundenen Namen gemerkt hatte.

Ein Glück?

«Als mein Mann heimkam, erzählte ich ihm die Geschichte. Er sprach am nächsten Tag ernst mit Mickey. Er ermahnte sie, das ewige Flunkern zu lassen. Aber sie weinte und tobte, und es war nichts zu wollen, nein, nein, nein, die Frau hieß Hilde Lutz! Dann gab es Hausarrest. Und Tränen. Am Abend redeten wir noch einmal mit ihr. Aber sie blieb dabei. Sie regte sich so furchtbar auf, die Kleine, daß sie sich erbrach. Reine Galle. Vor Aufregung. Es war ein Problem für uns, Herr Holden, ein echtes Problem...»

«Düssel elf und Düssel fünfundzwanzig. Nachtwächter meldet verdächtige Geräusche im Warenhaus Storm, Tegetthoffstraße, Ecke Wielandstraße.»

«Tagelang herrschte eine schreckliche Spannung. Das hatte es noch nie gegeben! Wir waren immer so glücklich miteinander gewesen. Wir gaben ihr jede Chance, sich zu entschuldigen, zuzugeben, daß sie geflunkert hatte. Ohne Erfolg. Dann, gestern, machte mein Mann dieses Experiment...» Frau Romberg brach ab und sah zu Boden.

Ich drehte mich um und sah ihren sommersprossigen Gatten an.

Er goß wieder unsere Gläser voll, er sprach stockend, ehrlich verzweifelt über die Situation. «Sie sagen, Sie kennen keine dieser Frauen.»

«Nein.»

«Diese hier ist Hilde Lutz.»

«Die aus dem Fenster sprang?» Ich spielte meine idiotische Rolle.

«Ja, die.»

«Woher haben Sie das Photo?»

«Ein Kriminalbeamter hat es mir geschenkt. Ich besorgte es mir, als wir mit Mickey nicht mehr weiter wußten. Um Gottes willen, denken Sie nicht, daß ich spionieren wollte!»

«Wer denkt das?» fragte ich und antwortete mir selber: Ich.

«Aber ich mußte mit Mickey ins reine kommen! So nahm ich denn dieses Photo der Lutz und legte es zwischen fünf andere Frauenphotos, und dann rief ich Mickey ins Zimmer. Du behauptest also, die Hilde Lutz gesehen zu haben, dann sag mir doch, ob ihr Bild unter diesen sechs Bildern ist. Und ohne zu zögern, zeigte Mickey auf eines. Es war das richtige Bild, Herr Holden.»

Jetzt sahen sie mich beide an.

Ich schwieg.

Die Uhr des Senders tickte, und ich hoffte, der Sprecher würde sich melden, aber er meldete sich nicht.

Ein Riesengerüst hat der kleine Doktor Zorn aufgebaut. Intrigen und Gegenintrigen. Zeugen und Gegenzeugen. An alles hat er gedacht. Nur nicht an das verletzte Gerechtigkeitsempfinden eines Kindes. Ein kleines Kind gefährdet nun die gewaltigen Konstruktionen, die hochfahrenden Pläne, Brummers Freiheit, unser aller Zukunft.

Ein kleines Kind.

Ich stand auf.

«Ich muß jetzt gehen.»

«Warum?»

«Weil ich Ihre Fragen nicht beantworten kann.»

«Herr Holden», sagte der sommersprossige Reporter, «ich war auf dem Einwohnermeldeamt. Es gibt in Düsseldorf zweiundzwanzig Frauen, die Fürst heißen. Nur zwei von ihnen heißen

Olga. Ich habe beide besucht. Die eine ist fünfundsiebzig und gelähmt, die andere ist Mannequin. An dem fraglichen Tag war sie in Rom.»

«Ich habe Sie gern. Sehr gerne. Hören Sie auf mich. Vergessen Sie das alles. Denken Sie nicht mehr daran. Sie bringen sich ins Unglück, wenn Sie es nicht vergessen. Glauben Sie mir!»

Sie sahen mich an, und dann sahen sie einander an, und zuletzt sagte Frau Romberg mütterlich: «Wir wollen nicht mehr davon sprechen. Aber bitte bleiben Sie bei uns.»

Es war sinnlos, soviel Mühe wir uns alle gaben. Die Konversation war qualvoll, die Atmosphäre voll Mißtrauen, bald unerträglich. Nach einer halben Stunde ging ich. Niemand hielt mich zurück.


## 28

«Holden?»

Ich hatte das Garagenhaus beinahe erreicht, da hörte ich Ninas Stimme. Als Silhouette stand sie im erleuchteten Fenster ihres Zimmers. Ich ging über den Rasen zur Villa hinüber, und sie sagte leise: «Kommen Sie herauf.»

Im Haus brannte kein Licht, aber draußen schien der Mond, und in seinem Widerschein ging ich die knarrende Treppe hinauf. Nina saß auf dem Rand ihres Bettes, als ich eintrat. Sie trug ein rotes, langes Hemd und einen schwarzen Morgenrock darüber. Auf dem Tischchen neben ihr stand ein Aschenbecher. Er war voll.

«Doktor Zorn hat angerufen. Er war sehr aufgeregt. Er hat mir gratuliert.»

«Wozu?»

«Mein Mann wird entlassen. Gegen eine Kaution von fünfhunderttausend Mark.»

Mein Mund war trocken, meine Hände waren eiskalt.

«Wann?»

«Morgen nachmittag.»

Ich schwieg. Was konnte ich erwidern?

«Jetzt haben Sie erreicht, was Sie wollten.»

Das hatte ich gerade selber überlegt. Ich hatte es erreicht. Aber es stimmte nicht, daß ich es wollte.

«Ich bat Sie damals, ihm die Dokumente nicht auszuhändigen.»

«Ich war in einer Zwangslage, ich konnte — nein», unterbrach ich mich, «Sie haben recht, ich hätte die Dokumente nicht ausliefern *müssen*. Da wären allerdings Konsequenzen gewesen, wenn ich mich geweigert hätte. Und die wollte ich nicht auf mich nehmen. Ich wollte meine Freiheit.»

«Und Geld.»

«Und Geld, ja.»

Wir sahen uns an, und wir sprachen miteinander wie Feinde, schlimmer, wie Freunde. Wo war jene Vertrautheit, die uns schon verband? Miteinander gelacht hatten wir schon, uns eins gefühlt im Einverständnis über viele Dinge, wie weit war unsere Beziehung schon gediehen — und jetzt war plötzlich alles aus, vorbei, niemals gewesen?

«Wenn er nun kommt, ist er unbesiegbar, Holden. Sie kennen ihn nicht. Sie wissen nicht, wie er ist, wenn er sich mächtig fühlt und unbesiegbar. Sie werden ihn jetzt kennenlernen.»

«Man muß sich damit abfinden. Leute wie er *sind* eben unbesiegbar.»

«Durch Sie! Durch Sie! Sie erst haben ihn unbesiegbar gemacht, Holden! Sie trifft die Schuld, Sie können sich nicht von ihr befreien!»

«Was heißt Schuld? Was heißt befreien? Ich wollte auch mal 'ran an den großen Wurstkessel.»

Sie sagte leise: «Ich bin nicht besser. Ich habe ihn geheiratet, ohne ihn zu lieben. Um reich zu sein. Für Pelze, schöne Kleider, Schmuck. Ich will mich nicht herausreden. Sie und ich, Leute wie wir, machen Leute wie ihn unbesiegbar. Und sind darum ebenso schuldig wie er.»

«Was wird geschehen? Was werden Sie tun?»

«Das weiß ich noch nicht.»

«Sie *wissen* es nicht?»

«Nein. Wir wollen uns doch nichts vormachen. Sie haben sich ihm bereits ergeben, ich stehe noch vor dieser Entscheidung. Lassen Sie mich jetzt allein, Holden.»

«Gute Nacht», sagte ich unglücklich.

«Gute Nacht», sagte sie, und dann tat sie das Schlimmste: sie gab mir die Hand, als wären wir jetzt Kameraden, nicht Liebende, wie ich es ersehnte, nein, Kameraden in demselben Boot, in dem Boot der Verdammten. Trocken und kühl war ihre Hand, kühl und trocken.

Ich konnte nicht schlafen in dieser Nacht. Vom Bett aus sah ich durch mein Fenster das ihre. Das Licht in ihm erlosch nicht. Zweimal erblickte ich ihre Silhouette, als sie in den dunklen Park hinabsah. Um drei Uhr morgens schlief ich doch ein und erwachte schweißgebadet wieder um vier, die Sonne schien schon, und das Licht in Ninas Zimmer brannte immer noch. Viele Vögel begannen zu singen, und ich dachte an das Boot, das Boot der Verdammten...

Am nächsten Tag tat ich, was Doktor Zorn mir telefonisch aufgetragen hatte: Bei unserem Polizeirevier holte ich einen Kriminalbeamten in Zivil ab, dessen Aufgabe es war, Brummers Heimkehr zu sichern. Der Mann wartete schon auf der Straße. Er setzte sich neben mich und war ungemein schweigsam. Nun fuhr ich in die Stadt und holte den kleinen Anwalt ab. Zorn trug einen schwarzen Anzug und eine grasgrüne Weste. Er war sehr nervös, wie ein Mann, der befürchtet, daß das Gelingen seines kühnen Planes in letzter Minute noch durch die Dummheit anderer gefährdet werden könnte.

Als wir das Untersuchungsgefängnis erreichten, stieg er aus und sprach mit den beiden Polizisten, die hier Wache hielten. Sie öffneten das große Tor und dirigierten mich mit dem Wagen in einen düsteren Innenhof. Hier warteten etwa dreißig Männer. Ich sah wieder Kameras und Tonapparaturen, Mikrophone und Kabel. Die Männer saßen und standen herum, rauchten und langweilten sich. Es sah aus, als würden sie schon ziemlich lange warten.

Der Tag war trüb geworden, im Hof gab es wenig Licht, darum hatten die Reporter große Scheinwerfer mitgebracht. Der schweigsame Kriminalbeamte und Doktor Zorn gingen fort, und ich entdeckte unter den Reportern den sommersprossigen Peter Romberg. Ich grüßte freundlich. Er verneigte sich ernst, aber er kam nicht heran.

«Romberg!» rief ich.

Man wurde aufmerksam, und darum trat er näher. Er war verlegen, aber verschlossen: «Guten Tag.»

«Warum kommen Sie nicht zu mir?»

«Ich wußte nicht, ob es Ihnen angenehm ist.»

«Was ist das für ein Quatsch», sagte ich hilflos. «Haben Sie die Geschichte noch nicht vergessen, noch *immer nicht*?»

Er schüttelte den Kopf: «Sie sind ein anständiger Mensch, Herr Holden, und ich glaube, Sie wissen, was hier gespielt wird.»

«Gespielt wird?»

«Ich bin auf einer Spur. Ich sehe noch nicht sehr viel. Aber ein wenig sehe ich schon. Sie sind loyal gegen Herrn Brummer, wie die Mila. Darum sprechen Sie nicht alles aus, was Sie wissen. Aber ich finde die Wahrheit, ich finde sie ...»

«Sie sind wahnsinnig», sagte ich erbittert. «Was geht Sie die Wahrheit an?»

«Die Wahrheit geht jeden an!»

In diesem Moment flammten die Scheinwerfer auf und erhellten den düsteren Hof strahlend wie eine Filmdekoration. An den vergitterten Fenstern waren, gespenstisch weiß, die Gesichter von Neugierigen aufgetaucht, von Sträflingen und Beamten, Gerichteten und Richtern. Sie alle starrten auf die drei Männer herab, die jetzt durch eine schmale Stahltür in den Hof traten und nebeneinander stehenblieben: der kleine Anwalt, der schweigsame Kriminalbeamte, Julius Maria Brummer.

«Einen Augenblick!» rief Zorn und hob die Hände. Er reichte Brummer eine große dunkle Brille, die dieser aufsetzte. Massig und fett stand er da, das bleiche Gesicht gedunsen, die Lippen des winzigen Mundes fahl. Auf der rosigen Glatze spiegelte sich das Licht der Scheinwerfer. Brummer trug den blauen Anzug, ein weißes Hemd, eine silberne Krawatte. Er sprach kein Wort. Zorn rief gereizt: «Es können Aufnahmen gemacht werden!»

Kameras begannen zu surren. Blitzlichter flammten. Die Verschlüsse von Leicas klickten. Vor der Stahltür spielte sich diese Pantomime ab: Zorn schüttelte Brummer die Hand. Brummer schüttelte dem Kriminalbeamten die Hand. Zorn lachte. Der Kriminalbeamte lächelte verlegen. Brummer verzog keine Miene.

Unheimlich sah er aus, wie er da stand. Dieser sonst lächerlich verfettete Koloß eines Mannes, jetzt wirkte er wie ein Sinnbild der Rache. Ich komme, um euch allen alles zu vergelten...

Weiter surrten die Kameras. Ein Mann mit einem Handmikrophon trat vor. Es wurde still im Hof. Der Mann begann zu sprechen:

«Herr Brummer, im Namen meiner Kollegen von Presse, Funk, Fernsehen und Wochenschau bin ich beauftragt, ein paar Fragen an Sie zu richten.»

Verächtlich schloß sich Brummers winziger Mund. Mit der Hand machte er eine hochmütige, herrische Bewegung zu dem Anwalt hin. Dieser sprach: «Herr Brummer beantwortet keine Fragen. Ich bitte, sich an mich zu wenden, ich bin sein Rechtsvertreter. Sie haben fünf Minuten.»

«Brummer soll reden», schrie einer.

«Wir haben wenig Zeit», meinte der kleine Anwalt kalt.

«Herr Doktor Zorn», sagte der Mann mit dem Mikrophon, «bedeutet die Enthaftung Ihres Mandanten, daß das Verfahren gegen ihn eingestellt wurde?»

«Das Verfahren wurde nicht eingestellt. Noch nicht. Jedoch ist das angebliche Belastungsmaterial so sehr zusammengeschmolzen, daß das Gericht es nicht länger verantworten kann, meinen Mandanten in Haft zu halten.»

«Kann man aus der Tatsache, daß Sie auch die Rechtsvertretung des Industriellen Schwertfeger übernommen haben, ableiten, daß Ihre beiden Mandanten ihre Interessen vereinigt haben?»

«Das kann man daraus ableiten, ja.»

Jemand lachte.

Der kleine Anwalt sagte, sich in den Kragen des Hemdes greifend: «Wir werden gegen neun Tageszeitungen, eine bekannte Illustrierte und zwei Rundfunkstationen Verleumdungsklage erheben, weil diese alle in unwahrer und gehässiger Form über meinen Mandanten berichtet haben. Weitere Klagen können folgen.»

«Wodurch schmolz das Belastungsmaterial derart und derart rasch zusammen?»

«Kein Kommentar.»

Jemand war neben mich getreten, der Untersuchungsrichter Lofting. Gebückt und mager stand er da, die Hände in den Taschen des zerdrückten Anzugs, bleich und traurig. Die Hautsäcke unter den Augen waren an diesem Tag besonders dunkel. Ich verneigte mich stumm, und auch er verneigte sich. Wir standen im Schatten, hinter den Scheinwerfern, hinter den Kameras...

«Wurde die Untersuchung unparteiisch und ohne Beanstandung geführt?»

«Vollkommen. Im Namen meines Mandanten und in meinem eigenen möchte ich dem Untersuchungsrichter, Herrn Doktor Lofting, für sein faires, einwandfreies und rücksichtsvolles Vorgehen danken. Ich mö-möchte sagen, daß in diesem Fall gerade der Untersuchungsrichter einer äußerst schwierigen Aufgabe gegenüberstand. Im übrigen bedaure ich, meine Herren. Die fünf Minuten sind um. Der Wagen, bitte!»

«Guten Tag», sagte ich zu Lofting.

«Auf *Wiedersehen*», sagte er still, «denn wir werden uns wiedersehen, Herr Holden, verlassen Sie sich darauf!»

Ich fuhr im Schritt in das gleißende Licht hinein, der kleinen Stahltür entgegen. Hier stieg ich aus und öffnete den Schlag.

Aufrecht, massig und gewaltig stand Julius Maria Brummer nun vor mir, als er mir die Hand schüttelte, kräftig und lange. Mich würgte der Ekel hoch oben in der Kehle, aber ärger als der Ekel hielt mich die Angst gepackt. Ich dachte an Ninas Worte. Dieser Mann war jetzt wirklich unbesiegbar geworden, durch mich, durch mich.

Ein Reporter schoß sein Blitzlicht aus nächster Nähe ab, so daß ich geblendet die Augen schloß. Im nächsten Moment war Peter Romberg wieder in der Menge der anderen verschwunden.

Die drei Männer stiegen nun in den Wagen, ich folgte als letzter. Die Kameras schwenkten uns nach, das grelle Licht der Scheinwerfer traf den Rückspiegel und blendete mich noch einmal, und jetzt traf es auch den Doktor Lofting, an dem wir vorüberfuhren. Der Doktor Lofting lächelte. Und vor diesem Lächeln mußte ich mich abwenden, denn ich ertrug es nicht.

## 29

«Zu Hause alles in Ordnung, Holden?»

«Jawohl, Herr Brummer.»

Wir fuhren durch die Stadt. Ich war froh, daß Brummer im Fond saß. So konnte er mein Gesicht nicht sehen, ich hatte es nicht sehr in der Gewalt, dieses Gesicht.

«Meine Frau gesund?»

«Jawohl.»

«Mila? Das alte Puppele?»

«Alles in Ordnung, Herr Brummer.»

So hatte ich ihn noch nie sprechen hören: herrisch, fordernd, unerbittlich. Ein Offizier sprach so, irgendein großes Tier im Generalstab. Was diese Stimme befahl, hatte zu geschehen ohne Widerspruch, nicht, weil der Träger dieser Stimme mächtig, nein, weil so mächtig war, was hinter diesem Träger stand.

«Wird viel für Sie zu tun sein in der nächsten Zeit, Holden.»

«Jawohl.»

«Berlin, Hamburg, Frankfurt, Wien. Dauernd auf der Achse.»

«Jawohl, Herr Brummer.»

Jawohl, Herr General. Großer Gott im Himmel!

Der kleine Anwalt sagte: «Herr Holden hat sich in jeder Beziehung vorbildlich betragen. Ich möchte ihm danken.»

«Das möchte ich auch», sagte Brummer. «Aufrichtig und von ganzem Herzen. Ich werde es nie vergessen.»

Der schweigsame Kriminalbeamte sah mich traurig von der Seite an, aber er sagte kein Wort. Ich erreichte den Rhein und fuhr nordwärts. Das Wetter wurde immer schlechter, Wind kam auf und auf dem Wasser Nebel.

Auch vor dem Eingang zur Villa begannen Kameras zu rollen, als wir eintrafen, und Scheinwerfer blendeten und Blitzlichter zuckten. Ich konnte nur im Schritt fahren, denn viele Reporter sprangen dicht an den Wagen heran und photographierten in ihn hinein. Dann drängten die drei Polizisten alle zurück, das Tor wurde geschlossen, und wir glitten geräuschlos über den Kies zum Eingang der Villa.

Auf winzigen Füßen, graziös wie ein tanzender Ballon trotz seines gewaltigen Leibes, schritt Julius Maria Brummer die Stufen empor. In der Halle, in die ich als letzter folgte, kam ihm jaulend der alte Boxer entgegen, er sprang an Brummer empor, immer wieder, leckte ihm die Hände und stieß lange, schluchzende Laute der Freude aus.

«Puppele, mein altes Puppele...»

Mila trat in die Halle. Sie war ganz in Schwarz gekleidet und sehr bleich. Brummer schloß sie sofort in die Arme und küßte sie auf die Wange. Mila hob eine Hand und schlug auf Brummers Stirn das Zeichen des Kreuzes.

Über die Holztreppe kam Nina.

Brummer nahm die dunkle Brille ab und ging ihr entgegen. Sie trafen einander auf halber Höhe, blieben voreinander stehen und sahen sich lange in die Augen. Nina trug ein grünes Sommerkleid und hochhackige grüne Schuhe. Sie war sehr stark geschminkt und wirkte erschöpft.

Julius Maria Brummer legte einen Arm um ihre Hüfte, und gemeinsam schritten sie die Treppe empor und verschwanden in dem dunklen Gang, der zu ihren Zimmern führte.

«Missen entschuldigen, wenn ich heul, meine Herren, aber das is der glicklichste Tag in meinem Leben.»

Die nächsten acht Tage waren die schlimmsten in meinem Leben. Ich sah Nina, aber ich konnte nicht mit ihr sprechen. Ich fuhr sie hierhin und dorthin, aber er war dabei, allemal. Ich versuchte, Nina anzusehen, und sie sah weg. Sie redete nicht mit mir, nur er redete. Nina sah schlecht aus. Wenn sie lächelte, bemerkte man, daß sie zuviel Puder aufgelegt hatte. Die Haut war griesig.

Ich hatte wirklich viel zu tun. Brummer war dauernd unterwegs — zu Konferenzen, Ämtern, bei Gericht, beim Anwalt. Er rief nach mir zu den seltsamsten Zeiten, einmal um vier Uhr morgens. Da wollte er zur Hauptpost, einen Brief aufgeben, er selbst, persönlich, so wichtig war der Brief.

Mir war es gleich, wann er mich rief, denn ich konnte ohnehin nicht schlafen in diesen Nächten. Man mußte also nicht Dresden erlebt haben, es gab viele Dinge, die den Schlaf zerstörten. Ich lag auf dem Bett und sah zu Ninas Zimmerfenster hinüber. Manchmal war es bald dunkel, aber oft brannte das Licht lange, und manchmal erlosch es auch früh und flammte spät wieder auf, und ich dachte dann immer dasselbe, denn sein Schlafzimmer lag nebenan.

Ein neuer Diener, ein neuer Gärtner, zwei neue Mädchen wurden in diesen Tagen engagiert, aber ich sah wenig von ihnen, denn ich war dauernd unterwegs.

Am dritten Abend gab Brummer eine Gesellschaft. Dreißig Menschen waren geladen, er hatte sie mit Umsicht ausgesucht, es waren nur wichtige Männer darunter. Ich stand im Park, als die Wagen vorfuhren, einer nach dem anderen, es war ein warmer Abend. Nina und er empfingen die Gäste vor der Haustür. Sie trug ein silberdurchwirktes Abendkleid, viel Schmuck und eine Orchidee, er einen dunkelblauen Smoking mit einer roten Weste.

Es war wie ein Empfang bei Hof. Wagen um Wagen rollte an, Paar um Paar stieg aus und begrüßte Hausfrau und Hausherrn. Es war eine Justamenthandlung Brummers, eine Selbstbestätigung, ein gesellschaftlicher Kraftakt, denn es wurde dabei natürlich dauernd photographiert. Die Presseleute sollten sehen, *wer* seiner Einladung gefolgt war — immerhin nur drei Tage nach der Entlassung aus der Haft. Alle sollten es sehen, das ganze Land!

Der vierte Tag. Der fünfte Tag. Der sechste Tag.

Ich konnte mit Nina nicht sprechen. Wann immer ich sie sah, Brummer war dabei. Abends nahm ich Schlafpulver, aber sie wirkten nicht. Da kaufte ich Kognak, und der Kognak wirkte, aber nur für Stunden, dann war ich wieder wach und sah zu dem Fenster hinüber, und ob Licht in ihm brannte oder keines, beides war schlimm.

Am siebenten Tag beschloß ich, Brummer zu bitten, meine Kündigung anzunehmen. Ich wollte versprechen, unsere Geheimnisse zu wahren. Ich wollte ihm sagen, daß ich die Absicht hatte, mir mit dem Geld, das er mir gab, eine eigene Existenz aufzubauen. Er brauchte mich jetzt doch nicht mehr.

Ich mußte Nina vergessen und schnell, denn wenn ich blieb, gab es ein Unglück... Ich hatte mir das alles zu leicht vorgestellt. Es war wirklich Wahnsinn, Nina hatte recht: wie sollte, wie *konnte* sie mich lieben, mich, einen Menschen, den sie kaum kannte, von dem sie nichts wußte? Wahnsinn, ja, wirklich. Ich mußte verschwinden. Nina war auch nur eine Frau. Brummer schien — beinahe — rehabilitiert. Sie hatte ihn für Toni Worm verlassen wollen, aber sie hatte Toni Worm geliebt.

Warum sollte sie Brummer verlassen, *ohne* einen anderen Mann zu lieben?

Am achten Tag regnete es heftig. Ich brachte Brummer um halb neun in die Stadt, in sein riesiges Bürohaus. «Ach, Holden, ehe ich es vergesse, wir müssen morgen nach München. Lassen Sie den Wagen abschmieren und das Öl wechseln.»

«Jawohl.»

«Fahren Sie jetzt nach Hause zurück und holen Sie meine Frau ab. Sie muß irgendwohin. Ich brauche Sie vormittag nicht mehr.»

«Jawohl, Herr Brummer.»

Nina.

Nun würde ich sie sehen, allein. Und allein mit ihr sprechen können, zum erstenmal seit Tagen. Ich war schon überglücklich darüber, sie wieder zu sehen. Mit ihr allein zu sein, und wenn auch nur in diesem kalten, großen Wagen, am Vormittag, im Regen...

Sie trug ein schwarzweißes Pepitakostüm und Schuhe aus

schwarzem Krokodilleder. Eine ebensolche Tasche. Ein kleines, schwarzes Hütchen, ziemlich hoch, schief sitzend auf dem blonden Haar. Der neue Diener brachte sie im Schutz eines Regenschirms zum Wagen. Sie sprach nicht, solange er da war. Sie saß im Fond und schwieg, bis ich die Straße erreichte.

«Zum Boot», sagte Nina scheu. Sie wurde dabei rot. «Nur ganz kurz. Um zehn bin ich in der Stadt verabredet. Aber ich muß mit Ihnen reden.»

«Ich mit Ihnen, ich mit Ihnen!»

«Nicht im Fahren.»

«Nein», sagte ich, «das nicht.» Es war auch wirklich ganz unmöglich, ich war zu aufgeregt. Es bereitete mir Mühe, den Wagen ruhig zu halten.

Nina... Nina... Nina...

Diesmal gingen wir in die Kabine mit den großen Glasscheiben hinein. Wir waren die einzigen Gäste, auf das verlassene Deck prasselte der Regen. Der alte, unrasierte Mann erschien händereibend: «Die jungen Liebenden!»

Wir bestellten Kaffee und er verschwand. Der Strom war grau wie der Himmel und wie die Luft. Der Regen bildete auf dem Wasser einen Teppich von nervösen Punkten. Leise bewegte sich das Boot. Es war ganz still. Wir sahen uns an, und wenn ich acht Tage lang nicht gegessen hätte, ich wäre satt geworden vom Anblick ihrer Schönheit, so nahe, so nahe...

«Ich habe meinem Mann gesagt, daß ich ihn verlassen will.»

«*Nein.*»

«Doch. Gestern abend.» Sie sprach langsam und ruhig, wie jemand, der sich endlich, endlich zu etwas entschlossen hat. «Die letzten Tage waren furchtbar.»

«Auch für mich.»

«Sie haben mir einmal gesagt, man könnte mit einem Menschen leben, den man verachtet, Frauen hätten es besonders leicht. Das ist nicht wahr.»

Der Regen trommelte auf das Kabinendach, ich sah sie an und wurde glücklicher mit jedem Atemzug, mit jedem Herzschlag. «Er... er ist unmenschlich geworden. Er hält sich für einen Gott, es sind ihm alle untertan. Das Fest, Holden, wenn Sie die Menschen gesehen hätten, wie sie ihm schmeichelten, wie sie um seine Freundschaft warben, die Komplimente, die *ich* bekam!»

«Es ist das Geld, das viele Geld...»

«Ich will nichts mehr davon. Ich will nicht mehr teilhaben an seinem Reichtum und an seiner Schuld. Holden, es ist grauenhaft, er lebt, als ob niemals etwas geschehen wäre. Die Verbrechen, die er selbst mir gestanden hat — sie haben nie existiert! Er *spielt* nicht den Unschuldigen, Holden, er *ist* es, vor sich selber *ist* er unschuldig! Das habe ich ihm gesagt.»

«Was?»

«Alles, was ich Ihnen sagte. Ich bat um die Scheidung. Ich will kein Geld von ihm, nicht einen Groschen. Ich bin jung, ich kann arbeiten, ein Kind ist nicht da, Gott sei Dank! Ich sagte, wenn er es wünschte, würde ich vor Gericht die Schuld auf mich nehmen.»

«Und er?»

Der alte Mann aus Dresden, schlaflos und unrasiert, brachte den Kaffee, und wir warteten, bis er wieder verschwunden war.

«Und *er*?» wiederholte ich.

«Ach, er war wunderbar...»

«Wunderbar?»

«Er tat mir plötzlich leid, so großartig betrug er sich. Wissen Sie, ich bin wahrscheinlich wirklich der einzige Mensch, den er liebt. Er... er sagte, er könnte mich verstehen. Dann weinte er in meinen Arm. Wir sprachen lange, lange Stunden...»

«Ich sah das Licht. Ich stellte mir etwas anderes vor.»

«...er sagte, es wäre schrecklich für ihn, aber *er könnte mich verstehen*. Er wollte mich nicht halten gegen meinen Willen. Ich soll ihm nur Zeit geben, etwas Zeit. Er fährt morgen nach München. Ich soll ihn überlegen lassen bis zu seiner Rückkehr. Ach, Holden, ich bin so froh, daß ich alles ausgesprochen habe. Man muß die Wahrheit sagen, immer, es ist das Beste!»

«Wenn er Sie gehen läßt — was werden Sie tun?»

«Ich weiß noch nicht. Arbeiten. Mein eigenes Leben leben, ganz von vorne.»

«Und ich? Und wir?»

«Ich weiß es nicht, ich weiß nur, daß ich nicht mehr lügen will. Vielleicht, vielleicht daß wir uns einmal lieben — aber dann soll es eine Liebe sein, von der ein jeder wissen darf! Eine saubere Liebe. Ohne Gemeinheit, ohne Betrug. Ich will mir nicht mehr so dreckig vorkommen, so hurenhaft! Holden, es ist mir so wichtig, daß Sie mich verstehen: ich will *anständig* werden! Das ist mir wichtiger als Liebe...»

Sie wehrte sich, als ich sie küßte, aber nur kurz. Plötzlich hielt sie meinen Kopf mit beiden Händen fest und preßte sich an mich und erwiderte den Kuß mit einer Wildheit und Leidenschaft, die ich noch nie, noch nie erlebt hatte. Das hohe schwarze Hütchen fiel ihr vom Kopf. Das Boot schwankte unter uns leise, leise, wir hielten uns umklammert wie Ertrinkende, und ich begriff, daß einer der letzte Halt des andern war, der letzte Halt auf dieser Welt.

## 30

Düsseldorf. Köln. Bonn. Frankfurt. Mannheim. Karlsruhe.

So weit ging alles glatt. Es regnete heftig, aber man konnte gut sehen. Aus Rasthäusern bei Köln und Mannheim telephonierte Brummer mit Düsseldorf. Es war die Nummer seines Anwalts, die er verlangte, beide Male. In der Dämmerung erreichten wir Pforzheim. Hier im Süden bemerkte man den Herbst deutlicher, er kam sehr früh in diesem Jahr. Wir schrieben jetzt Anfang Oktober, aber in den Wäldern gab es schon gelbe, braune und rote Blätter, die Wiesen wurden fahl, und an Flüssen sahen wir lila Herbstzeitlosen zu Hunderten.

In den Feldern brannten Kartoffelfeuer, der Regen drückte ihren Rauch herunter. Abends kam der Nebel...

Vor der Autobahnraststätte Pforzheim sprang der alte, lahme Hund, der zwischen uns gelegen hatte, ungeschickt ins Freie und bellte eine Katze an. Durch den Regen gingen wir in das Restaurant hinein. Hier war es warm. Vier Fernfahrer spielten Karten, ein Musikautomat lief. Die Kellnerin, die uns bediente, war hübsch.

«Zwei Espresso und ein Gespräch nach Düsseldorf!» Wieder telephonierte Brummer mit Doktor Zorn. Ich trank den heißen Kaffee und sah in den Regen hinaus. Wenn Nina frei war, würden wir aus Düsseldorf fortgehen. Vielleicht nach München. Oder Hamburg. Wien. Es gab viele Städte. Wir waren zu alt für Kinder, wir würden allein bleiben. Eine Wohnung. Später vielleicht ein kleines Haus. Etwas Geld hatte ich noch, für den Anfang...

Brummer kam zurück.

«Unangenehme Sache.»

«Ist etwas passiert?»

«Ja. Wir müssen weiter.»

Im Wagen zündete er umständlich eine Brasil an. Der Nebel kam jetzt in Bewegung. Ostwind trieb die Schwaden quer zur Bahn. Ich mußte das Fenster an meiner Seite herunterkurbeln, denn die Scheiben beschlugen sich dauernd. Der Nebel roch nach Rauch und der Regen nach faulem Laub. Es lagen viele Blätter auf der Bahn. In den Wäldern vor Stuttgart sah ich nur noch den weißen Mittelstreifen und manchmal auch den nicht mehr. Ich ging auf dreißig Kilometer herunter. Der Hund schlief ein. Im Schlaf zuckte und stöhnte er manchmal. Vielleicht träumte er von der Katze.

«Kennen Sie Peter Romberg?» Brummer sprach mit der Brasil im Mund, ab und zu glühte die Aschenkrone auf.

«Ja.»

«Glückliche Familie, wie? Die Eltern sollen ja ganz verrückt sein mit der Kleinen.»

«Das ist richtig.»

«Würden alles tun für das Kind, was?»

«Sie erfüllen Mickey jeden Wunsch.»

«So meine ich es nicht. Ich meine: um das Kind nicht zu gefährden, würden sie alles tun, was man verlangt — oder?»

Jetzt fuhr ich nur noch zwanzig Kilometer. Der Wald wich zurück, links, auf schemenhaften Hügeln blitzten plötzlich viele Lichter. Das mußte Stuttgart sein. Wir sahen die Lichter nur eine Minute lang in einem Nebelloch, dann war wieder alles milchig und verhüllt.

«Ich verstehe Sie nicht, Herr Brummer.»

«Sie verstehen mich schon. Warum haben Sie dem Anwalt nichts davon erzählt? Es wäre Ihre Pflicht gewesen», sagte er weinerlich wie ein gekränktes, junges Mädchen.

«Woher wissen Sie —»

«Zorn. Ich habe eben mit ihm gesprochen. Viele Leute arbeiten für ihn, er hat seine Verbindungen überall. Dieser Romberg geht herum und quatscht. Seine Kleine. Hilde Lutz. Der Mercedes. Erzählen Sie mal, was da passiert ist.»

So erzählte ich alles. Er rauchte und hörte zu. Zuletzt quäkte seine hohe Stimme wieder gekränkt: «Und das haben Sie für sich behalten?»

«Ich hielt es nicht für wichtig», log ich.

«Nicht für wichtig!» Er lachte, es klang wie das Schnauben eines Schweins. «Wenn es Romberg gelingt, den Nachweis zu erbringen, daß Sie an jenem Tag bei dieser Lutz waren, wenn der Untersuchungsrichter etwas davon erfährt — Mann, der Anwalt hat meinen Fall wasserdicht, absolut wasserdicht gemacht! Und jetzt diese Panne. Kann man Romberg kaufen?»

«Ich glaube nicht.»

«Welche Beweise hat er?»

«Mickey. Sie schwört, den Namen Lutz gehört zu haben.»

«Kann man behaupten, das Kind wäre an diesem Tag nicht mit Ihnen zusammen gewesen?»

«Nein.»

«Warum nicht?»

«Ihre Frau, Romberg und Mila haben uns gesehen.»

«Romberg zählt nicht, der klagt an. Mila und meine Frau würden das Gegenteil behaupten.»

«Romberg hat uns photographiert, Mickey und mich.»

«Wo ist das Photo?»

«Er hat es.»

«Sie müssen das Photo und das Negativ beschaffen.»

«Er wird es mir nicht geben.»

«Sie haben diese Panne verursacht, Sie müssen —»

«Ich kann überhaupt nichts dafür!»

«Widersprechen Sie nicht! Das Photo werden Sie beschaffen, schnellstens, mit dem Negativ. Wenn er sie nicht hergibt — schön, Sie sagen, er hängt so an dem Kind. Wird also dem Kind etwas passieren.»

«Herr Brummer...»

«Was ist?»

«Ich wollte Sie bitten, meine Kündigung anzunehmen.»

Er nahm die Zigarre aus dem Mund und sah mich an.

«Ich... ich habe für Sie getan, was ich konnte. Sie haben mir dafür Geld gegeben. Ich möchte mir nun eine neue Existenz aufbauen. Sie müssen das verstehen, ich —»

Er begann zu lachen, lautlos zuerst. Der fette Leib zitterte. Er schüttelte sich vor Lachen. Pfeifend kam der Atem aus dem kleinen Mund, ja, er schnaubte beim Lachen asthmatisch wie ein Schwein, ein tückisches, fettes Schwein. Der Hund erwachte und begann zu winseln.

«Still, mein Puppele, still.» Er sagte grunzend: «Schlechte Nerven, Holden, was? Die Aufregungen. Kann ich verstehen. Wir sind alle nur Menschen. Schauen Sie meine Frau an.» Er lachte wieder, das fette Schwein lachte. «Meine Nina. Weiß Gott, wenn mich *ein* Mensch liebt, dann sie. Völlig verstört. Die Aufregung war zuviel für sie. Hat mir doch tatsächlich vorgeschlagen, sich scheiden zu lassen! Da staunen Sie, was? Ich meine, daß ich so offen darüber spreche. Warum antworten Sie nicht?»

«Der Nebel, Herr Brummer. Ich muß sehr achtgeben.»

«Geben Sie sehr acht, Holden.» Er grunzte und schnaubte beim Lachen. «Das ist recht, geben Sie nur sehr acht! Ja, ich erwähne das Beispiel meiner Frau, um Ihnen zu zeigen, wie wenig ihr alle im Moment Herr eurer Entschlüsse seid. Sie will sich scheiden lassen, Sie wollen kündigen, man könnte fast meinen, ihr hättet euch verabredet!» Er grunzte lange. «Nichts als Nerven. Nina schicke ich in den Süden zur Erholung. Ich war auch gar nicht aufgeregt, als sie mir den monströsen Vorschlag machte. Nahm sie nicht ernst. Kann sie verstehen, sagte ich. Was hätte ich sagen sollen? War auch bißchen viel. Ich habe ernstere Sorgen. Ich lasse mich nicht scheiden. Um nichts auf der Welt. Ich brauche sie. Beste Frau, die es gibt. Aber eben mit den Nerven herunter. Wie Sie, Holden. Darum nehme ich Sie auch nicht ernst.»

«Ich bitte Sie aber darum, Herr Brummer. Ich will fort von Ihnen.»

«Zurück ins Gefängnis?» fragte er, herzlich grunzend. «Was machen Sie denn, Holden? Mann, halten Sie den Wagen ruhig, wir waren jetzt fast auf dem Grünstreifen.»

«Sie wissen, *warum* ich im Gefängnis war?»

«Selbstverständlich.»

«Seit wann?»

«Schon lange. Warum?»

Meine Lippen klebten aneinander. Ich sagte mühsam, über das Steuer gebeugt: «Doktor Zorn behauptete, Sie wüßten es nicht...»

«Der gute Zorn.»

«Sie haben mir aber doch noch als Belohnung dreißigtausend Mark geschenkt —»

«Sagen *Sie*.»

«Bitte?»

«Ach, Holden, haben Sie uns alle für Idioten gehalten?» Jetzt nörgelte die wehleidige Stimme wieder. «Haben Sie für die dreißigtausend Mark eine Quittung unterschrieben, ja oder nein?»

«Ja.»

«Das habe ich auch erwartet. Sie sind nicht feiner als ich, Holden. Aber was wäre schon gewesen, wenn ich Sie damals im Gefängnis angeschrien hätte? Einen Mitarbeiter weniger hätte ich gehabt, sonst nichts, einen wertvollen Mitarbeiter, der mir danach weiter wertvolle Dienste leistete. Darum schrie ich nicht!»

Wir schwammen jetzt so sehr im Nebel, daß ich auf zehn Kilometer heruntergehen mußte. Seit einer halben Stunde war uns kein Wagen mehr begegnet.

«Und wie klug war das doch von mir, wenn ich zurückdenke, wie klug! Denn sehen Sie, Holden, wenn Sie jetzt unbedingt abhauen wollen, dann werden wir bekanntgeben, daß Sie uns um dreißigtausend Mark erpreßt haben. Mit der Herausgabe gewisser Dokumente. Sie können dann auch allerhand behaupten. Aber beweisen? Beweisen können Sie nichts. Sie haben die Dokumente nicht mehr. Wir aber, Holden, wir haben noch immer Ihre Unterschrift auf der Empfangsbestätigung. Als Sie das Geld nahmen, fragten Sie Doktor Zorn, wofür Sie es bekämen. Er sagte damals, daß er Sie vielleicht einmal um einen Gefallen ersuchen würde. Heute ersucht er Sie um diesen Gefallen. Er ersucht Sie, das bewußte Photo von Peter Romberg zu beschaffen. Und das Negativ.»

«Das kann ich nicht... das will ich nicht...»

«Das müssen Sie. Das werden Sie.»

«Lassen Sie mich gehen, Herr Brummer.»

«Sie bleiben, so wie meine arme Frau bleibt! Ihr wißt nicht, was gut für euch ist.»

«Wie lange... wie lange werden Sie mich zwingen, bei Ihnen zu bleiben?»

«Solange ich Sie brauche, Holden. Seien Sie nicht kindisch. Geht es Ihnen schlecht? Na also.»

# DRITTES BUCH

I

Déjà vu...

Schon einmal gesehen. Schon einmal gehört. Schon einmal erlebt. Kennen Sie dieses seltsame Gefühl des «Déjà vu», Herr Kriminalkommissar Kehlmann, für den ich diese vielen Blätter geduldig fülle, kennen Sie es? Sie gehen spazieren, am frühen Morgen, in einem kleinen Kurort. Leer die Straßen. Eine Ente im Sonnenschein. Ein weißes Haus mit bunter Kresse vor den Fenstern. Eine Leiter angelehnt. Ein Mädchen, blond, mit Umhängetuch. Sie fragen nach dem Weg zum Thermalbad. Und plötzlich ist Ihnen, als hätten Sie dieses Mädchen schon einmal gefragt, die Ente, die Leiter, die bunte Kresse schon einmal gesehen — und Sie wissen den Weg zum Thermalbad, bevor das Mädchen noch antwortet. Kennen Sie dieses Gefühl, Herr Kriminalkommissar?

In jener Nebelnacht im Oktober, zwischen Stuttgart und Ulm, auf der Autobahn, da überfuhr ich einen Hasen. Etwas klang an in meinem Gehirn, in meiner Erinnerung.

*Déjà vu...*

Ich hatte schon einmal einen Hasen überfahren in einer Nebelnacht, auf einer Autobahn. An der Elbe war das gewesen, hinter Coswig, auf der Fahrt nach Berlin. Damals, als Nina zwischen Tod und Leben schwebend im Krankenhaus lag. Damals, wenige Stunden bevor sie Brummer verhafteten.

*Déjà entendu...*

Schon einmal gehört.

Man wirft eine Münze in den Automaten und drückt auf den richtigen Knopf, und alle Münzen fallen heraus. Man überfährt einen Hasen — und alles fällt einem wieder ein, alles, was er damals sagte, Julius Maria Brummer...

«...nehmen Sie, wen Sie wollen, große Leute, kleine Leute... sie haben alle ihre Vergangenheiten, große Vergangenheiten, kleine Vergangenheiten, sie haben Angst, sie haben ein schlechtes Gewissen. Wissen Sie, was wir alle brauchten, Holden?»

Worte, gesprochen im Nebel, vor Wochen. Hinter der Elbe, hinter Coswig. Jetzt höre ich sie wieder, Wochen später, wieder im Nebel, hinter Stuttgart, vor Ulm. Ich höre sie wieder, die Worte.

«Ein Doppelgänger! Bei Gott, das wäre die Erfindung des Jahrhunderts! Ein zweites Ich, das alles auf sich nimmt, was man getan hat! Ein Doppelgänger! Die Idee müßte ich mir patentieren lassen!»

*Ein Doppelgänger* ...

Ich weiß nicht, ob Sie das kennen, Herr Kriminalkommissar Kehlmann — dieses Gefühl, wenn eine Idee von einem Besitz ergreift, wenn sie sich festsetzt in Gehirn und Blut, ich weiß nicht, ob Sie das kennen.

*Ein Doppelgänger* ...

Er gibt Nina nicht frei. Er gibt mich nicht frei. Neues Unglück wird entstehen. Wir werden niemals zusammenkommen, nein, niemals.

*Ein Doppelgänger* ...

«Ich lasse mich nicht scheiden. Um nichts in der Welt. Ich brauche Nina. Beste Frau, die es gibt ...»

Und wenn Herr Brummer plötzlich stirbt?

Ein schwaches Herz hat Julius Maria. Eine goldene Plakette hängt an seinem bleichen, schwammigen Hals. Und wenn er plötzlich stirbt?

Ein Doppelgänger tut es, nicht ich, beileibe.

Keine Schuld, keine Sühne.

Diese Tat habe ich nicht begangen, Hohes Gericht. Diese Tat hat ein anderer begangen, der aussieht wie ich; der spricht wie ich; der lebt wie ich; aber er ist böse, ich bin gut. Ihn muß man bestrafen, Hohes Gericht.

Ihn. Nicht mich.

So einen Doppelgänger habe ich nicht, es gibt ihn nicht, nein, es gibt ihn nicht.

Was heißt das eigentlich?

Eine Sache, die es nicht gibt, nennen die Menschen eine Sache, die sie noch nicht *erfunden* haben. Die Sache selber hat gar nichts dagegen, daß man sie erfindet!

So einen Doppelgänger gibt es also nur *noch* nicht. Ich weiß nicht, ob Sie das kennen, Herr Kriminalkommissar Kehlmann — dieses Gefühl, wenn eine Idee von einem Besitz ergreift, wenn sie sich festsetzt in Blut und Gehirn, ich weiß nicht, ob Sie das kennen ...

Zwischen Coswig und Berliner Ring, im Nebel, ließ Julius Maria Brummer die Idee entstehen. Im Nebel, Wochen später, zwischen Stuttgart und Ulm, nahm sie Gestalt an in meinem Gehirn. Er selber war ihr Vater — ihr Opfer nun, Julius Maria Brummer.

## 2

Es ist *schwierig*, Herr Kommissar, sich seinen eigenen Doppelgänger aufzubauen, aber es ist nicht *unmöglich*. Es ist eine Frage der Fähigkeit, real zu denken. Das muß man, wenn man ein irreales, grausiges Phantom schaffen will. Man muß klar und vernünftig überlegen, wenn man überzeugen will. Man muß den Widerwillen der Menschen vor allen unfaßbaren, metaphysischen Phänomenen einberechnen. Dazu ist es nötig, mathematisch vorzugehen. Jede einzelne Phase des Experimentes muß exakt vorbereitet werden. Niemals darf der Schatten eines Zweifels an der *Realität* des scheinbar Irrealen, scheinbar Unerklärlichen entstehen. Man kann das Denkvermögen anderer nur in Unordnung bringen, wenn man selber ordentlich zu denken vermag. Es ist schwierig, sich seinen eigenen Doppelgänger aufzubauen, Herr Kriminalkommissar, aber unmöglich ist es nicht ...

Nachdem ich in jener Nebelnacht beschlossen hatte, Julius Maria Brummer zu töten, ohne dabei den Gerichten eine Möglichkeit zu geben, mich zu bestrafen, ging ich ohne Zögern ans Werk. Drei Schwierigkeiten standen der Ausführung dieses perfekten Mordes entgegen.

Erstens mußte ich mein bisheriges Leben in einer Weise fortsetzen, die vollkommen unauffällig war, also so weiterleben, als hätte ich mich Brummer ergeben.

Zweitens mußte ich vor Nina — und das war die schwerste Schwierigkeit — überzeugend die Rolle eines Menschen spielen, der resigniert hat. Es stand dabei natürlich zu befürchten, daß sie mich dafür verachtete, aber es gab keine andere Möglichkeit. Was ich vorhatte, mußte ich allein tun. Ich durfte keinen Mitwisser haben.

War diese zweite Schwierigkeit die schwerste, so war die dritte eigentlich die leichteste: das Indieweltsetzen eines erfundenen Doppelgängers.

### 3

Um verständlich zu bleiben, Herr Kriminalkommissar, und um Ihnen zu zeigen, nach welchem einfachen System ich arbeitete, will ich zuerst die Tankstellenepisode berichten. Ich denke, Sie werden in der Lage sein, schon hier die Wurzeln meines Unterfangens zu entdecken: die vernünftige Verbreitung von unvernünftigem Schrecken ...

Die Geschichte mit der Tankstelle begann am Mittwoch nach unserer Rückkehr aus München. Ich weiß noch genau, daß es ein Mittwoch war, denn am Mittwochnachmittag hatte ich dienstfrei, und ich brauchte einen dienstfreien Nachmittag für die Geschichte mit der Tankstelle.

Ich verließ mein Zimmer ein paar Minuten vor 16 Uhr. Die drei Autos, die Brummer besaß, standen in der Garage, und die Garagentür blieb am Mittwochnachmittag immer offen für den Fall, daß Nina Brummer selber in die Stadt fahren wollte. Die Wagenschlüssel steckten in den Zündschlössern, die Papiere lagen in den Handschuhfächern.

Ich hatte Nina nach meiner Rückkehr noch nicht wieder zu Gesicht bekommen. Während ich zur Villa hinüberging, sah ich zum ersten Stock empor und hatte das Gefühl, daß der Vorhang eines der Fenster, eben noch seitlich geschoben, plötzlich wieder herabfiel. Aber ich konnte mich natürlich auch geirrt haben. Es war kühl an diesem Oktobertag, die Blätter der Bäume hatten sich braun, rot, rotgelb und schwarz gefärbt, und unten am See schrien ein paar Vögel. Ihr Geschrei klang sehr laut in der Stille dieses Nachmittags, und der Himmel war grau.

Ich ging in die Küche und verabschiedete mich von der alten tschechischen Köchin, denn ich legte Wert darauf, daß sie mich sah, bevor ich fortging.

«Warten Sie nicht auf mich, Mila. Ich werde in der Stadt essen.»

Ich trug einen grauen Anzug an diesem Tag, ein weißes Hemd, eine blaue Krawatte, und ich war noch einmal in die Küche gekommen, damit Mila sehen konnte, was ich trug...

Auch das Laub der Bäume in der Cecilienallee hatte sich schon bunt gefärbt. Über dem Rhein lag eine dünne Dunstschicht. Ein Schlepper tuckerte stromaufwärts, sein schwarzer Rauch wurde auf das Wasser herabgedrückt, ich konnte ihn riechen.

Beim Hofgarten nahm ich den Bus und fuhr in die Stadt. In einem Warenhaus am Hauptbahnhof kaufte ich einen braunen Anzug und einen schwarzen mit weißen Nadelstreifen, beide von der Stange. Dazu kaufte ich eine grüne Krawatte mit schwarzen Punkten und eine silberne Krawatte mit schwarzen Streifen. Ich kaufte das Billigste, das es gab, denn ich hatte nicht die Absicht, diese Anzüge und diese Krawatten häufig zu tragen. Schließlich erwarb ich noch den billigsten Koffer, den ich fand, und ließ alles in ihn packen. Dann ging ich hinüber zum Hauptbahnhof und gab den Koffer in der Gepäckaufbewahrung ab. Dafür erhielt ich einen numerierten blauen Schein. Nun war es 17 Uhr 30 geworden, der Abendverkehr hatte eingesetzt, aus Büros und Fabriken hasteten Menschen heimwärts, Autos hupten, Straßenbahnen klingelten, und alle Kreuzungen waren verstopft. Ich nahm ein Taxi und fuhr wieder zum Rhein hinaus. An der Kreuzung Kleverstraße-Schwerinstraße ließ ich den Chauffeur halten und stieg aus. Es war jetzt zehn Minuten vor 18 Uhr. Es ist klar, Herr Kommissar Kehlmann, daß ich all dies nur so minutiös schildere, damit Sie den Mechanismus des Schreckens jener ersten Episode genau erkennen mögen, denn derselbe Mechanismus lag allen weiteren Episoden zugrunde.

Ich ging nun langsam vor bis zu dem kleinen Kino, das drei Querstraßen weiter nördlich in der Lützowstraße lag. Hier spielte man an jenem Mittwoch «Die Teuflischen», einen französischen Kriminalfilm, den ich schon gesehen hatte. Es war wichtig, daß ich mir einen Film aussuchte, den ich bereits kannte, denn es war anzunehmen, daß ich später seinen Inhalt würde erzählen müssen. In grauem Anzug, weißem Hemd und blauer Krawatte betrat ich die Vorhalle des kleinen Kinos und löste eine Karte für den ersten Rang. In dem fast leeren Saal war es schon dunkel, es liefen Reklamen. In der Schwingtür stand die Platzanweiserin. Sie war jung, rothaarig und sehr hübsch. Ich lächelte sie an und drehte mich dabei so, daß noch Tageslicht auf mich fiel und sie mich gut erkennen konnte. Dazu sagte ich: «Na, Süße, wie wär's mit uns beiden?»

Das rothaarige Mädchen verzog die vollen Lippen zu einem eingelernten Brigitte-Bardot-Schmollmund, warf den Kopf zurück, hob die Brust an und ging vor mir her wortlos in die Dunkelheit des Saals hinein. Das Licht ihrer Taschenlampe zuckte dabei über die leeren Sesselreihen. Ich holte sie ein und legte ihr eine Hand auf die runde Hüfte, während ich flüsterte: «Nun, sei doch nicht gleich so!»

Sie blieb stehen und schlug mir auf die Hand und winkte mit ihrer Lampe: «Hier hinein.»

«Na schön», sagte ich, «dann nicht. Hätte ein schicker Abend werden können.»

«Auf so einen wie Sie habe ich gewartet», sagte die Platzanweiserin. «Da hätte ich was fürs ganze Leben.» Und sie verschwand. Nach den Reklamen kam die Wochenschau, und nach der Wochenschau wurde es noch einmal hell. Ich drehte mich um und sah nach, wo der Ausgang war, und stellte fest, daß er sich seitlich, hinter einem roten Samtvorhang befand. Danach sah ich die Rothaarige an, die beim Eingang stand. Ich winkte ihr zu, und sie drehte mir den Rücken. Das Licht erlosch wieder, und der Hauptfilm begann. Ich wartete eben noch die Titel ab, dann zog ich meine Schuhe aus und ging gebückt und auf Strümpfen durch die leere Reihe zum Ausgang. Hinter dem Samtvorhang gab es einen dunklen Gang mit schimmeligen Wänden, dann kam ein Hof und dann war man auf der Straße.

Und das feinste an der Sache, dachte ich, während ich schnell meine Schuhe anzog, war, daß man auf dieselbe Weise in das Kino wieder hineinkommen konnte. Jetzt war es 18 Uhr 26. Die nächste Vorstellung begann um 20 Uhr 15. Also war die laufende sicher schon um 20 Uhr zu Ende. Ich hatte knapp eineinhalb Stunden Zeit. Das war nicht viel. Ich lief die Cecilienallee hinunter. Es wurde schon dunkel, denn das Wetter war schlecht an diesem Mittwoch, und ich war dem Wetter dankbar dafür. In ein paar Fenstern der Villa brannte Licht, und als ich in den Park trat (das Tor hatte ein verstecktes, elektrisches Schloß), hörte ich den alten Hund bellen. Nun kamen ein paar unangenehme Minuten: ich mußte den Cadillac aus der Garage holen. Es war kein Unglück, wenn mich dabei jemand sah, ich konnte immer sagen, daß ich den Wagen eben schnell zum Ölwechsel fahren wollte. Nein, ein Unglück war es nicht, es bedeutete nur, daß ich meinen ganzen Plan vergessen mußte.

Es sah mich niemand. Der Wagen rollte lautlos hinaus auf die Allee, ich schloß das Tor und fuhr los, so schnell ich konnte. Nun war es 18 Uhr 35 geworden. Jede Minute, die ich mit dem Cadillac unterwegs war, brachte mich eine Minute näher an mein Ziel heran – aber auch eine Minute näher an ein Debakel im allerletzten Augenblick. Denn auch wenn mich jemand bei meiner Rückkehr sah, konnte ich den ganzen Plan beruhigt vergessen.

In der City tobte noch immer der Abendverkehr, ich kam schwer vorwärts. Am Hauptbahnhof gab es natürlich keinen freien Parkplatz. Ich ließ den Cadillac neben einer Tafel mit einem Halteverbotszeichen stehen und rannte zur Gepäckaufbewahrung. Wenn ein Polizist mir einen Strafmandatzettel unter den Scheibenwischer steckte, konnte ich immer noch im Laufe des Abends auf irgendeinem Revier zwei Mark Strafe bezahlen. Dann gab es keine Anzeige, und ich mußte meinen Ausweis nicht vorweisen.

In der Gepäckaufbewahrung ließ ich mir den billigen Koffer geben und rannte zurück zum Wagen. Es steckte kein Zettel hinter dem Scheibenwischer. Ich hatte Glück. Hoffentlich hatte ich Glück. Ich dachte an Nina, aber dann dachte ich schnell an etwas anderes, denn ich brauchte jetzt meine Ruhe und meine Nerven für das, was ich vorhatte. Ich durfte nicht an Nina denken.

Nicht jetzt.

Ich fuhr zurück zum Rhein. Es war nun ganz dunkel geworden. In einer stillen Seitengasse zog ich mich im Wagen um. Ich zog den grauen Anzug aus und den billigen braunen an und statt der blauen Krawatte nahm ich die grüne mit den schwarzen Punkten. Dann brachte ich mein Haar etwas in Unordnung, warf Koffer und Anzüge nach hinten und fuhr wieder los. Es war jetzt 19 Uhr 10. Ich hatte noch fünfzig Minuten Zeit. Das Schwerste lag vor mir.

## 4

Ich fuhr zu der großen Tankstelle in der Xantener Straße. Hier kannten mich alle, ich kam immer hierher. Es war wichtig, daß mich alle kannten. Ich ließ den Wagen neben den roten Benzinsäulen ausrollen und blieb hinter dem Steuer sitzen. Es fiel ziemlich viel Neonlicht auf mich. In der hellerleuchteten Glaskabine vor den Garagen saß ein halbwüchsiger Junge. Er hieß Paul, und auch er kannte mich, ich glaube, daß er mich gern hatte. Oft erzählte er mir von seinem schweren Motorrad. Er hatte es noch nicht, er sparte noch darauf, aber er sprach von dem Rad schon so, als ob er es seit zwei Jahren besäße. Hilfreich hieß er mit dem Familiennamen. Viele Pickel hatte Paul Hilfreich, und wahrscheinlich Schwierigkeiten mit den Mädchen. Nun kam er auf mich zugelaufen in einem sauberen weißen Monteuranzug. Er strahlte mich an: «Abend, Herr Holden!»

«Abend, Paul», sagte ich und schüttelte ihm die Hand. Auf seiner linken Stirnseite blühte eben ein besonders großer Pickel auf. «Mach ihn voll.»

«Okay!» Er hob den Schlauch aus einer Benzinsäule und schraubte die Kappe des Wagentanks auf. Ein Motor in der Säule begann zu summen, das Benzin floß. Behende kletterten die Liter- und Markzahlen des Zählwerks aufwärts. Ich saß still hinter dem Steuer und wartete. Es tat mir leid, was ich Paul antun mußte, aber es ging nicht anders. Ich dachte an Peter Romberg. An die kleine Mickey. An Nina. An mich. Wir alle würden erst in Frieden leben können, wenn Julius Maria Brummer verreckt war, endlich verreckt. Es gab keinen anderen Weg mehr. Es tat mir leid für Paul Hilfreich.

Klick, machte es in der Säule. Der Tank war voll. Paul kam zu mir. Durch das offene Fenster fragte er fröhlich: «Öl in Ordnung?»

«In Ordnung, ja.» 19 Uhr 14.

«Luft auch?»

«Auch.» 19 Uhr 14.

«Wasser?»

«Herrgott, alles in Ordnung.» Jetzt schwitzte ich wieder. 19 Uhr 15.

«Dann macht's 24 Mark 30, Herr Holden.»

«Schreib es auf Herrn Brummers Konto.»

«Tut mir leid, Herr Holden, aber das geht nicht mehr!»

«Warum nicht?» fragte ich, obwohl ich genau wußte, warum das nicht mehr ging.

«Herr Brummer hat doch kein Konto mehr bei uns seit er ... seit er wieder zu Hause ist. Er will, daß alle Rechnungen bar bezahlt werden. Aber das *wissen* Sie doch, Herr Holden!»

«Verdammt, natürlich», sagte ich, schlug mir gegen die Stirn und spielte den Verärgerten. «Das ist ja eine feine Scheiße, ich habe überhaupt kein Geld bei mir. Kann ich bei dir anschreiben?»

«Aber klar!» lachte Paul. «Zahlen Sie, wenn Sie wiederkommen!»

«Danke, Paul.»

«Nichts zu danken! Gute Fahrt!» rief er. Im Rückspiegel sah ich ihn winken, als ich losfuhr. Es war nun 19 Uhr 16. Und die kleine Mickey war ein wenig mehr in Sicherheit. Und ich war ein Stück weiter auf meinem Weg zu Nina. Und Julius Brummer war ein Stück weiter auf seinem Weg zum Tode.

Nun hielt ich wieder in einer Seitenstraße und zog mich noch einmal um. Den billigen braunen Anzug und die grüne Krawatte warf ich zurück in den billigen Koffer. Dann fuhr ich noch einmal zum Hauptbahnhof. Wieder parkte ich neben dem Halteverbot, wieder rannte ich in die Gepäckaufbewahrung, und zum zweitenmal an diesem Tag deponierte ich den Koffer. Mit dem blauen Nummernzettel rannte ich zurück zum Wagen. Es war 19 Uhr 31. In einer halben Stunde mußte ich wieder auf meinem Platz im Kino sitzen, sonst war alles umsonst gewesen. Ich warf mich hinter das Steuer und drückte auf den Starter. Dann drückte ich noch einmal. Ein drittesmal.

Der Motor sprang nicht an.

Ich versuchte alles. Ich zog den Choker ganz heraus. Ich trat den Gashebel ganz durch. Ich drehte die Zündung ein, ich drehte sie aus.

Der Motor sprang nicht an.

Ich begann zu beten, während ich an Schaltern und Knöpfen drehte, und meine Hände waren so naß von Schweiß, daß sie überall abglitten. Während ich betete, dachte ich, daß Gott mich nicht erhören würde, denn es war Mord, gemeiner Mord, den ich da vorbereitete, oder nein, es war kein gemeiner, es war ein notwendiger, ein anständiger Mord. Aber gab es anständige Morde, dachte ich, während ich auf dem Gaspedal herumtrat, nein, es gab sie nicht, und so hörte ich auf zu beten und begann zu fluchen, und da sprang der Motor an.

Ich fuhr wieder hinaus zum Rhein. Die Straßen waren jetzt leer, ich schaffte die Strecke in acht Minuten. Um 19 Uhr 46 hielt ich mit abgedrehten Scheinwerfern vor Julius Brummers schöner Villa. Ich sprang aus dem Wagen. Ich öffnete das schmiedeeiserne Tor. Nun brannte Licht in allen Fenstern, dort, wo die Vorhänge zugezogen waren, schien es durch die Ritzen. Ich fuhr den Cadillac so leise ich konnte über den Kies zur Garage. In den Spalt zwischen Türstock und Tür hatte ich ein Streichholz geklemmt, bevor ich fortfuhr. Als ich die Tür öffnete, fiel es herunter. Also war niemand hier gewesen. Oder es war jemand hier gewesen und hatte das Streichholz bemerkt und es wieder eingeklemmt... Ich war jetzt am Ende meiner Kraft, ich bekam nicht mehr genug Luft, mein Kopf schmerzte, und vor meinen Augen drehten sich feurige Räder.

Zurück in den Wagen. Den Wagen in die Garage. Die Garagentür angelehnt. Über den Kies zum Tor. Wieder hörte ich den alten Hund bellen. Dann sah ich im erleuchteten Küchenfenster Milas Silhouette auftauchen, und während ich mit bebenden Händen das Parktor schloß, hörte ich ihre dünne Altfrauenstimme: «Ist da jemand?»

Ich rannte los, in die Dunkelheit der Allee hinein. Es machte nichts, wenn Mila einen Schatten gesehen hatte, der meinem Schatten ähnlich war, nein, das machte nichts...

Ich rannte zurück zu dem kleinen Kino, und das Herz tat mir weh, und mein Kopf schmerzte zum Zerspringen, und es war 19 Uhr 51 und 19 Uhr 52 und 19 Uhr 55. Außer Atem erreichte ich den Hof, der hinter dem Vorführraum lag. In rasender Eile zog ich wieder meine Schuhe aus.

Auf Strümpfen rannte ich über den Hof und durch den kleinen Gang. Der übelriechende rote Samtvorhang berührte mein Gesicht, als ich den Zuschauerraum erreichte. Der Film lief noch — noch lief der Film. Gebückt schlich ich zurück an meinen Platz. Der Sessel knarrte. Ich strich mein Haar glatt, wischte mir den Schweiß aus den Augen und versuchte, ruhiger zu atmen. Auf der Leinwand wurden soeben die Guten belohnt und die Bösen bestraft, und die Gerechtigkeit siegte trotz aller Widrigkeiten.

Dramatische Schlußmusik klang auf, es wurde hell. Die rothaarige Platzanweiserin kam vom Eingang her in den Saal und rief: «Ausgang rechts!» Sie wies den wenigen Besuchern den Weg, und dabei begegnete sie mir noch einmal, und ich fragte: «Wirklich nichts zu machen?» Sie warf den Kopf zurück und sagte zu dem schmutzigen Samtvorhang: «Die Kerle in diesem Land haben sich eine Überheblichkeit angewöhnt — es ist nicht mehr zu ertragen!» Damit sie mich auch nicht vergaß, legte ich ihr beim Hinausgehen noch einmal die Hand auf die Hüfte, und sie schlug noch einmal darauf, aber natürlich lachte sie diesmal schon dabei.

Ich ging sehr langsam nach Hause. Jetzt hatte ich keine Eile mehr. Ich ging den Rhein entlang und sah die Lichter am anderen Ufer und ein Schiff, das vorüberglitt im dunklen Wasser. Die Leute an Deck sangen ein fröhliches Lied, sie hatten eine Ziehharmonika. Ich atmete die rauchige Herbstluft ein und freute mich auf den Sommer, der diesem Winter folgen sollte, denn diesen Sommer würde Julius Maria Brummer nicht mehr erleben. Es würde ein schöner Sommer werden, dachte ich, ein schöner Sommer für die kleine Mickey und ihren Vater und für Nina und mich. Alles würde gut werden, wenn Julius Brummer erst tot war.

Ich fühlte mich jetzt sehr müde. Meine Beine schmerzten, als ich die Wendeltreppe zu der kleinen Wohnung über der Garage emporstieg. Die Eingangstür hatte ich abgeschlossen. Nun öffnete ich sie wieder. Auf dem Fußboden dahinter lag ein Brief. Jemand mußte ihn unter der Tür durchgeschoben haben. Mir wurde sehr warm, als ich Ninas Schrift erkannte. Ich riß das Kuvert auf. Ein Blatt fiel heraus. Ich las: «Ich muß dich unbedingt sprechen. Mein Mann ist morgen nachmittag beim Anwalt. Sei um 15 Uhr 30 beim Boot.» Ich setzte mich auf mein Bett und hielt den Brief ans Gesicht, denn ich hoffte, daß er etwas von ihrem Parfum aufgefangen hatte; aber er roch nur nach Papier, und ich dachte, daß Nina schon wieder Briefe schrieb. Dann sah ich durch mein Fenster hinüber zu ihrem. Sie stand hinter dem Vorhang, ich sah ihre Silhouette. Sie mußte auf mich gewartet haben. Jetzt bewegte sie sich. Gleich darauf erlosch das Licht in ihrem Zimmer. Auch ich drehte das Licht aus. Und diese Handlung verband mich mit ihr in inniger Zärtlichkeit, es war, als senke sich die Dunkelheit nun über uns wie die warme Decke eines Bettes, in dem wir beide lagen, einander umarmend und beschützend, für die Nacht vereint.

## 5

Sie trug flache schwarze Schuhe, einen schwarzen Regenmantel und ein schwarzes Kopftuch, unter dem das blonde Haar hervorquoll. Das Wetter war unsicher an diesem Tag, es hatte schon zweimal heftig geregnet, nun, am Nachmittag, schien wieder die Sonne. Über den blaßblauen Himmel trieb der Ostwind graue Wolkenfetzen. Ihre Schatten segelten auf dem Wasser des Stroms.

Ich erreichte das kleine Restaurantschiff pünktlich um 15 Uhr 30. Nina war schon da. Sie stand auf der Straße, halb hinter einer alten Kastanie verborgen. Ich hatte Brummer bei Doktor Zorn abgesetzt. Um 17 Uhr sollte ich ihn wieder holen.

Eine Stunde, eine einzige Stunde nur — und doch erschien sie mir wie eine Verheißung der Ewigkeit, als ich nun durch die Windschutzscheibe Nina auf mich zulaufen sah. Ich riß den Wagenschlag rechts auf, und sie fiel auf den Sitz. Hinter ihr flog die schwere Tür zu. Ninas Atem kam keuchend, der Wind hatte ihre Wangen gerötet, die weißen Zähne blitzten. Noch nie war sie mir so schön erschienen.

«Wir müssen fort hier!»

«Aber warum —» Ich roch ihr Parfum, den Duft ihres Haars, ich war verrückt nach ihr. Sie sagte schnell: «Ich habe Angst...»

«Wovor?»

«Vor ihm... vor ihm...» Sie schrie mich plötzlich an. «Los, los, mein Gott im Himmel!»

Ich fuhr. Sie saß da und sah mich nicht an, und die Schatten der Wolkenfetzen glitten über den Strom und über die Chaussee und über uns hin. Ich fuhr zehn Minuten lang, dann sagte Nina: «Hier.»

Ich hielt. Ein kleiner Auwald begann unterhalb der Chaussee, der Rhein entfernte sich etwas, und struppiges Unterholz machte sich breit. Es gab rotgelb gefärbtes Gebüsch, knorrige Weiden, hohes Schilfgras, überwachsene Wege. «Fahr den Wagen von der Straße», sagte Nina. Ich lenkte den Cadillac über eine Wiese auf das Dickicht zu und parkte unter einem alten Baum. Von der Chaussee her konnte man den Wagen nicht sehen. Nina stieg aus und ging in das Unterholz hinein. Sie ging so schnell, daß ich Mühe hatte, ihr zu folgen. Zweige schlugen mir ins Gesicht, ich stolperte über Wurzeln und glitt in kleinen Grundwassertümpeln aus. Nina Brummer ging immer weiter. Der Auwald wurde dichter. Eine Menge Frösche quakten, und ein paar Vögel lärmten über uns in der Luft. Oben auf der Chaussee raste mit singenden Pneus ein Wagen vorüber.

Auf einer kleinen Lichtung blieb Nina stehen. Rings um sie erhoben sich mächtige alte Bäume, an deren weißgewaschenen Stämmen noch Sand, Algen und Gräser des letzten Hochwassers hingen. Es war dämmrig auf der kleinen Lichtung, man hörte den Strom rauschen. Es roch nach faulem Holz. Nina sah mir entgegen. Ihre Nasenflügel zuckten, die Augen glänzten feucht und auch die vollen roten Lippen. Ich umarmte sie, und sie stöhnte leise.

Nina schloß die Augen, aber ich hielt meine offen, und ich sah ihre weiße Haut, die seidigen Wimpern und das goldene Haar so nah, so nah, und Wolkenschatten glitten über uns, und ich war glücklich. Dann stieß sie mich zurück, und ihr Gesicht war hart und ihre Stimme heiser, als sie sagte: «Er läßt sich nicht scheiden.»

«Ich weiß», sagte ich und wollte ihre Hand ergreifen, aber sie trat zwei Schritte zurück. Nun stand sie mit dem Rücken gegen einen Baumstamm. «Du weißt? Wieso?»

«Er hat es mir gesagt. Als wir nach München fuhren. Er hat auch meine Kündigung nicht angenommen.» Sie steckte beide Hände in die Manteltaschen und redete mit mir, als wäre ich ihr schlimmster Feind: «Und du? Was hast du getan?»

Ich sagte: «Nichts.» Ich konnte ihr nicht sagen, was ich inzwischen getan hatte, sie durfte es nicht wissen. Und wenn sie mich verachtete, und wenn sie mich haßte... sie durfte es nicht wissen.

«Nichts», wiederholte sie darauf kalt. «Das ist schön. Du tust nichts, du sagst nichts, du läßt mich ohne Nachricht. *Ich* muß dir schreiben. Und Sie behaupten, Sie lieben mich!» rief sie, plötzlich in die andere Form der Anrede übergehend. Keuchend kam ihr Atem.

«Nina, ich —»

«Nennen Sie mich nicht Nina! Sie haben kein Recht dazu! Sie haben mich belogen und getäuscht! An Ihnen ist nichts echt! Kein Haar!»

Ich trat vor und wollte sie an mich ziehen, aber sie wich hinter den mächtigen Baumstamm zurück. «Bleiben Sie, wo Sie sind! Ich denke, Sie wollten kündigen, Herr Holden, ich denke, Sie wollten mit mir fortgehen, Herr Holden, und leben — irgendwo, in Armut, wenn es sein muß.»

«Ich kann nicht kündigen. Er weiß zuviel von mir.»

«Was weiß er, was?»

«Daß ich ihn erpressen wollte. Daß ich im Zuchthaus war. Daß ich noch einmal zurück hinter Gitter muß, wenn er mich anzeigt. Er hat mich in der Hand. *Er* hat Sie getäuscht, nicht ich! Ich will nicht noch einmal ins Zuchthaus!»

«Und *ich*?» Nun waren ihre Wangen wieder bleich. Sie preßte beide Fäuste an die Brust. «Und ich? Er kommt zu mir! In jeder Nacht kommt er zu mir! Noch nie war er so zärtlich... solche Sehnsucht hat er, sagt er... er kommt jeden Abend... er geht nicht weg... er schläft bei mir... in meinem Bett...»

«Hören Sie auf.»

«Warum? Ist Zuhören vielleicht ärger? Wollen Sie hören, was er tut? Wie er mich nennt? Was er sagt? Sie können es nicht hören, nein?»

«Nein!» schrie ich.

«So ist es gut», flüsterte sie. «Schreien Sie mich an! Dazu gehört viel Mut! Wie mutig Sie doch sind, Herr Holden! Und wie klug! So viele große Pläne, so viele Ratschläge! Und jetzt? Was raten Sie mir jetzt?»

«Sie müssen vernünftig sein. Ich finde einen Weg», hörte ich mich aus weiter Ferne sagen. «Wir dürfen jetzt nichts überstürzen.»

«Nichts überstürzen, nein!» Ihre Augen waren schwarz. Ihr Gesicht war eine Maske der Verachtung. «Wir haben Zeit, nicht wahr? Soll er doch wiederkommen heute, morgen, übermorgen! Zu seiner kleinen Nina, die ihn so entzückt, die er so liebt!» Jetzt schrie sie: «Gestern nacht, als Sie nach Hause kamen, sahen Sie mich am Fenster stehen, ja? Nun, ich war nicht allein. Er war bei mir. Und er drehte das Licht aus, er, nicht ich!»

Ich durfte ihr nichts sagen. Es war unmöglich. Ich mußte mir jeden Vorwurf anhören, ich mußte ihre Verachtung ertragen.

Ich schwieg.

Sie kam hinter dem Baum hervor und schrie mir ins Gesicht: «Feig sind Sie! Sentimental und feig! An Ihre Frau erinnere ich Sie, sonst nichts. Was Sie Liebe nennen, ist nur Ihr schlechtes Gewissen!»

Und wieder schwieg ich, und das Wasser rauschte, und die Vögel schrien. Außer sich schrie Nina Brummer: «Und *Ihnen* habe ich mich anvertraut! Auf *Sie* verließ ich mich! Mein Gott, da habe ich ja noch mehr Achtung vor *ihm*! Er bekommt, was er will! Er ist konsequent! Ein Mann! *Er ist wenigstens ein Mann*!» Danach hielt sie sich mit beiden Händen das Gesicht und starrte mich an wie einen Fremden, und ihre Nasenflügel zuckten wieder. Ich drehte mich stumm um und ging davon durch das Gestrüpp, den schmalen Weg entlang, und die Zweige schlugen mir wieder ins Gesicht und zerkratzten meine Haut.

Fünf Schritte, sieben Schritte, dann hörte ich sie rufen. «Holden...»

Acht Schritte. Neun Schritte. Zehn Schritte.

«Holden, bitte... kommen Sie zurück... es tut mir leid...»

Aber ich ging nicht zurück. Ich machte, daß ich zum Wagen kam und kroch hinter das Steuer und fuhr auf die Straße zurück. Als ich wendete, sah ich sie. Stolpernd tauchte sie aus dem Auwald auf, das Tuch war auf die Schultern herabgeglitten, der Mantel klaffte, sie breitete die Arme weit aus in einer flehenden Gebärde: «*Bitte*...»

Ich trat das Gaspedal herunter. Der schwere Wagen holperte auf die Chaussee, die Hinterräder radierten kreischend, dann schossen sie vorwärts. Ich beugte mich über das Steuer und sah die Nadel des Tachometers nach rechts wandern und sah die Straße mit den alten Bäumen, die auf mich zuflog, sah Vögel über dem Wasser, Wolkenfetzen am Himmel, ein Schiff in der Ferne. Nina sah ich nicht mehr. Ich drehte mich nicht nach ihr um. Ich konnte mich nicht umdrehen, es ging über meine Kraft.

6

Das geschah also am Donnerstag.

Am Freitag begann sich dann das Grausen zu verbreiten, das Grausen, von mir in die Welt gesetzt, von mir ersonnen...

Am Freitag vormittag um elf fuhr ich Julius Brummer und seine schöne Frau in die Stadt. Niemand sprach. Die beiden saßen hinter mir, ich konnte sie im Rückspiegel betrachten. Nina sah elend aus, unter den Augen lagen tiefe Schatten, und sie hatte zuviel Rouge aufgelegt. Julius Brummer hielt die kurzen Finger über dem Bauch ineinander verflochten. Manchmal spitzte er die Lippen und pfiff. Wenn er nicht seine Frau ansah, dann sah er mich an, entweder meinen Rücken oder mein Gesicht — im Spiegel. Etwas schien Julius Brummer zu erheitern, er lachte einmal glucksend. Und ich dachte: Jede Nacht. Jede Nacht. Jede Nacht.

Als wir zur Lützowstraße kamen, hörte ich seine Stimme: «Die Luft, Holden!»

«Jawohl, Herr Brummer», antwortete ich und bog nach links ein. Der rechte Vorderreifen des Cadillac hatte zuwenig Luft. Es war Brummer aufgefallen, als wir abfuhren. Es gab zuwenig Luft im rechten Vorderreifen, weil ich nachts Luft aus ihm herausgelassen hatte.

Die große Tankstelle tauchte vor uns auf. Ich ließ den Wagen ausrollen. Vergnügt kam der kleine Paul angestürzt: «Morgen, die Herrschaften!» Über dem Pickel an der Stirn trug er ein Stück Leukoplast. Es bildete sich schon eine neue Entzündung auf der Nasenspitze.

«Zuwenig Luft. Rechts vorne», sagte ich. Paul rannte fort und holte ein Gerät, mit dem der Luftdruck in den Reifen reguliert werden konnte. Er kniete nieder und schraubte die Staubkappe des Ventils ab, und nach zwei Minuten war alles vorbei.

«Danke, Paul», sagte ich und gab ihm zwanzig Pfennig.

Er errötete: «Ach, Herr Holden...»

Schon im Begriff loszufahren, sah ich ihn an: «Ja?»

Sein Gesicht wurde noch röter. Er war sehr verlegen, die kleinen schmutzigen Hände öffneten und schlossen sich. Er senkte die Stimme, er senkte den Kopf: «Ich würde nie davon reden, aber der Meister hat gestern abgerechnet, und ich mußte es aus meiner Tasche vorlegen. Könnte ich es bitte vielleicht wiederhaben?»

«Wiederhaben, was?» fragte ich, während ich ihn in Gedanken um Verzeihung bat und dachte, daß alles für ein unschuldiges Kind geschah, das sich nicht wehren konnte.

«Aber Sie wissen doch, Herr Holden...» Jetzt war Pauls Stimme kaum noch zu verstehen. «24 Mark 30. Seien Sie nicht böse, es ist nur, weil ich spätestens morgen die Wochenrate für das Motorrad bezahlen muß...»

Aus dem Fond ertönte die gereizte Stimme Brummers: «Was ist los mit dem Jungen?» Ich drehte mich um. Seine Augen funkelten mißtrauisch. Auch Nina sah mich an, erschöpft und traurig.

«Keine Ahnung, Herr Brummer. Ich weiß nicht, was er will.»

Behende kurbelte er das Fenster an seiner Seite herab und stach mit einem rosigen Finger in die Luft: «Du — wie heißt du?»

«Paul.»

«Hast du von meinem Chauffeur Geld zu kriegen, Paul?»

«Ja», sagte der Junge.

«Nein», sagte ich.

Wir sagten es gleichzeitig. Danach sahen wir einander an. Pauls Mund stand offen, er stotterte fassungslos: «Aber... aber *Herr Holden!*»

«Was aber?» sagte ich. «Nun reiß dich mal zusammen, Paul. Bin ich schon mal Benzin schuldig geblieben, seit wir direkt bezahlen?»

«Noch nie, nein...»

«Na also!»

«...bis auf vorgestern. Sie haben gesagt, Sie hätten nichts dabei. Um Gottes willen, Sie müssen sich doch daran erinnern!» Nun nahm ich die Hände vom Steuer und ließ die Schultern hängen und zählte bis sieben. Ich hätte weiter gezählt, aber bei sieben hörte ich Brummers Stimme: «Also, was ist los, Holden?» Ich drehte mich wieder um. «Herr Brummer, Paul und ich, wir kennen uns, seit ich bei Ihnen arbeite. Der Junge ist ehrlich. Das Ganze muß ein Mißverständnis sein. Ich —»

«Hören Sie auf zu quatschen, Mann! Haben Sie vorgestern hier getankt, ja oder nein?»

Ich antwortete lauter: «Wenn ich hier getankt hätte, dann würde ich es sagen. Welchen Grund hätte ich, es nicht zu sagen?»

Der Junge wurde schneeweiß im Gesicht, sogar die Pickel verloren ihre ungesunde Farbe. «O Gott, Herr Holden... aber Sie *waren* doch hier! Sie haben mit mir geredet! Mir die Hand gegeben! Ich bin doch nicht verrückt!»

«Ich bin auch nicht verrückt. Ich war nicht hier.»

Der Besitzer der Tankstelle, ein hagerer Kriegsinvalide namens Merz, kam heran. Merz besaß nur einen Arm. Er trug einen weißen Mantel. «Schwierigkeiten, Herr Brummer?»

Ächzend ließ Brummer sich ins Freie gleiten. Auch ich stieg aus. Dabei wandte ich mich nach Nina um. In ihren Augen saß die Angst. Lautlos formten ihre Lippen ein Wort... ich sah schnell fort.

Nun standen wir zu viert vor dem rot-schwarzen Cadillac. Der Wind trieb raschelndes Laub zur Straße. Paul begann plötzlich lautlos zu weinen. Die Tränen rannen über seine arme, von Akne zerstörte Haut abwärts zum Mund, und er leckte sie fort und schüttelte den Kopf und konnte es nicht fassen. Brummer erklärte die Situation. Merz war ein anständiger Mensch, der sich von niemandem imponieren ließ: «Herr Brummer, für meine Angestellten lege ich die Hand ins Feuer! Der Junge ist ehrlich! Der lügt nicht!»

Nun war es an mir, mich aufzuregen: «Hören Sie mal, Herr Merz, wollen Sie vielleicht sagen, daß *ich* lüge?»

«Ich will gar nichts sagen», antwortete er kalt.

Mit der Fünfgroschenlogik, die ihm Millionen eingebracht hatte, dröhnte Brummer: «Aber einer von den beiden *muß* doch lügen!»

Ich wandte dem Wagen den Rücken, aber ich fühlte trotzdem Ninas Blick auf mir ruhen. Ich sagte zu Paul: «Wann soll ich hier gewesen sein? Nun antworte schon, ich kann doch auch nichts für diese ganze komische Geschichte. Also, wann?»

Er schluchzte: «Vorgestern ... vielleicht Viertel acht war es ...»

Ich sagte zu Brummer: «Da war ich überhaupt im Kino!»

«Herr Holden, Herr Holden, ich will die 24 Mark 30 gar nicht mehr, ich bezahle das Benzin, aber *sagen* Sie, daß Sie hier waren!»

«Jetzt mach aber einen Punkt, Paul. Ich war nicht hier. Das ist ja zu dämlich!»

Eine Pause folgte.

Brummer pfiff plötzlich wieder. Er spuckte auf den Boden und verrieb den Speichel mit dem Schuh. Dann wandte er sich an den Jungen. Auf und nieder wippend sagte er: «Also mein Cadillac war hier. Vorgestern nach sieben.»

«Ja, Herr Brummer!»

«Und mein Chauffeur hat Benzin getankt.»

«Ich war im Kino!»

«Seien Sie doch ruhig, Holden. Weiter, Paul. Wie war mein Chauffeur angezogen?»

«Ich weiß nicht mehr ... doch, ich weiß ... er hatte einen braunen Anzug an ... eine grüne Krawatte ... und ein weißes Hemd ...»

«Ich habe überhaupt keinen braunen Anzug!» schrie ich.

«Seien Sie nicht so aufgeregt, Mann! Tut Ihnen doch keiner was!»

«Ich muß darauf bestehen, daß diese Sache sofort aufgeklärt wird.»

«Darauf müssen Sie nicht bestehen. Daran habe ich selber das größte Interesse.» Brummer holte eine dicke Brieftasche hervor und entnahm ihr dreißig Mark. «Erst mal das Geld. Hier. Der Rest ist für dich, Paul.»

«Ich will kein Geld von Ihnen, Herr Brummer! Ich will, daß Sie mir glauben!» rief der Junge verzweifelt.

«Ja, ja, ja, schon gut, natürlich glaube ich dir.» Brummer kam näher. Dicht vor mir blieb er stehen und pfiff mir ins Gesicht, eine ganze Weile lang. Dann sagte er: «Nach Hause.»

«Sie wollten doch —»

«Hören Sie nicht? Nach Hause!» Danach spielten wir jenes Spiel, das darauf hinausläuft, wer wen länger ansehen kann, und ich verlor und öffnete den Schlag für ihn. Dann kroch ich hinter das Steuer und sah im Rückspiegel Ninas aufgerissene Augen und sah zur Seite und damit in die tragischen Augen Pauls und dachte, daß ich eine ganze Menge angerichtet hatte, eine ganze Menge für den ersten Anfang. Aber dann sah ich im Rückspiegel Julius Brummer, und sein Anblick richtete mich wieder auf. Denn Brummer pfiff nun nicht mehr, summte nicht mehr, lachte nicht mehr. Bleich und verstört saß er da und hatte Angst — er wußte nur noch nicht, wovor. Bald sollte er es wissen.

7

«Halten Sie sich zu meiner Verfügung», sagte Brummer. Er stieg aus und ging auf die Villa zu. Nach ein paar Schritten drehte er sich um und herrschte seine Frau an: «Nun komm schon, komm schon!» Nina war vor mir stehengeblieben und starrte mich an, als hätte sie mich noch nie gesehen. Nun zuckte sie zusammen und folgte gehorsam ihrem Mann.

Ich sah beiden nach, bis sie verschwunden waren, dann ging ich in mein Zimmer über der Garage, holte eine Kognakflasche hervor und trank einen ordentlichen Schluck, aber nur einen. Ich setzte mich ans Fenster und wartete. Nach einer halben Stunde kam Doktor Hilmar Zorn. Dann sah ich ihn mit Brummer unten am See auf und ab gehen. Der kleine Anwalt trug einen hellblauen Anzug. Im milden Licht der kraftlosen Herbstsonne leuchtete sein weißes Haar. Von Zeit zu Zeit blieb Brummer stehen und gestikulierte heftig. Der kleine Anwalt redete beruhigend auf ihn ein, und sie liefen weiter am Wasser entlang, durch buntes Laub und Herbstzeitlose und verfaulendes Gras. Zuletzt fuhren sie beide in Zorns Wagen weg, ganz plötzlich. Eine Stunde später kamen sie zurück. Dann schrillte mein Telephon. Ich hob den Hörer ab, und da war wieder seine Stimme, diese brutale und gleichzeitig ängstliche Stimme:

«Kommen Sie 'rüber in mein Arbeitszimmer.»

Zwischen Küche und Halle gab es einen kurzen Gang mit zwei Türen. Wenn beide geschlossen waren, entstand so ein fensterloser Raum. Im Augenblick, da hinter mir die eine Tür zufiel, roch ich Ninas Parfum. Im nächsten Moment hatte sie die Arme um mich geschlungen und preßte ihre Lippen auf die meinen. Ich konnte sie nicht sehen, nur fühlen, den ganzen Körper fühlen. Sie küßte mich mit großer Zärtlichkeit. Dann flüsterte sie: «Verzeih mir, wegen gestern.»

Ich hatte das Gefühl, daß der Fußboden unter mir schwankte.

Irrsinn war das. Jeden Moment konnten sich die Türen öffnen. Mila konnte kommen, der Diener, eines der Mädchen, Brummer. Ninas geliebte Stimme aus der Dunkelheit: «Ich habe solche Angst. Was geht bei uns vor?»

«Ich weiß es nicht.»

«Wann sehe ich dich?»

«Morgen um drei beim Boot.»

«Ich werde da sein...» Im nächsten Augenblick entglitt sie meinen Armen. Die Küchentür öffnete sich, schloß sich. Ich war allein in der Dunkelheit. Der Duft, der süße Duft bestand.

Ich trat in die Halle und sah in einen runden Spiegel und wischte mir etwas Lippenstift vom Mund. Dann ging ich zu Brummers Arbeitszimmer, klopfte an die Tür und öffnete sie. Ich sah Brummer, ich sah Zorn, ich sah sechs fremde Männer.

Die sechs waren alle etwa so groß und so alt wie ich. Sie standen in einer Reihe beim Fenster. Das Zimmer war groß. Bücherregale liefen um alle Wände. Brummer las viel, er litt unter der Zwangsidee, ungebildet zu sein.

Beim Kamin gab es einen Schreibtisch. Darauf stand eine große Photographie Ninas. Mir wurde ein wenig warm, als ich sie sah, denn ich kam zum erstenmal in diesen Raum. Die Photographie zeigte Nina Brummer in einem engen, schwarzen Badeanzug am Strand, winkend und lachend. Es war die gleiche Photographie, die ich in Toni Worms Wohnung gesehen hatte...

Brummer und Zorn standen nebeneinander. Der kleine Doktor schob mit dem Fuß die Fransen des Perserteppichs gerade. Ich verneigte mich vor ihm.

«Guten Tag. Stellen Sie sich bitte da hinüber, Herr Holden. Zwischen den zweiten und dritten Herrn von links.»

Also stellte ich mich zwischen den zweiten und dritten Herrn von links, und der zweite und der dritte Herr von links sahen weiter starr geradeaus wie alle andern. Der kleine Anwalt — heute trug er eine silberne Weste mit zarten, orangefarbenen Karos — ging zu einer Tür im Mahagoni-Wandpaneel und ließ die rothaarige Platzanweiserin eintreten. Sie hatte sich fein angezogen und war sehr aufgeregt. Ein schwarzes Seidenkostüm saß ihr hauteng am Körper und modellierte ihn ebenso ordinär wie provozierend, sie konnte kaum gehen auf überhohen schwarzen Stöckeln. Die Kostümjacke war kurz, der Ausschnitt tief, das rote Haar fiel locker auf die Schultern. Sie sah uns alle an, die wir beim Fenster standen, kicherte und wurde rot. Sie sagte: «Ja, er ist da.»

«Welcher ist es?» fragte Zorn und zerrte an seinem Kragen. Er war auch aufgeregt, Gott sei Dank!

«Der dritte von links», sagte das Mädchen.

«Sind Sie sicher?»

«Ganz sicher. Darf ich etwas sagen? Er war frech, das schon, aber er machte einen netten Eindruck. Ich glaube nicht, daß er etwas Unrechtes getan hat!»

«Schon gut», sagte Zorn. «Hier sind zwanzig Mark für Ihre Mühe. Machen Sie sich keine Gedanken. Das Ganze ist nur ein Spiel, wissen Sie.»

«Oh.»

«Ja. Wir haben eine Wette abgeschlossen.»

Zorn gab auch den Männern Geld mit flüchtigen, verächtlichen Bewegungen. Mir gab er nichts. «Ich danke Ihnen, meine Herrschaften. Sie können gehen. Durch die Halle, dann links. Das Tor steht offen.»

Die Männer gingen grußlos. Das rothaarige Mädchen sah mich noch einmal neugierig an, dann ging auch sie. Brummer setzte sich auf den Schreibtisch, seine kurzen Beine hingen herab. Zorn setzte sich in einen Ledersessel. Mich ließen sie beim Fenster stehen.

«Herr Holden», sagte der Anwalt, eine Zigarre beschneidend, «ich ne-nehme an, Sie haben sich auch Ihre Gedanken über das gemacht, was passiert ist.»

Es freute mich, daß er wieder seine Sprachschwierigkeiten bekam. Ich sah die Photographie auf dem Schreibtisch an und dachte an die samtigen Lippen, die sich eben noch auf meine gepreßt hatten. «Ja», sagte ich.

«Und mit welchem Resul-sultat?»

Ich drehte mich zu Brummer, der die Beine pendeln ließ und an seinem blaßblonden Schnurrbart zupfte. «Wenn Sie dem Jungen und nicht mir glauben, dann wiederhole ich meine Bitte, kündigen zu dürfen, Herr Brummer.»

«Das könnte Ihnen passen», sagte er grunzend. «Sie bleiben bei mir, oder Sie gehen zurück ins Zuchthaus.»

«Dann werde ich eine Anzeige erstatten.»

«Gegen wen?»

«Gegen den Jungen. Er lügt.»

«Ich glaube nicht, daß er lügt», sagte Brummer.

«Dann werde ich eine Anzeige gegen den Mann erstatten, der vorgestern abend Ihren Cadillac benützt und Benzin getankt hat — eine Anzeige gegen Unbekannt.»

«Das werden Sie auch nicht tun», ließ sich Brummer vernehmen.

«Wer wird mich daran hindern?»

«Ich. Wenn *Sie* eine Anzeige erstatten, erstatte *ich* eine Anzeige. Ist das klar?»

Ich schwieg.

«Wir sind natürlich davon überzeugt, Herr Holden», sagte der kleine Anwalt, «daß *Sie* es waren, der das Benzin getankt hat. Wir wissen nur noch nicht, warum Sie es abstreiten.»

«Ich war im Kino. Das Mädchen hat mich wiedererkannt.»

«Hören Sie mal zu! Herr Brummer und ich, wi-wir waren vorhin auch im Ki-kino.» Kragenzerren. «In einem Tageskino, nicht wa-wahr.» Zorn paffte heftige Rauchwolken. «Als es dunkel wurde, ging ich 'raus. Nach einer ha-halben Stunde kam ich zurück. Durch den Ausgang. Herr Brummer hatte es nicht bemerkt. Auch der Platzanweiser nicht. Wenn das Ihr Alibi sein soll, dann können Sie mir nur leid tun.»

Ich dachte: Du ka-kannst es aber nur stotternd sagen, daß ich dir lei-leid tue. Ich erwiderte: «Und warum sollte ich mir so ein Alibi überhaupt verschaffen? Warum sollte ich den Wagen ausgerechnet zu einer Garage fahren, in der mich jeder kennt? Warum sollte ich mich absichtlich in die Lage bringen, in der ich mich befinde?»

«Vielleicht liegt Ihnen an der Lage», sagte der kleine Anwalt. «Sie sind doch ein Mann, der immer Pläne macht. Einmal wollten Sie uns erpressen. Dann wollten Sie plötzlich kündigen. Immer neue Pläne, Herr Holden, immer neue Pläne . . .»

Und danach lachten sie wieder herzlich und blinzelten sich zu, als hätten sie ein fröhliches Geheimnis mitsammen, ach, ein fröhliches Geheimnis.

# 8

Am Nachmittag fuhr ich wieder zum Hauptbahnhof. Diesmal fand ich einen Parkplatz. Es war 15 Uhr 15. Brummer und Zorn waren im Untersuchungsgefängnis. Ich sollte sie um 18 Uhr abholen. Also hatte ich eine Menge Zeit für das, was ich nun tun mußte. Ich ging zur Gepäckaufbewahrung, holte den billigen Koffer, ging in die Waschräume und zog wieder meinen braunen Anzug und die grüne Krawatte mit den schwarzen Punkten an. Den Koffer legte ich in den Wagen. Ich nahm ein Taxi und fuhr in den Norden hinauf bis zum Frauenlobweg. Während der Fahrt paßte ich auf, ob mich jemand verfolgte, aber ich konnte niemanden entdecken. Dann nahm ich ein zweites Taxi bis zur Artusstraße. Hier kaufte ich bei einem Optiker eine große schwarze Brille und in einem anderen Geschäft einen weißen Blindenstock. Den Stock ließ ich einpacken. Dann nahm ich ein drittes Taxi und fuhr bis zur Recklinghauserstraße. Und immer paßte ich auf, ob mich jemand verfolgte.

In der Recklinghauserstraße stieg ich aus und wartete, bis das

Taxi verschwunden war. Dann trat ich in einen Hausflur, setzte die schwarze Brille auf und wickelte das Papier von dem weißen Blindenstock. Das Papier steckte ich in die Tasche. Danach ging ich unsicher, mit dem Stock auf dem Pflaster klopfend, um die Ecke in die Hattingerstraße. Nun mußte ich über den Damm. Eine alte Frau führte mich. Ich sagte zu ihr: «Vergelt's Gott».

In Momenten der Einkehr und inneren Sammlung unterstützte Julius Maria Brummer gemeinnützige Gesellschaften. So spendete er Geld für Krankenhäuser, Waisenheime und eine Organisation zum Kampf gegen die Kinderlähmung. In der Hattingerstraße hatte er ein Ertüchtigungsinstitut für Blinde finanziert. Neben dem Eingang des grauen, baufälligen Hauses hing eine Tafel. Auf ihr stand:

JULIUS-MARIA-BRUMMER-STIFTUNG
FÜR BLINDE UND SEHBEHINDERTE
1. STOCK

Ich ging in den Hausflur hinein, in dem es nach Kohl und schlechtem Fett roch. Ein Kind schrie irgendwo, ein Radio plärrte, und die Gangfenster waren zum Teil noch mit Brettern vernagelt. Julius Brummer hatte sich nicht das feinste Haus für seine karitativen Bemühungen ausgesucht und nicht das sauberste. Aber was machte das schon? Die Blinden konnten den Dreck nur riechen.

Im ersten Stock gab es eine schmutzige Tür, die nicht schloß, und dahinter einen schmutzigen Vorraum mit Ausblick auf einen schmutzigen Hof. An einer Wand hing eine Photographie des Philanthropen. Darunter stand:

ES GIBT NUR EINE SÜNDE, UND DAS IST:
DIE HOFFNUNG VERLIEREN
JULIUS M. BRUMMER

Ich überlegte, daß die Blinden Julius Maria Brummers Gesicht nicht sehen und seine Erkenntnis nicht lesen konnten, und wie schade das doch war, beides.

Ich trat in einen zweiten Raum, der so schmutzig war wie der erste und in dem wieder eine Photographie von Brummer an der Wand hing, diesmal ohne Zitat. Es gab einen Tisch, ein paar Stühle, eine Schreibmaschine. Auf dem Boden lagen Dosen mit Bohnerwachs, geflochtene Körbe und Sandalen, Wäscheleinen, Decken und andere Dinge, welche Blinde herstellten oder verkauften. Hinter der Schreibmaschine saß ein junges Mädchen mit schwarzem Rock und weißer Bluse. Sie trug einen breiten goldenen Gürtel. Ein Halter hob die Brust zu einer kriegerisch vorspringenden Bastion, über den Hüften platzte der Rock fast aus dem Reißverschluß. Das

Mädchen war geschminkt wie ein Nachtrevuestar, sogar Wimpern hatte sie angeklebt, die Fingernägel waren mit Goldfarbe lackiert. Der Mund flammte. Für wen das alles wohl, überlegte ich, für wen hier oben? Gegen das geschlossene Fenster summten ein paar große Fliegen, sie schienen das Mädchen nicht zu stören. Ich tappte mit meinem Stock näher heran, grüßte demütig, und sie erwiderte meinen Gruß mit einem munteren: «Willkommen!» Ich bemerkte plötzlich, daß eine große Hasenscharte ihre Oberlippe spaltete. Die Blinden konnten das nicht bemerken, überlegte ich. Darum wohl ...

«Mein Name», sagte ich nicht ohne Amüsement, «ist Zorn. Hilmar Zorn. Ich wohne noch nicht lange in Düsseldorf. In Berlin, woher ich komme, habe ich einen Schreibmaschinekurs genommen. Ich höre, daß es auch bei Ihnen solche Kurse gibt.»

«Das ist richtig», sagte das Mädchen mit der Hasenscharte. Sie kam auf mich zu, ergriff meine Hand und drückte sie heftig. Ihre Augen glänzten feucht. Sie war vielleicht fünfundzwanzig Jahre alt und sehr parfümiert. «Ich nehme an, Sie sind Mitglied eines Verbandes, Herr Zorn?»

«Natürlich.»

«Wollen Sie sich gleich einschreiben lassen?»

«Wenn ich vielleicht zuerst feststellen dürfte, wie hier gearbeitet wird.»

«Sind Sie verheiratet, Herr Zorn?»

«Nein.»

«Es gibt viele Männer hier, die nicht verheiratet sind», sagte das Mädchen. «Übrigens, ich heiße Licht. Grete Licht.»

«Sehr erfreut. Arbeiten Sie schon lange hier, Frau Licht?»

«Fräulein», sagte sie. «Seit der Gründung. Vorher war ich in einer Filmfirma. Da habe ich gekündigt, weil die Kerle so frech waren. Hier sind alle Männer höflich.» Sie hängte sich in mich ein und drückte meinen Arm an sich. «Ich habe gern höfliche Männer. Also wirklich, wenn bei mir einer grob ist, dann kann er schon abhauen. Kommen Sie, ich führe Sie in den Unterrichtsraum.»

«Ist es nicht einsam hier für Sie?»

«Überhaupt nicht! Was glauben Sie, was ich für Geschichten zu hören bekomme! Wissen Sie, ich sage das nicht aus Nettigkeit: wenn ich mal heirate, dann wahrscheinlich einen Blinden. Nicht wegen der Rente, wirklich nicht! Aber die Blinden ... die sind doch anders! Treu. Und aufmerksam. Wirkliche Herren, ja!» sagte Grete Licht mit der Hasenscharte.

Im Nebenraum gab es viele Tische. Die Fenster waren geschlossen, es roch nach Desinfektionsmitteln. Fünfzehn Blinde arbeiteten in diesem Raum. Ein paar fertigten Bastmatten und Türvorleger an, andere stickten. Beim Fenster gab es fünf alte Schreibmaschinen. An ihnen tippten Schüler. Sie hatten die Gesichter zur Decke erhoben, die Münder standen offen. Drei trugen dunkle Brillen. Das Mädchen mit der Hasenscharte schob mich an eine freie Maschine, drückte mich auf einen Sessel und zeigte mir, indem es meine Hand führte, wo die Maschine stand, wo das Papier lag.

«Die Lehrerin ist schon fortgegangen. Es gibt jeden Tag Aufgaben. Manchmal aus dem Gedächtnis ein Diktat nachschreiben, manchmal einen Aufsatz erfinden. Sie können auch andere Sachen bei uns lernen. Soll ich Ihnen etwas diktieren?»

«Nein, danke. Ich möchte nur ein bißchen üben. Sehen, ob ich es noch kann.»

Das Mädchen mit der Hasenscharte verschwand. Ich begann zu schreiben. Ich tippte, mit ein paar Fehlern und schiefen Zeilen, das Alphabet herunter und die Zahlen von 1 bis 10. Dann tippte ich das Vaterunser. Es war eine uralte Maschine, auf der ich schrieb. Nicht eben ein Vermögen hatte Julius Brummer hier verschwendet.

Ich zog das Blatt aus der Maschine und spannte ein neues ein, und während die Blinden Körbe flochten und Aufsätze verfaßten, schrieb ich auf das schlechte Papier der Julius-Maria-Brummer-Stiftung: «Sie wissen jetzt, daß es mich gibt. Ich sehe aus wie Ihr Chauffeur. Das ist Pech für Sie. Und Pech für Ihren Chauffeur. Wenn Sie nicht tun, was ich von Ihnen verlange, werde ich Sie töten. Ihr Chauffeur wird dafür ins Zuchthaus gehen. Ihr Chauffeur, nicht ich. Denn wir kennen uns nicht, und ich habe keinen Grund, Sie zu töten. Ich tue nur, was meine Auftraggeber verlangen. Ihr Chauffeur kennt Sie. Er hat mehr als genug Grund, Sie zu töten. Jedes Gericht wird das einsehen.

Es war mir möglich, Ihren Cadillac aus der Garage zu holen und als Ihr Chauffeur Benzin auf Pump zu kaufen. Es werden mir noch ganz andere Dinge möglich sein. Sie werden meine Weisungen befolgen, oder Sie werden sterben. Meine Auftraggeber wollen Sie dort sehen, wo Sie hingehören: im Zuchthaus. Sie versuchen, den Reporter Romberg zur Herausgabe einer Photographie zu bewegen. Sie werden diese Bemühungen augenblicklich einstellen. Ich werde Sie töten, wenn Sie nicht tun, was ich von Ihnen verlange. Und Ihr Chauffeur wird dafür ins Zuchthaus gehen, Ihr Chauffeur, nicht ich.»

Dann schrieb ich auf ein billiges grünes Kuvert, das ich unterwegs gekauft hatte, die Adresse.

Dann tippte ich noch eine Weile. Und dann ging ich.

«Ich komme wieder!» sagte ich zu Grete Licht.

«Das wird mich freuen», erwiderte das Mädchen mit der Hasenscharte und drückte meine Hand an ihre Brust. Im Treppenhaus nahm ich die Brille ab und wickelte das Einpackpapier um den Blindenstock. In der Hattingerstraße fand ich ein Taxi. Ich fuhr zum Bahnhof. Hier zog ich mich um. Brille und Stock legte ich in den Koffer, den ich wieder zur Aufbewahrung gab.

Auf dem Hauptpostamt schickte ich den Brief an Brummer ab. Es war 17 Uhr 45. Ich fuhr zum Untersuchungsgefängnis. Zehn Minuten nach sechs erschien der kleine Doktor Zorn: «Wir haben hier noch mindestens zwei Stunden zu tun. Fahren Sie nach Hause.» Da kam ich noch nicht auf den Gedanken, daß auch andere Leute ihre Alibis brauchten.

«Gute Nacht, Herr Doktor», sagte ich und fuhr zum Rhein hinaus. Als ich das Parktor der Villa erreichte, sah ich, daß eine Frau in ihm stand. Das Licht der Scheinwerfer glitt über sie, und mein Herz begann laut zu pochen. Ich hielt. Nina Brummer war außer Atem. «Gott sei Dank, ich warte schon eine Ewigkeit.»

«Was ist geschehen?»

Der Nachtwind wehte ihr das blonde Haar in den Mund: «Mickey...»

«Was ist mit ihr?» fragte ich, während ich fühlte, wie eine Hand aus Eis nach meinem Herzen schoß.

«Wir müssen zu Rombergs. Mickey ist verschwunden.»

9

Die Nebel kamen vom Rhein heraufgekrochen, die Luft war feucht, der Himmel dunkel. Ich fuhr so langsam, daß die Bäume der Cecilienallee einzeln aus der Finsternis hervortraten, von dem grellen Scheinwerferlicht angestrahlt. Nina berichtete: «Romberg rief Mila an. Die Kleine hatte Unterricht bis eins. Um drei begannen die Eltern sie zu suchen. Die arme Mila! Sie regte sich so auf, daß sie sich hinlegen mußte. Ein Arzt ist jetzt bei ihr.»

Ich zog das Steuer nach links, und der Wagen glitt lautlos westlich, die Parkstraße empor.

«Robert...»

«Ja?»

«Hat er... hat mein Mann damit zu tun?»

Ich nickte. «Erinnerst du dich an den Tag, an dem du aus der Klinik kamst? Damals machte Romberg ein Photo von uns allen. Hinter diesem Photo ist dein Mann her.»

«Weshalb?»

«An diesem Tag sprang Herrn Schwertfegers Freundin aus dem

Fenster... das Mädchen, das in euern Mercedes fuhr. Mickey hat sie gesehen. Mickey hat ihren Namen verstanden. Hilde Lutz. Mit dem Photo und mit Mickey kann Romberg beweisen, daß ein Zusammenhang zwischen der Lutz, deinem Mann und Herrn Schwertfeger besteht.»

«Und du glaubst, daß er... daß er Romberg mit dem Kind erpressen will?»

«Ich weiß es.»

Sie preßte die Hände an die Schläfen und stöhnte: «Du bist schuld daran... du bist schuld... du hast ihm die Dokumente gebracht.»

Ich trat auf die Bremse. Nina wurde nach vorne geworfen. Sie schlug mit der Stirn gegen die Scheibe und schrie leise auf. Ich griff nach ihr, aber sie sprang schon aus dem Wagen. Hinter ihr her ging ich auf den Neubau zu, in dem Romberg wohnte. Mit dem Lift fuhren wir in den dritten Stock empor. Nina klingelte. Schritte näherten sich. Dann flog die Tür auf. Bleich und verängstigt stand Carla Romberg da. Das braune Haar hing ihr unordentlich in die Stirn, sie hatte die Brille abgenommen. Die braunen Augen waren von Tränen gerötet. Hinter ihr, im Kinderzimmer, sah ich Mickeys leeres Bett und darüber die bunten Spielzeugtiere, die Katzen und Affen, Schäfchen und Hunde.

Frau Romberg sah uns an und schwieg. Sie preßte eine Hand gegen den Mund.

Nina sagte: «Haben Sie inzwischen etwas gehört?»

Carla Romberg schüttelte den Kopf.

«Dürfen wir hereinkommen?»

«Wer ist das?» erklang Peter Rombergs Stimme aus dem Arbeitszimmer. Gleich darauf kam er selber. Er trug Flanellhosen und eine Lederjacke. Sein Gesicht war so blutleer, daß die Sommersprossen blau erschienen. Ungekämmter denn je stand ihm das rote Haar vom Kopf. Seine Stimme klang voll Haß: «Mach die Tür zu, Carla.»

Sie wollte die Tür schließen, aber ich stellte einen Fuß in den Spalt. «Moment, ich muß Ihnen etwas sagen.»

Romberg konnte kaum sprechen vor Wut. «Verschwinden Sie!»

«Aber um Gottes willen, *wir* können doch nichts dafür, daß Mickey verschwunden ist!» rief Nina.

Der kleine Reporter wies auf mich. «Fragen Sie ihn, wer dafür kann! Es tut mir leid, Frau Brummer, leid für Sie! Sie waren immer gut zu uns!»

Ich sagte: «Romberg, nehmen Sie Vernunft an! Wollen Sie warten, bis man Ihre Tochter umbringt?»

Carla Romberg schrie auf.

«Ich habe Ihnen gesagt, Sie sollen die Finger von der Sache lassen, Sie sollen das verfluchte Photo verbrennen und vergessen. Warum haben Sie das nicht getan?»

Er sagte heiser: «Die Gemeinheit, bei der Sie nicht mitmachen, gibt's nicht, was?»

«Ich will Ihnen doch nur helfen! Geben Sie mir das Photo —»

«— und dann bekomme ich Mickey wieder, was? So habe ich mir das vorgestellt!»

«Sie verfluchter Idiot! Dann geben Sie das Photo dem Untersuchungsrichter! *Tun* Sie was damit!»

«Verlassen Sie sich drauf, ich tue was. Meine *Zeitung* wird was tun, wenn wir genügend Material haben. Untersuchungsrichter! Das würde Ihnen passen! Es ist schon mal dem Untersuchungsrichter Material übergeben worden — und? Herr Brummer ist ein freier, ehrenwerter Mann!» Er flüsterte: «Wenn *wir* loslegen, werden es Millionen lesen, Millionen anständiger Menschen in diesem Land — und dann werden wir sehen, was Ihrem Chef passiert. *Und Ihnen!*»

«Und Mickey? Was geschieht Mickey? Ist Ihnen das Photo mehr wert als das Leben Ihres Kindes?»

Er trat dicht vor mich hin. «Wenn Mickey ein Haar gekrümmt wird, dann gnade euch Gott, euch allen!»

«Dummes Geschwätz! Dann ist es doch zu spät!»

«Sie haben wir für einen Freund gehalten —»

«Ich bin Ihr Freund!»

«— ein dreckiger Lump sind Sie, ein gekaufter Lügner —»

«Herr Romberg!» schrie Nina.

Gegenüber flog eine Wohnungstür auf. Ein dicker Mann mit herabhängenden Hosenträgern erschien. «Schwierigkeiten, Herr Romberg? Was sind das für Leute? Soll ich die Polizei rufen?»

«Ja, bitte», sagte der kleine Reporter. «Bitte, rufen Sie die Polizei!»

Ich packte Ninas Hand und zog sie mit mir fort, die Treppe hinunter.

Ich hörte den Dicken fragen: «Wer war denn das?»

Rombergs Stimme sagte: «Ratten.»

Dann fielen zwei Türen zu.

Ich ließ Ninas Hand nicht mehr los, bis wir den Cadillac erreichten. Dann setzte ich mich hinter das Steuer. Die Straße lag verlassen. Herbstwind trieb Blätter über den Damm. Das Laub raschelte.

«Hast du... eine Zigarette?»

Wir rauchten beide. «Du bist nicht allein schuld», sagte sie. «Ich bin so schuld daran wie du.»

«Unsinn.»

«Kein Unsinn. Wenn ein Verbrechen geschieht, dann sind nicht nur die daran schuld, die es begehen, sondern auch die, die es dulden.»

«Phrasen. Er ist stark, wir sind schwach. Er hat viel Geld, wir haben keines. *Ich*, ich allein bin schuld! Ich hätte es verhindern können, damals. Ohne die Dokumente hatte er keine Macht. Damals wäre er noch verurteilt worden. Heute lacht er über uns. Heute ist es zu spät.»

Danach schwieg sie, und ich hörte den Nachtwind wehen und das tote Laub rascheln.

Plötzlich flüsterte sie: «Robert...»

«Ja?»

«Ich glaube, ich habe eben angefangen, dich zu lieben.»

«Ach, Nina.»

«Ich meine es ernst. Zuerst konnte ich dich nicht leiden. Dann hatte ich Angst vor dir. Dann war ich gierig. Aber jetzt... wenn du mich jetzt anrührst, dann ist es so... so, wie es noch nie war. Jetzt habe ich angefangen, dich zu lieben.»

«Und warum?»

«Weil du gesagt hast, daß es deine Schuld sei. Weil du dich von Romberg hast beschimpfen lassen. Du bist nicht so klug wie er, nicht so gerissen. Du bist ihm unterlegen wie ich. Du bist nicht mutig, Robert.»

«Nein», sagte ich, «ich bin nicht mutig.»

Sie umarmte mich und küßte sehr zart meine Wange.

Ich sagte: «Wenn uns jemand sieht!»

«Du Feigling», sagte sie, «du Feigling.»

Sie küßte mich auf den Mund.

«Ich weiß nicht, was geschehen wird. Aber ich verspreche es, wenn alles vorübergeht, und wir überleben es, und du hast wieder deine Freiheit, und ich habe wieder meine Freiheit, ich verspreche es dem lieben Gott: ich will dir eine gute Frau sein, Robert.»

Sie küßte mich wieder, und über ihr blondes Haar hinweg sah ich auf die verlassene Straße hinaus, und mir fiel der Anfang eines Gedichtes ein, das ich gelesen hatte, im Gefängnis einmal, vor langer Zeit: «Feigling, nimm eines Feiglings Hand...»

Ich richtete mich plötzlich auf. «Was hast du?» fragte sie erschrocken. Dann sah sie, was ich sah: ein kleines, schwarzhaariges Mädchen in einem roten Mäntelchen, das todmüde die Straße heraufkam, vorgeneigt, mit dem Wind kämpfend, eine Schultasche auf dem Rücken.

Nina stieg aus, und ich kurbelte ein Fenster herab, um verstehen zu können, was sie miteinander sprachen.

«Mickeylein!» Nina beugte sich tief zu ihr herab. «Was machst du bloß für Geschichten? Wo treibst du dich herum?»

«Wer sitzt da im Wagen?»

«Herr Holden.»

«Den mag ich nicht.»

«Warum nicht?»

«Weil er lügt.»

«Mickey, wo warst du?»

«Vor der Schule standen zwei Männer. Ich habe sie gefragt, wie spät es ist, weil ich hab wissen wollen, ob ich noch ein bißchen bummeln darf mit meiner Freundin. Es war aber zu spät. Da haben die beiden gesagt, sie bringen mich nach Hause. In ihrem feinen Auto.»

«Mickey, du weißt doch, daß du nicht mit fremden Leuten gehen darfst!»

«Aber wenn es schon so spät war! Da bin ich mit ihnen gefahren. Und dann ging das Auto kaputt. Und wir haben warten müssen.»

«Wo?»

«In einem großen Haus. Ich weiß nicht, wo. Ich habe Limonade gekriegt und bunte Zeitungen zum Anschauen.»

«Und deine Eltern? Hast du nicht an die gedacht?»

«Doch, freilich! Die Männer haben gesagt, sie haben bei uns angerufen. Auweia, Tante, haben sie *nicht* angerufen?»

«Nein, Mickey, nein!»

«Das verstehe ich aber nicht. Sie waren doch so nett ... Lutschfische haben sie mir gegeben ... und jetzt, als sie mich nach Hause brachten, da *hat* einer mit dem Vati telephoniert, vorne am Eck in der Zelle. Also, das habe ich aber selbst gesehen!»

«Du gehst sofort hinauf zu deinen Eltern!»

«Na freilich», sagte Mickey, «wohin denn?»

Nina brachte sie ins Haus. Dann kam sie zu mir zurück.

«Ich muß meinen Mann anzeigen!»

«Lächerlich.» Ich fuhr los.

«Er bringt das Kind um! Er schreckt doch vor nichts zurück! Der Anruf aus der Zelle ... kannst du dir vorstellen, was Romberg zu hören bekam? Wenn er das Photo nicht hergibt, verschwindet Mickey noch einmal – aber für immer!»

«Kannst du beweisen, daß dein Mann damit zu tun hat? Er sitzt seit Stunden beim Untersuchungsrichter!»

«Aber wir dürfen doch nicht zulassen, daß ein Mord geschieht!»

«Es wird kein Mord geschehen. Romberg wird ihnen das Photo geben. Er ist kein Idiot», antwortete ich und schenkte meinen Worten keinen Glauben – und sie auch nicht.

Sturm kam auf. Er orgelte in den Bäumen der Cecilienallee, und ich sah einigen Wellengang auf dem Rhein. Die bunten Blätter tanzten ein gespenstisches Ballett.

Vor der Villa parkte ein Wagen. Ich fuhr in die Garage. Nina blieb sitzen. Sie stieg erst aus, als ich ausstieg. In der Garage war es dunkel. Ich stieß mit ihr zusammen und umarmte sie. Ihre Wange lag an der meinen, wir hielten uns fest, einer am anderen. So lauschten wir dem Sturm draußen und dem Knarren eines großen Astes.

«Morgen um drei beim Boot», flüsterte Nina. «Er muß wieder zu Gericht, du wirst Zeit haben. Ich nehme ein Taxi.»

«Ich werde da sein.»

«Ich will daran denken, Robert... bis morgen um drei werde ich daran denken. Immer.»

«Ich auch.»

«Schau nicht mehr zu meinem Fenster herüber.»

«Ich muß aber.»

«Wenn... wenn das Licht ausgeht, dann denk an mich», flüsterte sie. «Ich werde an dich denken, die ganze Zeit.»

Ich küßte ihre Hand.

«Ich liebe dich», sagte sie.

«Weil ich feig bin.»

«Gute Nacht, Feigling...» Sie ging schnell in den Park hinaus. Ich folgte. Im Augenblick, da ich die Garagentür schließen wollte, hörte ich Doktor Zorns Stimme: «Guten Abend, gnädige Frau.»

Er stand auf dem Kiesweg, fünf Meter entfernt, eine kleine, hagere Silhouette. «Wir hörten den Wagen kommen. Herr Brummer bat mich, Ihnen entgegenzugehen. Er möchte Sie sprechen.» Zorn streckte einen Finger aus. «Sie auch, Herr Holden.»

Ich schloß die Tür, und wir gingen zu dritt auf die Villa zu. Im Gehen streifte ich einmal Ninas Hand. Doktor Zorn sagte: «Wir bekommen schlechtes Wetter.»

Niemand antwortete ihm.

«Wie bitte, gnädige Frau?»

«Ich habe nichts gesagt, Herr Doktor.»

«Oh, entschuldigen Sie. Man versteht so schlecht bei diesem Sturm...»

Julius Maria Brummer saß auf dem Rand von Milas weißgestrichenem Eisenbett, als wir in das kleine Zimmer hinter der Küche kamen. Die alte Köchin lag auf dem Rücken. Sie sah schrecklich aus: das Gesicht grau und schweißglänzend, die Lippen bläulich, die Hände an den Leib gepreßt. Ihr Atem ging in flachen, kurzen Stößen. Die Wangen waren eingefallen. Mila hatte ihr künstliches Gebiß herausgenommen, es lag in einem Wasserglas.

Julius Brummer wischte der alten Frau eben behutsam die Stirn mit einem weißen Seidentaschentuch trocken. Er zeigte das Gehaben eines um seine Mutter tief besorgten Sohnes.

«Da sind sie!» Mila fuhr hoch. Keuchend rief sie: «Was is', gnä' Frau? Was ist mit dem Kindel?»

«Mickey ist schon zu Hause, Mila.» Nina eilte zu dem Bett. Sie streichelte Milas eingefallene Wangen. «Vor zehn Minuten ist sie heimgekommen, wir haben sie gesehen, Herr Holden und ich.»

Mila sank auf das Kissen zurück. Sie weinte und lachte. Dazwischen schluckte sie würgend und hielt sich die Hände an den Leib. «Und ist sie gesund? Es fehlt ihr nichts?»

«Gar nichts, Mila.» Nina sah ihren Mann an, sie sprach ihm laut ins Gesicht: «Zwei Männer haben sie im Wagen mitgenommen. Sie wollten sie nach Hause bringen. Dann ging der Wagen kaputt. Die Reparatur dauerte so lange.»

«Jesusmaria, wie oft hab ich der Mickey gesagt, sie darf mit niemandem mitgehen! Wie finden Sie denn das, gnä' Herr, ein so großes Mädel und so blöd? Also, von *mir* hat sie das nicht!»

Julius Brummers Gesicht war erfüllt von Sanftmut und inniger Zärtlichkeit. Er sagte weich: «Kinder sind Kinder. Danken wir Gott, daß alles so gut gegangen ist.» Milde blickte er zu Nina auf: «Ich danke auch dir, Liebling.»

«Wofür?» Ihre Stimme krächzte, das Wort war kaum zu verstehen.

«Dafür, daß du gleich zu den Eltern gefahren bist.» Er neigte sich vor und küßte ihre Hand. «Ich bin sicher, sie haben sich über deine Anteilnahme gefreut.»

«Sehr», sagte Nina. Ihre Augen schlossen sich halb, und sie betrachtete ihn mit einer Grimasse des Ekels, aber er lächelte nur und nickte: «Siehst du.» Sodann drehte er sich zu mir: «Auch Ihnen danke ich. Es ist schön, zu wissen, daß man sich auf jemanden verlassen kann.»

Mila rang plötzlich nach Luft und stöhnte laut.

«Meine Arme...» Nina neigte sich über sie.

«Geht mir schon wieder besser. Is nur die Aufregung. Kann ich morgen bestimmt den Rehrücken machen, gnä' Frau.»

Brummer stand auf. Er verschränkte die Hände auf dem Rücken. Seine Stimme war wohltönend. «Was du brauchst, ist Erholung, meine Alte. Und *sofort*.»

«Aber ich kann doch hier nicht weg —»

«Und warum nicht? Wenn jemand Anspruch auf Erholung hat, dann du!»

«Nein, Sie, gnä' Herr!»

«Ich bin jünger. Das kann man überhaupt nicht vergleichen. Du hast genug Aufregungen bei uns gehabt. So geht das nicht weiter.»

«Barmherzige Himmelmutter, wo soll ich denn hin?»

«Paß auf, meine Gute. Du bist jetzt elf Jahre bei uns. Treu und ergeben hast du gedient, für uns gekocht, für uns gesorgt. In meinem Haus bist du krank geworden.»

«Aber nein!»

«Aber ja.» Er sah auf zu der Öldruckmadonna über dem Eisenbett. «Es ist eine Schuld, die ich fühle, eine schwere Schuld.»

«Gehns weiter, gnä' Herr, sind ja meschugge!»

«Ich weiß, daß du mir nur aus Anständigkeit widersprichst. Ich weiß, wie gern du deine Ruhe haben möchtest.»

«Na ja, schon, aber gerade jetzt —»

«*Gerade* jetzt! Ich habe doch das kleine Haus unten in Schliersee. Mila, ich möchte dir das Haus schenken.»

«Bitte, gnä' Herr, bitte, redens nicht so, krieg ich schon wieder meine Zuständ!»

«Mila, das Haus gehört *dir*. Ich schenke es dir mit allem, was drin ist. Ich bezahle weiter dein Gehalt. Du kannst uns besuchen, sooft du willst. Aber zuerst fährt dich Holden mal 'runter! Und du *bleibst* unten, bis du wieder ganz gesund bist, verstanden? Ich werde dem Doktor Schuster schreiben, damit er auf dich aufpaßt.»

«Ach, gnä' Frau, sagen Sie dem Herrn Gemahl doch, daß das eine Verrücktheit ist, eine einzige, und daß er nicht so herumschmeißen soll mit seinem Reichtum, ich verdien es doch nicht!»

«Du verdienst es mehr als jeder andere», sagte Brummer, und wieder wischte er ihr den Schweiß von der Stirn. Sie ergriff plötzlich seine rosige Kinderhand und drückte die Lippen darauf.

«Nicht doch», sagte er skandalisiert. «Was soll denn das?»

Mila wischte Tränen fort, aber es kamen immer wieder neue. Mit gichtkrummen Fingern, deren Nägel abgebrochen waren, rieb sie sich die Augen. «Ach, gnä' Frau! Meiner Seel, ist das nicht der beste Mann von der Welt, wo Sie haben?»

Nina Brummer sah ihren Gatten an. Er lächelte sonnig. Doktor Zorn lächelte sonnig. Ich lächelte sonnig. «Ja», sagte Nina Brummer, sonnig lächelnd, «der beste Mann von der Welt!»

10

Mein Brief kam mit der Morgenpost. Ich war in der Halle, als der neue Diener die Kuverts und Zeitschriften sortierte, die der Postbote gebracht hatte. Da war er, der Brief, den ich bei den Blinden geschrieben hatte...

Der hochmütige neue Diener legte ihn mit allen anderen Briefen auf einem großen Zinnteller und trug diesen hinein in Brummers Arbeitszimmer. Die schwere, gepolsterte Tür schloß sich hinter ihm. Nun mußte ich auf das warten, was weiter geschah, dachte ich.

Es geschah aber überhaupt nichts weiter.

Neun Uhr. Halb zehn. Zehn. Halb elf.

Nichts geschah.

Ich ging in die Garage und holte den Cadillac heraus und wusch ihn. Es geschah nichts. Ich wusch den Mercedes. Halb zwölf. Es geschah nichts. Ich ging in mein kleines Zimmer hinauf. Es war schlimm, daß ich jetzt schon am Vormittag etwas trinken mußte, um ruhig zu werden — wo doch alles erst begonnen hatte, erst begonnen.

Einen kleinen Schluck nur, und dann Schluß. Aber nach dem kleinen Schluck zitterten meine Hände so sehr, daß ich Kognak verschüttete, und ich mußte noch einen Schluck nehmen, und noch einen.

Dann ging ich wieder hinunter und holte den dritten Wagen heraus und wusch auch ihn. Nun war es zwölf. Um Viertel eins kam Doktor Zorn. Er winkte mir leutselig zu, als er durch den Park schritt. Um halb eins erschien der hochmütige Diener und teilte mit, daß Herr Brummer mich zu sprechen wünschte.

Ich zog meine Jacke an und ging in die Villa hinüber. In Brummers Arbeitszimmer kam der alte, halbblinde Hund auf mich zugetorkelt und rieb sich an meinem Knie. Zorn stand beim Fenster. Brummer saß hinter dem Schreibtisch. Auf dem Schreibtisch, direkt vor ihm, lag der Brief, den ich bei den Blinden geschrieben hatte.

«Sie haben mich rufen lassen, Herr Brummer?»

«Ja, ich habe Sie rufen lassen.» Er sah mich an. Dann sah er Zorn an. Dann sahen beide mich an. Dann sahen beide den Brief an. Es war ein kalter Tag, die Zentralheizung arbeitete noch nicht, aber obwohl ich eben gefroren hatte, begann ich jetzt zu schwitzen.

«Der Hund», sagte Brummer.

«Bitte?»

«Der Hund muß 'raus. Führen Sie ihn zum See hinunter, Holden.»

Danach steckte Brummer einen Kaugummi in den Mund und fing an zu pfeifen.

«Komm, Puppele», sagte ich. Da war es drei Viertel eins.

## 11

Um halb drei fuhr ich Brummer in die Stadt zum Untersuchungsrichter. Er wollte Nachrichten hören, ich hatte auf seinen Wunsch
das Wagenradio angedreht, und wir hörten, was in Algier los war
und in London und in Little Rock. Und was in Deutschland los war ...

«Bonn. In der heutigen Sitzung des Bundestages richtete eine
Oppositionspartei die folgende kleine Anfrage an die Bundesregierung: Welche Schritte gedenkt die Bundesregierung in Zusammenhang mit der Tatsache zu unternehmen, daß der bereits anberaum-
te Prozeß gegen den Düsseldorfer Kaufmann Julius Brummer auf
unbestimmte Zeit verschoben werden mußte, weil alle wichtigen
Belastungszeugen aus nicht durchschaubaren Motiven ihre Anschul-
digungen vor dem Untersuchungsrichter zurückgezogen haben?
Ist der Bundesregierung bekannt, daß Brummer gegen Hinterle-
gung von fünfhunderttausend Mark aus der Untersuchungshaft entlassen wurde, obwohl —»

«Drehen Sie den Scheißer ab», sagte Julius Maria Brummer.
Ich schaltete das Radio ab. Er summte und pfiff. Er sagte: «Um
fünf holen Sie meine Frau ab. Sie ist beim Schneider. Bringen Sie
sie nach Hause. Ich brauche Sie erst wieder um sechs.»

«Ist gut, Herr Brummer.»

Als er vor dem Untersuchungsgefängnis ausstieg, fragte er noch:
«Können Sie Schreibmaschine schreiben?»

«Jawohl.»

«Gut?»

«Es geht.»

«Also dann bis sechs», sagte er und ging in das große Haus hinein. Jetzt war es dreiviertel drei. Ich fuhr bis zum Grüntorweg.
Hier ließ ich den Wagen stehen und nahm ein Taxi zum Rhein
hinaus. Etwa einen Kilometer vor dem Restaurantschiff bezahlte
ich den Chauffeur. Der Wagen wendete und fuhr in die Stadt zurück. Ich ging die Chaussee entlang, in deren Bäumen der Herbstwind sang, und sah auf das Wasser hinaus, auf dem es viele kleine
Wellen gab.

Nina stand wieder im Schatten der alten Kastanie. Als sie mich
erblickte, begann sie mir entgegenzugehen. Sie trug beigefarbene
Hosen, flache beigefarbene Schuhe, eine kurze Pelzjacke und
dunkle Brille. Um das blonde Haar trug sie wieder ein dunkles
Tuch. Wir mußten ein ziemliches Stück gehen, ehe wir einander
trafen. Zuerst gingen wir langsam, dann gingen wir schneller, zuletzt liefen wir.

Sie ergriff meine Hand und begann an meiner Seite stromaufwärts zu wandern. Wir sprachen nicht.

Das Restaurantschiff war verlassen, das Deck leer. Der alte Mann, der aussah wie Hemingway, lag auf den Knien und schrubbte die Bohlen. Er bemerkte uns nicht. Die Chaussee war hier an manchen Stellen unter bunten Laubwehen verborgen. Über dem Strom kreischten Möwen.

Wir erreichten die Stelle, an welcher der kleine Auwald begann. Wie schon einmal ging Nina vor mir her in das sandige, warme Dickicht hinein, in welchem Gräser und Algen von den Bäumen herabhingen, vom letzten Hochwasser her. Auf der kleinen Lichtung blieb Nina stehen und wartete auf mich. Der Wind kam nicht durch den Wald, es war still auf der Lichtung und sehr gemütlich.

Ihre Lippen schmeckten salzig, ihr Atem hatte den Geruch von frischer Milch. Wir setzten uns dicht nebeneinander auf einen schmalen Rasenstreifen und hielten uns wieder an den Händen, und über uns, oben in den alten Weiden, orgelte der Herbstwind. Ich dachte, daß ich nie mehr eine andere Frau haben wollte, und ich dachte, wie glücklich wir sein würden, wenn ich Julius Brummer erst getötet hatte. Und ich dachte, wie seltsam es war, daß ich das dachte, denn es gab so vieles, das ich nicht von Nina wußte. Eigentlich wußte ich nur, daß es mich glücklich machte, wenn sie meine Hand drückte. Wie in der Schule, dachte ich, wie in der Schule . . .

«Woran denkst du?»

«Daran, daß wir uns benehmen, als wären wir noch in der Schule.»

«Ich habe mich noch nie so benommen.»

«Ich auch nicht.»

«Auch nicht mit deiner Frau?»

«Nein.»

«Doch.»

«Nein, wirklich nicht.»

«Aber deine Frau hast du geliebt.»

«Anders.»

«Du sagst, sie sah so aus wie ich.»

«Sie *war* aber nicht so wie du.»

«Wie war sie? Sag es mir. Ich will es wissen.»

«Warum?»

«Weil ich auf sie eifersüchtig bin.»

«Sie ist tot.»

«Aber ich sehe ihr ähnlich. Vielleicht liebst du mich nur, weil ich ihr ähnlich sehe.»

«Unsinn.»

«Vielleicht liebst du mich überhaupt nicht. Vielleicht liebst du noch immer sie. Ich bin sehr unglücklich darüber, daß ich deiner toten Frau ähnlich sehe.» Ich küßte sie, und sie sank zurück auf den

Rasenstreifen und lag nun auf dem Rücken, und ich lag über ihr. Ich öffnete die Pelzjacke und streichelte die Brust, die sich unter einem dünnen Pullover senkte und hob, und Ninas Augen begannen zu schwimmen, und ihre Hände wühlten in meinem Haar. Ich hörte die Möwen lärmen und einen Dampfer näherkommen, langsam, ganz langsam. Meine Hand glitt unter den Pullover...

«Robert...»

«Ja?»

«Hast du den Brief geschrieben?»

Ich nahm die Hand zurück und setzte mich auf, und sie blieb liegen und sah mich an, sorgenvoll und traurig.

«Was für einen Brief?»

«Lüg nicht, bitte. Meine Männer haben mich immer angelogen. Ich würde es nicht ertragen, daß du mich auch belügst.»

«Ich habe keine Ahnung, wovon du redest!»

«Bitte, Robert!»

«Ich habe keinen Brief geschrieben.»

«Schwörst du es?»

«Natürlich.»

«Bei unserer Liebe?»

«Natürlich.»

«Wir sollen nie glücklich werden, wir sollen nie zusammenkommen, wenn du lügst?»

«Aber natürlich», sagte ich. Was hätte ich sagen können?

Sie sah mich an. In ihren Augen spiegelten sich Himmel und alte, weiße Weidenäste. Der Dampfer kam immer näher. Tucktucktuck, machte seine Maschine. Nina richtete sich auf.

«Was für nette Augen du hast. So nette Lügenaugen.»

Ich sah sie an und schwieg.

«Es ist so leicht, zu lügen, Robert. Der andere kann sich nicht wehren. Das ist so feige.»

«Ich lüge nicht.»

Der Schlepper entfernte sich. Wir sahen uns in die Augen, und ich denke, meine Liebe gab mir die Kraft, ihren Blick zu ertragen. Ich denke, meine Liebe überzeugte sie zuletzt. Sie sagte: «Ich glaube dir. Aber dann ist alles nur noch schlimmer.» Und plötzlich lag sie wieder in meinen Armen.

«Erzähl mir, was geschehen ist», sagte ich. Der Schlepper entfernte sich, die Stille kam zurück. Nina sprach von dem unheimlichen Brief, den Brummer heute erhalten hatte, und von seinem Inhalt. Brummer hatte ihr den Brief vorgelesen. Er hatte sie gefragt, ob sie sich vorstellen könnte, daß *ich* ihn geschrieben hätte und warum.

«Und was hast du geantwortet?» fragte ich, Ninas Haar streichelnd, sie in meinen Armen haltend.

«Ich habe gesagt, daß ich es mir *nicht* vorstellen kann.» Sie klammerte sich an mich. «Robert, bin ich verrückt? Sind wir alle verrückt?»

«Du kannst es dir also doch vorstellen.»

«Nur *daß* du es getan hast, nicht *warum*. Ich... ich habe gedacht, vielleicht hast du irgendeinen Plan... für uns beide... damit wir endlich zusammen leben können... irgendeine wahnsinnige Idee...»

«Ich habe keinen Plan.» Ihr Haar streichelnd, fragte ich: «Und dein Mann? Was stellt *er* sich vor?»

Ihre Antwort erfüllte mich mit wilder Freude: «Er hat Angst, Robert, auf einmal hat er Angst!»

Auf einmal hast du Angst, Julius Brummer, Dickwanst mit Millionen. Auf einmal hast du Angst. Und dabei stehen wir erst am Anfang, Julius Brummer, am Anfang eines langen Weges, den wir zusammen gehen werden, hinein in einen Tunnel des Grausens, in eine unvernünftige Unterwelt des Schreckens, aus der es kein Entrinnen geben wird für dich, nein, nicht für dich. Nur *ich*, ich allein werde wieder emporsteigen an das helle Licht einer vernünftigen Welt. Und dann will ich für immer mit Nina leben, mich nie mehr trennen von ihr, nicht für eine einzige Stunde. Und ein kleines Kind wird dann in Sicherheit sein für immer.

Während ich dies alles dachte, hörte ich Nina sagen: «Er hat versucht, feststellen zu lassen, auf was für einer Maschine der Brief geschrieben wurde.»

«Und?»

«Man kann es nicht mehr feststellen.»

«Warum nicht?»

«Die Maschine, die benützt wurde, ist zu alt und zu schlecht, ihre Typen sind zu ausgeleiert, um typische Merkmale aufzuweisen.»

Sieh, Julius, dachte ich, hättest du für deine Blindenstiftung etwas mehr Geld ausgespuckt und nicht von allem nur das Billigste, den letzten Dreck erworben, dann hättest du jetzt vielleicht noch eine Chance gehabt, mich zu ertappen. Aber zu geizig bist du, Julius, mit dem Groschen sparst du, wenn es um die Armen geht. Gott segne dich für deinen Geiz, Julius Maria Brummer...

«Robert?» flüsterte Nina.

«Ja?»

«Sag mir, was dieser Brief bedeutet.»

«Du weißt, was er bedeutet.»

«Aber das gibt es doch nur im Kino oder in Romanen!»

«Es muß kein Doppelgänger sein. Ein Mann, der mir sehr ähnlich sieht, genügt. So etwas gibt es. Ich kam einmal in München in ein Hotel, weil ich jemanden in der Halle treffen sollte, und der Portier winkte mich heran und gab mir eine Menge Post. Sie hätte sich angesammelt, seit ich zum letzten Mal im Hotel gewohnt hätte, meinte er. Ich hatte noch *nie* in dem Hotel gewohnt. Der Name auf den Briefen war mir völlig unbekannt, ich gab sie zurück. Der Portier entschuldigte sich. Die Briefe gehörten einfach einem Mann, der mir sehr ähnlich sah. So etwas gibt es — nicht nur in Romanen.»

Nina richtete sich plötzlich auf und sah mich prüfend an.

«Was hast du?» fragte ich.

«Du sprichst so ruhig, so sachlich. Erschreckt das alles dich denn gar nicht?»

«Es hat mich früher erschreckt als euch. Mir war schon bei der Benzingeschichte klar, was da auf uns zukam.»

«Was war dir klar?»

«Daß sie einen solchen Mann gefunden hatten, der mir ähnlich sieht.»

«Wer?»

«Dein Mann hat viel Feinde. Ich weiß nicht, wer es ist. Liebling vielleicht. Vielleicht auch Herr von Butzkow. Einer, den dein Mann belastet und erpreßt mit seinen Dokumenten. Einer, der genug hat, der sich rächen will — auf meine Kosten.»

«Auf deine Kosten?»

«Natürlich. Der Mann, der mir so ähnlich sieht, kann tun, was er nur immer will. Stets wird es aussehen, als hätte *ich* es getan.»

Sie flüsterte: «Er kann ... alles tun?»

«Ja, alles.»

«Auch ...»

«Auch das. Auch wenn er Brummer *ermordet*, wird man denken, *ich* sei es gewesen. Ich habe ein Motiv. Ich werde von Brummer erpreßt. Und ich liebe dich.»

«O Gott», sagte sie. Dann sank sie langsam auf den Rücken und lag still auf meinem Regenmantel, den ich ausgebreitet hatte. Ihr Haar umgab den Kopf wie ein blonder Fächer, der Mund stand offen, die Augen glänzten feucht.

«Robert ... ich habe mich schrecklich in dich verliebt ... es war bei keinem Mann wie bei dir ... wenn du mich ansiehst, so wie jetzt, dann wird mir schwindlig ... es ist so süß, so von dir angesehen zu werden ... aber wir werden nie zusammenkommen ... etwas wird geschehen ... etwas Schreckliches ...»

«Nein!»

«Wenn zwei Menschen sich lieben, geschieht immer etwas Schreckliches. Einer stirbt. Oder es gibt einen Krieg, und sie werden getrennt. Es wird etwas geschehen. Sie lassen uns nicht glücklich sein...»

«Ich werde mich wehren gegen diesen Kerl...»

«Wie willst du dich wehren?»

«Ich finde einen Weg.»

«Du willst mir nur Mut machen. Du hast genauso Angst wie ich.»

«Ja, das ist wahr», sagte ich.

«Dafür liebe ich dich. Laß deine Hand da liegen. Bitte, laß sie da liegen. Es macht mich glücklich.» Ihre Augen waren jetzt rauchig. Ich ließ meine Hand liegen und neigte mich über sie und küßte sie. Dann legte ich meinen Kopf auf ihre Brust und hörte sie sagen: «Ich will deine Frau sein. Jetzt gleich. Ich will, daß du mein Mann bist, Robert.»

Ich richtete mich auf. Sie sah mir in die Augen.

«Ja, bitte. Bitte, ja. Tue es. Bitte, tu es. Ich weiß, sie werden uns trennen. Etwas geschieht... aber ich will deine Frau gewesen sein, wenn es geschieht.»

«Ich liebe dich», sagte ich. Unsere Hände begannen sich gemeinsam zu bewegen, und unser Atem begann zu fliegen, und unsere Stimmen sprachen Worte von selber. Ihr Körper war schöner als irgendein anderer Frauenkörper, den ich je zuvor gesehen hatte. Ihre Zärtlichkeit war süßer als die irgendeiner anderen Frau zuvor. Und was sie sagte in dieser Stunde, will ich nie vergessen.

Ein neuer Schlepper kam den Strom herauf, lauter und lauter polterte seine Maschine, und kreischend kreisten Möwen über uns am Himmel. Nina war ganz anders als Margit, meine tote Frau. Es bestand nicht die geringste Ähnlichkeit zwischen den beiden. Verrückt, daß ich mir das jemals eingeredet hatte!

Näher kam der Schlepper.

«Bin ich gut für dich?» flüsterte sie. «Bin ich so, wie du willst?»

«Du bist wundervoll, Liebling, du bist wundervoll...»

Die Maschine des Schleppers wurde überlaut, das Wasser schlug klatschend ans Ufer. Nina schrie leise auf. Und mir war, als ströme mein Leben fort mit den Fluten des Stroms, davon, davon. Ich wäre gerne gestorben in diesem Augenblick. Die Möwen kreischten. Die Maschine des Schleppers wurde leiser. Ich hörte Nina flüstern: «Wenn wir jetzt sterben könnten zusammen, das wäre schön...»

Es dämmerte, als wir die kleine Lichtung verließen. Vom Wasser kamen Nebel, die Wolken wurden dunkelgrau, die Luft wurde blau, und es roch nach Herbst, sehr nach Herbst roch es schon da unten am Wasser.

Auf der Chaussee lagen viele bunte Blätter. Wir gingen langsam und hielten uns an den Händen, und immer wieder sahen wir uns an. Manchmal blieben wir stehen und küßten uns. Aber das waren jetzt andere Küsse.

«Ich bin verzweifelt», sagte sie. «So verzweifelt wie noch nie.»

«Ich finde einen Ausweg. Laß mir Zeit. Nur noch ein wenig Zeit.»

«Das hast du schon einmal gesagt.» Wir hatten den Hofgarten und die Rheinterrassen erreicht. «Heute abend muß ich wieder mit ihm reden ... muß ich ihn wieder sehen ... wie soll ich ihn ertragen ... *jetzt?*»

«Noch etwas Zeit ... nur noch ein wenig Zeit ...»

Sie sah mich mit flackernden Augen an. «Du hast *doch* einen Plan.»

«Nein.»

«Nimm mir nicht diese Hoffnung. Da ist etwas, das du vorhast. Da ist etwas, das ich nicht verstehe. Ich will es nicht wissen. Ich will nur wissen, daß du etwas vorhast, Robert, es erhält mich am Leben.»

Ich antwortete, und das Herz tat mir weh dabei: «Nein, ich habe nichts vor, Nina, noch nicht. Geh nach Hause. Es ist fast sechs. Ich muß deinen Mann abholen. Sonst schöpft er Verdacht.»

«Du hast nichts zu tun mit dem Brief?»

Ich durfte ihr nichts anvertrauen, ich durfte sie nicht gefährden. Was ich vorhatte, mußte ich allein vollenden, ganz allein. Und indem ich sie in Gedanken um Verzeihung bat dafür, daß ich ihr so wenig geben konnte, nachdem sie mir so viel gegeben hatte, schüttelte ich den Kopf und küßte ihre Hand und sagte: «Geh jetzt, mein Herz, geh heim.»

Und so ging sie davon mit hängenden Schultern und müden Schritten; in ihren flachen, beigefarbenen Schuhen, ihren beigefarbenen Hosen, ihrer kurzen Pelzjacke, der dunklen Brille und dem schwarzen Tuch über dem blonden Haar. Der Abendverkehr hatte eingesetzt. Pausenlos hielten Autobusse beim Hofgarten. Viele Menschen stiegen aus. Mit einem solchen Autobus war ich selbst zum erstenmal hier herausgekommen, vor langer Zeit. Unter den Menschen, die mit den Bussen ankamen, gab es viele Pärchen. Die Pärchen gingen eingehängt an mir vorbei und sahen einander verliebt an und redeten und lachten.

Ich blickte Nina nach, die weiter und weiter die Cecilienallee hinaufging, ohne sich umzudrehen. Sie so davonwandern zu sehen, war das Traurigste, was ich in meinem Leben erlebt hatte. Das kam, weil ich eben noch so sehr glücklich gewesen war.

Ich hielt ein Taxi an, ließ mich in den Fond fallen und sagte: «Grüntorweg.»

Im Grüntorweg stand der Cadillac. Ich machte, daß ich in die Stadt zum Untersuchungsgefängnis kam. Zehn Minuten nach sechs Uhr traf ich dort ein — zu spät. Brummer stand schon auf der Straße.

Er sah mich aufmerksam an, als ich den Schlag für ihn aufriß.

Er sagte: «Unpünktlich, Holden.»

«Es tut mir leid, Herr Brummer. Die gnädige Frau war beim Schneider noch nicht fertig, als ich kam.»

«Noch nicht fertig?» Er grunzte und verzog das rosige Mündchen zu einem Lächeln. «Mußten auf sie warten, was?»

«Jawohl, Herr Brummer.»

«Die Frauen, wie?» Er stieg ein, und ich warf den Schlag hinter ihm zu und fuhr los durch Straßen, in denen schon die Lichter brannten, denn der Herbst kam früh in diesem Jahr.

«Höchste Zeit», hörte ich Brummer hinter mir sagen.

«Bitte?»

«Ich sage: höchste Zeit, daß meine Frau hier 'rauskommt. Mit ihren schlechten Nerven auch noch stundenlang warten. Mir kann das ganze Düsseldorf ja gestohlen werden. Wird sich prima erholen auf Mallorca.»

Es gelang mir, den Wagen völlig ruhig zu halten. Ohne zu rukken, hielt ich vor einem Rotlicht.

«Habe heute nachmittag einen Flugplatz reservieren lassen. Sie fliegt übermorgen. Soll sich mal ordentlich von all den Aufregungen erholen. Doktor Zorn hat mir die Adresse von einem erstklassigen Hotel da unten gegeben. Beste Zeit, sagt er. Deutsche Touristen schon wieder fort, das Wetter einmalig. Soll mal ein, zwei Monate unten bleiben, was, Holden?»

«Gewiß, Herr Brummer», sagte ich und fühlte, wie der Schweiß mir in den Kragen rann.

«Vielleicht länger, werden sehen, werden sehen. Weihnachten fahre ich auch hin. Über Neujahr. Paar schöne Tage. Übrigens, Holden, das habe ich vollkommen vergessen: morgen bringen Sie die Mila weg...!»

«Mila...»

«Die gute Alte packt schon. Sie fahren Sie 'runter nach Schliersee.» Aus einem Berg von Watte schien seine Stimme plötzlich breiig hervorzuquellen: «Mensch, was ist denn los mit Ihnen? Schlafen Sie am Steuer? Sehen Sie denn nicht, daß die Ampel längst auf Grün steht?»

Mila Blehova ging durch die ganze Villa, sie ging noch einmal in jedes Zimmer. Am Abend zuvor hatte die alte Königin sich von den Rombergs verabschiedet, nun verabschiedete sie sich von dem Haus, in welchem sie so viele Jahre gearbeitet hatte. Sie trug ein schwarzes Kleid und einen schwarzen Mantel an diesem Morgen, und einen kleinen schwarzen Hut auf dem weißen Haar. Von Zeit zu Zeit strich sie mit ihren roten, rissigen Händen über ein Möbelstück, und manchmal blieb sie stehen, und in ihre Augen trat jener in ferne Vergangenheiten gerichtete Blick, den alte Menschen haben.

Nina, Brummer und ich begleiteten Mila Blehova. Es war mir unmöglich, ein einziges Wort mit Nina zu sprechen. Brummer machte sich einen Spaß daraus, ständig zwischen uns zu sein. Er betrachtete uns neugierig wie fremde Tiere.

Nina sah elend aus. Dunkle Schatten lagen unter ihren Augen. Sie war schlecht frisiert und schlecht geschminkt. Ich hatte sie nach unseren Stunden am Strom nicht mehr sprechen können, und es stand nun fest, daß ich sie auch vor ihrer Reise nach Mallorca nicht mehr würde sprechen können. Ich mußte mir immer wieder sagen, daß alles, was ich bisher getan hatte, umsonst war, wenn ich die Nerven verlor.

Von Zimmer zu Zimmer gingen wir mit Mila Blehova, hinauf in den ersten Stock und wieder hinab in die Küche. Alles, was sie auf Erden besaß, war in den drei großen Koffern verpackt. Die standen hier. Mila Blehova streichelte den Herd und den Eisschrank. Mila Blehova sagte: «Is noch eine Menge Bier im Haus, gnä' Frau. Wird bestimmt reichen, bis daß die Neue kommt. Müssen der Neuen nur gleich den Eisschrank erklären, daß er zu stark vereist, wenn man ihn über Fünf stellt. Und Bügeleisen muß gerichtet werden, hab mich erst vorige Woche wieder elektrisiert wie narrisch.»

«Ja, Mila, ja», sagte Nina. Sie konnte kaum sprechen. In ihren Augen standen Tränen.

«Aber was weinens denn, Jesusmariaundjosef, ich komm doch bald herauf zu Besuch!»

«Wann du willst, kannst du kommen, meine Alte», dröhnte Brummer und betrachtete seine Frau mit beinahe klinischem Interesse, «wann du willst!»

«Gnä' Frau verreisen doch jetzt selber», rief die Mila tröstend, «da könntens mich doch nicht mal sehen, wenn ich hier blieb!»

«So ist es, Mila.» Brummer rieb sich die Hände. «Eine vernünftige Person bist du. Jetzt schicke ich alle meine Weiber weg.»

Jetzt schickte er alle seine Weiber weg…

Umsichtig ging Julius Maria Brummer zu Werke, es sta[nd]
zu viel auf dem Spiel für ihn in dieser letzten Runde seine[s gro]-
ßen Kampfes. Alle schickte er weg, deren Kritik er fürchtete[, de]-
ren Achtung er nicht verlieren wollte. Er machte sich Platz,
Platz für diese letzte Runde.

Durch den herbstlichen Park trug ich Milas Koffer zu dem Ca[-]
dillac. Viel buntes Laub lag auf dem Rasen, die Blumen in den
Beeten waren verblüht und verfault. Es nieselte. Der Himmel war
dunkel verhangen, und es war kalt. Der alte Hund trottete hinter
der tschechischen Köchin her und winselte traurig. Mila neigte sich
zu ihm herab und streichelte ihn. Brummer geriet außer sich vor
Entzücken über das Betragen des Tieres: «Weiß genau, daß du
wegfährst, Mila, wie ein Mensch kann er es fühlen, wie ein Mensch!»
Auch er neigte sich vor, um seinen Hund zu streicheln. Das war der
erste und einzige Moment, in dem er uns nicht beobachtete. Nina
flüsterte: «Hotel Ritz.» Ich flüsterte: «Ich rufe an. Morgen abend.»
Dann war der Moment vorüber. Brummer richtete sich auf und
umarmte Mila. Ihr weißes Haar streifte seine goldene Uhrkette.
Er küßte sie auf die Wange, sie schlug ein Kreuz auf seiner Stirn.
Dann umarmte sie Nina, und dabei begann sie zu weinen. «Is ja
zu blöd, jetzt heul ich doch noch! Der liebe Gott wird dich behüten,
mein Ninale, ich komme wieder, bald schon komme ich wieder!»
Sie strich mit ihren abgearbeiteten Händen immer wieder über
Ninas Gesicht. Brummer rief munter: «Jetzt aber Schluß! Marsch,
einsteigen, sonst erkältest du dich noch, meine Alte!»

So stieg die Köchin aus Prag denn weinend in den protzigen
Cadillac, und ich verneigte mich vor Nina: «Ich hoffe, daß Sie sich
gut erholen auf Mallorca, gnädige Frau.»

«Das hoffe ich auch, Herr Holden. Lassen Sie es sich gut gehen.»

«Danke, gnädige Frau», antwortete ich und dachte an unseren
Nachmittag am Strom, und wußte plötzlich, daß sie auch daran
dachte, und das gab mir neue Kraft. Brummer sagte: «Sie können
sich Zeit lassen, Holden. Es genügt, wenn Sie übermorgen abend
wieder hier sind. Helfen Sie Mila in Schliersee ein bißchen beim
Einrichten.»

«Jawohl, Herr Brummer», antwortete ich mit einer devoten Verneigung. Und dachte voll Freude an das, was Brummer erleben
würde, übermorgen abend, wenn ich wiederkehrte, wenn ich wiederkehrte...

Dann fuhr ich los. Brummer und Nina winkten, Mila winkte zurück. Ich sah in den silbernen Rückspiegel. Und im Rückspiegel
sah ich noch einmal Nina — das letztemal für lange Zeit.

Es regnete überall an diesem Tag. Es regnete in Frankfurt,

...eim, Heidelberg. Wir fuhren durch Wälder mit schwarzen, ... Bäumen, durch dampfende Ebenen mit dunklen Äckern, ...ei an Wiesen mit sterbendem Gras, und auf den Wiesen und ...ern und im Geäst der kahlen Bäume saßen schwarze Vögel, ...ele hunderte. Manchmal flogen ein paar von ihnen auf, aber nie-...mals flogen sie sehr hoch und niemals weit.

Wir erreichten Schliersee gegen Mitternacht. Es regnete auch in Bayern. Über dem See brauten Nebel, und als ich das Gepäck aus dem Kofferraum holte, hörte ich jenseits des Wassers eine Zugsirene heulen und Wagenachsen schlagen. Brummers Sommerhaus lag direkt am See in einem großen Garten, knapp hinter dem Ortsende von Schliersee, an der Straße nach Neuhaus. Es war im bayerischen Stil eingerichtet. Der Verwalter, der uns wortreich und leutselig empfing, hieß Jakob Gottholmseder. Er trug einen grünen Lodenanzug mit Hirschhornknöpfen, eine rote Weste und eine silberne Uhrkette, an welcher Münzen hingen. Herr Gottholmseder war klein, dick und gemütlich. Er hatte alle Öfen des Hauses angeheizt und für mich ein Zimmer in einem nahen Hotel reservieren lassen.

Mila war sehr müde. Zwischen Stuttgart und München hatte sie («Es ist nur fürs Herz, daß ich munter bleib!») etwas Kognak getrunken, denn in ihrer gewaltigen Reisetasche gab es auch solchen in einem flachen Flakon. Darum hatte Mila jetzt einen Schwips. Sie umarmte mich, bevor sie die schmale Holztreppe in den ersten Stock hinaufging: «Dankschön fürs feine Runterfahren. Schlafens gut, Herr Holden, ich seh Sie morgen. Mach ich uns ein feines Frühstück.»

Ich wanderte durch den Regen zu dem Hotel, in welchem das Zimmer für mich reserviert war, und badete noch und ging zu Bett. Ich war sehr müde von der Fahrt, meine Schultern und meine Halsmuskeln schmerzten. Ich lag still auf dem Rücken und lauschte dem Regen, den Zugsirenen, den schlagenden Achsen und den rollenden Rädern jenseits des Sees. Dann schlief ich ein, und in meinem Traum war ich bei Nina, und Brummer war tot, und wir waren glücklich und verliebt, Nina und ich. In meinem Traum.

Am nächsten Tag schien eine milde, kraftlose Herbstsonne. Ich fuhr den Cadillac in eine nahe Garage und ließ das Öl wechseln und den ganzen Wagen nachsehen und abschmieren. Dann frühstückte ich mit Mila und dem kleinen lustigen Herrn Gottholmseder, der Weißwürste besorgt hatte und nach dem Kaffee gleich einen ordentlichen Schluck Bier zu den Würsten trank, denn es wurde ein großes und langes Frühstück. Herr Gottholmseder war in seiner Jugend ein großer Turner gewesen, ein bayrischer Turner, versteht sich, und Herr Gottholmseder konnte viele Lieder singen. Das tat er auch im Laufe des Vormittags. Ein Lied begann mit einer bemerkenswerten Anzahl von Genitiven: «Auf den Bergen wohnt die Freiheit, auf den Bergen ist es schön, dort, wo unsres Königs Ludwigs Zweiten alle seine schönen Schlösser stehn!»

Dann half ich Mila beim Auspacken. Herr Gottholmseder, Witwer und seit elf Jahren im Dienste Brummers, dessen er in scheuer Hochachtung des öfteren laut gedachte, bewohnte zwei Zimmer zu ebener Erde. Mila machte es sich im ersten Stock gemütlich. Die Fenster ihres Schlafzimmers gingen zum Garten hinaus, in welchem es viele Gemüsebeete gab. Dahinter lag der blaue See. Und hinter dem See rollten den ganzen Tag lang vergnügte kleine Züge hin und her, mit fetten weißen Rauchfahnen.

Am Nachmittag ging ich in den Ort und kaufte bei einem Friseur namens Schoißwohl ein großes Rasiermesser. Es war ein altmodisches Fabrikat, dessen lange, schmale Klinge man in einen weißen Horngriff klappen konnte. Genau so ein Messer brauchte ich für das, was ich nun vorhatte, und ich wollte dieses Messer an einem Ort erwerben, der möglichst weit von Düsseldorf entfernt war. Gegen Abend ging ich in mein Hotel zurück und meldete ein Gespräch nach Palma de Mallorca, Hotel Ritz, an. Ich wartete drei Stunden und trank Kognak, während ich wartete. Dann ließ ich das Gespräch in ein dringendes Gespräch umwandeln. Dann wartete ich noch eine Stunde. Dann wurde ich an den Apparat gerufen.

Der Apparat stand in einer kleinen Zelle neben der Portierloge. Nachdem ich den Hörer abgenommen hatte, hörte ich viele Mißtöne. Es pfiff, ratterte und dröhnte in der Membran. Eine spanische Stimme forderte mich auf, zu sprechen. Kaum verständlich hörte ich eine Männerstimme. Ich verlangte die Señora Nina Brummer. Danach gab es wieder eine Menge Mißgeräusche. Und dann hörte ich, aber so leise, daß ich schon nicht mehr wußte, ob ich mir nicht nur *einbildete*, sie zu hören, die Stimme Ninas: «Hallo, ja?»

«Nina! Hörst du mich?»

«Hallo ... hallo ...»

«Ob du mich hörst! Sag, ob du mich hörst!»

«Hallo ... hallo ... hier ist Frau Brummer ... hier ist Frau Brummer ... wer ist da, bitte?»

«Nina!» schrie ich, und der Schweiß rann mir von der Stirn in die Augen. «Nina! Nina! Nina! Kannst du mich nicht hören?»

«Hallo ... hallo ... hallo, hier ist Frau Brummer ...»

Die deutsche Vermittlung schaltete sich ein: «Können Sie Ihren Partner nicht verstehen?»

«Mein Partner kann *mich* nicht verstehen! Was ist das für eine Scheißverbindung? Ich warte seit vier Stunden!»

«Bitte, mein Herr, sprechen Sie nicht so mit mir. Ich kann nichts dafür. Diese Leitung wurde uns von den Spaniern gegeben. Ich werde mich bemühen, eine andere zu bekommen», sagte das Fräulein.

Sie bemühte sich, und noch eine halbe Stunde verging, und ich trank wieder Kognak in der Hotelhalle, und draußen begann es wieder zu regnen. Es regnete viel in Bayern, sagte mir der müde Portier, es hätte eben das ganze Oktoberfest verregnet. Dann wurde ich wieder an den Apparat gerufen, und es knatterte und zischte und knallte wieder im Hörer, und wieder hörte ich Ninas nervöse Stimme, und wieder hörte sie mich nicht. Ich versuchte es noch zweimal in dieser Nacht, aber es war umsonst, eine Verbindung kam nicht zustande. Zuletzt war ich betrunken und gab es auf.

Der Portier, der längst zu Bett gehen wollte, zeigte sich darüber glücklich. Er sagte: «Ist ein weiter Weg von uns in Schliersee bis zu denen unten in Mallorca. Da kann fei schon was passieren, Herr Holden.»

Und das war auch ein Trost, dachte ich, als ich wieder unter meiner klammen Bettdecke lag und dem Regen lauschte und den Zugsirenen und den rollenden Rädern von jenseits des Sees. Da konnte fei schon was passieren.

13

Am nächsten Morgen fuhr ich um sieben Uhr los. Mila und Herr Gottholmseder standen vor Herrn Brummers langjähriger Sommerresidenz, die nun Mila gehörte, und winkten, und ich winkte zurück, bis die Straße die erste Kurve beschrieb. Mila hatte auch mich auf die Wange geküßt und auch auf meiner Stirn zum Abschied ein Kreuz geschlagen, und Herr Gottholmseder hatte gesagt: «Könnens beruhigt sein, Herr Holden, wir Alten werden uns ein feines Leben machen hier herunten. Mal koch ich, mal kocht die Frau Blehova, wir kennen uns seit langem, und wir sind uns sympathisch. Am Abend hören wir dann Radio oder wir gehen ins Kino, gibt zwei Kinos bei uns hier in Schliersee.»

In München hielt ich am Hauptbahnhof und schickte Nina ein Telegramm. Ich mußte damit rechnen, daß fremde Leute es lasen, und so schrieb ich nur: «Anruf gestern unmöglich, versuche es wieder heute abend um die gleiche Zeit.»

Bei der Autobahnausfahrt nach Stuttgart kaufte ich in einem Geschäft noch ein paar Flaschen Coca-Cola, und in einem anderen Geschäft kaufte ich Brötchen und Schinken. In dem ersten Geschäft behauptete ich, der Wahrheit entgegen, daß die Verkäuferin mir vierzig Pfennig zuwenig herausgegeben hätte, und machte einen ekelhaften Skandal, damit man sich an mich ganz bestimmt erinnerte. Das war um 8 Uhr 15. Ich fuhr los und hielt einen Stundendurchschnitt von hundertzwanzig Kilometern. Ich blieb nur stehen, um zu tanken. Wenn ich Hunger hatte, aß ich im Fahren, und wenn ich Durst hatte, trank ich im Fahren. Ich hatte es sehr eilig. Ich mußte unterwegs jene Zeit einsparen, die ich benötigte, um meine nächsten Schritte in Düsseldorf zu tun.

Hinter Heidelberg begann es wieder zu regnen, und es regnete wieder in Mannheim und wieder in Frankfurt. In Düsseldorf, wo es regnete, fuhr ich zum Hauptbahnhof. Aus der Gepäckaufbewahrung holte ich den billigen Fiberkoffer, in dem sich die beiden billigen Konfektionsanzüge und die billigen Krawatten befanden, die ich vor kurzem gekauft hatte. Mit dem Koffer ging ich in die Waschräume. Da trug ich noch meine Chauffeuruniform. Als ich die Waschräume wieder verließ, trug ich einen schwarzen Anzug mit weißen Nadelstreifen, ein weißes Hemd und eine silberne Krawatte. Den Koffer legte ich in den Fond des Cadillac. Danach betrat ich eine Telephonzelle und rief Brummers Nummer an. Es meldete sich der hochmütige neue Diener.

Ich legte meine Finger so über das Sprechrohr des Hörers, daß sie ein Gitter bildeten, und sagte mit verstellter Stimme: «Hier Anwaltskanzlei Doktor Dettelheim. Herr Doktor möchte Herrn Brummer sprechen.»

«Bedaure, Herr Brummer ist nicht zu Hause.»

Das hatte ich angenommen und gehofft, denn an diesem Tage war Brummer, wie ich wußte, zu dem Untersuchungsrichter Lofting bestellt worden. Ich wollte aber noch etwas anderes wissen: «Wann wird er nach Hause kommen?»

Die hochmütige Stimme antwortete: «Wohl nicht vor acht Uhr abends.»

«Vielen Dank.» Ich hängte ein. Die Uhr auf dem Platz vor dem Bahnhof zeigte die Zeit: 18 Uhr 34. Nun nahm ich ein Taxi und fuhr zum Hofgarten hinaus. Hier bat ich den Chauffeur, zu warten. Es war nicht ungefährlich, was ich nun zu tun hatte, aber es mußte geschehen. Ich ging schnell die Cecilienallee hinauf, deren alte Bäume sich nun rapide entblätterten. In der Tasche trug ich das bayrische Rasiermesser. Und unter der Jacke, mit dem linken Arm an den Körper gepreßt, trug ich die Wagenheberstange des Cadillac. Ich hatte sie mitgenommen, denn mit dem Messer allein konnte ich es nicht schaffen.

Jaulend kam mir der halbblinde Hund durch den herbstlichen Park entgegen. Er schnupperte an meiner Hose, es war eine Hose, die er nicht kannte. Ich ging mit schnellen Schritten auf die Villa zu und klingelte. Es öffnete der Diener. Er hieß Richard. Groß und hager war Richard, sein Haar war grau und kurz geschnitten, das Gesicht sehr schmal und lang, die Oberlippe arrogant gelüpft. Die Brauen waren ironisch hochgezogen. Richard trug schwarzgrau gestreifte Hosen, ein weißes Hemd, eine grüne Samtweste, eine schwarze Krawatte. Er war gerade dabei gewesen, die Kupfergefäße zu putzen, die in der Halle standen.

«Schon zurück?»

«Nein, aber ich muß gleich kommen», erwiderte ich und ging den Gang entlang, der zu Brummers Arbeitszimmer führte.

«Sehr geistreich», sagte Richard. Er konnte mich nicht leiden.

«Ich fuhr von der Autobahn gleich zum Untersuchungsrichter und meldete mich bei Herrn Brummer. Er schickt mich her. Ich soll auf seinem Schreibtisch ein paar Briefe suchen und ihm bringen. Der Doktor Dettelheim braucht sie.»

«Ja», sagte Richard, «die Kanzlei hat angerufen.»

Die Tür zu Brummers Arbeitszimmer öffnend, drehte ich mich um und sah, daß Richard wieder Kupfer putzte. Das war gut so. Aber auch, wenn er es sich anders überlegte und mir in den nächsten zehn Minuten nachkam, war es nicht schlimm. Ich hatte die Wagenheberstange bei mir. Und es ging ohnehin später alles auf das Konto meines Doppelgängers. Ich konnte Richard auch nicht leiden.

Die Tür des Arbeitszimmers bestand aus zwei dicken, doppelt gepolsterten Teilen. Sie war absolut schalldicht, und das kam meiner Arbeit sehr zustatten. Ich mußte mich beeilen. So begann ich denn bei den beiden großen Perserteppichen. Mit dem Rasiermesser zerschnitt ich sie unter Aufwendung einiger Kraft in zahlreiche Stücke, die ich durcheinanderwarf. Danach hob ich die drei kostbaren Ölbilder von den Wänden, zerriß das Leinen und zerschlug die goldenen Rahmen mühelos mit dem Wagenheber. Sodann zerschnitt ich die Vorhänge und die Lederbezüge des großen Fauteuils, und zwar so tief und gründlich, daß überall Sprungfedern und die Füllwolle hervorquollen. Den Radioapparat beim Schreibtisch hob ich über den Kopf und ließ ihn sodann fallen. Danach genügten zwei einfache Schläge mit dem Wagenheber. Beim Fenster stand eine alte Glasvitrine mit zerbrechlichen Antiquitäten. Es erstaunte mich, wie leicht sie sich samt Inhalt in Stücke schlagen ließ. Nun nahm ich wahllos Bücher aus den Regalen und zerriß sie. Ich zerriß alle Papiere auf Brummers Schreibtisch. Ich zerbrach Ninas gerahmtes Bild. Ich zerschlug einen vielarmigen jüdischen Tempelleuchter. Zuletzt goß ich noch Tinte über die Trümmer, den Schreibtisch und die Wände. Der Anblick des Zimmers war überwältigend, ich konnte zufrieden sein. Ein Wahnsinniger schien hier gewütet zu haben, in einem Rausch der Zerstörungslust.

Es war 19 Uhr 05, als ich wieder in die Halle trat, in der Richard noch immer Kupfer putzte.

«Gefunden, was Sie suchten?»

«Gewiß», antwortete ich. «Sagen Sie der neuen Köchin, sie möge Herrn Brummers Abendessen für acht Uhr herrichten.»

Er antwortete nicht. Das war ein Tick von ihm. Die letzte Antwort ließ er immer weg, wahrscheinlich fand er das vornehm.

Ich ging durch den dämmrigen Park zur Straße und den dunklen Rhein entlang bis zum Hofgarten. Hier setzte ich mich in meine Taxe und fuhr zurück zum Hauptbahnhof, wo ich mich in den Waschräumen noch einmal umzog. Als ich danach meinen Fiberkoffer in der Gepäckaufbewahrung abgab, trug ich wieder den blauen Chauffeuranzug mit den goldenen Buchstaben J und B und meine Schirmkappe.

Nun ließ ich mir Zeit. Das Rasiermesser hatte ich in den Koffer gelegt. Den Wagenheber legte ich in den Cadillac zurück. Langsam fuhr ich den schwer verstaubten Wagen hinaus zum Rhein. Als ich die Villa erreichte, machte ich absichtlich viel Lärm beim Öffnen des Gittertores, ließ den Motor noch einmal aufheulen und schlug die Garagentüren hin und her. Nun war es 20 Uhr 15 geworden und ganz dunkel. In allen Fenstern des Hauses brannte Licht. Wind kam auf. Es orgelte in den kahlen Bäumen des Parks, und ich hörte einen alten Ast knarren, als ich auf die Villa zuging. Ich hatte sie noch nicht erreicht, da flog die Eingangstür auf. Richard, der Diener, erschien in ihrem Rahmen. Er war kalkweiß im Gesicht, seine Hände zitterten, die Stimme flog, und jetzt war sie gar nicht mehr hochmütig: «Herr Holden . . .»

«Ja, was ist?»

«Sind Sie das, Herr Holden?» Er sah mich an wie ein Gespenst.

«Wer soll ich denn sein? Sind Sie besoffen, Richard?»

Ach, heute abend war nichts Überhebliches mehr in seinem langen Gesicht, sogar die Augenbrauen strebten nicht ironisch hoch. Der Mann hatte Angst, und das war gut, und das war wundervoll.

Er krächzte: «Woher . . . woher kommen Sie?»

«Aus Schliersee. Was ist denn los hier? Wo ist Herr Brummer?»

«In . . . in seinem Arbeitszimmer . . .» Da ich auf ihn zutrat, wich er vor mir zurück. So ist es gut, dachte ich, so ist es recht. «Sie . . . Sie sollen sofort zu ihm kommen . . .»

Also ging ich durch den kurzen Gang zur Tür des Arbeitszimmers und trat ein, wobei ich meine Kappe abnahm. Hier brannte die Deckenbeleuchtung. Die Schreibtischlampe brannte nicht, denn ich hatte sie zerschlagen. Die Lampe lag auf dem zerschnittenen

Teppich, Tinte verschmierte ihren Pergamentschirm. Auf der Armlehne eines Fauteuils, dessen Sitz und Lehne ich kreuz und quer zerschnitten hatte, saß Julius Maria Brummer. Ich sah, daß er sich nur noch mühsam aufrecht hielt. Unbarmherzig zeigte das grelle Deckenlicht seinen schweißglänzenden kahlen Schädel, die blauen Lippen, die schwarzen Tränensäcke. Brummers Atem ging keuchend, er atmete kurz ein und pfeifend aus. Da saß er mit herabhängenden Armen und sah mich von unten an, und um ihn her gab es Trümmer, Splitter, Fetzen, zerbrochene Antiquitäten und zerstörte Bücher, zertrümmerte Bilder und zerrissenes Papier. Im Eintreten hatte ich zu einem Gruß angesetzt, sprach ihn jedoch nicht aus, sondern sagte statt dessen: «Großer Gott im Himmel!»

Brummer schwieg und sah mich von unten her an und pfiff beim Atmen, und da es keine Vorhänge mehr gab, sah ich uns beide in der spiegelnden Scheibe des Fensters noch einmal deutlich vor dem schwarzen Hintergrund des nächtlichen Parks, der draußen stand, jenseits des Glases, unruhig, mit knarrenden Ästen und raschelnden Zweigen. «Herr Brummer!» rief ich, das wahnsinnige Zerstörungswerk mit Blicken überfliegend, «Herr Brummer, es ist doch nicht etwa schon wieder —» Und unterbrach mich selber.

Er sprach mit Mühe, sein fetter Leib sackte dabei zusammen: «Wann sind Sie in Düsseldorf angekommen?»

«Eben jetzt. Ich komme direkt von der Autobahn. Herr Brummer, Sie müssen sich hinlegen...» Ich eilte zu ihm.

Er trat mit einem sehr kleinen Fuß nach mir. «Rühren Sie mich nicht an! Der Diener wird beschwören, daß Sie schon einmal hiergewesen sind. Sie haben behauptet, Sie müßten Papiere für mich holen... Sie... Sie haben das alles hier getan... ich werde Sie...» Die Stimme versagte. Er pfiff, er röchelte, «... ich werde Sie zur Verantwortung ziehen... Doktor Zorn... Doktor Zorn ist schon verständigt... Sie... Sie glauben, Sie kommen durch mit diesem dämlichen Scheißtheater... Sie glauben, wir glauben Ihnen einen Doppelgänger... aber da irren Sie sich.»

Ich ging zur Tür zurück.

«Bleiben Sie stehen!»

Ich ging weiter. Ich sagte: «Das war zuviel, Herr Brummer. Das lasse ich mir nicht mehr bieten. Mir ist jetzt alles gleich. Ich gehe zur Polizei.»

«*Sie gehen nicht!*»

«Aber ja doch», sagte ich, die Hand auf der Türklinke, «aber gewiß doch gehe ich, das ist ja ein Irrenhaus hier.» In diesem Moment hörte ich einen dumpfen Fall. Ich drehte mich um. Da lag er, zwischen zerbrochenem Glas und zersplittertem Holz, auf dem zerschnittenen Teppich, mit dem Schädel in einer Tintenlache. Da lag er auf dem Rücken, den fetten Körper häßlich verkrümmt, die Beine grotesk abgewinkelt, die Hände an die Brust gepreßt. Sein Gesicht war jetzt blau, die Lippen waren schwarz, der Mund stand offen. Und eine schwarze Zunge lag in einem Winkel.

Ich ging zu ihm zurück und kniete nieder und zog ihm langsam und mechanisch die Krawatte herab. Dann öffnete ich seine Weste und sein Hemd und sah die kleine goldene Plakette, die ihm an einer dünnen goldenen Kette an seinem Speckhals hing. Ich kannte die Plakette, ich hatte sie schon einmal gesehen, an einem heißen Sommernachmittag, auf der Autobahn in der Zone, am Hermsdorfer Kreuz. Mechanisch griff ich in Brummers rechte Jackentasche und holte die kleine Schachtel hervor, die ich dort fand. Der Schachtel entnahm ich eine durchsichtige rote Kapsel. Und dann kniete ich reglos neben dem Reglosen und sah ihn an, die rote Kapsel in der Hand. Und las, was auf der goldenen Plakette stand:

ICH HABE GERADE EINEN SCHWEREN HERZANFALL. BITTE GREIFEN SIE IN MEINE RECHTE JACKENTASCHE UND STECKEN SIE MIR EINE DER KAPSELN, DIE SIE DORT FINDEN, IN DEN MUND, DANKE.

JULIUS BRUMMER

Sie haben gerade einen schweren Herzanfall, Herr Brummer. Was soll man jetzt machen? In Ihre rechte Jackentasche soll man greifen und Ihnen eine der Kapseln, die man dort findet, in den Mund stecken. Das soll man jetzt machen. Dafür bedanken Sie sich im voraus, Herr Brummer. In Gold graviert bedanken Sie sich. Das ist nur billig, daß Sie das tun, Herr Brummer. Denn wenn man Ihren Wunsch erfüllt und Ihnen so eine Kapsel in den Mund steckt, dann, Herr Brummer, werden Sie wieder zu atmen beginnen, Ihr Gesicht wird seine häßliche Farbe verlieren, und Ihre Zunge wird dorthin zurückkehren, wohin sie gehört, nämlich in den Mund. Sie werden wieder zu sich kommen und schamvoll das Hemd zuknöpfen wie ein junges Mädchen. Und weiterleben werden Sie, Herr Brummer, wenn man Ihnen Ihren goldenen Wunsch erfüllt.

Jedoch . . .

Jedoch, was wird wohl dann geschehen? Wenig Erfreuliches, wenig Erfreuliches für viele Menschen.

Ist es darum klug, Ihren Wunsch zu erfüllen, Herr Brummer, der Sie nun vor mir liegen wie vom Blitz gefällt, ist es wohl klug darum? Ich denke doch, es ist nicht klug, Herr Brummer.

Jedoch . . .

Jedoch, wenn man nun Ihren Wunsch gerade nicht erfüllt, dann werden Sie wohl tot sein in ein paar Minuten. Nur noch einem alten Hund und einer alten Köchin leben Sie zur Freude, Julius

Maria Brummer. Ist das nicht ein bißchen wenig, wenn man bedenkt, wie vielen Menschen Sie zum Greuel und zum Schrecken leben?

ICH HABE GERADE EINEN SCHWEREN HERZANFALL...

Tja, und?

Das ist böse für Sie, Herr Brummer. Aber für wen ist es noch böse, für wen noch? Wer wird wohl weinen an Ihrem Grab, wer wohl? Die kleine Mickey wird ohne Furcht zur Schule gehen und die Spiele kleiner Mädchen spielen können, Nina wird ohne Furcht heimkehren können aus Mallorca. Wir müssen nur noch ein bißchen warten, zwei, drei Minuten vielleicht. Das ist eine kurze Zeit, wenn man schon lange gewartet hat und wenn man gedacht hat, noch viel länger warten zu müssen...

Hinter mir öffnete sich die Tür.

Ich fuhr herum.

Richard, der Diener, kam herein. Er sah Brummer, der hinter dem Fauteuil lag, nicht sofort. Im Eintreten begann er: «Herr Doktor Zorn ist eben eingetroffen und —» Dann sah er Brummer, sah er mich. Laut schrie der Diener Richard vor Entsetzen auf. Hinter ihm tauchte schon der weißhaarige, kleine Anwalt auf. Schnell ritzte ich die rote Kapsel, die ich in der Hand hielt, mit dem Fingernagel auf und schob sie Brummer in den Mund. Leicht drückte ich die Kinnladen zusammen.

«Ist er tot?» rief Zorn, neben mir in die Knie fallend.

Julius Brummers fette Brust hob sich in einem ersten, schwachen Atemzug.

«Nein», sagte ich, «er lebt.»

«Danken wir Gott», sagte der Anwalt laut. Der Diener senkte stumm den Kopf.

«Ja», sagte ich, «danken wir Gott dafür.»

14

Ein gedämpfter Gong schlug an. Auf einer kleinen Mattglasscheibe flammten Buchstaben und Zahlen auf:

GESPRÄCH 748 / ZELLE 11

Es war gegen Mitternacht. Seit einer halben Stunde saß ich auf einer langen Bank gegenüber einer langen Reihe von Telephonzellen im Warteraum der Düsseldorfer Hauptpost. Ich hatte ein dringendes Gespräch nach Mallorca angemeldet. Dafür hatte ich dreißig Mark vorausbezahlen müssen und einen kleinen Gesprächszettel erhalten. Er trug die Nummer 748. Also stand ich jetzt auf und trat in die Zelle 11. Auf der Bank saßen nur noch zwei müde Männer.

Ich hob den Hörer ab und hörte eine Mädchenstimme: «Ihre Anmeldung Mallorca, bitte sprechen!»

Diesmal war die Verbindung völlig klar und deutlich. Eine andere Mädchenstimme sprach: «Hotel Ritz, Sie wünschen?»

«Señora Nina Brummer, bitte.»

«Einen Augenblick.»

Es knackte in der Leitung. Dann: «Hier ist Frau Brummer!»

Es war, als stünde sie neben mir in der Zelle, so laut, so klar war sie zu hören.

«Nina!»

«Robert!» Ich hörte sie Atem holen. «Ich warte seit Stunden... ich bin schon halb verrückt... ich dachte, etwas ist geschehen...»

«Es *ist* etwas geschehen. Dein Mann hat einen Herzanfall gehabt, den schwersten seines Lebens. Er —»

«O Gott, ist er —»

«Nein, er lebt. Sie operieren seit zwei Stunden.»

Danach sprach niemand. In der offenen Verbindung rauschte der Strom. Nach einer Weile sagte ich: «Doktor Zorn hat mir verboten, dich zu verständigen. Er will es geheimhalten. Ich habe ihm mein Wort geben müssen, daß ich dir nichts erzähle.»

«Aber warum? Warum?»

«Es hängt mit... mit diesem Mann zusammen. Er ist wieder aufgetaucht und hat das Arbeitszimmer in der Villa zerstört. Das war der Grund für den Herzanfall deines Mannes.»

«Ich komme sofort nach Hause.»

«Ausgeschlossen!»

«Aber ich habe Angst, ich habe solche Angst! Ich will bei dir sein, wenigstens in deiner Nähe.»

«Das wäre Wahnsinn. Man darf nicht wissen, daß ich dich informiert habe. Du mußt da unten bleiben, Nina. Ich rufe dich wieder an. Ich schreibe dir, täglich. Aber du mußt da unten bleiben.»

«Robert...»

«Ja?»

«Meinen die Ärzte, daß sie ihn durchbringen werden?»

«Ja.»

«Aber vielleicht... vielleicht irren sie sich... Ärzte irren sich manchmal... er ist wirklich sehr herzkrank...»

«Ich rufe dich sofort an, wenn etwas geschieht... ich muß jetzt in die Klinik zurück, Zorn ist dort, er hat mir nur für eine Stunde freigegeben.»

«Robert, denkst du noch daran?»

«Natürlich, Liebling...»

«Ich denke immer daran. Den ganzen Tag. Nachts träume ich davon.»

«Trink etwas. Trink Whisky.»

«Das tue ich schon den ganzen Abend.»

«Trink noch ein Glas.»

«Hier regnet es. Ich stehe am Fenster und sehe den Regen.»

«Hier regnet es auch.»

«Gibt es ein Fenster, da, wo du sprichst?»

Ich sah die Kabinenwand und den kleinen Apparat an, auf dem eine Leuchtschrift aufgeflammt war, die besagte: ‹Zeitgrenze überschritten. Bitte nach Gesprächsschluß bei der Anmeldung vorsprechen.› Ich sagte: «Ja, hier ist ein Fenster. Ich sehe auch den Regen.»

«Schau den Regen an. Ich sehe auch den Regen an. Der Regen, das ist alles, was wir haben.»

«Bald sind wir zusammen, für immer», sagte ich.

«Leb wohl, Robert. Ruf wieder an.»

«Bis morgen, mein Herz, bis morgen.»

«Vielleicht stirbt er...»

«Ja», sagte ich, «vielleicht.»

Dann stand ich bei der Anmeldung und bezahlte nach, und dann trat ich auf die Straße hinaus. Ich nahm meine Kappe ab und hob den Kopf und ließ mir den Regen über das Gesicht laufen. Ich stand ganz still, und der Regen gab mir lauter kleine Küsse, viele Hunderte, und es regnete auch in Mallorca, auch in Mallorca.

## 15

Julius Maria Brummer starb nicht in dieser Nacht. Er starb überhaupt nicht, obwohl es ziemlich lange dauerte, bis die Ärzte ihn endgültig dazu brachten, weiterzuleben.

Sie brauchten zehn Tage dazu. Zehn Tage schwebte Julius Brummer zwischen Tod und Leben. Zehn Briefe schrieb ich Nina in diesen zehn Tagen, zehn Briefe schrieb sie mir, Herrn Robert Holden, hauptpostlagernd Düsseldorf. Dreimal rief ich sie an. Ich sagte immer dasselbe. Daß ich sie liebte. Und dann: «Sein Zustand ist unverändert. Nicht schlimmer. Nicht besser. Unverändert.»

«Gestern habe ich etwas Grauenvolles getan. Ich... ich habe gebetet, daß er stirbt.»

«Ich bete die ganze Zeit darum.»

Jedoch wurden diese Gebete nicht erhört. Am elften Tage mußte ich Nina mitteilen: «Nach Mitteilung der Ärzte ist die Krise überwunden. Es besteht keine Lebensgefahr mehr. Es wird lange dauern, bis er sich erholt hat, aber er wird sich erholen.»

In dieser Nacht betrank ich mich. Ich saß in meinem Zimmer beim Fenster und sah hinüber zu der dunklen Villa. Es regnete in Strömen in dieser Nacht, und ich trank stundenlang. Zuletzt schlief ich in meinem Sessel ein. Als ich erwachte, war es schon hell, und es regnete noch immer.

Dann wurde ich zu Doktor Zorn gerufen. Der kleine Anwalt sah schlecht aus, er hüstelte, zerrte an seinem Kragen und hatte wieder Sprechschwierigkeiten. Ich dachte mit freudloser Genugtuung, daß wir uns alle in diesem Herbst zugrunde richteten, einer den andern.

«Herr Holden, ich habe heute mit Herrn Brummer geredet. Fünf Minuten lang. Es wird noch einige Zei-zeit vergehen, bis Sie ihn sprechen können. Darum bat er mich, Ihnen etwas au-auszurichten.»

«Ja?»

«Er bittet Sie um Verzeihung für das, was er vor ... vor seinem Zusammenbruch zu Ihnen sagte. Er ... er sprach in großer Erregung.»

«Heißt das, daß er mir endlich glaubt?»

«Ja, das ... das heißt es. Wir ...» Der Anwalt unterbrach sich und zerrte sehr lange an seinem Kragen, er schien sich zweimal jedes Wort zu überlegen, bevor er es aussprach. «... wir müssen uns nach allem damit a-abfinden, daß es einen Menschen gibt, der Ihnen sehr ähnlich sieht. Und daß Herrn Brummers Gegner entschlossen sind, Herrn Brummer mit diesem Menschen zu terror-rorro —» Donnerwetter, dachte ich. «— risieren.» War das nun wieder Theater? War das echt? Sagte er die Wahrheit, der kleine Doktor, oder belog er mich — wie er mich schon einmal belogen hatte? Wer konnte es sagen?

«Und Sie wollen keine Anzeige gegen diesen Menschen erstatten?»

«Nein.»

«Warum nicht?»

«Das Verfahren gegen Herrn Brummer ist noch nicht abgeschlossen. Was glauben Sie, was das für einen Skandal gibt, wenn wir eine Anzeige erstatten. Wenn das die Presse erfährt! Auf so was warten die Brüder doch nur! Nein, keine Anzeige, auf keinen Fall. Zuerst muß das Verfahren eingestellt sein. *Dann* werden wir zur Polizei gehen. Früher nicht.» Der kleine Anwalt strich sich durch die weiße Gerhart-Hauptmann-Mähne: «Und darum bittet Herr Brummer Sie, über die letzten Vorfälle zu schweigen. Insbesondere seiner Frau gegenüber.»

«Frau Brummer ist auf Mallorca.»

Er sah mich vollkommen ausdruckslos an. «Es könnte sein, daß sie Ihnen schreibt. Oder daß sie Sie einmal anruft.»

«*Mich?*»

«Um zu erfahren, wie es zu Hause geht. In einem solchen Falle bittet Sie Herr Brummer, seiner Frau zu sagen, daß zu Hause alles gut geht.»

Ich sagte: «Glauben Sie nicht, daß Frau Brummer Argwohn schöpfen wird, wenn sie so lange nichts von ihrem Mann hört?»

«Aber sie hört von ihm.»

«Bitte?»

«Er kann ihr doch schreiben! Zuerst wird er die Briefe eben diktieren. Außerdem kann er sie jederzeit anrufen, Herr Holden, er hat ein Te-telephon am Bett.»


16


«Düsseldorf, bitte sprechen, hier ist Ihre Anmeldung Mallorca.»

«Hallo... hallo... Hotel Ritz...»

«Señora Brummer, bitte.»

«Einen Moment...»

«Hier ist Frau Brummer.»

«Nina!»

«Robert! Ich habe so auf deinen Anruf gewartet!»

«Ich konnte nicht früher auf die Hauptpost gehen, ich war bei Zorn, er —»

«Mein Mann hat angerufen, heute nachmittag.»

Ich schwieg.

«Hast du verstanden? Mein Mann hat angerufen.»

«Ja, das habe ich erwartet.»

«Er... er tat, als spräche er aus seinem Büro! Er tat, als wäre er gesund und munter! Er erzählte mir, daß... er erzählte mir, wie verliebt er in mich ist... er konnte kaum richtig reden, ich hörte ihn keuchen und nach Atem ringen... aber als ich ihn fragte, ob er krank wäre, sagte er, die Verbindung sei schlecht und außerdem wäre er zu schnell die Treppen hinaufgelaufen. Robert, morgen ruft er wieder an! Er wird jetzt jeden Tag anrufen, hat er gesagt! Ich werde verrückt! Ich halte das nicht aus... seine Stimme, deine Stimme...»

«Soll *ich* nicht mehr anrufen?»

«Doch, bitte! Bitte, doch! Aber das kann doch nicht so weitergehen... das wird ja immer schlimmer, immer ärger...»

«Liebling, noch etwas Zeit... etwas Zeit nur gib mir noch...»

«Du hast etwas vor! Sag mir, daß du etwas vorhast, irgend etwas!

Sag es mir. Ich verliere sonst die Nerven. Sag mir, daß du etwas tun wirst!»

«Ich werde etwas tun. Es wird alles ein Ende haben. Bald.»

17

Einen Tag vor Weihnachten ließ Brummer mich kommen. Er lag im Parktrakt einer vornehmen Privatklinik, in einem großen Zimmer, das mit antiken Möbeln und gedämpften Farben eingerichtet war wie ein privates Schlafzimmer. Er saß aufrecht im Bett, als ich eintrat, und sah mir milde entgegen.

Julius Maria Brummers Gesicht hatte die Farbe von schmutzigem Kalk. Unter den glanzlosen Augen gab es schwarze Säcke. Wie Hamsterbacken hingen schlaff die Wangen. Die blutleeren Lippen klafften, man sah die gelben Mäusezähne. Einen rot-gold-gestreiften Pyjama trug Brummer, er hing über der blond behaarten Brust halb offen, man sah das weiße Fleisch.

Neben dem Bett stand ein großer Tisch. Darauf gab es Aktenordner, Briefe, Bücher, zwei Telephone, ein Radio und ein Tonbandgerät. Es war spät am Nachmittag. Draußen rüttelte heftiger Ostwind an den Ästen der kahlen Bäume. Es dämmerte. Beim Fenster stand ein großer Adventkranz mit vier dicken Kerzen.

Brummer sprach sanft: «Holden, ich freue mich, Sie wiederzusehen.»

«Guten Tag, Herr Brummer.»

«Doktor Zorn hat Ihnen gesagt, daß ich Sie bitte, mir zu verzeihen?»

«Jawohl, Herr Brummer.»

«Verzeihen Sie mir?»

«Jawohl, Herr Brummer.»

«Das beglückt mich, nein, wirklich, Holden, Sie können das vielleicht nicht verstehen, aber wenn man, wie ich, unmittelbar an der Schwelle des Todes stand, dann will man in Frieden leben mit seinen Mitmenschen, dann will man Vertrauen, Liebe und Güte empfangen und geben.» Er sprach jetzt mit singender Stimme, leise, leise: «Morgen ist Weihnachten, Holden, das Fest des Friedens. Zünden Sie die Kerzen des Adventkranzes an. Lassen Sie uns in die warmen Flammen sehen und Ruhe finden in dieser Stunde.»

Also ging ich zum Fenster, entzündete die gelben Kerzen und setzte mich ans Bett. Mit gefalteten Händen sah Brummer den Kranz an. Seine Glatze glänzte. Er atmete schwer. Die mächtige Brust hob und senkte sich unruhig.

«Ich habe Zeit gehabt, über alles nachzudenken, Holden. Dieser Zusammenbruch war eine Warnung, die ich nicht übersehen darf. Was soll die ganze Schufterei? Wie lange habe ich noch zu leben? Na also! Nein, nein, wenn ich hier herauskomme, dann will ich nicht mehr kämpfen. Ich habe genug Geld. Ich brauche nichts mehr. Sollen andere sich totrackern. Reisen werden wir machen, Holden, viele Reisen. Ich kaufe ein Haus an der Riviera. Immer, wenn das Wetter hier schlecht wird, fahren wir hinunter.»

«Und dieser Mann, der mir so ähnlich sieht?»

«Machen Sie sich keine Sorgen. Wir werden ihn ertappen, wir werden ihn anzeigen. Wir müssen nur warten, bis die Untersuchung gegen mich völlig eingestellt ist.»

«Wie lange wird das dauern?»

«Haben Sie Angst vor diesem Mann?»

«Ja», sagte ich.

«Man darf keine Angst haben. Wenn jemand Angst haben müßte, dann bin ich es. Und ich habe keine Angst. Überhaupt keine. Nehmen Sie diese Kuverts, Holden. Es ist Geld darin. Meine Weihnachtsgeschenke für Sie und die andern Angestellten. Grüßen Sie alle von mir. Machen Sie sich ein paar schöne Tage. Ich entbiete durch Sie allen meine besten Wünsche.»

«Danke.»

«Wie geht es meinem alten Puppele?»

«Gut, Herr Brummer.»

«Meiner Frau geht es auch gut, Holden. Sie läßt Sie grüßen.»

«Danke.»

«Ich habe mit ihr telephoniert. Sagte, ich fühlte mich nicht ganz gut und scheute darum die Anstrengungen der Reise zu ihr. Sah sie sofort ein. Wollte heraufkommen. Habe ich ihr aber ausgeredet. Ein Mann, der sich nicht wohl fühlt, ist doch nur eine Belastung für seine Frau. Hat sie sofort eingesehen. Wunderbare Frau, nicht wahr?»

«Jawohl, Herr Brummer, eine wunderbare Frau.»

«Jetzt müssen Sie gehen, ich darf nicht zuviel reden. Ein gesegnetes Fest, Holden.»

«Auch Ihnen, Herr Brummer. Fröhliche Weihnachten!» sagte ich.

Dann steckte ich die Kuverts ein, gab ihm die Hand und ging durch lange, weiße Gänge und ein mächtiges Stiegenhaus hinunter zum Ausgang. Der Cadillac stand unter einer Laterne. Ich öffnete den Schlag und setzte mich hinter das Steuer. Dann hörte ich seine Stimme. «Guten Abend, Herr Holden», sagte der Untersuchungsrichter Lofting.

Groß und schlank saß er hinter mir im Fond. Das Licht der Laterne draußen fiel auf sein bleiches Gesicht mit den großen, traurigen Augen, die heute noch trauriger blickten als sonst.

«Wie kommen Sie in den Wagen?»

«Ich rief bei Ihnen zu Hause an, es hieß, Sie besuchten Herrn Brummer. Da fuhr ich hierher. Es war kalt auf der Straße, die Wagentüren waren unversperrt.»

«Was wollen Sie?»

«Ich möchte Ihnen etwas zeigen.»

«Ich habe keine Zeit.»

«Es ist wichtig.»

«Wichtig für wen?»

«Für Sie. Wollen Sie mit mir kommen?»

«Wohin?»

«In ein anderes Krankenhaus», antwortete er.

«*Was?*»

«Fahren Sie los. Ich zeige Ihnen den Weg.»

So fuhr ich los, und er dirigierte mich durch die Stadt, und nach einer Viertelstunde hielten wir vor einem alten, häßlichen Krankenhaus, das ich nicht kannte.

«Ich gehe voran», sagte Doktor Lofting, nachdem er kurz mit einer Schwester gesprochen hatte. Wieder wanderte ich lange, weiße Gänge entlang. Als wir einmal um eine Ecke bogen, hörte ich viele Kinderstimmen. Die Kinder sangen irgendwo in der Nähe: «Stille Nacht, heilige Nacht...»

«Hier ist es», sagte der traurige Untersuchungsrichter mit dem Gesicht des Nachtarbeiters. Er öffnete eine Tür und ließ mich eintreten. Das Zimmer hinter dieser Tür war klein. Das Fenster ging in einen Lichtschacht. Ein Bett stand neben ihm. Das Licht einer blauen Nachtlampe fiel darauf. In dem Bett lag die kleine Mickey Romberg. Ihr Kopf war verbunden, und ihr ganzer Oberkörper war eingegipst. An Mickeys Mund klebte etwas getrocknetes Blut. Sie lag da wie tot, winzig klein, man sah nur den Mund, die Nase und die geschlossenen Augen von ihrem Gesicht. Sie atmete unruhig. Mir wurde so übel, daß ich glaubte, mich erbrechen zu müssen, und ich ging zum Fenster und atmete tief die nebelige, feuchte Abendluft ein.

«...alles schläft, einsam wacht nur das traute, hochheilige Paar...», sangen die Kinderstimmen in der Nähe. Die Übelkeit ging vorüber. Ich drehte mich um. Doktor Lofting sagte leise: «Sie wird nicht aufwachen, sie hat eine Injektion bekommen.»

«Was... was ist geschehen?»

«Sie wurde überfahren.»

«Wann?»

«Heute nachmittag. Sie war bei einer Weihnachtsfeier. Die Mutter wollte sie abholen. Das Kind wird seit einiger Zeit überall abgeholt und überall hingebracht. Sie wissen, warum, Herr Holden?»

Ich schwieg.

«... holder Knabe im lockigen Haar ...»

*«Wissen Sie, warum?»*

«Ja.»

«Die Mutter verspätete sich infolge eines anonymen Anrufs, der sie zu Hause festhielt. Zeugen geben an, daß die Kleine am Rand des Bürgersteigs wartete, als sie von einem schwarzen Mercedes überfahren wurde, der mit zwei Rädern auf dem Bürgersteig fuhr. Zeugen berichten, daß drei Männer in dem Mercedes saßen. Das Kind wurde zehn Meter weit durch die Luft geschleudert. Der Wagen hielt nicht einmal.»

«Seine Nummer ...»

«Der Wagen hatte keine Nummer, Herr Holden», sagte Doktor Lofting.

«... Chri-ist, der Retter ist da-a ... Chri-ist, der Retter ist da!» sangen die Kinderstimmen. Ein Harmonium ertönte. Dann begannen die zarten Stimmen mit der zweiten Strophe.

«Ist es sehr schlimm?» fragte ich Lofting und sah zu dem unruhig schlafenden Kind herab, das winzig und verloren in dem Riesenbett lag, beschienen von unwirklichem, blauem Märchenlicht.

«Gehirnerschütterung, Quetschungen, Rippenbrüche. Keine Lebensgefahr. Sie kennen die Kleine?»

«Ja.»

«Auch die Eltern?»

«Ja, auch.»

«Herr Holden, glauben Sie, daß das ein gewöhnlicher Verkehrsunfall war?»

Ich schwieg.

«Glauben Sie, daß eine Verbindung zwischen diesem Unfall und Herrn Brummer besteht?»

Ich schwieg.

«Wollen Sie jetzt endlich reden, Herr Holden? Wollen Sie mir jetzt endlich sagen, was Sie wissen?»

Ich schwieg und sah die arme kleine Mickey an.

«Sie wollen nicht sprechen?»

«Ich habe nichts zu sagen.»

«Sie sind ein Lügner.»

«Nennen Sie mich, was Sie wollen.»

«Ich nenne Sie einen gemeinen Lügner und einen gemeinen Feigling.»

«Was Sie wollen», sagte ich, «alle Worte, es ist mir egal.»

Ich sah ihn an und bemerkte, daß seine großen, dunklen Augen voller Tränen standen. Er sagte bebend: «Und trotzdem werden Sie nicht triumphieren, und trotzdem nicht. Leben Sie wohl, Herr Holden, schlafen Sie gut, wenn Sie das noch können. Und verleben Sie ein recht vergnügtes Fest.» Er ging schnell aus dem Zimmer.

Ich setzte mich auf den Bettrand und sah Mickey an und hörte ihren schwachen Atem und hörte sie stöhnen und sah das getrocknete Blut an ihrem kleinen Mund. In der Nähe sangen die Kinder die zweite und die dritte und die vierte Strophe des alten Liedes von der Stillen und Heiligen Nacht.

## 18

«Herr Holden?»

«Ja.»

«Hier spricht Zorn. Ich erfahre soeben, daß Doktor Lofting Sie zu der kleinen Mickey Romberg geführt hat.»

«Ja.»

«Das ist ein schrecklicher Unfall, noch dazu gerade vor Weihnachten!»

«Ja.»

«Sie waren gewiß sehr erschüttert.»

«Ja.»

«Hat Doktor Lofting Ihre Erschütterung zu dem Versuch benützt, Informationen von Ihnen zu erhalten?»

«Ja.»

«Haben Sie ihm In-in-informationen gegeben?»

«Nein.»

«Das ist gut. Vor einer halben Stunde war nämlich Herr Romberg bei mir, der Vater des Kindes.»

«Was... was wollte er?»

«Er hat mir die Photographie gebracht, Herr Holden, und das Negativ der Photographie. Sie wissen, was für eine Photographie ich meine?»

«Ja.»

«Herr Romberg äußerte die natürlich völlig lächerliche Vermutung, der Unfall seines Kindes hätte etwas mit dieser Photographie zu tun. Ich versuchte, ihm das auszureden. Je nun — er wollte die Photographie aber nicht mehr haben. Er... er machte einen sehr erschöpften Eindruck. Ich hoffe, daß es der Kleinen bald besser geht. Ich habe Blumen ins Krankenhaus schicken lassen und Spielzeug. Hören Sie mich?»

«Ich höre Sie.»

«Frohe Weihnachten wünsche ich Ihnen, Herr Holden, ein gesegnetes Fest!»

An diesem Tag fuhr ich zu meiner Bank. Als man ihn aus der Untersuchungshaft entließ, hatte Brummer mir erlaubt, ein Bankkonto zu eröffnen. Das hatte ich getan. An diesem Tag trat ich in der großen Schalterhalle an einen der vielen Beamten heran.

«Guten Morgen», sagte ich. «Ich möchte fünftausend Mark von meinem Konto abheben.»

Der Beamte zog einen Block heran und schrieb eine Kassenanweisung auf fünftausend Mark aus. Er fragte: «Ihre Kontonummer, mein Herr?»

Ich antwortete: «371 874.»

Er schrieb die Nummer auf den Schein, dann schob er mir den Block zu: «Darf ich um Ihre Unterschrift bitten?»

Ich unterschrieb: «Robert Holden.» Ich unterschrieb ein wenig anders als sonst, aber nicht *viel* anders. Die Unterschrift dieses Vormittags war meiner gewöhnlichen Unterschrift sehr ähnlich.

Nach einer Weile wurde meine Kontrollnummer aufgerufen.

«Wie wollen Sie es haben?» fragte der Kassierer.

«In Hundertern.»

Er zählte mir fünfzig Hundertmarkscheine vor, und ich steckte das Geld ein und verließ die Halle. Ich habe vergessen, zu erwähnen, daß ich mich eine Stunde vorher in den Waschräumen des Hauptbahnhofes natürlich wieder umgezogen hatte. Ich trug den billigen schwarzen Anzug mit den weißen Nadelstreifen, den ich für solche Zwecke benützte. Nun ging ich zum Bahnhof zurück und zog mich wieder um und gab den Fiberkoffer wieder auf. Dann ging ich in das Postamt und füllte eine Anweisung über fünftausend Mark aus. Der Empfänger war Peter Romberg. Als Absender setzte ich einen erfundenen Namen ein, mit der Hausnummer einer Straße, die es nicht gab.

Am nächsten Tag erhielt ich von meiner Bank einen Kontoauszug, aus dem hervorging, daß ich gestern persönlich fünftausend Mark abgehoben hatte. Darauf rief ich Doktor Zorn an und sagte ihm, daß ich ihn sofort sprechen müsse.

«Ich habe viel zu tun... geht es nicht morgen?»

«Nein, es muß sofort sein!»

«Handelt es sich wieder um... ihn?»

«Jawohl!»

«Kommen Sie sofort», sagte er.

## 19

Der Kontoauszug lag zwischen uns auf Zorns Schreibtisch.

Ich sagte: «Hier steht, daß ich gestern auf der Bank war und fünftausend Mark abgehoben habe. Ich war aber nicht auf der Bank!» Ich schrie. «Und ich habe nicht fünftausend Mark abgehoben!»

«Schreien Sie nicht! Regen Sie sich nicht so auf!»

«Was heißt nicht schreien? Es ist mein Geld! Der Kerl kann jederzeit dasselbe noch mal machen! Wer weiß, vielleicht ist er gerade wieder da!»

«Der Mann muß Ihre Kontonummer kennen.»

«Das sehen Sie ja!»

«Und Ihre Unterschrift nachahmen können!»

«Sie sind sehr scharfsinnig, Herr Doktor!» Ich schrie: «Es ist mir egal, ob Herr Brummer die Polizei verständigt oder nicht, solange es um *ihn* geht! Aber jetzt geht es um mich und *ich* verlange jetzt nach der Polizei, ich, ich, ich!»

«Keinesfalls.»

«Dann kommen Sie sofort mit auf die Bank! Fragen Sie die Beamten, was da passiert ist! Wie der Mann ausgesehen hat, wie er sich betrug, ich will es wissen!»

«Kommt nicht in Frage.»

«Warum nicht?»

«Weil die Bank sich sofort an die Polizei wenden würde.»

«Und wer gibt mir mein Geld zurück?»

Er sah mich schweigend an. Dann stand er auf. «Warten Sie einen Mo-moment.» Er ging aus dem Zimmer. Nach fünf Minuten kam er zurück. Er war wieder nervös. «Herr Holden, ich habe mit Herrn Brummer te-telephoniert. Wir ersetzen Ihren Schaden. Ich werde Ihnen einen Scheck über fünftausend Mark ausschreiben unter der Bedingung, daß Sie über die Sache schweigen.»

«Und wenn es wieder passiert?»

«Es passiert nicht wieder. Ich fahre gleich mit Ihnen zur Bank. Wir werden Ihr Konto ändern. Von jetzt an müssen alle Anweisungen und Schecks Ihre Unterschrift *und* die meine tragen.»

So einfach war das, wenigstens zu erreichen, daß Julius Maria Brummer die Erholungsreise der kleinen Mickey Romberg und noch etwas mehr bezahlte . . .

Es scheint, daß diese Bankaffäre Brummer in seinem Genesungsprozeß noch einmal zurückwarf, denn er mußte weiter in der Klinik bleiben. Mitte Januar begann es mächtig zu schneien, Tag um Tag, Stunde um Stunde fielen die Flocken, das Land versank mehr und mehr unter einer gewaltigen Schneedecke. Der Eisenbahnverkehr brach zusammen. Autobahnen waren auf vielen Strecken nicht befahrbar, der Flugverkehr ruhte.

Die Postverbindung mit Mallorca riß vorübergehend ab, ich telephonierte darum häufiger mit Nina. Sie war jetzt unglücklich und sehr gereizt: «Ich will nach Hause kommen, Robert. Wie lange soll ich noch hier sitzen? Wenn ich mit ihm darüber spreche, hat er nur immer neue Ausreden. Zuviel zu tun. Muß gerade verreisen. Fühlt sich nicht gut. Ich will nach Hause kommen!»

«Du mußt noch warten, Nina.»

«Aber hat das alles Sinn ... hat das alles *irgendeinen* Sinn?»

«Vertraue mir, bitte.»

«Ich liebe dich, Robert. Und ich vertraue dir. Aber es ist schrecklich.»

Am 20. Februar entließen sie Julius Maria Brummer aus der Klinik. In warme Decken gehüllt, wurde der Rekonvaleszent von mir nach Hause transportiert. Hier mußte er noch fünf Tage lang in seinem Zimmer bleiben. Dann erlaubten die Ärzte, daß ich ihn im verschneiten Park herumführte, vormittags eine halbe Stunde, nachmittags eine halbe Stunde. Er war stark abgemagert, die Anzüge hingen ihm nun vom Leib wie einer Vogelscheuche. Mit den vorsichtigen Schritten eines alten Mannes stapfte er durch den Schnee, sehr blaß und unsicher. Beim Gehen stützte er sich schwer auf mich. Wir wanderten am Ufer des zugefrorenen See entlang, als er sagte: «Habe gerade mit meiner Frau gesprochen, Holden. Kommt morgen zurück. Werden sie vom Flughafen abholen.»

Mein Herz tat mir weh, als ich antwortete: «Jawohl, Herr Brummer.»

«Habe ihr am Telephon gestanden, was mit mir los war. Damit sie nicht in Ohnmacht fällt, wenn sie mich sieht. Ist natürlich furchtbar erschrocken. Habe ihr aber gesagt, es sei schon wieder alles gut. Da hat sie sich beruhigt. Übrigens, Holden, in zwei, drei Tagen fahren wir nach Baden-Baden. Muß dort jetzt eine Kur machen.»

20

«Achtung, bitte! West German Airlines geben Ankunft ihres Fluges aus Palma de Mallorca bekannt!» rief die helle Lautsprecherstimme. Ich saß neben Brummer im Restaurant des Düsseldorfer Flughafens. Er hatte abgelehnt, seinen schweren Stadtpelz auszuziehen, obwohl es sehr warm im Lokal war. Ihn fror jetzt ständig.

Weit draußen über dem tief verschneiten Flugplatz senkte sich aus dem grauverhangenen Himmel eine viermotorige Maschine herab gleich einem dunklen Schatten, berührte die Landebahn und riß, vorwärtsschießend, mächtige silberne Schneewehen Flügeln gleich zu beiden Seiten der Räder hoch.

«Kommen Sie», sagte Brummer, «stützen Sie mich.» So führte ich den mächtigen Mann, der eine große dunkle Brille trug, hinunter in die Ankunfthalle, bis zum Geländer des mittleren Flugsteigs. An dieses lehnte ich ihn, mein Opfer, welches ich immerhin schon so weit gebracht hatte, daß es nicht mehr ohne meine Hilfe gehen, nicht mehr ohne Stütze stehen konnte. Ich gab Brummer den Strauß roter Rosen, den ich bisher gehalten hatte, damit er ihn nun Nina geben konnte.

Nacheinander kamen die Reisenden aus Palma de Mallorca durch die Sperre, lachend und vergnügt. Sie winkten. Freunde begrüßten sie mit lauten Zurufen. Eine fröhliche Gesellschaft war das, da am mittleren Flugsteig. Dann kam Nina. Sie trug den grauen Persianermantel, der ihr nach Mallorca nachgeschickt worden war, hochhackige schwarze Schuhe, keinen Schmuck und keine Kopfbedeckung. Das blonde Haar fiel breit und offen auf den schwarzen Pelzkragen. Ninas Gesicht war tief gebräunt, und ich fühlte mein Herz klopfen, als ich sah, daß sie nicht geschminkt, überhaupt nicht geschminkt war.

In diesem letzten Sommer, der so kurz erst vorüber war und doch so ferne schien, hatte ich ihr immer wieder erzählt, wie ich ihre Haut liebte und daß ich ihr verbieten würde, sich zu schminken, wenn wir erst zusammen lebten. Sie hatte sich nicht geschminkt an diesem Vormittag ihrer Heimkehr, und das hieß natürlich: Ich liebe dich.

Brummer umarmte Nina und küßte sie auf beide Wangen. Über seine Schulter hinweg sah sie mich an. Ihre Augen leuchteten fiebrig. Dreiundneunzig Tage hatten wir uns nicht mehr gesehen, nicht mehr berührt. Ihre Augen glänzten, ich wußte, woran sie dachte, und ich dachte an dasselbe. Das Blut klopfte laut in meinen Schläfen, und jede Faser meines Körpers sehnte sich nach ihr, nach ihr, und ihren Augen sah ich an, daß es ihr ebenso ging.

Brummer richtete sich auf. Er überreichte die roten Rosen und fragte, ob Nina einen guten Flug gehabt habe.

«Ausgezeichnet», antwortete sie. «Guten Tag, Herr Holden.»

Ich verneigte mich tief, die Chauffeurkappe in der Hand: «Guten Tag, gnädige Frau. Ich freue mich sehr, daß Sie wieder bei uns sind.»

«Ich freue mich auch, Herr Holden.» Ihre Augen, ihre Augen. «Obwohl ich Ihnen *sehr* böse bin, daß Sie niemals angerufen haben, um mir zu sagen, was mit meinem Mann geschehen ist.»

«Ich habe es ihm streng verboten», erklärte Brummer etwas kurzatmig.

«Trotzdem, es wäre Ihre *Pflicht* gewesen», sagte Nina ernst. Ihre Augen. Ihre Augen. Ihre Augen. Wir sahen uns jetzt offen an, denn sie hatte mich absichtlich direkt angesprochen, und ich sah sie plötzlich so vor mir, wie ich sie an jenem Nachmittag am Strom vor mir gesehen hatte: nackt. Ich fühlte, wie meine Hände zitterten, und versteckte sie auf dem Rücken, damit Brummer es nicht bemerkte. Unser Blick hielt. Mir wurde heiß. Ich holte Atem, als mir klar wurde, was wir beide taten, Nina und ich: wir liebten uns mit Blicken.

Da hörte ich Brummer seufzen. Er schwankte. Ich sprang vor, aber er schüttelte den Kopf: «Es ist ... nichts ...» Er nahm sich unmenschlich zusammen, man konnte sehen, wie elend ihm war. Seine Lippen wurden blau. «... nur ... ein ... wenig schwindlig ...» Er lächelte Nina verzerrt an. «Die Aufregung ... und die Freude, holen Sie ... holen Sie das Gepäck, Holden, wir gehen schon voraus zum Wagen.»

«Jawohl, Herr Brummer», sagte ich. Und gab Nina einen letzten Kuß mit meinen Augen. Dann ging ich zur Gepäckausgabe und holte die Koffer und die Taschen und trug alles zu dem Cadillac hinaus, der vor dem Flughafengebäude im Schnee stand. Das Licht verfiel, immer trüber wurde dieser Tag. Neuer Schnee lag in der Luft. Ich fuhr nach Hause. Unterwegs erzählte Brummer Nina von seiner Absicht, in drei Tagen nach Baden-Baden abzureisen. Er sah sie jetzt dauernd aufmerksam an, und darum konnten Nina und ich uns nicht im Rückspiegel lieben.

«Kannst du es schaffen in drei Tagen?» fragte er sie.

«Bestimmt», antwortete sie ihm, und auch, wenn ich nur ihre Stimme hörte, war es, als liebten wir uns. Das kam, weil wir einander so lange nicht gesehen hatten und weil wir solche Sehnsucht hatten nach einander. Darum war es mit ihrer Stimme wie mit ihren Blicken. Als ich Nina dann beim Aussteigen half, durchzuckte mich ein elektrischer Schlag, und ich sah, daß es ihr genauso ging, denn ihr gebräuntes Gesicht wurde plötzlich rot. Der hochmütige Diener erschien und half mir beim Gepäckausladen, und zusammen trugen wir die Koffer ins Haus, hinter Nina her, die dicht vor mir die Treppe hinaufstieg mit langsam wiegenden Hüften. Das war das letzte, was ich von Nina sah, bevor wir nach Baden-Baden fuhren. Drei Tage lang ließ Brummer sie nicht von seiner Seite. Er mußte sich sogleich nach seiner Rückkehr vom Flughafen wieder ins Bett legen, und er bestand darauf, daß Nina stets in seiner Nähe blieb. Er war sehr schwach, und darum machte es mir nichts aus, daß sie immer bei ihm war. Ich fühlte mich nicht übel in diesen drei Tagen, denn nun sollte alles sehr schnell gehen.

Am Nachmittag vor unserer Abreise holte ich aus meinem Koffer in der Gepäckaufbewahrung des Hauptbahnhofs den weißen Blindenstock und die dunkle Brille und fuhr noch einmal zu der «Julius-Maria-Brummer-Stiftung für Blinde und Sehbehinderte» hinaus.

Die allzusehr geschminkte Grete Licht mit der Hasenscharte und dem provokativen Büstenhalter begrüßte mich erfreut: «Sie sind aber lange nicht hier gewesen, Herr —»

«Zorn», sagte ich, mit dem Stock durch das schmutzige Büro und zwischen Bastkörben, Türvorlegern und Bohnerwachs nähertappend.

«— Zorn, ja gewiß, ich kann mich an den Namen gut erinnern. Wo waren Sie so lange? Sie kamen niemals wieder!»

«Ich mußte verreisen», antwortete ich, «und dann war ich krank.»

Sie ergriff meine Hand und preßte sie an ihre Brust wie einst und lächelte, und ihre Hasenscharte klaffte wie einst.

«Wollen Sie jetzt weiterüben?»

«Gerne, ja.»

So führte Grete Licht mich in den Nebenraum, in dem es nach Desinfektionsmitteln roch und in dem viele Blinde arbeiteten. Sie stickten, fertigten Bastmatten oder Türvorleger an, und beim Fenster tippten fünf auf alten Schreibmaschinen. Sie hatten ihre Gesichter zur Decke erhoben, die Münder standen offen.

Nachdem Grete Licht sich entfernt hatte, spannte ich einen Bogen in die alte Maschine, die, wie ich nun wußte, *so* alt war, daß selbst Spezialisten an ihren Typen keine charakteristischen Merkmale mehr feststellen konnten. Ich schrieb diesen Brief:

«Sie haben meine Warnung nicht beachtet. Sie haben veranlaßt, daß ein scheußliches Verbrechen an einem kleinen Mädchen begangen wurde. Versuchshalber habe ich Ihren Chauffeur Holden um Geld betrogen. Er hat keine Anzeige erstattet — ohne Zweifel unter Ihrem Druck. Das zeigt, daß Sie eine Anzeige gegen mich zu verhindern suchen, aus Furcht, es könnte die Untersuchung gegen Sie beeinflussen. Es wird aber überhaupt keine Untersuchung gegen Sie mehr geben, Herr Brummer. Sie fahren nach Baden-Baden. Und in Baden-Baden werden Sie sterben.

Ich werde Sie töten in Baden-Baden.

Ihr Chauffeur wird dafür ins Zuchthaus gehen. *Ihr Chauffeur, nicht ich.* Denn wir kennen uns nicht, und ich habe keinen Grund, Sie zu töten. Ich tue nur, was meine Auftraggeber verlangen. Ihr Chauffeur kennt Sie. Er hat mehr als genug Grund, Sie zu töten. Jedes Gericht wird das einsehen. Es tut mir leid für Ihren Chauffeur, aber ich kann nichts mehr ändern. Es ist alles schon zu weit gediehen. Erwarten Sie also Ihren Tod in Baden-Baden.»

Dann drehte ich den Bogen aus der Maschine, spannte ein billiges Kuvert ein und schrieb darauf Julius Brummers Namen und die Adresse des Hotels, in welchem er in Baden-Baden wohnen sollte.

Den Brief gab ich später am Hauptbahnhof auf. Dann verwahrte ich Brille und Blindenstock in meinem Koffer und fuhr nach Hause. Alles war nun vorbereitet für die allerletzte Szene des Dramas, dachte ich. Und noch ein allerletztes Mal kam alles anders ...

In Baden-Baden war es sehr still. Viele Hotels hatten geschlossen, die Straßen lagen verlassen. Es gab nur wenige Autos. Die Lichtentaler Allee entlang fuhr ich, am Spielkasino vorüber, den Oosfluß aufwärts. Hier, im Talkessel, war es wärmer als in Düsseldorf, und es gab viel weniger Schnee. Es sah so aus, als würde es hier unten schon bald Frühling werden.

Das Hotel, im welchem Brummer Zimmer reserviert hatte, lag abseits der Straße in einem großen Park. Ich hielt vor dem Eingang, Hausdiener eilten herbei und kümmerten sich um das Gepäck. Dann fuhr ich den Wagen auf den Parkplatz und beeilte mich, in die Hotelhalle zu kommen, denn ich wollte dabei sein, wenn Brummer meinen Brief erhielt, ich wollte sehen, wie er reagierte. Ich kam gerade noch zurecht — aber er reagierte nicht.

Er riß das billige Kuvert auf, nahm den Briefbogen heraus und überflog den Text. Doch diesmal zuckte kein Muskel in seinem teigigen Gesicht, sein Atem ging um nichts schneller, und seine Augen blieben unsichtbar hinter der schwarzen Brille. Indem er schon hinter Nina her zum Lift schritt, bat er den Portier: «Geben Sie mir gleich eine Verbindung mit Düsseldorf.» Und er nannte die Telephonnummer des kleinen Doktor Zorn.

«Sofort, Herr Präsident!» rief der Portier mit den Frackschößen und den goldenen Schlüsseln auf den Jackenaufschlägen. Ich weiß nicht, warum, aber in Baden-Baden nannten von da an alle Menschen Julius Brummer «Herr Präsident». Vielleicht war das in Kurorten so üblich. Ich räusperte mich laut. In der Lifttür, die ein Page für ihn aufhielt, drehte Brummer sich um, als hätte er mich vollkommen aus dem Gedächtnis verloren: «Oh, Holden. Richtig. Ich brauche Sie jetzt nicht. Sie wohnen im Hotel Glockenspiel. Legen Sie sich ein wenig hin, wenn Sie wollen. Melden Sie sich um 17 Uhr bei mir.»

«Jawohl, Herr Brummer.» Ich verneigte mich vor Nina, die schon im Lift stand. Sie sagte: «Auf Wiedersehen.»

Brummer sah sie schnell an: «Wie? Ach so. Also dann bis nachmittag, Holden.» Der Page schloß die Tür. Summend glitt der Lift nach oben. Ich nahm meinen Koffer, der in der Halle stehengeblieben war, und ging durch den verschneiten Park zur Straße zurück und weiter die Straße entlang bis zum Hotel Glockenspiel. Hier war ein Zimmer im ersten Stock für mich reserviert worden, dessen Fenster in einen stillen Garten hinaussah. Es war ein großes, altmodisch eingerichtetes Zimmer. Das ganze Haus war altmodisch und dunkel, es gehörte zwei alten Damen, die es sehr privat, wie eine Pension, führten. So bekam ich sogleich neben dem Zimmer- einen Haustorschlüssel, es gab keinen Portier, und niemand kümmerte sich anscheinend darum, wann man kam und ging, und ob man Besuch empfing und welchen.

Ich zog mich aus und wusch mich. Dann legte ich mich im Morgenmantel auf das große, altdeutsche Holzbett und rauchte und überlegte. Ich war fest davon überzeugt, daß Brummer seinen Anwalt nun doch beauftragen würde, die Polizei zu informieren. Den Brief mit der Todesdrohung *konnte* er nicht mehr hinnehmen. Eine polizeiliche Untersuchung aber war genau das, was ich wünschte. Sie machte es mir noch schwerer, zu handeln, aber sie machte meine Position auch noch sicherer. Ich *brauchte* eine polizeiliche Untersuchung. Und zwar mußte die Polizei von den seltsamen Ereignissen der letzten Zeit Kenntnis haben, *bevor* Brummer ermordet wurde, denn die Polizei mußte sich zu diesem Zeitpunkt bereits an den Gedanken gewöhnt haben, daß ein Mann in Deutschland herumlief, der aussah wie ich.

Nach einer halben Stunde kam die Sonne hinter den Wolken hervor, und es wurde sehr hell in meinem Zimmer. Auf dem Dach begann der Schnee zu schmelzen, ich hörte viele Tropfen fallen. Das Geräusch machte mich müde. Ich schloß die Augen und schlief ein und träumte, Nina wäre bei mir. Sie küßte mich in meinem Traum. Plötzlich erwachte ich, und sie war da und küßte mich wirklich und ihre Hände lagen auf meinen Schultern.

«Nina!»

«Leise . . .», flüsterte sie, «leise, mein Geliebter . . .»

Ihr Haar fiel über mein Gesicht. Sie küßte mich wieder, ich roch ihr Parfum und den Duft ihrer Haut. Dann schlang ich meine Arme um sie. Nina trug einen schwarzen Kostümrock und eine dünne weiße Seidenbluse. Der Pelzmantel lag bei der Tür auf dem Teppich. Nun ließ sie sich über mich sinken. Draußen schien die Sonne, die Tropfen fielen, fielen, fielen vom Dach herab auf das Holz irgendeines Balkons, und durch ihr goldenes Haar sah ich ein Stück blauen Himmel.

«Ich konnte es nicht mehr aushalten», flüsterte sie, «ich mußte zu dir . . . ich wäre sonst verrückt geworden . . .»

«Hat dich jemand gesehen . . .»

«Nur ein Mädchen draußen auf dem Gang. Ich fragte sie nach deinem Zimmer . . .»

«Das war leichtsinnig!»

«Es ist mir egal, Robert, es ist mir egal, ich sterbe, wenn ich nicht einmal mit dir allein sein kann . . .»

«Wo ist dein Mann?»

«Im Hotel. Der Kurarzt untersucht ihn. Es dauert mindestens eine Stunde.» Sie preßte sich an mich, ich fühlte ihren Körper.

«Die Tür...»

«Ich habe abgesperrt», flüsterte Nina. Und dann war es wieder wie am Strom, wie damals vor langer Zeit am Rhein, unter den alten Bäumen.

Ich ahnte damals nicht, daß es für lange, lange Zeit das letzte Mal sein sollte.


2 1


Doktor Hilmar Zorn traf am nächsten Morgen in Baden-Baden ein, ich holte ihn am Bahnhof Oos ab. Mit Zorn kamen zwei ernste, unauffällig gekleidete Herren. Die beiden sahen kräftig und intelligent aus. Doktor Zorn stellte uns vor. Der eine Herr hieß Jung, der andere Elfin. Wer die beiden waren, und warum sie nach Baden-Baden kamen, sagte Doktor Zorn nicht. Auf der Fahrt zum Hotel wurde kein einziges Wort gesprochen. Zorn ließ sich bei Brummer melden und fuhr mit den beiden Fremden im Lift nach oben. Mich hatte er aufgefordert, in der Halle zu warten.

Ohne Zweifel waren die beiden Kriminalbeamte, dachte ich, in der Hotelhalle auf und ab gehend, es verlief alles so, wie ich erwartet hatte. An diesem Tag war es schon sehr warm, der Schnee schmolz fort, an manchen Stellen des Parks war seine weiße Decke schon ganz dünn geworden. Nach zehn Minuten wurde ich zu Brummer gerufen. Sein Appartement lag im zweiten Stock, er empfing uns in dem großen roten Salon. Auch Nina war da. Sie saß auf einem zerbrechlichen Rokokosesselchen beim Fenster und neigte leicht den Kopf, als ich eintrat. Nina trug ein graues Flanellkostüm und schwarze Schuhe. Ihre Augen leuchteten, und ich wußte, sie dachte an gestern, und ich dachte auch an gestern. Aber sie sah sehr ernst und blaß aus...

«Holden», sagte Brummer, der in einem schwarzen, golddurchwirkten Morgenrock vor dem kalten Kamin saß, «Sie wurden mit den beiden Herren schon bekanntgemacht, wie ich höre.»

«Jawohl», sagte ich und sah die Männer an, die neben Zorn auf einer geschwungenen Recamiere saßen, ernst, intelligent, wachsam.

«Die Herren sind Kriminalbeamte», sagte Brummer. «Das heißt: sie *waren* Kriminalbeamte. Nun betreiben sie eine private Detektei.» Ich erschrak und hoffte, daß man nicht sah, wie ich erschrak. «Doktor Zorn kennt die Herren seit langem. Sie genießen unser Vertrauen. Sie werden bei uns bleiben.»

«Bei uns bleiben», wiederholte ich idiotisch, nur um etwas zu sagen, damit nicht auffiel, wie verwirrt ich war. Ich mußte Zeit gewinnen. Ich mußte überlegen. Also hatte Brummer *wieder* nicht die Polizei verständigt. *Noch immer nicht,* noch immer nicht ...

«Es wird Sie interessieren, Holden, daß unser unbekannter Freund wieder geschrieben hat. Er droht, mich hier in Baden-Baden zu ermorden. Sie werden verstehen, daß ich da ein Bedürfnis nach Schutz empfinde.»

«Die Polizei —»

«Hören Sie mit der Polizei auf, verflucht nochmal!» sagte er laut und wütend. «Ich will das nicht mehr hören von Ihnen. Sie wissen genau, warum ich nicht zur Polizei gehe. Die beiden Herren werden außerdem bedeutend mehr für mich tun können. Bei der Polizei bin ich ein Fall von vielen. Bei den Herren bin ich ein exklusiver Kunde.»

Ich schwieg.

Zorn sprach: «Die Herren werden hier im Hotel wohnen. Weder Herr Brummer noch Frau Brummer werden von nun an einen Schritt ohne ihre Begleitung tun.»

Ich holte Atem.

«Was ist los?» fragte Brummer schnell.

«Bitte?»

«Haben Sie was gesagt?»

«Ich habe mich nur geräuspert.»

«Dann ist es gut. Sie können gehen. Ich brauche Sie nicht, Holden.»

Die nächsten vier Wochen waren die Hölle.

Ich konnte Nina in ihnen nicht eine einzige Minute allein sehen oder allein sprechen. Wann immer ich sie sah, war sie von einem der beiden Detektive begleitet. Die Detektive gingen mit ihr spazieren, einkaufen, in den Spielsaal. Ich hatte zuletzt den Eindruck, daß sie sich mehr um Nina als um Brummer kümmerten, aber das war natürlich lächerlich. Sie nahmen einfach ihren Dienst ernst.

Tag um Tag verstrich. Es wurde immer wärmer. Der Schnee schmolz fort, der Frühling kam früh in diesem Jahr. Ich fuhr Brummer und Nina durch den Schwarzwald, nach Herrenalb, nach Wildbad hinüber. Wohin immer wir fuhren — einer der beiden Detektive fuhr mit. Verglichen mit diesen vier Wochen in Baden-Baden war die Zeit von Mallorca ein Paradies gewesen. Damals konnte Nina mir wenigstens noch schreiben, da konnte ich Nina wenigstens noch anrufen. Das alles war jetzt nicht mehr möglich. Die beiden Detektive zerstörten jede Verbindung zwischen uns. Wir konnten uns nur noch ansehen, und auch das bloß Augenblicke lang und stets in Angst, dabei ertappt zu werden.

Ich fühlte, wie mich die Nerven verließen. Es mußte nun schnell gehen, ich konnte das alles nicht mehr lange ertragen. Brummer fühlte sich zusehends besser. Darüber war ich glücklich, denn wenn er sich wieder ganz gut fühlte, dann sollte er Spaziergänge machen, hatte sein Arzt gesagt, lange Spaziergänge in den Wäldern. Ich kannte Baden-Baden, ich kannte alle Wälder der Umgebung und alle Wege in ihnen.

Einen Weg gab es da, der führte am Rande eines Abgrunds an einer kleinen Höhle vorüber. So schmal war dieser Weg, daß immer nur ein Mensch jene vollkommen unübersichtliche Stelle vor der Höhle passieren konnte. An dieser Stelle sollte es geschehen. Auf den Waldspaziergängen brauchte ich ihn nicht zu begleiten, ich würde also Zeit haben zu handeln.

Es war sicher, daß Brummer diesen Spaziergang zur Höhle unternehmen würde, sobald er sich gut genug fühlte, alle Leute gingen einmal zu dieser Höhle, wenn sie in Baden-Baden waren, und Brummer hatte auch schon selbst davon gesprochen.

So verstrich der März. Sehr warm war es bereits in Baden-Baden. Der sanfte, bewaldete Talkessel fing die Kraft der jungen Sonne ein und hielt sie in seiner dunklen, fruchtbaren Erde fest. Kaum konnte man sich noch vorstellen, daß hier vor vier Wochen tiefer Schnee gelegen hatte.

Am Nachmittag des 6. April 1957 fuhr ich Brummer und den Detektiv Elfin zum Bahnhof Oos. Brummer erwartete Besuch, ich wußte nicht, wen. Wir gingen auf dem überdachten Perron hin und her und warteten auf den Schnellzug aus Düsseldorf, der eine Viertelstunde Verspätung hatte.

Als er dann endlich kam, sah ich, wer Brummer da besuchte. Aus einem Wagen erster Klasse stieg er ernst die Stufen herab auf das Klinkerpflaster des Bahnsteigs, untersetzt, rotgesichtig und elegant wie immer. Er trug einen dunkelblauen einreihigen Anzug an diesem Tag, blaue Socken, blaue Sämischlederschuhe, ein weißes Hemd, eine Seidenkrawatte, dezent silber und matt rosa gestreift. Und wie stets duftete Herbert Schwertfeger, im Jahre 1957 Großindustrieller in Düsseldorf und 1943 SS-Obersturmbannführer in Minsk, erfrischend nach Eau de Cologne.

Seinem neuen Verbündeten Brummer schüttelte er die Hand und sah ihm dabei markig in die Augen. Mir nickte er kurz zu. Vor Elfin verneigte er sich knapp. Mit federnden Schritten ging er sodann an Brummers Seite den Perron entlang, während ich ihm seinen Koffer nachtrug und überlegte: Warum kommt er? Warum kommt er?

Die Antwort erhielt ich gleich darauf. Sobald wir nämlich alle in dem Cadillac saßen und ich losfuhr — Brummer und Schwertfeger saßen im Fond, Detektiv Elfin mit unbeteiligtem Gesicht neben mir — sagte Brummer, kehlig lachend:

«Übrigens ... zu Ihrer Information, Schwertfeger, unter der rechten Schulter trägt Elfin einen geladenen Revolver.»

«Revolver?» hörte ich Schwertfeger sagen.

«Er ist Detektiv, wissen Sie! Habe mir eine Leibwache zulegen müssen. Da staunen Sie, was? Sie werden sogar noch einen zweiten Herrn kennenlernen, der zu meinem Schutz da ist. Ich werde nämlich bedroht.»

«Von wem?»

«Erzähle ich Ihnen, erzähle ich Ihnen alles.»

«Hören Sie mal, wenn Sie bedroht werden, dann würde ich aber doch die *Polizei* verständigen!»

«Nicht, solange die Untersuchung läuft. So lange komme ich mit den beiden Herren aus.»

«Na», hörte ich Schwertfegers harte, befehlsgewohnte Stimme, «das sieht dann aber so aus, als hätten Sie da eine *Lebensstellung* gefunden, Herr Elfin.»

Der Detektiv lächelte mechanisch.

Ich hörte Brummers unsichere Stimme: «Wieso? Sie schrieben doch, es ginge alles gut. Ich dachte —»

«Dachte ich auch. Irrtum, mein Lieber. Lofting macht neue Schwierigkeiten.»

«Und die Untersuchung?»

«Mit Einstellung in absehbarer Zeit nicht zu rechnen. Ich berichte Ihnen im Hotel sofort.»

Mit Einstellung in absehbarer Zeit nicht zu rechnen.

Jetzt wußte ich, warum Herr Schwertfeger gekommen war. Jetzt wußte ich aber auch noch etwas anderes: nämlich, daß ich jetzt selbst eine Anzeige erstatten mußte, wenn nicht alles umsonst sein sollte, die Höhle, der Abgrund, die Briefe, alles. Ich hatte lange gewartet. Nun hatte das Warten ein Ende. Ich hatte lange gezögert. Nun war es mit dem Zögern vorbei.

22

Viele Blumen blühten in Baden-Baden an diesem 7. April 1957, gelbe, blaue und weiße. Ich sah Primeln und Himmelsschlüssel, Krokusse und Veilchen an den Ufern der schläfrig murmelnden Oos, als ich den schweren Cadillac durch die Lichtentaler Allee lenkte.

Alle Menschen auf den Straßen hatten freundliche Gesichter. D
Frauen lächelten mysteriös. Sie trugen bunte, leichte Kleider. Viele
trugen verwegene Hüte. Ich sah eine Menge von verwegenen Hüten an diesem Morgen, als ich zum Polizeipräsidium fuhr, um meine Anzeige zu erstatten.

Die Männer trugen graue, hellbraune, hellblaue oder dunkelblaue Anzüge, viele hatten bereits ihre Mäntel zu Hause gelassen.
Die Männer sahen die Frauen an und ließen sich Zeit dabei. Sie hatten keine Eile. Niemand hatte an diesem Frühlingstag Eile in Baden-Baden, niemand außer mir. Mich hetzte mein Haß, mich hetzte
das unsichtbare, unhörbare Uhrwerk, das ich selbst in Gang gesetzt
hatte. Ich fuhr zum Landespolizeikommissariat.

Hier sprach ich mit dem diensthabenden Kriminalbeamten. Mit
Ihnen, Herr Kriminalkommissar Kehlmann, sprach ich in Ihrem
freundlichen Zimmer 31 im ersten Stock, mit Ihnen, für den ich
diese Blätter seit Monaten geduldig fülle, mit Ihnen. Ich nannte
Ihnen meinen Namen, ich nannte Ihnen den Namen meines Chefs.
Und ich sagte Ihnen, daß ich eine Anzeige erstatten wollte.

Weswegen, verlangten Sie zu wissen, Herr Kriminalkommissar
Kehlmann, der Sie an diesem Morgen graue Flanellhosen und ein
beigefarbenes Sportjackett, senkellose braune Slipper und eine grüne Krawatte trugen. Die Antwort auf Ihre Frage hatte ich mir genau überlegt. Ich hatte sie auswendig gelernt, diese Antwort, so
lange und so genau, daß die Worte, die ich nun sprach, mir sonderbar fremd und sinnlos, ohne Bedeutung vorkamen. Ich sagte Ihnen,
dabei in Ihre blauen Augen blickend: «Es ist eine Anzeige wegen
Diebstahls, Verleumdung, Hausfriedensbruchs und Bankbetrugs.»

Darauf fragten Sie still: «Richtet sich diese Anzeige gegen einen
einzelnen Menschen?»

«Ja», sagte ich, ebenso still, «gegen einen einzelnen Mann.»

«Ganz hübsch — für einen einzelnen Mann», sagten Sie. Sie erinnern sich?

«Es ist noch nicht alles», fuhr ich ernst fort. «Dieser Mann wird
in der nächsten Zeit auch noch einen Mord begehen.»

Nun sahen Sie mich lange stumm an. Ich hatte gewußt, daß Sie
mich in diesem Punkt meiner Anzeige lange stumm ansehen würden — Sie, oder wer immer meine Anzeige entgegennahm. Ich ertrug Ihren Blick mit ausdruckslosem Gesicht und zählte dabei, mit
eins beginnend. Ich kam bis sieben. Ich hatte gedacht, daß ich bis
zehn kommen würde.

«Ist es eine Anzeige gegen einen unbekannten Täter, Herr Holden?» fragten Sie.

«Nein.»

«Sie wissen, wie der Mann heißt?»

«Ja.»

«Wie heißt der Mann, Herr Holden?»

Ich dachte daran, daß ich Julius Brummer so sehr haßte, wie ich niemals im Leben fähig sein würde, einen Menschen zu lieben. Ich dachte daran, daß ich entschlossen war, seinen Tod herbeizuführen. Ich antwortete laut: «Der Mann heißt Robert Holden.»

Darauf betrachteten Sie, Herr Kommissar, die Buchstaben auf meinem Jackenrevers. Ich ließ Ihnen Zeit. Ich hatte gewußt, daß Sie an diesem Punkt meiner Aussage Zeit benötigen würden. Sie, oder wer immer meine Anzeige entgegennahm. Ich zählte wieder. Ich kam bis vier. Ich hatte eigentlich damit gerechnet, bis sieben oder acht zu kommen. Ich dachte, daß ich vorsichtig sein mußte, Sie reagierten zu rasch. Ich war eben bei vier angekommen, als Sie sagten: «Sie heißen Robert Holden, und Sie wollen eine Anzeige gegen Robert Holden erstatten?»

«Ja, Herr Kommissar.»

Unten auf der Straße fuhr ein schwerer Lastwagen vorbei. Ich hörte die Gänge ratzen, als der Fahrer nun zurückschaltete.

«Gibt es einen zweiten Robert Holden?» fragten Sie.

Auch über die Antwort auf diese Frage hatte ich lange nachgedacht. Ich sagte: «Nein, es gibt keinen zweiten Robert Holden.»

«Das heißt, daß Sie eine Anzeige gegen sich selbst erstatten wollen?»

«Ja, Herr Kommissar», sagte ich höflich, «das heißt es.»


## 23

Sie hörten mir aufmerksam zu, Herr Kriminalkommissar, drei Stunden lang hörten Sie mir danach zu. Dann forderten Sie mich auf, zurück in mein Hotel zu fahren und das weitere abzuwarten. Es war mir untersagt, Baden-Baden zu verlassen, ohne Sie vorher verständigt zu haben. Die Ermittlungen würden eingeleitet, sagten Sie.

Man hätte meinen sollen, daß es Ihre Pflicht gewesen wäre, mich sogleich in Haft zu setzen. Doch so einfach war die Geschichte eben nicht, die ich erzählte. Es war eine außerordentlich komplizierte Geschichte, diese Erzählung von dem geheimnisvollen Unbekannten. Und darum wagten Sie nicht, mich sogleich in Haft zu setzen. Sie schickten mich nach Hause, nachdem Sie versprochen hatten, sich um diesen geheimnisvollen Fremden zu kümmern, der mir so ähnlich sah, um dieses unheimliche Phantom, das Julius Brummer mit dem Tode bedrohte.

Zurück in mein Zimmer im Hotel Glockenspiel kehrte ich also.

Und da saß ich dann, angstgeschüttelt, die Hände eiskalt, der Schädel schmerzte zum Zerspringen, und ich überlegte, überlegte immer dasselbe. Im Kreis drehten sich die Gedanken: hatten Sie, Herr Kommissar Kehlmann, mir meine Geschichte geglaubt? Hatte ich sie überzeugend erzählt? Glaubten Sie nun, daß dieser Doppelgänger existiert?

Wenn Sie es nicht glaubten, war ich verloren, dann war alles umsonst gewesen, alle Umsicht, alle Vorbereitungen. Dann war alles aus.

Aber hätten Sie meine Anzeige entgegengenommen, überlegte ich, hätten Sie mich nach Hause gehen lassen, wenn Sie mir *nicht* glaubten? Nein, wohl nicht.

Sie glaubten mir also.

Glaubten Sie mir?

Vielleicht hatten Sie mich *gerade darum* gehen lassen, weil Sie mir nicht glaubten. Um mich in Sicherheit zu wiegen, um mich beobachten zu können, durch Tage, Wochen, vielleicht Monate.

Ich mußte mich beruhigen, ganz ruhig mußte ich werden. Keine Unbesonnenheit. Die Gedanken klar fassen, klar ordnen. Dazu sollte diese Niederschrift mir helfen: zu Sammlung und Ordnung. Nur so konnte ich hoffen, das letzte, schwerste Stück meines Weges zu bewältigen.

Zwei Möglichkeiten gab es für die Zukunft dieser Seiten. Zum einen konnte, was ich begann, gelingen. Dann würde die Welt um einen Schurken ärmer sein, und ich und Nina würden wieder frei atmen und in Sicherheit leben können. In diesem Falle wollte ich meine Aufzeichnungen für mich bewahren und von Zeit zu Zeit in ihnen lesen, um daraus die Gewißheit zu entnehmen, daß es auch noch in dieser Welt der entmutigten Richter und bestochenen Zeugen eine Art von unantastbarer Gerechtigkeit gab, die mich zu ihrem Werkzeug gemacht hatte.

Zum andern konnte, was ich begann, mißlingen. In diesem Falle sollten Sie, Herr Kriminalkommissar Kehlmann, mein Manuskript als mein Geständnis werten ...

Ich schrieb noch lange an diesem 7. April. Und ich schrieb weiter am 8. April und am 9. Ich dachte dabei immer wieder, daß es unsicher war, wie lange ich noch schreiben würde, bevor Julius Brummer mit seinen Waldspaziergängen begann. Seit Herr Schwertfeger ihn besucht hatte, fühlte er sich wieder schlechter, das Herz machte ihm zu schaffen. Ich dachte an Nina, während ich schrieb, und an unsere seltsame Liebe, die so oft traurig und so selten glücklich gewesen war. Ich dachte daran, was geschehen würde, wenn Brummer nun erfuhr, daß ich doch eine Anzeige erstattet hatte. Und plötzlich dachte ich, daß alles reiner Wahnsinn war, was ich vorhatte. Mit Grausen sah ich mich im Spiegel an. Ich wollte einen Menschen töten... das hatte ich schon einmal getan. Und nun... es war *Wahnsinn, Wahnsinn, ich durfte es nicht tun... ich konnte es nicht tun, niemals...*

Da klopfte es. «Herein.»

Das freundliche Etagenmädchen trat ein. Sie hieß Rosie und sprach schwäbisch: «Da ist ein Herr unten, der möchte Sie sprechen.»

«Was für ein Herr, Rosie?»

«Hat er nicht gesagt. Sie möchten doch bitte einmal 'runterkommen.»

So zog ich ein Jackett an, verwahrte meine Aufzeichnungen im Kleiderschrank und ging ohne Argwohn durch das düstere Stiegenhaus in die Halle hinunter. Ich hatte den Cadillac zum Überholen fortgebracht und den Mechaniker gebeten, mir zu sagen, ob mit dem Getriebe alles in Ordnung sei. Wahrscheinlich war es der Mechaniker, dachte, ich, die Leute hier arbeiteten alle sehr ordentlich und genau.

Es war nicht der Mechaniker.

Sie waren es, Herr Kommissar Kehlmann. Einen grauen Anzug trugen Sie an diesem 9. April 1957, eine blaue Krawatte, schwarze Halbschuhe.

«Guten Tag, Herr Holden.»

«Guten Tag, Herr Kommissar», antwortete ich Ihnen. «Was bedeutet Ihr Besuch? Gibt es etwas Neues?»

Ruhig erwiderten Sie: «Herr Brummer ist vor einer Stunde ermordet worden.»

«Ermordet...» würgte ich hervor, denn um mich begann sich alles in widerlicher Weise zu drehen, der ausgestopfte Bär, die altdeutschen Möbel, die Familienbilder, die ganze Halle.

«Vergiftet, ja», sagten Sie in Ihrer stillen Art. «Herr Holden, ich verhafte Sie hiermit unter dem dringenden Verdacht, Julius Maria Brummer ermordet zu haben.»

# EPILOG

I

Zwei Tage nach Julius Maria Brummer starb sein Hund; ich erfuhr es von dem Kriminalkommissar Kehlmann. Das alte Puppele war tot. Es hatte einen sanften Tod gefunden, einen sanfteren als sein Herr: es war einfach eingeschlafen. Den Hund begruben sie in Baden-Baden, im Park jenes Hotels. Der Leichnam Julius Maria Brummers wurde nach Düsseldorf gebracht, nachdem der Gerichtsarzt ihn zur Bestattung freigegeben hatte.

Bei den ersten Verhören im Landespolizeikommissariat von Baden-Baden erfuhr ich auch, wie Brummer gestorben war. Er hatte im Schlafzimmer seines Appartements gearbeitet. Nina war mit dem Detektiv Elfin ausgegangen. Detektiv Jung saß nebenan im Salon Brummers und legte eine Patience. Dann hörte er Brummer stöhnen und ein dumpfes Geräusch. Er eilte in das Schlafzimmer. Brummer war vor seinem Bett zusammengebrochen. Er hatte einen schweren Herzanfall. Jung öffnete Brummers Hemd, sah die Goldplakette mit der Inschrift und tat, worum die Inschrift bat. Er holte aus Brummers Tasche eine neue, noch geschlossene Schachtel des Herzpräparats in den weichen, roten Gelatinekapseln hervor und steckte eine davon in Brummers Mund, nachdem er sie mit dem Daumennagel aufgeritzt hatte. Sofort verbreitete sich ein starker Geruch nach Blausäure. Entsetzt begriff Jung, was Brummer eben schluckte, doch es war bereits zu spät. Ein fürchterlicher Krampf ging durch den schweren Leib.

Dann war Brummer tot.

«Wann haben Sie die Kapseln ausgetauscht?» fragte mich Kehlmann. Ich saß wieder in seinem modernen Büro mit den hellfarbenen Aktenschränken und dem Schreibtisch aus Lärchenholz, aber diesmal saß ich nicht als freier Mann hier, der kam, um eine Anzeige zu erstatten, diesmal war ich ein Mordverdächtiger, aus der Zelle vorgeführt, von einem Wachtmeister begleitet.

«Ich habe Brummer nicht ermordet.»

«Wo hatten Sie das Gift her?»

«Ich habe niemals Gift besessen!»

«Sie wollen also nicht gestehen?»

«Ich habe nichts zu gestehen!»

«Ich denke doch, eine ganze Menge.»

«Aber nicht den Mord! Ich habe Brummer nicht ermordet! Ich war es nicht! Ich war es nicht!»

Er stand auf und ging in ein Nebenzimmer, und als er zurückkam, wurde mir heiß. Kehlmann trug den billigen Fiberkoffer, den ich in der Gepäckaufbewahrung des Düsseldorfer Hauptbahnhofs versteckt hatte. Er legte ihn auf den Tisch und öffnete ihn. Die beiden Anzüge lagen darin, die Krawatten, der weiße Blindenstock, die schwarze Brille.

«Kennen Sie diese Sachen?»

«Nein.»

«Sie gehören nicht Ihnen?»

«Nein.»

«Nach Ihrer Verhaftung durchsuchten wir das Zimmer im Hotel Glockenspiel. Wir fanden dabei Ihre Aufzeichnungen und einen blauen Gepäckschein. Mit dem Gepäckschein bekamen wir auf dem Düsseldorfer Hauptbahnhof diesen Koffer. Aber er gehört nicht Ihnen.»

Der Gepäckschein ... natürlich hätte ich ihn vernichtet, verbrannt, aber später erst, wenn ich Brummer wirklich ermordet hatte. Ich konnte nicht erwarten, daß mir ein anderer zuvorkam. Ich konnte nicht ahnen, daß man mich verhaften würde, *bevor* ich mein Verbrechen beging. Der Gepäckschein ...

«Ich habe gelogen. Es ist mein Koffer.»

«Sie haben also Ihren Doppelgänger markiert?»

«Ja ... ja ...»

«Sie haben also auch gelogen, als Sie am 7. April zu mir kamen und eine Anzeige erstatteten?»

«Ja, das heißt, ich —»

«Warum haben Sie versucht, sich einen Doppelgänger zu schaffen?»

«Um ein Alibi zu haben ...»

«Wenn Brummer ermordet wurde?»

«Nein ... ja ...»

«Sie *wollten* ihn also ermorden?»

«Nein ... das heißt, ja ... aber ich *habe* ihn nicht ermordet! Jemand anderer ist mir zuvorgekommen!»

«Sie lügen schon wieder.»

«Ich sage die Wahrheit! Sie müssen mir glauben! Ich will Ihnen alles erzählen ...»

«Sie können es Doktor Lofting erzählen», sagte er kalt.

«Lofting — wieso?»

«Es wird heute die ordentliche Untersuchungshaft über Sie verhängt werden. Die Staatsanwaltschaft Düsseldorf hat Sie angefordert.»

## 2

«Nehmen Sie Platz, Herr Holden», sagte Doktor Lofting leise. In seinem Zimmer waren die Vorhänge geschlossen, um die Hitze dieses Maitages draußenzuhalten, es war kühl und dunkel im Raum, und ich sah wieder die Regale mit den vielen Büchern an den Wänden. Es war lange her, daß ich sie zum letztenmal gesehen hatte. Groß und schlank saß der Untersuchungsrichter mir in dem altmodischen Lehnstuhl gegenüber. Sein Gesicht war bleich, und seine großen Augen waren traurig. Reglos saß er da mit unter dem Kinn gefalteten Händen, der Doktor Lofting, leidenschaftlicher Liebhaber der Gerechtigkeit. «Wie war die Fahrt?» fragte er, während ich mich setzte.

«Sie wissen, wie die Fahrt war. Haben *Sie* verfügt, daß man mir Handfesseln anlegte?»

«Ja.»

«Warum?»

«Fluchtgefahr.»

«Ich habe Brummer nicht ermordet!»

«Herr Holden», sprach er leise, langsam und deprimiert, «ich sagte Ihnen einmal, daß früher oder später immer die Gerechtigkeit siegt. Manchmal dauert es lange, aber niemals dauert es unendlich lange. Das gibt es nicht. Das Böse siegt niemals letztlich und endlich. Herr Brummer ist tot. Er hat gesühnt. Sie sind verhaftet. Gestehen Sie endlich ein, was Sie getan haben, und sühnen auch Sie. Sie entkommen uns nicht mehr. Es ist sinnlos, zu lügen.»

Ich nahm mich zusammen. Ich antwortete ruhig: «Ich kann nicht einen Mord gestehen, den ich nicht begangen habe.»

«Warum haben Sie versucht, sich einen Doppelgänger zu schaffen, wenn Sie nicht morden wollten?»

«Ich habe nicht gesagt, daß ich nicht morden *wollte,* ich habe gesagt, daß ich nicht gemordet *habe!*»

Er sah mich lange schweigend an, und wie Trauben hingen schwarze Tränensäcke unter seinen klugen Augen. «Sie lieben Frau Brummer», sagte er zuletzt ohne besondere Betonung.

«Wie kommen Sie darauf?»

«Frau Brummer wollte sich Ihretwegen scheiden lassen, und ihr Mann ließ sie nicht gehen.»

«Davon weiß ich nichts...»

«Aber ich.»

«Woher?»

«Frau Brummer. Sie hat es mir gesagt. Gestern.»

«Wie geht es ihr? Darf ich sie sehen?»

«Sie dürfen niemanden sehen. Und niemanden sprechen. Und

*Wer zuletzt siegt ...*

... siegt am besten. Und der rechte Moralist läßt schließlich immer die Gerechtigkeit siegen; denn: Verbrechen dürfen sich einfach nicht bezahlt machen.

Das muß auch Amateur-Mörder Holden einsehen, der vor 151 Seiten erst zu ahnen begann, wie Vermögen erworben werden. Das kommt davon, wenn man nur die krummen Wege der Vermögensbildung geht.

keine Briefe von ihr empfangen und ihr keine Briefe schreiben. Nicht, ehe Sie gestanden haben.»

«Ich bin unschuldig!»

«Unschuldig sind Sie niemals — auch wenn Sie Herrn Brummer nicht getötet haben. Denn dann haben Sie zumindest einen Mord bis zum letzten vorbereitet. Wenn ein anderer Ihnen nicht zuvorgekommen wäre, hätten Sie die Tat vollendet.»

«Das ist nicht wahr! Gerade bevor ich verhaftet wurde, gerade an jenem Nachmittag, da wurde mir klar, daß es über meine Kraft ging, die Tat zu begehen, daß ich sie nie vollenden konnte!»

«Sie wären immer bei mir gelandet, immer. Ihre Doppelgänger-Konstruktion leidet an einem logischen Fehler. Wenn Sie nämlich *wirklich* einen Doppelgänger hätten und dieser hätte wirklich den Auftrag erhalten, Herrn Brummer zu töten, dann hätte ein solcher Mann niemals vor seinem Mord immer wieder Dinge getan, die geradezu aufdringlich auf seine Existenz hinwiesen. Im Gegenteil, er wäre unsichtbar geblieben bis zuletzt — denn nur so hätte er sicher sein können, daß aller Verdacht auf *Sie* und nicht der geringste auf *ihn* fiel. Aber was hat *Ihr* Doppelgänger getan? Wie ein eitler Schauspieler betrug er sich. Seht her, da bin ich wieder, es gibt mich, ja, es gibt mich! Konnte *er* daran Interesse haben? Niemals. Sondern wer? Nur *Sie*.»

Das stimmte, dachte ich benommen, das war richtig. Nina... Nina... er ließ sie nicht zu mir... ich durfte sie nicht sehen... bis ich gestand. Aber wenn ich gestand, war ich verloren. Ich konnte nicht gestehen, es wäre eine Lüge gewesen. Aber wenn ich log, ließ er Nina zu mir.

Und dann?

Ich mußte mich zusammennehmen. Ich mußte ruhig bleiben, ganz ruhig...

«Ich spreche nicht weiter. Rufen Sie Doktor Zorn.»

«Doktor Zorn hat bereits erklärt, daß er Ihre Verteidigung nicht übernehmen wird.»

Nina... Nina... Nina...

«Herr Doktor, ich will Ihnen alles erzählen... die ganze Wahrheit... ich will nichts verschweigen... es wird lange dauern, aber Sie sollen alles hören.»

«Es macht nichts, wenn es lange dauert, solange es die Wahrheit ist», sagte er still.

«Man hat in meinem Hotelzimmer Aufzeichnungen beschlagnahmt. Haben Sie sie gelesen?»

«Ja.»

«Dann wissen Sie, wie ich in Brummers Haus kam.»

«Ich kenne Ihre Aufzeichnungen darüber.»

«Hören Sie weiter, was geschah», sagte ich. Und ich erzählte, um Ruhe und Beherrschung bemüht. Ich erzählte ihm alles, ich verschwieg ihm nichts. An diesem Tag erzählte ich zwei Stunden lang. Am nächsten wieder, und am übernächsten auch. Ich brauchte vier Tage, um alles zu erzählen, und es war die Wahrheit, die reine Wahrheit. Als ich zuletzt schwieg, schwieg auch er und sah auf die Tischplatte. Zuletzt ertrug ich das Schweigen nicht mehr und fragte: «Sie glauben mir nicht?»

Unerbittlich und ernst, wie ein Engel des Jüngsten Gerichts, bewegte der bleiche Doktor Lofting den Kopf von rechts nach links, von links nach rechts. Und in seinem Zimmer war es dunkel und kühl.

## 3

2. Mai 1957.
Lieber Herr Holden!

Mein Gott, ist das furchtbar mit Ihnen und dem armen gnädigen Herrn! Ich bin so außer mir, ich kann es noch immer nicht fassen, auch nicht nach all der Zeit. Dieser Mörder, dieser verfluchte Mörder! Wer kann es nur getan haben? Wie ich es in der Zeitung gelesen habe, bin ich gleich auf die Bahn und her nach Düsseldorf zu meinem Ninale. Vollkommen zusammengebrochen war sie, nur geweint hat sie den ganzen Tag und die ganze Nacht. Auch das Begräbnis vom gnädigen Herrn war furchtbar, wenn auch sehr schön, mit vielen Blumen und vielen Leuten. Mein Ninale ist ohnmächtig geworden am Grab. Jetzt geht es ihr besser. Sie will unbedingt allein sein, sie besteht darauf, daß ich zurückfahre nach Schliersee. Sie läßt Ihnen sagen, daß — — — denn, bester Herr Holden, ich glaube *fest* daran, daß Sie *völlig* unschuldig sind! Denken Sie daran, was ich gesagt habe: *das Gute wird siegen.* Sie werden den verfluchten Mörder vom gnädigen Herrn finden. Zu Ihrem Trost und Beistand schreibe ich Ihnen einen Psalm aus meinem Gebetbuch auf: «Sei gnädig, Gott, und errette mich. Eile, o Herr, und stehe mir bei. Zu Schanden sollen und schamrot werden, die mir nach dem Leben trachten. Zurück sollen weichen, von Scham zerstört, die sich meines Unglücks freuen. Ja, weichen sollen, von Schande bedeckt, die zu mir sprechen: Recht so, recht! Doch jubeln mögen und Deiner sich freuen alle, welche Dich suchen. Und sprechen sollen: Gepriesen sei Gott, die Deine Hilfe begehren.»

Lieber Herr Holden, ich will jeden Tag beten für Sie, daß sich Ihre Unschuld erweist und daß Sie freikommen. Bleiben Sie tapfer. Es wird vorübergehen. Ihre sehr unglückliche, Ihnen aufrichtig ergebene

Emilie Blehova

## 4

Aber Nina durfte mir nicht schreiben, und ich durfte Nina nicht schreiben, und man ließ sie nicht zu mir, nicht einmal für jene elenden paar Minuten, die man mich dereinst in diesem Hause zu Julius Brummer gelassen hatte. Erst sollte ich gestehen, sagte der Doktor Lofting, erst sollte ich gestehen.

Die Wochen gingen hin, der Sommer kam, es wurde heiß in meiner Zelle. In Doktor Loftings Zimmer blieb es kühl und dunkel, und trotzdem saß ich lieber in meiner heißen Zelle als bei ihm. Mir graute vor den Verhören. Ich konnte sagen, was ich wollte, er schüttelte den Kopf. Ich konnte erzählen, was ich wollte, er fragte: «Woher bekamen Sie das Gift? Wer hat es Ihnen verkauft, Herr Holden?»

Um nicht den Verstand zu verlieren, richtete ich ein Gesuch an die Gefängnisleitung, in dem ich bat, mir meine Aufzeichnungen zurückzugeben und mir zu gestatten, sie fortzusetzen. Diese Erlaubnis erhielt ich. Nun schrieb ich weiter. Ich schrieb — wenn ich nicht zum Verhör geführt wurde — täglich von 9 bis 12 Uhr und abends von 19 Uhr, bis das Licht ausgemacht wurde um 21 Uhr 30. Es wurde immer heißer.

Im Juli schrieb ich in meiner Zelle nackt. Der Schweiß rann mir über den Körper dabei. Manchmal brachte ein Gewitter Abkühlung, aber nicht häufig. Ich schrieb immer weiter. Es war meine Therapie gegen das Verrücktwerden, mein Schutz gegen das Kopfschütteln des Doktor Lofting. Und sie ließen Nina nicht zu mir, nicht, bevor ich gestand.

In den vier Monaten, die meiner Verhaftung in Baden-Baden folgten, schrieb ich all das nieder, was Sie auf diesen Seiten gelesen haben, Herr Doktor Lofting, Herr Kommissar Kehlmann, die Seiten wurden mir von Zeit zu Zeit fortgenommen und später wiedergegeben. Es ist klar, daß man sie Ihnen zur Lektüre schickte, Herr Kommissar Kehlmann, Herr Doktor Lofting.

In diesen vier Monaten wurde ich in den Anzügen aus dem billigen Fiberkoffer dem Tankwart Paul, der hübschen Platzanweiserin aus dem Kino in der Lützowstraße und Grete Licht aus der «Julius-Maria Brummer-Stiftung für Blinde und Sehbehinderte» gegenübergestellt. Vor Fräulein Licht trug ich auch die dunkle Brille und den weißen Stock. Nach und nach hatte Lofting alle Zeugen gefunden, die es gab. Und alle Zeugen erkannten mich wieder. Der Doktor Lofting schickte mich immer wieder aus seinem kühlen Zimmer zurück in meine heiße Zelle, und ich schrieb weiter, immer weiter. Ich war zuletzt auf eine jämmerliche Weise glücklich dabei. Das Schreiben tröstete mich und half mir in diesen Monaten. Und sie ließen mich Nina nicht sehen, sie ließen mich Nina nicht sehen.

Einmal bekam ich eine Karte. Sie zeigte eine farbige Ansicht des Gardasees, auf der anderen Seite standen in ungelenker Kinderhandschrift diese Worte:

«Lieber Onkel Holden!

Wie get es Dir? Mir get es gut. Wir sind seid drei Wochen hir in Desenzano. Ich bin schon gans brauhn. Vati und Mami sind auch da. Wir schwihmen fiel. Es ist ser heis. Sei nicht bös, dahs ich so komisch zu dir wahr. Mahmi hat mir ahles erklärt. Es war ein Misferstendnis. Fiele libe Grüse und ein Küschen schikt dir deine Mickey.»

Darunter stand:

«In Gedanken bei Ihnen. Carla und Peter Romberg.»

Sie hatten mir also vergeben.

Sie glaubten also auch, daß ich der Mörder Julius Maria Brummers war.


5

Im August gab es schwere Stürme. Zweimal wöchentlich wurde ich Doktor Lofting vorgeführt. Er hatte viele Fragen, und bei vielen verstand ich nicht den Sinn. Er sah besonders schlecht aus im August, aber ich sah auch nicht gut aus. Wenn ich zum Rasieren oder zum Haarschneiden geführt wurde und Gelegenheit hatte, in einen Spiegel zu blicken, wurde mir jedesmal leicht übel. Meine Wangen waren eingefallen, die Augen glanzlos, das Haar war stumpf. Die Haut war schmutziggrau geworden, die Lippen waren blutleer. Jeden Tag mußte ich eine Stunde im Hof im Kreis laufen und dabei tief atmen, damit ich gesund blieb für die Verhandlung und für das Urteil. Es machte mir nichts aus, diese Stunde im Freien, aber ich war immer froh, wenn ich in meine Zelle zurückkam und weiterschreiben konnte.

Zuerst träumte ich jede Nacht von Nina und wachte dann immer auf, und das Wachliegen danach war schlimmer, schlimmer als die Verhöre. Aber im August gab es keine Träume mehr, und wenn ich nicht schlafen konnte, wartete ich nur darauf, daß es hell wurde, um weiterschreiben zu können.

In den ersten Septembertagen überkam mich dann eine große Ruhe. Ich war entschlossen, mich meinem Schicksal zu ergeben. Doktor Lofting hatte in einem besonderen Sinne recht, wenn er mir nicht glaubte, wenn er mir vorwarf, der Mörder Julius Brummers zu sein. Denn in einem gewissen Sinne *war* ich das natürlich. Ich war entschlossen gewesen, Brummer zu töten. Auf den Entschluß kam es an, nicht auf die Ausführung. Ein Mord in Gedanken war so schlimm wie ein Mord in der Tat. Ich durfte nicht straflos ausgehen, ich mußte büßen. Und nicht nur für den Gedankenmord an Brummer, nein, ein für allemal dafür, daß die erste Lösung, die mir stets einfiel, wenn ich in meinem Leben einer Schwierigkeit begegnete, die unüberwindlich schien, daß die erste Lösung, die mir dann stets einfiel, eine gewalttätige Lösung war. Ein Mensch wie ich gehörte hinter Gitter, ich sah es ein. Ich hatte einem andern Menschen nach dem Leben getrachtet, ohne Mitleid, ohne Reue. Was konnte man Schlimmeres tun?

Alles sah ich ein zuletzt, alles erschien mir gerecht: daß man mich Nina nicht mehr sehen ließ, daß man mir nicht glaubte, daß man mich auf Grund von Indizien und Zeugenaussagen verurteilen würde — zu lebenslänglichem Zuchthaus ohne Zweifel. Selbst daß ich nun doch nicht mehr mit Nina würde leben können, erschien mir zuletzt als die gerechte Strafe. Denn es war die schwerste Strafe, und ich mußte die schwerste erhalten, die es gab. Ich hätte gerne gewußt, ob Nina mich auch für den Mörder Brummers hielt. Und ich hätte gerne gewußt, wer wirklich sein Mörder war. Am 14. September 1957 wurde ich ein letztes Mal dem Doktor Lofting vorgeführt.

## 6

Er wirkte abgespannter als sonst an diesem Morgen, noch blasser und noch trauriger. Mit einer müden Bewegung forderte er mich auf, Platz zu nehmen. Ohne mich anzusehen, mit nikotingelben Fingern in Akten blätternd, erkundigte er sich halblaut: «Wie weit sind Sie mit Ihren Aufzeichnungen, Herr Holden?»

«Fast fertig», antwortete ich.

«Sie brauchen nicht weiterzuschreiben», sagte er, in den Papieren kramend, die vor ihm lagen, «ich hebe Ihre Haft auf. Morgen früh können Sie das Gefängnis verlassen. Es steht Ihnen frei, eine Entschädigungsklage einzureichen. Ich würde davon abraten. Unter den Umständen haben Sie wenig Chancen, durchzukommen. Die Beweise, die gegen Sie vorlagen, waren so —»

«Einen Moment», sagte ich mühsam. «Sie ... Sie heben meine Haft auf?»

«Ja.»

«Aber das bedeutet doch ...»

«Das bedeutet, daß ich Sie nicht länger für den Mörder Brummers halte. Da drüben steht ein Krug mit Wasser.»

Also stand ich auf und goß ein Glas voll und verschüttete die Hälfte dabei und trank, das Glas mit beiden Händen haltend. Dann setzte ich mich wieder. Lofting sagte, mit einem Papiermesser spielend: «Sie wissen, wie sehr ich mich in den letzten Monaten bemüht habe, herauszubekommen, woher das Gift stammte, mit dem Brummer getötet wurde. Ich weiß es jetzt. Es stammte von einem verkrachten Düsseldorfer Arzt, dem man vor Jahren wegen zahlreicher Abtreibungen sein Diplom genommen hat. Der Mann war völlig versoffen. In der letzten Zeit fiel seiner Umgebung auf, daß er plötzlich über eine Menge Geld verfügte. Die Kriminalpolizei besuchte ihn. In seiner Wohnung wurden alle möglichen Gifte gefunden — auch Blausäure und Zyankali. Er erhielt zwei Wochen Gefängnis wegen Ruhestörung. Durch einen reinen Zufall hörte ich von dem Fall. Ich spiele einmal in der Woche Skat mit Kriminalbeamten, wissen Sie. Als ich hörte, daß der Arzt Gift besaß, ließ ich ihn mir kommen. Ich versuchte alles, ich drohte, ich machte Versprechungen — umsonst. Er lachte nur. Er hatte niemals irgend jemandem Gift verkauft, sagte er. Vor drei Tagen ist er dann plötzlich gestorben. Lungenentzündung.»

«Ich verstehe kein Wort...»

«Zwei Tage vor seinem Tod ließ er mich rufen. Er sagte, er wolle nicht sterben, ohne die Wahrheit zu gestehen. Ja, er hatte im April einem Mann Gift verkauft — für viel Geld. Er hatte die Kapseln eines starken Herzmittels damit präpariert, er sagte mir, wie. Er erzählte mir, wann er den Mann getroffen hatte, der ihm den Auftrag gab, und wo, und wie er die Packung mit den tödlichen Kapseln dann in einer offiziellen Verpackung aus der Apotheke eines Freundes an Brummer nach Baden-Baden geschickt hatte.»

«Wer war der Mann, der das Gift kaufte?»

«Das wußte der Arzt nicht. Er konnte ihn nur beschreiben. Da legte ich ihm Bilder von allen Männern vor, die mit dem Fall Brummer irgendwie zu tun hatten. Bilder von Ihnen, von den Angestellten, von Doktor Zorn, von allen Feinden Brummers, etwa fünfzig Bilder. Der Arzt zeigte sofort auf eines davon. Bevor er starb, machte er eine beschworene, rechtsgültige Aussage. Er besaß auch noch den Postaufgabeschein für das eingeschriebene Päckchen, in dem er Brummer die Ampullen schickte.»

«Wer war der Mann, der ihm den Auftrag gab?»

«Herbert Schwertfeger», antwortete er ruhig.

«Herbert Schwertfeger...» Ich holte Atem. «Jetzt erinnere ich mich... Brummer erzählte Schwertfeger davon, daß er bedroht wurde... von einem Mann, der mir ähnlich sah...»

«Wann?»

«Als Schwertfeger ihn in Baden-Baden besuchte! Ein paar Tage vor seinem Tod...»

Lofting nickte: «So etwas dachte ich mir. Damals kam Schwertfeger also auf die gute Idee. Er wurde seinerzeit von Brummer erpreßt. Dann wurde er — notgedrungen — Brummers Verbündeter. Aber natürlich haßte er ihn wie die Pest und wollte von ihm frei sein. Angesichts der Dokumente, die Brummer besaß, konnte er aber nie mehr damit rechnen, frei zu sein. Wenn er ihn tötete, würde aller Verdacht auf Sie fallen. Und so handelte er dann.»

Ein Schweigen folgte. An diesem Tag regnete es. Tropfen fielen auf das Fensterbrett, schnell und monoton.

«Ich ließ sofort einen Haftbefehl ausschreiben. Schwertfeger war aber bereits gewarnt worden. Die Beamten, die kamen, um ihn festzunehmen, kamen zu spät.»

«Wer warnte ihn?»

Resigniert sagte Lofting: «Herr Schwertfeger hat viele Freunde, Freunde aus einer Zeit, von der Dummköpfe glauben, daß sie hinter uns liegt. Einer dieser Freunde hat ihn gewarnt.»

«Aber dann muß dieser Freund doch in *Ihrer* Nähe sitzen...»

«Das fürchte ich, Herr Holden. Die Oberstaatsanwaltschaft hat darum auch bereits eine Untersuchung eingeleitet, um festzustellen wer daran schuld ist, daß es Herrn Schwertfeger gelingen konnte, nach Ägypten zu fliehen.»

«Nach Ägypten!»

«Er wurde gestern in Kairo gesehen. Wir haben seine Auslieferung gefordert.»

«Aber *wird* man ihn ausliefern?»

Er hob die mageren Hände und ließ sie fallen: «Wir wollen es hoffen. Einmal wird auch Herrn Schwertfeger sein Schicksal ereilen, einmal ereilt es alle. Ich werde allerdings wahrscheinlich nicht mehr hier sitzen, um Herrn Schwertfeger zu verhören.»

«Wieso nicht?»

«Ich bin ziemlich krank. Man hat mir nahegelegt, vorzeitig in Pension zu gehen. Ich quittiere in zwei Monaten den Dienst, er ist zu anstrengend für mich geworden. Nun, Sie werden ja morgen alles in den Zeitungen lesen, wenn Sie herauskommen.» Er stand auf, zwang sich zu einem Lächeln und hielt mir die Hand hin. «Ich sehe keinen Grund, mich dafür zu entschuldigen, daß ich Sie so lange in Haft hielt — Sie an meiner Stelle hätten ebenso gehandelt.»

«Bestimmt», sagte ich und ergriff seine trockene, kühle Hand. Ich drückte sie, aber er erwiderte den Druck nicht, seine Hand blieb schlaff. Er sagte: «Ich habe übrigens vorhin Frau Brummer angerufen. Sie war sehr glücklich. Ich gab ihr zu bedenken, daß sich morgen früh hier eine Menge Journalisten versammeln werden, wenn wir Sie freilassen. Ich glaube, es ist in unser aller Sinn, wenn Frau Brummer Sie darum nicht abholt.»

«Natürlich.»

«Sie sah das ein und bittet Sie, nach Ihrer Entlassung zum Rhein hinauszukommen. Sie wartet dort auf einem Schiff ... Sie wüßten wo. Warum sehen Sie mich so an, Herr Holden?»

«Ich ... ich bin noch vollkommen verwirrt, entschuldigen Sie. Und dann muß ich immerzu daran denken, daß Sie in Pension gehen. Und was aus Schwertfeger wird. Und aus all den andern.»

«Ja, was wird wohl aus ihnen allen werden?»

«Sie sagten immer, zuletzt siege die Gerechtigkeit.»

Lofting drehte sich zur Seite, als schäme er sich für etwas und wolle sein Gesicht verbergen. «Ach, die Gerechtigkeit», sagte der Untersuchungsrichter leise.

<br>

7

Es regnete auch am nächsten Tag.

Vor dem Tor des Untersuchungsgefängnisses drängten sich viele Reporter, sie photographierten und stellten Fragen, aber ich beantwortete nur wenige. Dann stieg ich in ein wartendes Taxi und fuhr zum Rhein hinaus. Die Blätter der Alleebäume färbten sich schon wieder bunt, es roch nach Rauch und nach Vergänglichkeit. Das weiße Restaurationsschiff wiegte sich leicht in einem sanften Wellengang. Das Taxi hielt, ich bezahlte den Chauffeur und sah den Cadillac, der am Straßenrand parkte.

Über das verlassene Deck ging ich auf die Kabine mit den großen Glasscheiben zu.

Nina war der einzige Gast. Sie saß an einem Tisch, der für zwei Personen zum Frühstück gedeckt war. Blumen standen in einer Vase, und neben der Vase lag ein verschnürtes Paket. Als ich in die Kabine trat, erhob sich Nina. Sie trug das schwarzweiße Pepitakostüm und Schuhe aus schwarzem Krokodilleder. Einen kleinen schwarzen Hut hatte sie abgelegt. Das blonde Haar trug sie jetzt kurz geschnitten, wie ein Junge. Sie war sehr bleich, Schatten lagen unter ihren Augen, als hätte sie viel geweint. Sie wirkte abgespannt und erschöpft wie nach einer langen Krankheit. Wir begegneten uns in der Mitte der Kabine und umarmten uns. Ich küßte sie und fühlte leicht den Boden unter uns schwanken und hörte den Regen, der auf das Dach prasselte.

Dann gingen wir langsam zum Tisch zurück, setzten uns nebeneinander und hielten uns an den Händen, und auch ich fühlte mich erschöpft und unendlich abgespannt. Am Ende des Raumes gab es einen schmalen Spiegel. Ich erblickte uns beide darin. Bleich sahen wir aus, übernächtig, ohne Kraft.

Der alte Mann mit dem weißen Haar und den weißen Bartstoppeln steckte den Kopf herein und lachte vergnügt: «Morgen, Morgen, endlich angekommen, was? Dann kann's ja losgehen! Die Dame hat schon ein mächtiges Frühstück bestellt!» Er verschwand. Nina sah mich an. «Ich dachte, du würdest vielleicht großen Hunger haben.»

Meine Glieder waren wie aus Blei, mein Kopf schmerzte, vor meinen Augen tanzten Punkte. Meine Hand lag auf Ninas Hand, und ich empfand ein Gefühl des Friedens, aber keine Freude, nein, keine Freude.

«*Hast* du großen Hunger?»

«Ja», sagte ich, «ja.» Ich dachte, wie lange alles gedauert hatte, beinahe zu lange, hoffentlich nicht zu lange, und hörte den Regen trommeln und fühlte den Boden schwanken unter mir.

«Hast du auch geglaubt, daß ich es getan habe?»

«Nie», sagte sie. «Nein.» Sie schob das kleine Paket über den Tisch. «Das sind meine Briefe. Ich habe dir geschrieben, jeden Tag. Du wirst alle Briefe lesen. Es steht darin, wie sehr ich dich liebe.»

«Steht auch darin, daß du es nicht glaubst?»

«Das steht auch darin. Ja, Robert, ja», sagte sie lauter, und ich fühlte, daß sie log. «Warum siehst du mich so an?»

«Du hast es doch geglaubt, Nina. Du hast es doch geglaubt.»

Sie preßte die Lippen zusammen. Die Nasenflügel zuckten nervös. Plötzlich nickte sie. Ihre Stimme klang tonlos: «Ich habe es geglaubt... lies die Briefe nicht, Robert, wirf sie weg... ich habe auch in den Briefen gelogen... ja, ich *habe* geglaubt, daß du es getan hast... ich war verzweifelt. Ich konnte eben noch verstehen, daß ein Mann seine Frau aus Eifersucht tötet... aber dieser geplante, überlegte Mord... das war etwas anderes... Robert, ich hatte plötzlich solche Angst vor dir... ich... ich *hätte niemals mehr mit dir leben können, wenn du es getan hättest...*»

«Hast du noch immer Angst vor mir?»

Sie schüttelte den Kopf, aber ihre Augen konnten nicht lügen.

Ich sagte: «Ich hatte mich damit abgefunden, daß sie mich verurteilten. Ich wollte lieber verurteilt werden, als freikommen und mit dir leben. Ich fühlte mich so schuldig... so furchtbar schuldig... auch *meine* Liebe hat nicht ausgereicht.»

«Es hat nichts mit Liebe zu tun», sagte sie. «Gar nichts mit Liebe.»

Meine Hände begannen plötzlich zu zittern wie in einem schweren Anfall von Schüttelfrost, ich preßte sie aneinander und ballte sie zu Fäusten, aber das Zittern hörte nicht auf.

«Es wird alles vorübergehen», sagte Nina. «Wir werden es vergessen. *Du hast es nicht getan.* Das allein ist wichtig.»

Ich sah meine Hände an und versuchte, sie stillzuhalten, aber es gelang mir nicht, und ich dachte: Werden wir es vergessen? Wird es jemals vorübergehen? Ist es wirklich allein wichtig, daß ich es nicht getan habe? Wird es jemals wieder so sein wie einst? *Kann es jemals wieder so sein?*

Nina sagte: «Wir heiraten. Wir gehen fort von hier, in eine andere Stadt. In ein anderes Land. Du mußt dich ausruhen. Du mußt dir Zeit lassen. Und mir auch. Es hat keine Eile. Es hat gar keine Eile. Jetzt haben wir alle Zeit von der Welt.»

Meine Hände zitterten noch immer. «Nerven ... es sind nur Nerven ... es geht gleich vorüber ...»

«Gewiß», sagte sie, «gewiß.» Und sie streichelte meine zitternden Hände und lächelte. «Siehst du, es hört schon auf. Warte nur, wie gut es dir gehen wird, wenn du erst heißen Kaffee getrunken hast.»

«Ja», sagte ich, «nach dem heißen Kaffee wird es mir wieder ganz gut gehen.» Und dann rückten wir eng aneinander und sahen in den schweren Regen hinaus, der auf den grauen Strom fiel. Das Boot schwankte sanft, unter uns hörten wir den alten Mann in seiner Kombüse rumoren. Es roch nun schon nach Kaffee und nach Eiern mit Speck. Ich hörte ein paar Möwen schreien. Sie schienen über dem Boot zu kreisen. Nina rückte noch näher. Ich legte meine Wange an ihr Haar. Der Regen wurde immer heftiger.

«Wie fühlst du dich, Liebling?»

«Elend», sagte ich. «Sehr elend.»

«Es wird vorübergehen. Es wird alles vorübergehen.»

«Ja», sagte ich. «Sicherlich.»

# rororo NEUE DEUTSCHE PROSA

**Ulrich Becher**
Das Profil. Roman [1612]

**Peter Bichsel**
Die Jahreszeiten. Roman [1241]

**Wolfgang Borchert**
Draußen vor der Tür und ausgewählte Erzählungen. Nachwort: Heinrich Böll [170]
– Die traurigen Geranien und andere Geschichten aus dem Nachlaß. Hg. und Vorwort: Peter Rühmkorf [975]

**Rolf Dieter Brinkmann**
Keiner weiß mehr. Roman [1254]

**Friedrich Dürrenmatt**
Der Richter und sein Henker. Roman [150]
– Der Verdacht. Roman [448]

**Gisela Elsner**
Die Riesenzwerge. Ein Beitrag [1141]

**Hubert Fichte**
Die Palette, Roman [1300]
– Interviews aus dem Palais d'Amour etc. [1560]

**Max Frisch**
Homo faber. Ein Bericht [1197]

**Günter Grass**
Katz und Maus. Eine Novelle [572]
– Hundejahre. Roman [1010]

**Max von der Grün**
Irrlicht und Feuer. Roman [916]

**Peter Handke**
Die Hornissen. Roman [1098]

**Peter Härtling**
Das Familienfest oder Das Ende der Geschichte [1368]

**Willi Heinrich**
Schmetterlinge weinen nicht. Roman [1583]

**Rolf Hochhuth**
Der Stellvertreter. Ein christliches Trauerspiel. Vorwort: Erwin Piscator. Erweiterte Taschenbuchausgabe: Mit einer Variante zum fünften Akt und einem Essay von Walter Muschg [997]
– Soldaten. Nekrolog auf Genf. Tragödie [1323]
– Krieg und Klassenkrieg. Studien. Vorwort: Fritz J. Raddatz [1455]
– Guerillas. Tragödie in 5 Akten [1588]
– Die Hebamme. Komödie [1670]

**Uwe Johnson**
Zwei Ansichten [1068]

**Siegfried Lenz**
Die Augenbinde. Parabel /
Nicht alle Förster sind froh. Ein Dialog [1284]

**Angelika Mechtel**
Kaputte Spiele. Roman [1572]

**Hans Erich Nossack**
Spätestens im November. Roman [1082]
– Der Fall d'Arthez. Roman [1393]

**Christa Reinig**
Orion trat aus dem Haus. Neue Sternbilder [1470]

**Gregor von Rezzori**
Maghrebinische Geschichten. Mit Zeichnungen des Autors [259]
– Neue maghrebinische Geschichten. 1001 Jahr Maghrebinien [1475]

**Gerhard Rühm**
Die Frösche und andere Texte [1460]

**Ursula Trauberg**
Vorleben. Nachwort: Martin Walser [1330]

**Martin Walser**
Ehen in Philippsburg. Roman [557]

**Peter Weiss**
Die Ermittlung. Oratorium in 11 Gesängen [1192]

**Dieter Wellershoff**
Die Schattengrenze. Roman [1376]

**Oswald Wiener**
Die Verbesserung von Mitteleuropa. Roman [1495]

**Gabriele Wohmann**
Abschied für länger. Roman [1178]

# J. Mario Simmel

**Affäre Nina B.**
Roman · rowohlts rotations romane 359

**Mich wundert,
daß ich so fröhlich bin**
Roman · rowohlts rotations romane 472

**Das geheime Brot**
Roman · rowohlts rotations romane 852

**Der Schulfreund**
Ein Schauspiel in zwölf Bildern / Mit 19 Filmfotos
rowohlts rotations romane 642

**Begegnung im Nebel**
Erzählungen · rowohlts rotations romane 1248

# John le Carré

## Ein Mord erster Klasse

John le Carré, dessen ‹Spion der aus der Kälte kam› Weltruhm errang, seziert in diesem ungewöhnlich spannenden Roman die isolierte Gesellschaft einer englischen Privatschule: der Zwang, Traditionen und Konventionen eines toten Zeitalters künstlich am Leben zu erhalten, erzeugt ein Klima, in dem die Lüge, die Heuchelei, die Angst und das Verbrechen gedeihen.

rororo Band 1120

## Krieg im Spiegel

«Ich habe dieses Buch unendlich genossen, nicht so sehr wegen seiner Spannung, die ebenso stark ist wie im ‹Spion›, sondern wegen seiner bitteren Schärfe und seines Mitgefühls in der Themenstellung, die dem Ganzen größere Tiefe verleiht.»　　　Daphne du Maurier

rororo Band 995

## Der Spion der aus der Kälte kam

«Die beste Spionagegeschichte, die ich je gelesen habe.»

rororo Band 865　　　　　　　　　　　　　　　Graham Greene

## Schatten von gestern

«Brillant, realistisch, hochintelligent und hervorragend geschrieben.»

rororo Band 789　　　　　　　　　　　　　The Observer, London

## Eine kleine Stadt in Deutschland

John le Carré, selbst einmal Diplomat an der Britischen Botschaft in Bonn, zeigt in diesem spannungsreichen Politthriller die «kleine Stadt» Bonn als Schauplatz gespenstischer Spionagepraktiken und atemberaubender Verfolgungsjagden.

rororo Band 1511

# Henry Carlisle
# Die Reise zum 1. Dezember

## Roman / Rowohlt

Im Jahre 1842 ereignete sich auf der Brigg Somers, einem Schiff der amerikanischen Kriegsmarine, eine furchtbare Tragödie: um eine Meuterei zu verhindern und ein Exempel zu statuieren, läßt der Kapitän den Rädelsführer sowie zwei mitschuldige Matrosen hängen. Der Hauptangeschuldigte war der jüngere Sohn des Kriegsministers der Vereinigten Staaten von Amerika. Die Nachricht von dem Zwischenfall verbreitete sich wie ein Lauffeuer im ganzen Land, die Aufregung wurde noch dadurch gesteigert, daß die Gegenspieler prominente Persönlichkeiten waren. Carlisle schildert die Ereignisse aus der Perspektive des Schiffsarztes, wahren Hintergründe des schrecklichen Gesche erkennen sucht. Ein mitreißender, bewegend

256 Seiten. Geb.

805/1

# Maria Fagyas
# Der Leutnant und sein Richter

**«Ein Psycho-Thriller
der Spitzenklasse.
So raffiniert,
daß man ihn nicht wieder
aus der Hand legt.»**

EIN ROWOHLT-BESTSELLER